JN321019

光州の五月

Song Ki-Suk
宋基淑
Kim Song-I
金松伊訳

藤原書店

A Smile in May

©2000 Song, Ki-suk
All right reserved

Originally published in Korea by Changbi Publishers, Inc.

光州の五月／もくじ

Ⅰ　所安島の昔と今　005
1　不気味な足音／2　巣を探し求める山鳥／3　攻守団と市民軍／4　幻想の島——所安島／5　「なぜ刺した？　なぜ撃った？」／6　迫りくる二人の女性

Ⅱ　一九八〇年五月の光州　085
1　私は死ななかった／2　俺も撃て、俺も、俺も……／3　殺しながらも技巧を凝らすケダモノども／4　枝にへばりついた山鳥の巣／5　射撃場の的／6　銃を買う人たち

Ⅲ　共同墓地で見た世界　197
1　金美善と姜智妍／2　金成輔の溺死／3　白凡の微笑／4　共同墓地で

Ⅳ　死んだ者と生き残った者　281
1　法廷の殺気／2　すくい上げた霊魂／3　天国挙式／4　実弾を装填した銃

後　記　379
〈附録・インタビュー〉なぜ「光州」を書くのか——宋基淑氏に聞く　381
〈附録・インタビュー〉光州事件とは何だったのか——金明仁氏に聞く　385
訳者解説　400

光州の五月

カバーデザイン・作間順子

I　所安島の昔と今

1　不気味な足音

空が急にくもりだした。湯呑みを手に窓の外を眺めていた私は驚いた。会社のスレート屋根の軒下に巣を造って棲む雨燕が、ただならぬ様子で戻って来たかと思うと、慌てて巣に潜り込んだ。〝あれ、どうしたんだ？〟と思うやまた一羽が、巣の盛り土が壊れんばかりの勢いで飛び込んだ。〝トンビにでも追いかけられたのか？〟と、空を見上げ向かい側の野原に目をやった。竜巻がとてつもない勢いで吹き荒れていた。住宅団地造成中の赤褐色の土や紙くず、ビニールやらが土埃にまみれ、巨大扇風機の風に煽られるように空中へと舞い上がっていった。

「おい、ちょっと見ろよ！」

私が声を上げると、昼食中の社員らが窓際に寄ってきた。

「凄いなあ」

つむじ風は原っぱのゴミや黄土をすくい上げ、赤褐色の柱となって空に吹き上がっていった。

「本当、凄いですね」

竜巻の勢いがおさまりはじめた。ゴミというゴミがそこいらに散乱している。雨燕の巣が気がかりだったが、何事もなかったようだ。

鳥が慌てて巣に潜り込んだ話をすると、社員らも巣に目をやった。雨燕の巣は家燕の巣より二倍ほど大きく、スレートの軒下に逆さにへばりついて、入口を広く開けていた。雨燕は竜巻にさぞかし驚いたに違いない。

電話がかかってきた。女子社員が社長からだと受話器を渡した。

「僕だよ、まだソウルなんだが、明日の土曜と日曜、釣りどう？　今夜、莞島《ワンド》で一泊して二日間ゆっくりやろうや。こちらは連れが一人いる。容燦《ヨンチャン》はダメならいいよ。君は行けるだろう？」

社長は早口だ。

先週行ったときに、次は再来週だと決めていた。

「こちらは竜巻が吹き荒れて大変ですよ。天気大丈夫かな？」

「さっき、天気予報で確認した。最高の釣り日和らしいぜ。聴く所によると本社の金成輔《キムソンボ》理事は磯釣りの名人らしいよ。旧盆のあくる日の満潮時に、莞島《ワンド》で大いに楽しまれたそうだ。理事が挑戦状を持って来たんだよ。打って出ようじゃないか」

私は約束があるからと言葉を濁した。

「何とかしろよ。これはだな、光州《クァンジュ》釣りキチの威信問題だぜ」

社長は〈威信問題〉を振りかざしてきた。どうもはたに理事本人がいる様子だ。

「舟は理事の知り合いが出してくれるんだ。大型なんで四人充分乗れるらしい。五時の飛行機に乗るから、僕の家に寄って空港に来いよ。釣り道具は準備できてるし、着替えは家内に指示しておくからすぐホテルの予約頼む。二人部屋だよ」

朴《パク》社長の心はすでに海に向かっていた。金成輔《キムソンボ》理事は我が社の元請け会社であるテヤン電子の生産担当理事で、重鎮的存在であった。最近は電子製品の輸出が振るわず、操業を短縮している矢先なのでおろそかにできない相手だ。

私はどうも天候が気にかかったが、現地に行って様子を見るしかなかった。女心と秋の海〔日本では、女心と秋の空〕はつかみ所がない。島人達が〈喉ごえ風〔まともに当たると息すら苦しくなる強烈な風の意〕〉と呼んで恐れているあの風も秋に吹くと聞いている。先ほど、吹き荒れた竜巻のような気象現象が特徴だ。

容燦《ヨンチャン》に電話をかけた。言下に「賛成」と返事した。釣りキチに釣りの話は、子どもを遊園地に誘うノリで即決する。五時までに会社に来るよう告げた。彼の愛車は中型のジープでいつもこれでやって来る。容《ヨン》燦《チャン》は我が社の社主だ。会社は母方の叔父に当たる朴《パク》社長に任せ、他に電子製品店を経営しているが、それもまた妻にまかせ、自分は趣味の釣りなど勝手気ままにやり、社長におさまっている。

釣り好きな私の心ももう海に飛んでいた。先週の日曜日に四十センチを超える鯛を上げたばかりだ。魚が一年中で一番元気のある時期だけに、奴とはしばらく力くらべをした。あれだけ勢いのある奴と勝負すると、全身の筋肉に走る緊張のこわ張りが数日は腕に残る。ところが、容燦《ヨンチャン》が上げた奴に二センチほど負けてしまい、結局賭けた金を全部取られてしまった。朴《パク》社長が挑戦やら応戦やらとまくしたてたのは、ソウル派と光州《クァンジュ》派が金を賭けて釣りをするということである。

また、電話がかかってきた。

「ソウルのお嬢さん！です」

女子社員が受話器を押さえながら悪戯っぽくいった。

「僕だ」

「私よ、美善《ミソン》」

「え？　美善《ミソン》か！」

驚きのあまり、思わず受話器を右手に持ちかえた。女子社員がすみませんと頭をピョコンと下げた。

「お変わりございません？」

「相変らずだよ。急に電話なんかかけてきて、どういう風の吹き回しなんだ？」

「風！　そう風が吹いたのよ。久しぶりに雪岳山《ソルアクサン》や、慶州《キョンジュ》の方を回ってきたの。姉さんとね」

「ん、姉さんと？」

「先々週にも催涙ガスをあびたけど、なんともなかったのよ」

美善《ミソン》の笑い声はすこぶる明るかった。

「催涙ガスをかぶって？　それで何ともなかったんだな？」

「ええ、スト中の会社とは知らずに、その前を通ったらちょうど、足元で催涙弾が破裂してね、黄色の煙を全身にかぶってしまったのよ。涙や鼻水を出しながら逃げ回ったんだけど、その日も、あくる日も、姉さん何ともなかったの」

美善《ミソン》の声は受話器の中で飛び跳ねていた。

「ちょっと待てよ、最後に退院してから一年経つよな？」

「正確には十四カ月。家のことや、社会情勢がよくなって、見通しが良くなったからかもね。昨日は久しぶりに、大学のキャンパスにも行って来たの」

良かったと、私は思わず首を縦にふってうなずいた。精神病院の入退院を繰り返している彼女の姉のことだ。普段はごく普通に暮らしているが、催涙ガスを少しでも吸うと発作を起こす。二人が行ってきた大学とは、姉が通っていた大学のことである。

「明日土曜日でしょう。時間ある？　久しぶりにお昼おごるわ」

「お昼は僕がおごるとして。あす、あさっては他に約束があってダメなんだ。月曜どう？」

「私ならいつでも結構よ」

彼女は後日かけ直すといって電話を切った。女子社員は申し訳なさそうに頭を突っつきふざけて見せた。私は気にするなと軽く笑いながし、タバコをくわえた。彼女が言ったソウルのお嬢さんとは、最近親しく付き合っている姜智妍《カンジヨン》という女性のことだ。

――と地域感情解消のために、全斗煥《チョンドゥファン》、盧泰愚《ノテウ》前大統領の赦免をクリスマスまでに実行する――

「消してしまえ！　何？　和合、カッコいいことぬかしやがる」

社員の一人がわめいた。

「先輩、落ち着いて。もっとひどいことでも耐えてきたでしょう？」

「たまらんなあ、この状態いつまで続くんだ？」

社員らはクックと笑った。大統領選挙が盛り上がって以来、とんでもない横滑りで、矯導所〔俗に刑務所〕に勾留されている全斗煥《チョンドゥファン》とその派の赦免問題が、選挙争点の核心に躍り出た。大統領候補に立つ者すべて、彼らの赦免を公約し、争点というよりは、誰が先に彼らを釈放するのか競っているありさまである。今まで様子をうかがいながら目をそらしておき、この期におよんで、我先にと声を大にしてわめきたてている。

中年の男二人が事務室に入ってきた。見たことのない顔だ。

「鄭燦宇《チョンチャヌ》課長さんですか？」

体格のがっしりした浅黒の男が、デスクに近づいて名刺を差し出した。それを手にして私はビクッとした。永登浦《ヨンドゥンポ》警察署の刑事だ。聞きたいことがあるので、静かな部屋へ案内して欲しいという。〝安智春《アンジチュン》〟

私は今一度、名刺に目を通し社長室へ案内した。彼らが醸し出す雰囲気に社員らは戸惑い、私の表情を見てさらに不安がった。

「金重萬《キムジュンマン》さんをご存知でしょう？」

ソファに座るなり手帳を取り出し質問した。もう一人は横に座った。案内役を買って出た地元の警察官のようだ。肩幅が広くがっしりした体格の安《アン》に圧倒された。

「金《キム》　重《ジュン》　萬《マン》とおっしゃいました？」

「そうです。金重萬《キムジュンマン》さんです」

「知りませんが」

「ソウル永登浦《ヨンドゥンポ》の金重萬《キムジュンマン》さんを知らないというのですか？」

「分かりませんね」

「調べがついているのに白を切るのですか？」

刑事の目が一瞬吊り上った。

「一体どういう人ですか？」

抵抗的だと誤解されぬよう神経を使い、隣の警官にも目をやった。

「ほほーっ。誰に聞いておられるのですか？　つい最近も電話で話されたでしょう？」

「見ず知らずの人とどうして話すのですか？」

「十五日前に電話を掛けてきた金《キム》さんを本当に知らないといいきるのですか？」

「十五日前ですか？　十五日ほど前ならソウルに住んでいるという人から、夜に電話をいただいたのは事実です」

私は虚ろな表情で言葉を濁した。

「電話を受けたのに名前をご存じないのですか？」

「名前もいわずに聞くことだけきいて、電話を切りましたが、ひょっとしてその人が金重萬《キムジュンマン》さんだったんですか？　私の知り合いにはそんな人はおりませんが」

「名前も聞かずにお話しされたのですか？」

「以前にも彼から電話がありましたが、そのときも聞きたいことだけきいて、また電話しますといい残して一方的に切ってしまいました。今回もそうです」

「何を聞きたいのですかな？」

「おおよそ察しがつくと思いますが」

「察しがつく？」

実は思い当たる節があって、気を引き締めねばと考えていた。二人は私の表情を射るように見ていた。緊張感が走る。電話の相手が最後にいった言葉のためだ。「最近、大統領候補の連中ときたら、全斗煥《チョンドゥファン》派の赦免のことばかりいってやがる。あいつら赦免されてみろ、一巻の終わりにしてやるから」その時まで精一杯穏やかに喋っていた者が、豹変したように急に大きな声でわめき、電話を切ってしまったのだ。

「何年か前に地方版の雑誌の、〈尋ね人〉という欄に投稿したことがあります。その雑誌が店頭に出てまもなく、四十歳くらいの人から電話がありましてね、探している人は現れたのかと訊くんですよ。いいやと答えるととても残念そうでした。今回も同じことを訊きましたがね」

その雑誌は十号も出ずに廃刊になった。

「会いたいその人とはどんな人物ですか?」

「話すとちょっと長くなりますが、五・一八(一九八〇年五月一八日から二七日まで、全羅南道の光州《クァンジュ》を中心に起こった民主化抗争)当時、ですから五月二十二日のことです。その日は市民軍の勢いに逼迫した軍部の非武装部隊が、無等山《ムドゥンサン》に追いやられた次の日で、午後には道庁で大学生らが学生収拾委員会を組織しようとしたんです。ちょうどその時突然現れて、『今は戦うときではないか! 収拾しとる場合か!』と銃で脅しをかけた人です。あのときの一挙手一投足が印象的であんな投稿をしたんですよ。彼を見たのはあれっきりで、話したこともなければ名前も知りません。特徴といえば三角形の目をしてるということくらいです。あの文は〈三角目〉というあだ名で出しました」

安《アン》は「〈三角目〉ですね」といいながら手帳に書き込んでその雑誌が残っていないかどうかきいた。家にあるというと、雑誌を持って警察署に同行するようにと促した。私が取り調べの真相を質すと、ソウルに連絡することがあるのであなたの協力を乞うたまでだという。口では〈協力〉だが態度は威圧的だった。ただごとではないようだ。

「うちの社は電子製品の下請けをしてまして、元請け会社の理事長と……」

釣りに行く約束があるというと、雑誌だけ拝見すれば、空港まで送るとのことだった。私は容燦《ヨンチャン》に電話をかけ、朴《パク》社長の家へ寄って空港へ来るように頼んだ。自動車は光州《クァンジュ》ナンバーで、連れの警官が運転した。

「金重萬《キムジュンマン》はその〈三角目〉と知り合いのようでしたか?」

「そうは見えませんでした」

「ならば何のために〈三角目〉に関心があるのでしょうかね?」

「私もそこんところを訊いたのですが、自分も五・一八のときは誰よりも必死に闘ったので、彼のような人物は話を聞いただけで親友に思えて、といってました」

金重萬《キムジュンマン》は五・一八研究所から出ている、光州《クァンジュ》抗争参加者の口述資料集をすべて読んだといったが、そこまでいう必要はなく伏せておいた。その資料集は、抗争参加者五百名の証言を記した膨大な文献で、彼はそこに書かれた一人一人が皆親しい友人のように思えて、退屈なときにはそれを引き出して読むともいった。

「金重萬《キムジュンマン》は、五・一八ではどう闘かったといっておりましたか?」

「そんなことは話しませんでした」

「怪我をしたようでしたか?」

「分かりませんね」

「今までどんな仕事をしていたのでしょうか?」

「そんなことも話しませんでしたね」

「〈三角目〉以外に、他の人を探している様子はなかったですか?」

「彼以外のことは何も」

彼らは私の部屋まで入ってきて雑誌を探すあいだ、本棚や部屋の隅々まで鋭い目で見渡していた。私は〝お好きにどうぞ〟といわんばかり余裕ありげに行動した。雑誌を探し出し例のページを開いて渡し、釣り道具を揃えた。安《アン》は手洗いにも入り、水が飲みたいといって冷蔵庫を開け、冷たい水を飲んだ。外へ出るなり彼はエレベータの中で雑誌を読みはじめた。

「〈三角目〉はその時M16を担いでいたんですね？」

そうだと答えた。文が短く安《アン》は即読した。

「『M16の銃口を上に立てて握り持った〈三角目〉は、三十歳前後の痩身で身長は低く色黒で、上下黒の作業服を着て労働者風であった。左腕は怪我をしたのか包帯が巻かれており、目は特に印象的だった。三角に角ばった彫りの深い目から放たれる眼光は鋭く、レーザー光線が目に見えるとしたら、あんな風なんだろうと思わせるほど強烈だった』これ以外にほかの特徴はなかったですか？」

「別に特徴らしい特徴はなかったですね」

「左腕の包帯からして怪我はひどいようだが、それなら補償申請はしているでしょうね？」

知らないと答えた。

「『私はその後彼を見たことがなく、憲兵隊の営舎でも何人かの人に尋ねたが、それから彼を見たという人はいなかった』と書いてありますが、そうだとすると彼はその後どうしたんでしょうかね？」

「私もそこが気掛かりでその文を書いたんですよ」

「鄭《チョン》課長はどうして逮捕されたのですか？」

「デモ中に捕まったのですが、単純加担者として訓告だけで釈放されました」

車は空港に近づいていた。彼は携帯電話を取り出し、どこかへ掛けた。

「安《アン》です。市庁の五・一八補償関係担当者を待機させて下さい」

車は空港に着いた。

金重萬《キムジュンマン》について思い出すことはないのか、ゆっくり考えるようにといい残し、彼は急いで空港を出た。

私は走り去る車の後をじっと見ていた。どう考えてもただごとではないようだ。にわか尋問で終わればよいが、どこまで引きずり込まれるのかと思うと、えも言われぬ気分になった。まして安《アン》に正直に応じていないことが一つや二つではなかった。金重萬《キムジュンマン》は抗争時に足に傷を負ったと言ったが、それも伏せたし、私が〈訓放〉されたということも事実とは異なる。二十七日の明け方、機動打撃隊に参加して捕まり、背中に〈過激、交戦後逮捕、M1製大剣所持〉と書かれ、想像を絶する拷問を受けた後、金を使って〈訓放〉形式で釈放されたのだ。単純加担者とは、奴らが賄賂を取って作り上げた処理内容だ。金重萬《キムジュンマン》が電話を切りながら言った言葉が耳元で響いた。

私より心配なのは容燦《ヨンチャン》の方だ。彼は大学時代から光州《クァンジュ》虐殺者達は、必ず、国民の手で処罰すべしといきり立っていたし、その根拠を説く論理も整然としていた。大学卒業後は、後輩らに持論を披露していたが、情報機関に尻尾を捕まれ痛い目に合わされたこともあった。以後、その手の話には口にチャックをしている。恐らく現在も何か企てているようだ。

容燦《ヨンチャン》が着いた。私は安《アン》が来たと口早にいった。以前、金重萬《キムジュンマン》から電話があったことは彼も知っている。もちろんそのときは彼の名が金重萬《キムジュンマン》とは知らなかったが。

「彼が金重萬《キムジュンマン》だとしたら、何か事件を起こしたんだろう」

「どうもただごとではないな。その刑事は金重萬《キムジュンマン》との通話者照会で僕を割り出したようなんだが、最初なんか、僕に詰問する態度がまるで共犯者扱いだ」

「君はただ彼の電話を受けただけだろう、何も問題ないじゃないか?」

「それでも気にさわるよ。光州《クァンジュ》抗争のときの僕の行跡を聞いたり、思い出すことがないかじっくり考えるよう言い残したり、僕だけでなく周辺の人物にまで手を伸ばしそうだ」

「心配無用だ。金重萬《キムジュンマン》と関係がなければそれまでだよ」

容燦《ヨンチャン》は余裕綽々だった。つられて私も幾分かは安心した、が、なぜかすっきりしない。今一度、彼の表情をちらっと見た。が、これといって動揺する気配もなかった。

飛行機が到着した。

朴《パク》社長は、釣り道具を肩にかけた金成輔《キムソンボ》理事の後に続いて、爽やかな表情で出て来た。四十代半ばの金《キム》理事は胸が広く頑丈で、かなり壮健そうな体つきである。私は彼の釣り道具を担いだ。

「柳容燦《ユウヨンチャン》は僕の甥なんだ。僕の下で働けと勧めるんだが鯛の尻尾はいやだといって、自分で店を構えて鰯の頭になったんだよ」

みなが笑った。夕食は途中で取ることにして出発した。

「金《キム》理事が場所代を払わずに人の縄張りを荒らしたらしいんだ。これからは税金を貰わんといかんなあ」

朴《パク》社長が豪快に笑った。

「この前は容燦《ヨンチャン》が四三センチもある奴を釣ったんだ。三万元《ウォン》の賭金を泣き泣き払ったよ。金《キム》理事も賭けるでしょう? 鉄は熱いうちに打ちましょうや。三万元《ウォン》ですよ。ここは鯛だけが魚扱いだ。ご存じですね?」

朴《パク》社長は財布から金を出しながら格好つけた。

「しかしね、賭け金を出したところでどの道また、自分の財布に戻ってくるのに、出したり入れたり、煩わしいね」

金成輔《キムソンボ》は財布から金を出しながら自信ありげな口をたたいた。

「ほほーっ。その手の話は海では小さい声で言うもんです。魚の奴らそれを聞いたら笑い過ぎて咳込みますよ」

「煩わしいのは私も右にならえだ。が、ゲームですからね、ルールは守らないとね」

容燦《ヨンチャン》はそういって、私に自分の分まで払うようにと笑った。

「はいはい、ようござんす。明日僕の前に出てくる奴の顔をよーく見てろよ。笑い過ぎて口が裂け、ヒクッヒクッとシャックリあげながら苦しそうに上がってくるから」

「こちらの海の怖さが分からんようですな。私めが儲かることになりますよ。地団太踏んで後悔しますよ」

「西海岸で熊みたいなヨロイメバルを相手にしているこの腕には、太刀打ちできんでしょ」

「奴が熊みたいだという話はあってますね。雉狩り、鹿狩り、猪狩りといろいろあるが、恐らく熊狩りは、最強の虎を狩るのと同じレベルですからね」

「虎のレベルか、ウサギのレベルか僕は知らんが、ヨロイメバルという奴は食いつき方もそうだが、食いついたと思いきゃ、鼻しか下げないんだよ。まあ、そう考えれば熊と綱引きするようなもんだね」

「鼻しか下げないからって熊と綱引きするみたいに、ただ引っ張るだけではね。相手は釣り糸だよ、貨物船のワイヤーじゃあるまいし」

「ハハハ、もっともだ、とにかく油断禁物、気を引き締めてくれよ。聞くところによると、金《キム》理事の買った釣り具という代物は全国の釣り場を隅から隅までインプットしてるらしいよ」

私は安智春《アンジチュン》刑事のことが脳裏から離れなかった。容燦《ヨンチャン》の言うとおり私には別に不利な点などない。だが私の部屋でギョロッと光った彼の鋭い目が、脳裏にこびりついて離れなかった。

「去年の今頃も所安島《ソアンド》で楽しんだんでしょ?」

「そうだよ。その時もちょうど満ち潮のときで、楽しませてもらったポイントは、全部チェックしておいた」

金成輔《キムソンボ》はジャンパーの内ポケットから手垢の付いた手帳を取り出し、朴《パク》社長の前に広げた。

「釣りをしながらポイントまでチェックするんですか?」

朴《パク》社長が驚いて手帳を覗きこんだ。船長の中にはポイントを何カ所か正確に記憶している連中がいるが、釣り人がポイントを記録するのは珍しかった。

「みな、頑張ってくれよ。ソウルに魚を取られるのは許せるが、カネを取られたら光州《クァンジュ》の財界から糾弾されるからな」

「明日も所安島《ソアンド》に行かれるんですか?」

私は金成輔《キムソンボ》の方に首を伸ばして訊いた。

「私の知人が一人そこに住んでいてね、莞島邑《ワンドウプ》で待っているはずだ。今晩は一緒に泊まって、明朝発つようだ。明日は所安島《ソアンド》で泊まろう。あちらの旅館もなかなかだ」

目の前に所安島《ソアンド》の景色と海が浮かび困惑してしまった。所安島《ソアンド》は美善《ミソン》の故郷で私は彼女の家へ行ったことがある。高三の夏休みに姉と一緒に四日間も過ごした。それは感動の連続で、美善《ミソン》が私の暮らしの中に大きな位置を占めたのも、そのときからだった。

美善《ミソン》の電話の声が耳元で鳴った。久しぶりにお昼を奢るといった。久しぶりといえば正味どれぐらいだろう？　半年前に会って以来だ。ということは光州《クァンジュ》抗争被害者の姉の話を口にしたのは何時のことだ？見当もつかない。私の方から聞かない限り、姉の話は口にしなかったし、機会を狙って聞いてもただ「そうね」としかいわなかった。そんな彼女が今日は自分から進んで電話をかけ、姉の話をした。声も弾んでいた。その直後、金重萬《キムジュンマン》の件で刑事が訪ねて来た。明日は所安島《ソアンド》で釣りをし、宿を取る。偶然にしては、ちょっと奇妙な偶然だった。すでに終わったはずの光州《クァンジュ》抗争が、奇怪な形で近づいてくるようだった。

2　巣を探し求める山鳥

「深い深い山の中に巣を造って小鳥を育てる山鳥、知ってるでしょう？　山鳥にはその巣が自分のすべてで、麗しい山河は餌を探す場所にすぎないのよ。花がいくら美しくても、餌でないから山鳥には関心ないわ。鳴き声がいくら美しくても所詮他人の祝宴を賑わすだけのものなのよ。私もね、養わなきゃならない家族を三人も抱えた山鳥なの。ほかの巣に飛んでゆく望みを抱くなんて、獄中暮らしをする無期囚〈終身刑の囚人〉が昼間に見る女房の夢より空しいことよ」

美善《ミソン》が、私に結婚するよう勧めたときの言葉だ。彼女の肩には姉とその息子、そして八十歳になる祖母が重くのしかかっていたのだ。

　それが姉の補償金を受け取ってから事情が変わった。化粧品店の店員だった美善《ミソン》は、補償金を上手に使って、去年の年末には自分名義の化粧品店を出し、店員を雇うまでの甲斐性持ちとなった。だが、華やかなはずの開店祝いの席でさえ、表情には暗い影が宿っていた。綺麗に化粧するともともと美しいもち肌は、水気をたっぷり吸った木のように、生き生きとして活気に溢れ、とても三十五歳には見えなかった。しかし活気に溢れているとはいえ刈り上げた頭を尼僧頭巾の中に隠して静かに笑う、若い尼僧の活気であった。私の姉の結婚式にきたときもそうだった。接客を任かされ、訪れた客をむかえたときの彼女のつくり笑いも、虚しく流れ行く歳月の中に人生を埋めた、虚無感漂う無期囚の笑みであった。あのとき私は、グラスを手に式場の片隅に立って、笑みを浮かべ接客する彼女を、舞台上の演技者でも見るように眺めていた。

　光州《クァンジュ》抗争後、彼女の姉は精神病院の入退院を繰り返した。正気であっても催涙弾の臭いを嗅ぐと、たちまち発作を起こした。服についた臭いを嗅ぐだけでも発作を起こす状態だった。一度は退院手続きを終え、病院の前でタクシーに乗ったが、そのタクシーがデモ現場を通ってきた車だったようで、またたく間に発作を起こして咳ごみ、また出戻り入院したというあり様だった。だから姉妹は催涙弾を避け市街地から遠く離れた、無等山《ムドゥンサン》の裾野の閑静な田舎へ引っ越し、今もそこに住んでいる。それなのに、先々週は催涙弾の粉を被ったにも拘らず無事だったと言い、雪岳山《ソルアクサン》まで旅行もし、姉が通っていた大学まで行って来たという。時には大学当時のことを歌でも歌うように話すという。その大学に行くのは催涙弾の臭いを嗅ぐぐらい危険なはずなのだ。恐らく催涙弾の粉であらかじめ試してみて、何ともなければ完治したものと確信しようと、そんな冒険までやったのだろう。町に出ても無事だったので、私に電話をかけてきたようだ。美善《ミソン》は十七年間姉の病気と付き合いながら、自ら半分は医者になったようなものだと言っていた。

不幸な過去を背負う人々はその過去に呪縛され、幸福な現在を生きることがままならず今も悶え苦しむ。光州《クァンジュ》抗争のとき、息子を亡くした人は、隣の息子が育つ姿を見ては、我が息子の姿を思い出して涙し、怪我した足を引きずって生きてきた人は、暮らし向きが苦しくなると、痛む足に触れては悔恨の念に捕らわれる。

私も大学を卒業すると同時に五・一八研究所に入ったが、もう光州《クァンジュ》抗争から身を引こうと二年後には辞めて、いま勤めている会社に就職した。研究所で一日中資料を読み、情報収集で市内を歩き回った過去の日々、人々がいそいそと動き回る普通の生活空間が、私には常に闘争空間であった。月給がきちんともらえる職場に就職したのも、光州《クァンジュ》を闘争空間ではなく、生活空間として受け止め暮らしたいという願望からだ。平凡に働きながら、誰もがそうするように結婚までしてしまった。私は光州《クァンジュ》抗争と訣別し、美善《ミソン》とも別れるという決意を、このような形で現実的に表したのである。

暖炉に火がない寒々とした部屋で、高い小枝に乗っかった〈美善《ミソン》〉という名の巣だけを眺め暮らしていた私の生活は、結婚するや活気を帯びた。しかし不本意に焦ってした結婚ゆえ、まもなく夫婦生活には深い溝ができた。おおらかだったがあまりにも自由奔放な彼女の性格とは、回転ドアの狭い空間を大股で歩くとガラスにぶつかるように、よく衝突した。もちろん互いに努力もした。しかし一度ぶつかると溝は広がる一方で、三年後には破局を迎えてしまった。

この頃に姜智妍《カンジヨン》が現れ私の生活は一変した。彼女は大学の後輩でインターンだった。光州《クァンジュ》抗争をテーマにした論文を作成するため、市内に間借りして資料を集めている最中だった。私の恩師で彼女の指導教官にあたる教授に頼まれ、資料調査を手伝った。が、資料の整理などはほとんど私がやったようなものだ。闊達な性格の者が往々そうであるように彼女もしかり研究熱心で、かつ感激派だ。いつの間にか私を〈上様〉にしつらえ、あたかも宮仕えする侍女さながらにふるまった。私は二年間研究所で資料を整理した貴重な経験を持っている。これほどの協力者を探すのは至難の業といえる。それどころか私自身が人一倍闘った闘士本人ではないか。事実関係を調査し、資料を検討し、度重ね討論するうち、彼女は私のアパートに遠慮なく出入りするようになった。

男やもめ暮らしのアパートに女が出入りすると、枯葉が舞う侘しい庭に暖かい陽が差し、冬ごもり中の虫みたいに食べたり食べなかったりと、不規則がちだった食卓に変化が起きる。そうこうしている間に、二人の関係はどうだこうだと噂がたちはじめ、会社にまで広がっていった。年齢は十歳もあいており、不釣り合いな者同士の関係だと興味の種になり、このまま進行すると男やもめが生娘をめとるのではと、特に女子社員は目を光らせた。噂は姜智妍《カンジヨン》が会社にかけてくる電話の頻度に比例して膨れ上がり、好き勝手に枝をはっていった。ところが最近はあべこべに噂が事実に追いつかないようだ。数日後、姜智妍《カンジヨン》は私のアパートに越してきたのだ。

3　攻守団と市民軍

「天気予報はしっかり聞けよ。ニュースは聞かんでいい。どうせ大統領候補の罵り合いにきまってるからな」

朴《パク》社長は柳容燦《ユウヨンチャン》が耳にラジオのレシーバーを差し込むのを見て言った。柳《ユウ》は時間単位でニュースを聞くのが癖だった。釣りをするときも例外ではなかった。私はそんな柳《ユウ》に注意を向けていた。彼はいつでもどこでも何かを考え、時間単位でニュースを聞くが、この二つが何やら関係がありそうだった。

全斗煥《チョンドゥファン》一派が逮捕されてから半年程たち、彼ら全員の司法処分が決定した頃のことである。光州《クァンジュ》郊外の部品会社に出向し、担当社員と近所の小さなレストランへ入った。その時、奥まった隅の席で誰かと話している柳《ユウ》を見かけて驚いた。彼がこんな所まで来るのもそうだが、見知らぬ男と話をする雰囲気がかなり密話らしかった。都心から遠く離れた郊外なので、私もそこは初めてだったのだ。

「これは、担当官、担当官じゃありませんか?」

私の横に座っていた若者がガバッと立ち上がって声を上げた。

「こんなところで、どういうことなんだ? ああ、そうか! 田舎はここだったな? 今何してる?」

「去年大学を卒業して戻って来ました。いまだにぶらぶらしてますよ。今もそちらにお勤めですか?」

男はそうだといい残し手洗いに行った。彼がトイレから戻るや若者は、時間が許すならご馳走したいと申し出た。男は今日は忙しくてもう帰るからと辞退し、隅の席へ戻った。柳《ユウ》と話していた男だ。担当官とは矯導所受監者が監房担当の教導官を呼ぶときの呼称で、若者は大学生のときに、デモ事件の類で懲役暮らしを経験したようであり、その男はおそらく拘置所なり矯導所の教導官だ。卒業して田舎に帰って来たのなら、若者はソウルの大学に通っていたことになり、懲役暮らしをした所とは、ソウル近郊の拘置所か矯導所になる。そこには、全斗煥《チョンドゥファン》一派が収監されているという事実が頭を過ぎった。私の想像力は風車のごとくぐるぐる回った。

「明日は天気上々らしい」

莞島《ワンド》町に近づくと朴《パク》社長は車窓に目をやりつぶやいた。私は先ほどの竜巻を思い出し、ちょっと気になった。ホテルの前に車が止まると、四十ぐらいに見える男が走ってきて出迎え、金成輔《キムソンボ》に深々と頭を下げた。

「紹介するよ。明日一緒に釣りをする車寛浩《チャグァノ》船長だ。いやいや、社長だな」

金成輔《キムソンボ》が両者を紹介した。

「車寛浩《チャグァノ》と申します。島で小さな養魚場をやっています」

彼は丁重に挨拶した。顔は島の人間らしく黒く日焼けしていたが、語る物腰にはかなりの重圧感があった。朴《パク》社長は彼の手を握って派手に振った。金成輔《キムソンボ》と朴《パク》社長は車寛浩《チャグァノ》と共にホテルに入り、私らは釣りの状況を探りに餌屋に寄るといって別れた。

渡船場に着くと潮の香りが鼻に沁み込んだ。「ここは海だぞ」と、耳ではなく鼻に告げんばかりだ。塩分を含んだ風がひんやりと冷気を運び、暗闇がそろりと体に潜り込んできた。夜の帳に包まれた海面には色とりどりのネオンが波に乗り軽やかにダンスを楽しんでいる。遠く隔たった島では、大小の光がお喋りしたそうに忙し気に点滅し、船着き場に係留された船は岸壁に頭をぶつけては、恐怖に追っ立てられた獣のように、陸に上がらんばかり船体をきしませた。

闇が支配する夜の海はいつ見ても不気味だ。それゆえか海辺にはお化けの話が多い。陸で人が死ねばそれがどんな死に方であれ遺体は大概横たわっているものだが、海ではみな決まって凄じい姿で上がってくるから、想像力もその分大袈裟に掻き立てられるようだ。水泳客で賑わう海水浴場でさえちょっと深く潜ると、髪をばらした水死者が足を引っ張るような恐怖を感じるが、これもそのためかも知れない。人のいない夜の海はその静けさゆえに死んだように見えるが、波は時には大きく、また時には小さく呼吸する。岩に当たって砕ける波の音は風に乗って様々に変化し、幽霊の泣き声に聞こえ、怪しげで怖かった。

餌屋に寄ると、主人から今日釣りに出た連中は皆、クーラー一杯氷を詰めていったと聞かされた。釣りシーズンだけにもっともな話だ。仕掛けをいくらか買って先に店を出た柳《ユウ》が、向こう側の飲み屋を指差した。以前にも一度入ったことがある〈うなかぜ〉だ。島とはいえ路地に漏れる電気の光は暖かい。真ん前の黒い海は死んだように横たわっているが、ネオンサインが点滅する道は、どの路地も活気に溢れていた。カウンターには若い衆が三人、酒を飲みながらカウンターをトントンたたいていた。

「車寛浩《チャグァノ》めが、あいつ何しにここに来よったか知っとうか?」

頬骨が出っ張った男が、ドングリ目をギョロつかせわめいた。前に座った正装の男は、ただ彼を見つめているだけだ。都会から田舎に帰って来て友達と飲んでいる風だった。カウンターには彼ら以外誰もいなかった。

「あいつあ、攻守団にいたときの上司に会いにきよったとよ」

〈頬骨〉がまくし立てた。私らは驚いて目を見合わせた。先ほど紹介された船長の姓も「車《チャ》」で、注意して聞くと名前も「寛浩《クァノ》」だ。

「何だと! 車寛浩《チャグァノ》が、攻守団の上司を出迎えにきたとな? ほんだらば将校じゃなかとな?」

〈頬骨〉の横に座った若いのが、口に運びかけた杯をとめて聞きなおした。

「そうじゃ、五・一八のときの攻守団の将校たい。車寛浩《チャグァノ》の蓄養場もあいつが許可を出したし、銀行融資もあいつがバックで操ったときいとるばい。あいつら、光州《クァンジュ》市民を殺したときみたいに、上司も部下も一緒になって悪事を働きよったとよ」

蓄養場は屋内でする養殖場とは違い、海辺に貯水施設を築造し魚を育てる養魚場である。

「どうせそげなこっちゃろ。畜生め。昔の攻守団の連中は、未だに上も下も一緒くたになって、何じゃ？許可も出して、融資もバックで面倒見て、こういうこっちゃな？　やってくれるじゃんか。アホくさい！」

デコが橋の欄干みたいに飛び出した若者が、「アホくさい」に力を入れ焼酎を空けた。

「それは違うぜ、蓄養場の融資の件は俺も知っとるが、車寛浩《チャグァノ》が先立って手を打つ所はみんな打って、挨拶回りも全部自分でして、一人で飛び回った結果だぜ」

〈正装〉が右手と首を同時に横にふった。

「お前も俺も正直なとこ田舎者たい。手を打つにしても専門的な知識がなきゃ打てんじゃろ。手当たり次第に金をばらまいたところで効果は出んわい。あの、光州《クァンジュ》に来とった連中はみんな全斗煥《チョンドゥファン》の手先どもじゃなかな。国中で奴らの悪事に汚染されとらんところがどこにあったとな？　寛浩《クァノ》がこげな晩に、所安島《ソアンド》からここまで船漕いであたふたとやって来るとこみちょると、あったりきしゃりきのケツの穴ブリキばい」

海辺の人は声が高い。上品で小さい声は風と波の音にもみ消される。荒い波を掻き分け暮らしてゆくうち感情もそれなりに荒くなってくる。

「奴らは夏であろうが冬であろうが、いっつも凌ぎやすい快適なところで暮らしとるけん。奴らにズタズタにされたわしら田舎者は、寝ても覚めても垢で汚れたゴザの上というわけじゃ。こういうことじゃろが？　フン！　五・一八のときにゃ舌を抜けと言われりゃ抜き、撃てと言われりゃ撃ったんじゃろが。そんな調子で今も『ハハア、上官殿』、『これこれ部下や』ってな調子で、来いと言われりゃ行き、行けと言われりゃ来る。夜中じゃろが、真っ昼間じゃろうがハアハア喘ぎながら行ったり来たりしとっとよ、ハーン」

〈欄干デコ〉はフン、ハーン、と言葉尻の語気も実ににぎやかだ。

「車寛浩《チャグァノ》の話をすると思い出すなあ。あのときは脱走もできず本当に狂いそうだったな。あるときなんかは、捕まって連行される友達の弟を俺が返してやったんだが、ずうっと後でバレてしまって。でもあいつはとがめんかったなあ。いずれにせよそんな気持ちも理解してあげんとなあ……」

〈正装〉は首を横に振った。

「何じゃと！　気持ちがなんじゃ？　そうか、気持ちがなんやから、あいつは光州《クァンジュ》市民をやっつけんと、助けてくれたちゅうとな？」

「おぶって助けることはできんかったが、手加減はしたということなんだよ！」

〈正装〉も言葉尻を荒げた。

「そうか。お前のいうとおりじゃとしようや。そんな奴が昔の上官だからちゅうてそいつをここまでお連れして、どうぞと船に乗せ、魚を釣って差しあげて、要するに尻尾を振っちょるわけな？」

〈頬骨〉が拳でテーブルをたたいた。その時、厨房から中年の男が現れた。

「やあやあ、カンホや、屋根が飛んでしまうばい、吹っ飛んでしまうばい。カンホの声が大きいことは、莞島《ワンド》の人間ならみんな知っちょる。柱は鉄筋だし、セメントでスロープをしっかりつけたから崩れる心配はなかばってん、そげな大声でわめくとわしゃここで商売できんようになるたい」

中年の主人は軽くたしなめ席に座った。

「兄貴は奥で寝ちょったらよかとよ。なんして出てくるとよ？」

「爆弾が破裂する戦場で寝てろちゅうんか？　眠とうても寝られんばい？　なかでこっそり聞いとりゃ所安島《ソアンド》の車寛浩《チャグァノ》のことのようじゃが、あいつはそんな人間じゃなか。思い違いをしちょるばい」

〈正装〉がおやじに杯を渡した。主人は片手で酒を受けるわ、もう一方の手は振るわ、目は杯とカンホを往復するわ、忙しさが半端じゃない。

「ほんじゃ、兄貴はいつから孔子様におなりになったとな？」

「わしが一言でもしゃべるとお前はすぐさま左巻きで皮肉りよる。わしの言ってることが間違ちょるかどうか確かめたいなら、明日でも所安島《ソアンド》の船着き場へ行って、船から降りる人に手当たり次第聞いてみんしゃい。車寛浩《チャグァノ》の心根でも人徳でも何んでもよかたい。わしの言うたことが間違っちょるかどうか聞いてみんしゃい。馬鹿たれが！」

主人はカンホを一瞥して焼酎を空けた。

「生きとる人間をなぶり殺しにした奴らが、今もグルになってやりたい放題やっちょるのをみてると、あったりきしゃりきじゃなかか？　俺がなんが悲しゅうて渡船場まで行って、急ぐ客の足止めて、『どげな奴な？』って聞かにゃならんとよ」

カンホは近頃の若者にしては珍しく頬骨が出っ張っており、その出っ張った頬骨に頑固な意地の固まりがそのまま詰まっているように見えた。

「お前はどげんなっちょるな？　いっぺんヘソを曲げたら戻すっちゅうことを知らんとな？」

「兄貴、解らんかったら、ちょっと黙っててくれんね。あいつが攻守団の将校にひっついて、ここまで引っ張ってきたから言うとっとよ。一体ここはなんちゅうとこじゃ？　ええ？　海の汚染はごみを捨てたり、タンカーがひっくり返るから起こるんじゃろ？　莞島《ワンド》も所安島《ソアンド》も普通の島か？　違うじゃろ！　どういう島と思うちょるか、とこういうことと違うとな。兄貴もおとし所安島《ソアンド》独立運動記念塔を建てるのに献金して、その除幕式に参加したときにゃ、喉がかれんばかり万歳を叫んだじゃろが？　そのときしっかり見たとよ。兄貴は万歳を叫ぶときも拳をグッと握りしめて、一人でも打ちのめしたる、そんな勢いで叫んでたじゃろ！」

　みな笑った。私は記念塔という言葉にびっくりした。所安島《ソアンド》に独立運動記念塔を建てたようだ。私は所《ソ》安島《アンド》独立運動を良く知っていた。昔、美善《ミソン》の家に行ったとき、彼女の祖母が当時の経験談を、年度を思い起こしながら順序を追って話してくれたのだ。日帝時代には島全体が抗日の雰囲気で溢れていたと言った。あるときなど抗日運動で島人十余名が懲役暮らしを余儀なくされると、住民達は懲役は共にできなくともその苦労だけでも一緒にすると、真冬でも布団を被らず寝たと言った。小さな南の島で起こった運動だけに脚光を浴びることもないと嘆いていたが、ようやく記念塔が建ったようだ。柳《ユウ》もこの島の独立運動を知っていた。昔、私が話して聞かせたのだ。

「それはそれ。これはこれ。昔の上官と部下の関係は過去で、今は人情と人情の交わりじゃ。それ以外の何ものでもなか」

「たまらん、失せろや。そげな孔子様のような話をしちょるときじゃなか。大統領候補に立ったもんは、全斗煥《チョンドゥファン》や盧泰愚《ノテウ》らの赦免とか何とかがなり立てやがって、こちょこちょとわしらの神経ばこそばしよる、こげなときにな、ここがどこや思ってそんなもんまで連れてくるとな。とこういうこっちゃ。そげな奴がここへ来たと知ったら明日はおとろしかことになるばい。船を出してそいつらの船の横腹にパッチギ〔頭突き〕する奴がよおけおるばい」

「おおとる！　そげな奴ここにも一人いるばい。俺の船は新しいけん、よー走りよる、俺が行ってゴツンと当たっちゃる。気が狂ったまねして船底ばひっくり返るように、船縁を容赦なくパッチギしちゃるぞ。人間も船もゴロゴロかき混ぜてやっつけちゃるから、まあ見ちょれ」

主人が出てきてからは言葉を控えていた〈欄干デコ〉が逞《たくま》しく言いきり、グッと出っ張ったデコの下で逆らうように主人をにらんだ。

「幸運の女神に見捨てられた奴の言うことはこれじゃ。お前は喋ると脳みその抜けた言葉しか出てこんようじゃな。アホか馬鹿か分からんたい」

「兄貴にゃ分からんことやけ黙っちょれ。じっとしちょれ。俺の耳に奴らの話が入ったらおしまいよ。腹の中の腸がいっぺんに巨大なヘビになるとよ。そいつが食道の入口で逆立ちしよっとたい。俺は奴らが生きている人間をたたきのめし、銃剣で突き刺すのを、路地から路地へ逃げ回るときにな、中学一年のこの目でしっかり見ちょったと」

「飲み過ぎた。帰ろう」

〈正装〉がカンホを促した。そのとき柳《ユウ》が私に目で合図し、レジへ行った。

「呉越同舟も他人事ではなさそうだ。こんなことしていると明日はとばっちり食らって、海のお化けになるやもしれんぞ」

柳《ユウ》が戸を閉めながら風を切るように笑った。二人はしばらく黙って歩いた。

朴《パク》社長はグーグーいびきをかいていた。私達はシャワーをあびて床に入った。柳《ユウ》は先ほど寝ついたようだが、私はなかなか寝つかれなかった。島に建てたという独立記念塔を中心に所安島《ソアンド》が新しい姿で迫ってきた。ずっしりと塔が建った所安島《ソアンド》は初めて己の姿を取り戻したに違いない。昔の所安島《ソアンド》での四日間がビデオテープで映し出されるように目の前をかすっては通り過ぎて行った。

4 幻想の島――所安島

田舎で肉牛を飼育していた父が、その間貯めたお金で通学用にと光州《クァンジュ》に家を準備すると、美善《ミソン》の姉の英善《ヨンソン》と仲がよい私の姉は、学期途中にもかかわらず二人が借りていた自炊式下宿を明け渡すようにして我が家に同居させたのだ。初めて美善《ミソン》を見た私は頭が朦朧とした。清楚な制服に高校一年のバッジをつけた美善《ミソン》が、月光の下で輝く泉のような黒い目で私を見ていたのだ。私は彼女に見とれポーとしていたが、はっと気づき上着を脱いで、手当たり次第荷物を運び入れた。机、椅子、こまごまとした台所用品まで手にとっては肩にかけて運び、脇に抱えて走った。練炭庫も水をまいて綺麗に掃除してやり、下駄箱も半分空けて一方を使えるように片付けてやった。

その日の夕方、私は勉強はおろか本の一ページも読めなかった。真っ白で清楚な制服におさげを結った美善《ミソン》の黒い瞳だけがちらついた。夜ごと入試勉強にまぶたをこじ上げ、睡魔との闘いのみ許されている高三の男子は、その日から勉強はおろか、受験生としての自覚すらかなぐり捨ててしまった。二階を使っていた私は一階の美善《ミソン》とはち合う機会が少なかった。そこで何らか気配を感じるとトイレにかこつけて降りて行ったり、学校から先に戻ったときは、必ず門を開けてあげたりした。

この頃には顔を合わせると、一言くらいは話せるようになっていたので、私はできるだけ早く戻り彼女の帰りを待った。

「美善《ミソン》か?」

「うん、ありがとう」

美善《ミソン》は「ありがとう」の一言を打ち水をまくように爽やかに言い放ち、玄関までの道をさっそうと歩いた。インプットされた動作とインプットされた一言が行き交うだけだったが、私の日々は門を開けるその瞬間を省いて、全てが味気なく無駄な時間に成り果てた。門のカギが一つ足らず、彼女の姉がコピーしてくることになっていたが、その都度忘れて戻る英善《ヨンソン》の忘れっぽさが私にはどれほどありがたかったか。

胸ときめく日々が二、三週間ほど過ぎたある日、美善《ミソン》の態度が急変した。満面に笑みをたたえていた彼女が、目を伏せうわべで黙礼し、玄関へ走って行くのである。「うん、ありがとう」この単純な言葉であるが、今まで明るくポンポン跳ねかえっていた声が干乾び、私が門を閉め終わる前にその姿は玄関の中へ消えてしまった。あたかも嫌いな人間を避けるような冷淡な表情で。清々しい表情は洗い流したように消え去り、冷たさだけが氷を張ったように残った。何かヘマでもやったのかな?と狼狽したが、いくら考えてもそんなふしはなかった。だからとて直接聞く訳にもいかない。何か言いさえすればより感情を害するようだった。私は部屋に戻っても立ったり座ったり、胸中は油が跳びはねる加熱されたフライパンそのものだった。それでも彼女が学校から戻る時間になれば、耳をそばだてチャイムが鳴るとあたふたと飛び出すのであった。

「美善《ミソン》か？」

ひょっとして何らかの変化があるのではと、「うん」の一言に全神経を集中させ、彼女が門をくぐる瞬間、昆虫が触覚で状況を探るように彼女の顔を伺った。しかし時が立つにつれ、声はいっそう小さくなり、伏し目がちな顔は北風にさらされたようにより冷たくなった。けれども〝ひょっとして〟と微かな期待をこめチャイムがなるたび、スプリングで跳ねる勢いで飛び出すが、相変わらぬ冷たさの前で、私の期待はボロボロに崩れ去ってしまうのだった。勉強に集中しようと気を持ち直すが無駄だった。家でも学校でも、本を開いて座りさえすれば視線はぼーっとどこか一点を眺める始末だった。

「言いなさいよ、何があったのよ？」

「何で騒ぐのよ？　することちゃんとやってるじゃない」

居間の話し声に耳を傾けた。

「やることしないって言ってんじゃないの！　よそ様の家にお世話になってるのに、毎日いがぐりみたいな顔ぶら下げて、申し訳ないったりゃありゃしない」

姉の英善《ヨンソン》は歯がゆくて耐えられないという声だった。どうも尋常ではなさそうだ。

「あいつ何であんなに澄ましてるんだ？」

私は考えた挙句、姉に皮肉っぽくあたってみた。

「性格って歳が下にいけばいくほど、頑固だっていうじゃない？　英善《ヨンソン》も美善《ミソン》のために気がめいるね」

姉の尖った口も非難調だった。

夏休みが近づいたある土曜日だ。私が家に戻ると姉妹の部屋から笑い声が漏れていた。客でもないようだ。二人だけでケラケラと笑っている。私は居間で耳を傾け、自分の部屋に戻ってからも下の階に耳を集中した。しばらくして今度は英善《ヨンソン》が私の姉とキャッキャ騒いだと思うと、姉妹二人して出ていった。

「何かあるよ、あの二人。今日は私達に奢るって」

姉が「どうなってんの?」と、怪訝な表情で入ってきて用件を告げた。何があったのかと問うたがそれは後で話すらしいと言い、とりあえず五時に中華料理店で会おうとのことだ。キツネにつままれたようだがとにかくこれで謎は解ける。ケラケラ笑っていたあの声から察するとスムーズに解決したらしい。二時間も先だが私は前もって服を着替え、じれったい時計の針とにらめっこし、姉の呼び声に転がるように階段を駆け下りた。

「今までごめんね、間借りの分際でこの頑固者がね、無愛想な態度で家の雰囲気を壊しちゃって、本当にごめんね。口で謝るだけじゃ足りないから一席設けることにしたの。膨れっ面して何も言わないから、歯がゆくて我慢できなかったけど、聞いてみるとそれなりの訳があったのよ」

英善《ヨンソン》には姉らしい余裕と愛情が溢れていた。

「美善《ミソン》の変化はね、教師の納得いかない行為が原因だったの。私たちだって教職に就く時は、気をつけないとね」

と、前置きして英善《ヨンソン》はちょっと間を置いた。

「歴史の授業で時間が残ったものだから、先生が『何か質問はないか?』と聞いたんだって。そこで美《ミ》善《ソン》がね、日帝時代に活動した〈新韓会〉ってどんな組織なのかと質問したのよ。そしたらそのえせ教師が恥をかかせたってわけなの」

「ただそんな風に聞いただけじゃないのよ」

美善《ミソン》が乗り出した。

「私は所安島《ソアンド》出身だと出自からはっきりさせたのよ。『日帝時代に〈新韓会〉という抗日団体があって、創立時の常任幹事は所安島《ソアンド》出身の宋来浩《ソンネホ》先生だと聞きましたが、それはどんな団体で、その方はどのような活動をされたのか詳しく知りたいです』こう言ったのよ。そしたら所安島《ソアンド》はどこにある島かときくので、莞島《ワンド》にある島だと答えたら『小』が付くからちっこい島〈小〉も〈所〉と同じく韓国語で音読みするとソになり教師は漢字を知らずにハングル読みだけで同一視した〉のようだなって言ったもんだからクラスの者がゲラゲラ笑ったのよ」

怒りが蘇ってくるのか美善《ミソン》の眼つきが険しくなった。

「私、顔が真っ赤にほてったけど、先生の目をじっとにらんでいたの。そしたらそんな話、誰から聞いたのかときくの。それで祖母から聞いたと言ったわ。そしたら今度はクスッと笑うじゃない。するとね、クラスメイトが大笑いしだしたのよ」

「恥ずかしいやら、腹が立つやらで村の人達からも聞いたとつけ加えたんだって。すると分った、分ったと、結局チンプンカンプンな説明で終わったらしいのよ」

英善《ヨンソン》も言いたくてムズムズしていた。

教師は〈新韓会〉がどんな団体か、おおよそ説明してから、村人という存在はそのような歴史的な事件であれ、小さな出来事であれ、昔話でもするように自分の村と結びつけては枝葉をいっぱい付け足して大袈裟に作ってしまうものだと笑いとばした後、〈新韓会〉は国の左・右勢力を網羅するほどの大きな団体で一九三〇年代に組織され、代表が李承晩《イスンマン》、安在興《アンジェフン》のような大物で、その組織の幹事の中でも常任幹事ともなれば、最近の政党に照らして説明すると党首のすぐ下で事務総長級になり、そんな大物がここの出身だとしたら、所安島《ソアンド》に記念碑がいくつも建ったはずだ、と、失笑したとのことだ。

「そしたらね、教室中が大爆笑でね。その時からね、わたしにね、〈新韓会〉ってあだ名がついたの。恥ずかしいやら、腹が立つやらでね、学校辞めようかとも考えたのよ。何日も考えて考えて……そしてひらめいたのよ。国史書を編纂された先生に手紙書こうって」

美善《ミソン》の表情は明るくなり、私の姉は「まあ！」と驚いた。

美善《ミソン》は祖母から聞いた話を詳細につづり、歴史の先生に恥をかかされた話も書き添えたあと、自分の祖母は歳こそ七十近いが当時は小学校に通っていたということも書き足したと言った。

「何度も何度も書き替えて、書くだけで四日間もかかったわ。手紙を出した後、返事が来るのを首を長くして待ったけど、なしのつぶてだったの。歴史の先生も憎いし、あのテキストを編纂した教授も恨めしくて、転学させてもらおうと思っていたの。そしたらね、その教授からやっと返信が来たのよ」

「ヘエ！　ということは、私が受け取ってあんたらの部屋に持っていった、あれね？　なんて書いてあったの？」

美善《ミソン》はこれがその手紙だと制服のポケットから取り出して姉に見せた。受け取った姉は感動を抑えきれず何度も封筒の表と裏を確認し、やっと中身を取り出して美善《ミソン》に渡し、自分で読むように促した。彼女は静かに読み始めた。

貴女の祖母が正しいとの書き出しで始まった手紙の内容は、〈新韓会〉は関与した人も多く、組織自体も幾度か姿を変え、紆余曲折を余儀なくされたので、参考文献をひっくり返して初めて初代幹事が宋来浩《ソンネホ》氏で莞島《ワンド》出身である事が判明した。教授である自分がこのような状態だから先生が知らないのはやむをえない、と、歴史の教師を擁護して、そのような偉大な人物を輩出した故郷は誠に素晴らしく、大いなる誇りを持って学んで欲しいと締めくくってあった。

「テキストを編纂された先生に手紙書くなんて、どうしたらそんなこと思いつけるの?」

「宋来浩《ソンネホ》先生とか、ハルモニ〔祖母〕とか、所安島《ソアンド》の人達が笑い者にされるの我慢できなかったの。悔しかったの」

宋来浩《ソンネホ》先生は今も島の人達にとっては神話のような存在だ、と、英善《ヨンソン》が付け足した。その手紙を歴史の教師に見せたのか問うと、クラスメイトだけには読んであげて思いっきり所安島《ソアンド》の自慢までしたという。

「『あんた達は島の人間だといって軽く見るけれど、私の所安島《ソアンド》はね、日帝時代に先頭を切って独立軍を起こした所なのよ。所安島《ソアンド》は全体で一つの面《ミョン》〔日本の行政区分の区に当たる〕しかならない小さい島だけど、当時、日本に行った留学生が何人いたか知ってる? 全羅南北道五十の郡〔日本の市〕の中で一番大きい羅洲《ナジュ》よりも多かったのよ。うちのハルモニはね、今七十近いけれど小学校を出てるのよ。あんた達の中でハルモニが小学校を出てる人いる? いるなら手を挙げてよ』って言ったらね、みな黙り込んでしまったわ」

美善《ミソン》はクラスメイトの前で見せたあの表情で笑った。

姉は「あんたは本当にたいした人間だわ」とさかんに褒め、どうして手紙を歴史の先生に見せなかったのかと責めた。美善《ミソン》はそんな先生には関心がないとソッポを向いた。

「その教授の手紙を読むと歴史教師のことも理解できるじゃない？」

「理解はできるけど顔も見たくないの、嫌いだもの仕方ないわ」

「この子はね、自分で自分を裁判にかけて、自分で判決を下すの。ヘソを曲げると誰が何と言っても『ウン』とも『スン』とも言わないよ」

英善《ヨンソン》は首を振り、拳で美善《ミソン》を打つ真似をしながら言った。

「あんた達、この夏休みに偉大な所安島《ソアンド》に来ない？　海水浴もできるし、生きのいい鯛やスズキやら何でもありよ。陸でのご馳走って、たかが干した太刀魚に鯖ぐらいでしょう？　そんな味しか知らない口にピチピチの刺し身をほおばってごらん、活きのいい魚ってこんなに美味しいのって驚くよ。オンマ〔母〕の実家が漁業をしているの。そこには聞いたことも見たこともない魚がうじゃうじゃいるよ。燦宇《チャヌ》、どう？勉強はハチマキ巻いて、蒲鉾みたいにするもんじゃないよ。ゴムひもだって引っ張りっぱなしだと弾力がなくなるでしょう？　バッテリーだって充電しなきゃ使えないじゃない？」

英善《ヨンソン》は喋りまくった。

美善《ミソン》も目を大きく見開いて私を眺めた。赤く火照った顔が熟した果実のようだった。

「行こう！」

姉が決断を下した。

休みが始まると美善《ミソン》姉妹はその日に田舎へ帰り、姉は生まれて初めてアルバイトをして金を稼いだ。久しぶりに姉らしく振るまえると、私をデパートへ連れていった。シャツを選ぶときなど、私の胸に服をあてて近くで見たり離れてみたり、何カ所も売り場を移動した。帽子やバンドも一番洒落たのを買ってくれた。

私は入試の強迫観念と制服を一緒に脱ぎ捨て、鏡の前で帽子を脱いだりかぶったり、斜めに角度を変えたりとめかしこんだ。出発の朝、うっすらと化粧した姉について、翼でもついた気分で家を出た。旅行という名の経験は初めてで、友達から聞いた連絡船に乗るのも初めてだ。涼しい海風を全身に受け、海と空が一つに交わる水平線に向かって進む気分は、雲に乗ったようだった。私の心は美善《ミソン》に向かって走り、連絡船はカモメと競いながら青い海原に一条の線を描いて進んだ。

莞島《ワンド》港を出航して一時間半ほど経つと連絡船は汽笛を上げた。それは人々の心の奥底に眠る、古きものへの郷愁をかきたてながら、所安《ソアンド》島の岬を曲がり埠頭に入った。岸辺は大勢の出迎えでにぎわっていた。美善《ミソン》姉妹が両手を高くかざして激しく振っていた。二人は人だかりから離れていたのですぐ見つけることができた。海を背に岸辺に立つ姉妹の姿は真っ青な海や空に劣らず清々しく美しかった。船の接岸にはかなりの時間がかかった。海を間に挟んで向かい合う気分は、都会で汽車やバスから降りて向かい合う気分とは全く違うものだった。限りなく続く水平線を眺めながら、人間の力では到底太刀打ちできぬ大海原を渡ってきた思いが、そうさせるのだろうか?

「バスも走ってるじゃない!」

船着き場に入るバスを見て姉が歓声を上げると、去年から運行しはじめたと、老けた感じの青年が自慢げに言った。彼は電話やテレビもあり、ないものはないと一人で喋りまくった。

「まあ、イカす!」

私が船から降りるや美善《ミソン》がはしゃいだ。

「オメオメ（全羅道《チョルラド》の方言でよく使われる感嘆詞。これはこれは、まあまあの意）、いつの間にこんなに大きゅうなったと？」

英善《ヨンソン》は私を上から下まで見回して驚いた。方言に染み込んだ所安島《ソアンド》の情感が私の体を温かく包んだ。強風の天気予報が出ていたので気を揉んだと、美善《ミソン》は私の横に並んで歩きながらぼそぼそっと言った。そこにはあの意地っ張りな頑固娘の姿はなく、高校一年の可愛い少女があった。

美善《ミソン》の家は面《ミョン》所在地の町にあった。建物や商店などが軒を連ね、内陸のどの面《ミョン》所在地とも何ら変わりはなかった。面《ミョン》事務所、郵便局、喫茶店、スーパー、ロゴマーク付き看板を掲げた商店など陸地と少しも変わらず、えも言えぬ裏切られた気分になった。集落から遠く離れた島の端に位置する美善《ミソン》の家は庭が広く、柿や柚など果物の木が多かった。

「ようお出でなすった。ほんに立派な青年じゃこと！　さあさあ、どうぞ入りんしゃい」

美善《ミソン》の祖母と母親が出迎えた。祖母は私を上から下まで眺め、男子の逞《たくま》しさに惚れ惚れしていた。一七〇センチ近い私の体格がこの時ほど誇らしく思えたのは、後にも先にもこれっきりだ。孫とて娘二人だけの家だけに、貴賓並の歓待だった。彼女の家は両親と彼女ら姉妹と祖母の五人家族だ。父親は釜山の親戚に用足しに出かけたとのことだった。

「約束どおり今日のお昼は活け料理なんだけど、ちょっと待ってね。まもなく登場するから」

美善《ミソン》はさっと服を着替え、姉と一緒に台所へ入っていった。

「バスも走っていて、陸地と少しも変わりませんね」

「こう見えても、日帝時代は莞島《ワンド》のソウルと言われとったとよ」

当時は海苔をはじめ海産物を日本に輸出して、内陸の農業とは比較にならないほど裕福な暮らしをしていたという。海苔の質が格別に高いと噂が広がり、収穫される海苔はすべて日本へ輸出されたので、どの地方よりも賑わったとのことだ。日本への留学生が多かったのもこれで解せる。

「今も海苔やワカメや魚まで養殖しちょるから、暮らしはそこそこじゃが、働き盛りはみんな都会へ出て行ってしもうて、サザエを獲って食べてもせいぜいザル一杯ですたい。家ばかりどっしり大きゅうて、中身は空らっぽたい」

その時、美善《ミソン》が台所から大きな膳をかかえて入ってきた。私は目が飛び出さんばかりにおったまげた。大皿の刺し身に塩焼き、名も知らない魚が何種類もある。

「この刺し身何かわかる？　日本では最高のヒラメ〔韓国に来る日本の旅行者が良く食べる影響で、日本語がそのまま使われている〕よ」

大きめに切られた刺し身を指し、美善《ミソン》は自慢げに説明した。

「ノッチをさして今、なんていったと？　ヒ、ラ、メ？」

「都会の人はね、ノッチのことをヒラメっていうの。ヒラメ、ヒラメって耳にするたびに、どの魚か分からなくて、まあそんな魚があるんだなと思っていたら、刺し身専門店の水槽でわかったの。ノッチのことだったのよ。ノッチよ。島の人が都会に出ると、立派な人でも島人呼ばわりされるじゃない？　反対にね、魚のノッチは弱々しくヒラメなんて呼ばれて、両班《ヤンバン》扱いされてるの。組合の漁師さんったら、こいつぐらいなら刺し身専門店で一万元《ウォン》〔円で約千円〕以上だと自慢しながら、ここでも五千元《ウォン》は下らないって値をつけるもんだから、私、可愛い声でちょっと負けて頂戴って甘えたのよ。そしたらね、参った参ったって、サービスしてくれたわ」

英善《ヨンソン》は魚を入れる仕草までして笑った。彼女は几帳面な性格に、口が早く口数も多かった。

「このノッチが美味しいのは確かじゃが、そげな高か金出して食うもんじゃなか。平ぺったい顔に目は飛び出て、おまけに片方に偏っちょるブスばい。ほほっ」

ハルモニ（祖母）がけなした。それが的を射た文句で、みなを大いに笑わせた。

「全部味みるんじゃよ。わざわざ種類別に買い揃えて一匹ずつ焼くようにしたからね。これはマナガツオ、これはカサゴ、これはアラ（ハタの別名）、これはセイゴと言ってスズキの子、これがハモ（韓国でも日本名のハモをそのまま使う）といって日本人が好んで食べるというチャムギャンオ。これがヒメコダイ。これを食べると可愛い花嫁さんが貰えるというから、ヒメコダイは燦宇《チャヌ》、あんたがお食べ」

英善《ヨンソン》は赤っぽい地肌に黄色の横縞が入った魚を、私の前に押した。

「ヒメコダイは味もまた格別で絶品ですね」

私も負けじと調子を合わせ舌鼓を打った。

昼食後、海を見に出かけた。明日は叔父が船を出してくれるから、それで浦吉島《ポギルト》にも行こうと美善《ミソン》は言った。彼女は向こう側の島を指差しながら、あの島が尹善道《ユンソンド》（朝鮮王朝時代の著名な時調作家、王室内の不正などを糺すのに功績が大きかった）が隠居したという浦吉島《ポギルト》だと説明した。

ここは海水浴には適していないので、泳ぎは帰りぎわに莞島邑《ワンドウプ》近くの海水浴場でやろうと言った。ちょうど引き潮だったので、私たちは海辺を歩きながら、色々な種類の巻貝や貝を獲った。サザエも様々あり、私の目には全てが新鮮に映った。ナマコも三匹獲った。夕食の膳はそれこそ賑やかだった。

食後、話は自然と日帝時代の抗日闘争へと流れた。所安島《ソアンド》をはじめこのあたりの島の抗日闘争は、そのほとんどが先覚者である宋来浩《ソンネホ》を中心に起こったようだった。ソウル中央大学校を卒業し教鞭をとった彼は、大韓独立団 全羅道《チョルラド》の組織委員会の〈新韓会〉幹部で、故郷で三・一運動〔一九一九年、日本の植民地支配に反対して起こした全国的な人民蜂起〕を主導した後、全国的な活動を繰り広げながら、数多くの団体を組織した。彼が所安島《ソアンド》を中心に組織したり関与した公開、非公開団体だけでも、寿衣為親契〔死者に着せる寿衣を準備するための互助組織〕、倍達青年会、労農連合大成会、しっかり生きよう会、朝鮮民興会、一心会など十を数える。宋来浩《ソンネホ》はかくも果敢に活動し三十三歳で獄死したと、ハルモニは当時の年齢を見積もってその年代まで当ててみせた。ここが独立軍の発祥地だというのは法螺ではないようだ。

「宋来浩《ソンネホ》先生は上海、日本、満州と四方八方に関係を結んでいなすったばい。あらかじめこちらで指導した弟子達の役割分担を自分の頭の中で一人ずつ整理していなすったと。時期が到来すると、君は上海へ誰それを探して行きんさい、君は満州の誰それの下で働きんしゃい、と、こうして一人ずつ送られたんじゃ。お前のハラボジ〔祖父〕には、君は歳も若いしここでもすることが沢山ある、ここに根を張って学生達を教えるようにと放されんかったとよ。宋来浩《ソンネホ》先生が亡くなられて大分経ってから、ハラボジはある日、ふいっと家を出てしまったとよ。わしが十七歳で嫁いできたから、結婚してちょうど一年目のときじゃった。どこへ行くとも言わずに行ってしまいんしゃった。それっきり手紙一つくれんかったとよ。ほほほっ」

ハルモニは積年の辛さや侘しさをこめ、低く静かに笑った。

「オメオメ、よう考えて見たら、わしが嫁に来たんはちょうど美善《ミソン》の歳じゃなかか？　ほほほっ。何ちゅうこっちゃ」

彼女は急に目を見開き、美善《ミソン》の手を握って屈託なく笑った。彼女は女としての悲しみや夫に対する懐かしさを、悠久の歳月の彼方に溶かしこんでしまったようで、この上なく明るかった。だが彼女以外の者は誰も笑えなかった。

「長い年月を一人で暮らしてきたハルモニのこの手、ちょっと見て！」

美善《ミソン》は握っていた祖母の手を、私達の前に広げて見せた。

「アイゴ〔感歎詞で喜怒哀楽時の全てに使用〕、鍋の蓋じゃ。なんの自慢にもならん。一人もんのよか男の前で恥ずかしか！」

と、言いつつ彼女は孫に手をまかせ賑やかに笑った。男に負けない太い指は松の根のように節くれ立っていた。美善《ミソン》は優しく祖母の手を撫で、祖母は乳飲み子に乳房を任せるようにじっとしていた。

美善《ミソン》の母さんは、昼に獲ってきた貝をタニシだといい、煮たタニシの皿を膳に出した。

「ワア、所安島《ソアンド》干潟の巻貝コンクールだあ！」

美善《ミソン》は針を持ってきて配った。平ぺったいの、長細いのと色も形も様々で味もほろ苦くてエグいのやら香ばしいのやらと、これまた形に似てそれぞれ違った。

「私、大人になったらハルモニに苦労かけないからね。さあどうぞ！」

美善《ミソン》は針で突いてとり出したタニシの身を、祖母の口元でぶらぶらさせた。

「アイゴ、この子ったら」

祖母は子どもみたいに悪戯っぽくタニシを食べ、美善《ミソン》の肩を撫でた。歳に似つかず綺麗に並んだ歯は、見事に真っ白だった。

「島にはこげに干潟で取れるもんが多いけん、凶作になってもおいそれとは飢えやせん。入り江に行きゃこげなタニシにアサリに赤貝、色んな魚がおって、怠けずに毎日出て、海辺をほっつきさえすりゃあ食べ物に不自由せんとばい。そうじゃろう？　じゃから島のもんは陸地のもんよりも体つきががっちりしてデカイとよ」

「ハルモニ、〈獄中歌〉を歌ってちょうだい。所安島《ソアンド》の闘士たちが監獄にいらしたときに作られた……」

美善《ミソン》は祖母の肩をゆすり、しつこく迫った。

「そげな歌ならお前も知っちゃるじゃろうに、なしてまたこげなハルモニに歌えとせがむとな？」

美善《ミソン》は祖母が歌ってこそ味があるとせかした。

「あの歌も何ぼ歌うたことやら。あん歌はもう亡くなりんしゃったお前たちのウェハルモニ〔母方の祖母〕が上手に歌いんしゃったとよ。『平安北道最北の地に建つ新義州監獄よ、この世に生まれ出て何年になる？これからお前と私は忘れえぬ縁で結ばれる。二人は強い絆で結ばれる。前を見ても後ろを見ても鉄の門、所々見えるのは赤土の山だけ』このセリフのあと静かに歌いだすとよ」

「時々与えられるのはキビのご飯、夜ごと連れ添うのは辛い眠り」

美善《ミソン》が祖母のリズムに合わせて、歌い出した。

「〈スドンイオモニ〉の歌もやってよ」

「そうたい、あん時一番よう口ずさんだのが、こん歌じゃったとよ。歌わんようなってからもう随分たったばい。忘れてしもうたかもしれんばってん、やってみるか」

早く歌ってと急かす彼女に祖母は恥ずかしそうに顔を染め、咳払いして喉の調子を整えた。

オモニが泣かれると　私も泣きたくて
胸に抱かれ　悲しく泣く。
可愛い子、スドンよ、お前の父さんはね
凍えるほど寒い風の中　支那の北間島へ
行かれてから　この日まで
一度もお会いできず　月日が流れ
いつのまにか九年も過ぎてしまった。
電報が運んでくれた知らせには　支那の馬賊に
刺され焼かれた　同胞達。
その中の一人が　お前のアボジなんだよ。

歌は続いた。詞の内容が深まるにつれ、祖母の顔はこわばり、声も悄然と響き震えた。私は魂を奪われたように聞き入った。

「うちのハルモニすごいでしょ?」

美善《ミソン》は祖母の片腕を引き寄せ、胸に抱いて有頂天になった。頑固な自惚れやがまるで別人になった。

「ハルモニはな、娘ん頃はべっぴんで有名じゃったばい。ハラボジは花のごつある新妻ば残して、オイグ〔感歎語、アイゴより意味が強い〕」

英善《ヨンソン》が祖母の手を握り、おどけてみせた。姉妹の祖母は六十を越していたが田舎の老女には珍しく、顔の皮膚が細やかで艶があり弾力もあった。都会の片隅にある老人ホームの年寄り達とは違い、仏の前で数珠を数える菩薩のような気品があった。

「この家はな、お前たちの曾祖父の代からずうっと、闘いの伝統を受け継いだ、そんな家系ばい」

東学農民戦争〔一八九四年東学党の全琫準《チョンボンジュン》が主導して起こした農民蜂起〕の時、所安島《ソアンド》からもいくつものグループが参加したが、組織の先頭に彼女らの曾祖父が立ったと英善《ヨンソン》が付け足した。私はただただ、感嘆するばかりだった。

「お兄さん、これヒメタニシ、さっきのヒメコダイも兄さんの取り分だったでしょ？　さあ、これもどうぞ！」

美善《ミソン》が小さいタニシの殻を見せながら、身を私の口に押し込もうとした。みな思わず笑った。私は顔を赤らめて、針ごと受け取った。タニシも、タニシだが「兄さん！」の呼称が耳にこだまし、目が眩みそうだった。彼女が私のことを「兄さん」と呼んだのはこれが初めてだった。「兄さん」という呼び名に込められた暖かい情感が、胸の奥深く沁みこみ、私も彼らの誇り高き家族の一員に組み込まれたようで胸が震えた。

祖母の話は夜更けまで続いた。私は美善《ミソン》が連呼する「兄さん」「兄さん」の声にビリビリと全身を流れる心地よい電流を感じ、可愛い姫君と時空を超えた旅でもする、そんな感動の波に身を任せ、陶酔境をさまよった。

「見てごらん！　幸せな人達だ。今日も神仙遊びしておいでじゃ」

翌日、浦吉島《ボギルト》をへて、所安島《ソアンド》をぐるっと一周回っていたときだった。美善《ミソン》の叔父が山の裾野の一点を眺めて笑った。白いトゥルマギ〔寒い時期にチョゴリの上にはおる裾の長いコートのような上着〕を着た人たちが行ったり来たりしていた。かすかにパンソリ〔韓国特有の民族芸能の一つ〕の声が聞こえてくる。

「お前たちの家のちょうど山の手に住んでおらっしゃる大伯父ばい。内陸のスクシルに住んでいる伯父さん知っちょるだろ？　あん人の親父ですたい」

スクシルは、鶴雲洞《ハグンドン》の〈腹ペコ橋〉から朝鮮大学校まで続く山の斜面にへばりついている小さい町だ。そこに住んでいる彼らの伯父夫婦がキムチを持って時々家に立ち寄ったりしたが曾祖父は来たことがなく、そのような人がいたということも耳にしなかった。歌声は風に乗って近づいたり遠ざかったりした。

「うちのハラボジのお兄様に当たる方なんだけど、若いときからパンソリに魅せられて浮き雲のように放浪生活されてるの。パンソリの先生としてあちこちから呼ばれたりもしたわ。ある時なんか一度家を出たらワンシーズンなり、一年なりと帰ってこなかったのよ。家族の者が忘れかけたなあと思ったら風のようにヒョッコリ現れて、また風のようにヒューッと行かれてしまうの」

英善《ヨンソン》は彼の話をして声をあげて笑った。向こうの村にパンソリ仲間の先輩がいて、こちらに帰ったときは必ずその家で泊まられると言った。その昔、監獄に入っていた人たちが釈放され戻ってから数年たったある日、一人のパンソリ歌手がこちらに来て何日間もべったりと居座ったことがあった。その人が帰った数日後、彼もいずこへと姿を消してしまった。それは結婚してまもない十七、八歳の頃で、そのときからパンソリの世界で金伯東《キムペクトン》といえば知らぬ者がいないほど有名だったと言った。風に乗り微かに聞こえてくるチャング〔民族楽器の太鼓〕の調べに、みな耳を傾けていた。歌声が一番高いトーンまで上がったかと思うと、静かに余韻を残すバイブレーションが耳に心地よく響いた。広大紺碧な海原を背景にパンソリに興じる歌い手たちの姿は、昔話に出てくる仙人達が花鳥風月を楽しむそれで、幻想的な雰囲気を醸し出していた。

「あちらのあの岩を見て。あそこに家を建てて住んだら素敵よ」

村に近づいた時、英善《ヨンソン》が絶壁を指差した。遠く離れそそり立つ絶壁の背後に白い入道雲が屏風のように立ちこめていた。

「ほんにお前は図体だけ大きうて、まだまだ十歳程度のおチビちゃんたい」

叔父が明るく笑った。

「ほら、夕焼け！」

西の空には夕陽が煌々と燃えていた。海面をおおう銀の鱗は燃える夕陽を浴びいっそう綺麗に見せようと身をよじらせ、カモメ達は真っ赤に染まった空を舞台に、上へ下へとぐるぐる輪を描いて飛び交っていた。海も、私らの顔や心も、真っ赤な夕陽にどっぷり浸った。私は昨晩語ってくれた美善《ミソン》の祖母の話が思い出され、鮮紅の輝きを放つ夕陽に染まった海と、犬岩と、点在する島々が、一瞬新しい意味を帯びて近づいて来るように思えた。島人たちが海苔とワカメを養殖する生活現場としてだけ見ていた海と犬岩と島々、日本人に立ち向かい果敢に抵抗した力が霊感の源として迫り、新しい感動がこみ上げ激しく波打った。私の目は海と犬岩を再びゆっくり見渡し、一際明るく照らしだされた美善《ミソン》の顔に止まった。私のその目も、夕陽を背景に輪を描き飛び交うカモメのように美善《ミソン》の体を包みこみ熱く燃えていた。

最終日の海水浴場では、夜食を買いに行くとかこつけて民宿を出、月の光にしっとり浸った砂浜を歩いた。素足に砂の感触は綿布団のそれに似て柔かく、こそば痒かった。美善《ミソン》は燦宇《チャヌ》兄さん、燦宇《チャヌ》兄さんと一言ごとに兄さんを連発した。私はそのつど、彼女の家系に深く連なって行く感動に浸り、兄と妹の間柄で、許容範囲すれすれの緊張感を味わいながら川辺に降り立った雲雀のように、貴重な時間を惜しみ惜しみ砂浜をゆっくりそぞろ歩いた。

夏休みも終わり美善《ミソン》が戻るや、私達は擬制ではあるが兄妹という最も安全な血縁関係の範疇で胸躍る緊張の日々を満喫した。時には居間で待ち合わせウインクを交わし、二人で作った〈口の上げ下げ式合図〉で意思を伝達した。空気がパンパンに詰まった炸裂寸前の風船の中で時を過ごし、二人だけの時間を共有した。姉達は、ある時は二人を監視し、またある時はそ知らぬふりを装って見逃してくれた。二人はその監視と黙認の間で恣《ほしいまま》に時を送った。明くる年五月の光州《クァンジュ》抗争まで、それは至福の日々だった。

5 「なぜ刺した？ なぜ撃った？」

釣り船は真っ黒な闇をかき分け、威勢良く波間を突き進んだ。海は漆喰に塗られた暗闇に押さえつけられ、潮を含んだ湿っぽい海風は冬に吹く北風さながら鋭く皮膚に切り込んだ。海の前方に褐色の獣がうずくまるみたいに点在する島々は、何人たりとて犯しえぬ堅い意志を内包して立ちはだかり、見るからに頑強な姿を誇っていた。金成輔《キムソンボ》は舵を取る車寛浩《チャグァノ》と並んで座り、前方だけをじっと見つめ、ほかの三人はジャンパーに首をすっぽり突っ込み、船べりに陣取った。車寛浩《チャグァノ》の横にでんと構える金成輔《キムソンボ》は、威厳を持ってうずくまる褐色の島々に似て頑強に映った。

船は息を殺し黙り込んだ海を、飛ぶように進んだ。自動車のエンジンを装着した今時の船は、昔のポンポン船に比べると速度は言うまでもなく、音もエンジンの連続音だけで軽く、乗り心地も相当快適だ。まして今日はナギだ。船は氷の上を小石が滑るように進んだ。内海を抜けるや、東の空に薄明るく日の出がひろがり始めた。空は澄み、風一つなかった。昨日の竜巻が気掛りだったが、この様子だと心配にはおよばぬようだ。

暗闇に埋もれていた島々が一枚ずつベールを脱ぐように姿を現し、所安島《ソアンド》の山並みや村の形が薄っすらと見え出した。ワカメ棚とノリ棚を吊るしているスチロール製の篊《ひび》が水鳥のように白くひかり、島々に送電線を張り巡らす鉄塔が一つ二つと姿を現した。陸から島へと文明を伝える鉄塔は、分相応に傲慢な態度で聳え立っている。

こちらへは数回釣りにきたが、所安島《ソアンド》は今回が初めてだ。船で小一時間はかかるし、良く釣れるポイントもなかったからだ。船は速度を下げ所安島《ソアンド》を右に、篊《ひび》の間に入っていった。美善《ミソン》の村が微かに姿を現した。彼女の古い家の辺りをおおよその見当で探したが遠過ぎて無理だった。記念塔さえ見えない。

釣り竿ケースを開け、竿にリールを付けて、浮きと針をくくり餌を仕掛けた。

「もう少し行こうか!」

金成輔《キムソンボ》が手帳と羅針盤をかわるがわる見ながら手を振った。私は新ためて彼の顔を射るように凝視した。図体が多少ごついだけで、どこにでもある平凡な顔だ。あの冷血無慈悲な攻守団将校の姿はどこにもなかった。

「あそこの朱色の篊《ひび》はそのままだなあ」

去年大いに楽しんだポイントを探したようだ。攻守団将校出身である。海図法にも当然精通しているだろう。車寛浩《チャグァノ》が船先に進み出て素早く浜《ひび》のロープをつかみそれに錨ロープをくりつけた。

「なかなか深そうだなあ」

船を固定さすのが待ちきれず、朴《パク》社長は竿を振り回した。浮きが釣り糸を蹴って威勢よく浮き上がった。柳容燦《ユウヨンチャン》は絶好のポイントと言わんばかり、船先の腰掛板に陣取って竿を投げた。

「来たぞ！」

二回目を投げる体勢に入ろうとした朴《パク》社長が、低い声でつぶやき竿に手をやった。竿の先がグイッと引っ張られた。手ごたえが大きい。掛ったに違いない。社長は息を呑み、グイッと引き寄せ、リールを素早い手つきで回した。竿のしなり具合は相当だ。社長は目を凝らしゆっくり糸を巻いた。

リールケースから浮きを出そうと体を横に捻った瞬間、私は慌てて竿に手をやった。〝掛ってるぞ。うろたえるな冷静にかかれ〟静かに、だが急いで糸を巻いた。魚は素直に引かれ上がってきた。奴さんは手のひらほどの鯛だった。社長の竿は半円を描いたままだ。魚の姿はまだ現れない。

「デカイぞ」

先方で大きな鯛が一瞬水中に見えた。しばらく勝負が続いて、まもなく水面近くに銀色の姿が現れた。朴《パク》社長は私から網を受け取り、慌てず海水の中に入れた。船べりの真下で最後の抵抗をしていた鯛が、網の中に頭をサッと突っ込んだ。鯛は空中でいっそう暴れた。可愛い奴だ。

「初っぱなから縁起がいいじゃないか」

金成輔《キムソンボ》が含み笑いした。四〇センチには届かないようだ。船底に投げ付けられた鯛はバタバタと力強い音を立て床を叩いた。

「こっちも掛かったぞ。とんとんだな」

成輔《ソンボ》が竿を上げた。スズキだ。成魚に満たない砧《きぬた》ほどの小物だ。寛浩《クァノ》もリールを巻いた。彼も小物だった。容燦《ヨンチャン》も劣らず鯛を一本上げた。そこそこの鯛とセイゴが三、四匹ずつ上がってきた。

「アイゴ、この糞忙しい時に〈飲んだくれ〉とは何だ?」

社長の竿にアナゴ〔何でも餌にする穴子の習性から韓国では〈飲んだくれ〉と揶揄して呼ぶ事がある〕が糸を巻きつけて上がってきた。糸ごと切って船底に放り投げた。

「この辺のはほとんど上がったようだな? あちらへ行ってみるか?」

場所を変えるが早く柳《ユウ》の竿に獲物が掛かった。グイッと引くところを見ると確実だ。ところがどうした訳か反応がない。竿を静かに引っ張ってみた。確かに食いついている。竿が弓形に曲がった。「気をつけろ!」朴《パク》社長が注意した。つっぱる力が並ではない。しばらくやり合ってやっと引き寄せた。真っ青な海面に白い魚体がチカチカしたかと思うと一気に飛び上がった。「わあ!」社長が歓声を上げた。私は網を渡した。柳《ユウ》と鯛はまたしても競り合った。奴は船べりの下で体を〈く〉の字に曲げた。注意深く竿を引き寄せ、そーっと上げたところへ網をサッと持っていった。鯛は体を反らした。やり直しだ。今度は上手くいった。奴は入るべく我が家に頭から突っ込んだ形だ。網が空中でひん曲がった。

「僕のより大きいのかな?」

朴《パク》社長がもの惜しげな声を出して首を横に傾けた。

「何をおっしゃる。話になりませんな」

容燦《ヨンチャン》は獲物を船底にはずしながら笑った。小物ばかりが立て続けに上がり、スズキも少なからず釣った。やがて静けさが漂いはじめた。随分時間が経ったがてんで掛からない。五人分の釣り竿十本が示し合わせたように、ビクともしない。

場所を変えようと車寛浩《チャグァノ》がエンジンを掛けた。皆、竿を上げた。私は美善《ミソン》の村を眺め記念塔をどの辺りに建てたのか見当してみた。面《ミョン》の所在地であるあの村に建てたはずだが見えなかった。村の前に広がる白砂の浜が浮き上がって見える。英善《ヨンソン》が、家を建てて住んだら最高におしゃれねといった、向こう側の絶壁が海を見下ろしていた。

「おお、これは素晴らしい」

溶鉱炉から火の塊が昇ってくるような日の出だ。鮮やかな朱色でぐらぐら燃えたぎる火の塊に、薄っすらと黒点が炉からこぼれる鉄くずみたいに揺らめいていた。火の塊の真下には一条の薄暗い道が水面上をこちらに向けて伸びている。あたかも溶鉱が道に溢れてでき上がったような黒い線が波間にざわざわとうごめいていた。

金成輔《キムソンボ》は煙草の煙をくゆらせながら全身に朝日を浴びた。彼があの残虐非道な攻守団の将校だった過去の事実が信じられなかった。色は浅黒いが均整の取れた顔には頼りがいのある中年男の味がある。平凡な風貌、平凡な言葉使い、平凡な身のこなし、この平凡さのどこに無慈悲極まりない魔性が潜んでいるのだろう？　その魔性は今はどんな形をしているのだろう？　いつか尋ねてきた安《アン》刑事の顔が重なった。金《キム》が第一線から退いた老兵なら、安《アン》は新しい執念で迫り来る別の攻守隊員だ。彼の頑丈な体躯と眼光が金《キム》を彷彿させる。

「来たぞ」

成輔《ソンボ》の竿が矢を張った弓のように歪曲をなした。

「引っかかりやがったぞ」

朴《バク》社長が振り返り目を見張った。竿の弾力が半端でない。

ジーイジーイと重そうな悲鳴を上げて釣り糸はリールに巻かれた。成輔《ソンボ》は余裕綽綽と竿を操り、釣り糸の制御装置を調節した。再びジジイージジイーと糸は巻き上げられた。少しずつ巻き上がる糸は今にも千切れんばかりだ。

「気をつけて下さいよ」

朴《バク》社長が声を上げた。

「心配ご無用」

数秒後、今度は糸をシューシューと軽く巻いた。鯛の真っ白な横っ腹が陽の光を受け海面近く上がってきた。成輔《ソンボ》は網を片手に持ち、馴れた手つきでサッと引き上げた。

「四〇センチは優に超えるな。サイズは後で計りましょう」

成輔《ソンボ》は余裕で笑いながら獲物を船底に放した。バタバタと水を弾く音がしばらく鳴り響いた。

「何をなさってるんです？」

朴《バク》社長が思いっきり竿を投げながら声を上げた。

「元来大将たる者の挙動とは、このようにおっとりしとるんですよ」

成輔《ソンボ》は餌を仕掛けながらハッハッハと笑った。

こちらの方も少なからず上がっていた。種類も豊富で鯛、スズキ、メバルにメイタカレイまで大小様々ひっきりなしに上がっていた。太陽が中天に昇りきり、水の力が衰えはじめると食いつかなくなった。容燦《ヨンチャン》がラジオのレシーバーを耳に差した。十時だった。私は彼の顔をうかがった。安《アン》刑事の鋭い眼光が目の前をかすめ、胸が押さえつけられた。

「食事をしてから続けましょや」

朴《パク》社長が声をかけた。寛浩《クァノ》が重箱を提げてきた。

「似たり寄ったりだなあ」

パーカーを脱いだ成輔《ソンボ》がウイスキーを持ってきながら船底を覗き込んだ。底は一杯だ。季節も釣りには持ってこいで、潮の流れもちょうど良かったが、こんなに上がるのは珍しい。五、六回に一度あるかないかの大漁だ。丸一日数百回竿を投げても鯛一匹対面できないときも多い。

重箱をほどく車寛浩《チャグァノ》を見て私は目をしばたたいた。彼が先に笑いながら頭を下げ、私もはじめて会釈した。去年の旧盆ごろ、この船に乗ったことがあった。中秋前後の潮は沿岸での海釣りの絶頂期をなし、一年中で一番にぎわう。去年は特にピークになって、私らの乗る船は二重契約され、グループ三人は仕方なくバラバラに別の船に乗ることになり、私はちょうどこの船に乗ったのだ。車寛浩《チャグァノ》は専門の船乗りではないが、餌屋の主人と親友でこんな羽目におちいったと笑った。

「社長さん、何してらっしゃるんです？　まさか小物の数で勝負をつけようてんではないでしょうな？」

金成輔《キムソンボ》は朴《パク》社長にウイスキーの口を傾け豪快に笑った。彼はみなに酒をつぎ回り、自分の紙コップにも並々とついだ。私は盃《さかずき》を持った成輔《ソンボ》の顔を凝視した。ただの平凡な金《キム》さんだ。教師といえば教師になるし、区長や市長といえば、またそのようにも見える。

その時である、船が独りでに方向を変えだした。

「これはこち風〔東風〕かな？」

成輔《ソンボ》が空を見上げて目を大きく見開いた。まもなく収まると寛浩《クァノ》は気に留めない様子だ。だが風は結構強く、東南方面の空には雲の足が広がっていた。こち風とはウナギがアマモをくわえて壺に頭を突っ込むという強い風だ〔日本ではこち風の後には雨が降るという〕。船は横に傾き竿が踊った。

「天気が悪さしようってんじゃないの？」

社長が空を眺めてぶつぶつ言った。

みな持ち場に戻った。竿は依然躍っている。二、三回場所を変えたが同じだ。ほかの釣り船も同様あっちにこっちにとふらついている。十二時が過ぎ、一時になってもおさまらなかった。

「昼にしましょうや」

昼食後も風は依然おさまらなかった。

「何か掛かったんじゃないのか？」

煙草をくわえたまま顔を斜めに傾けた成輔《ソンボ》が、全神経を目に集中させ、ゆっくりリールを巻いた。竿はかなり撓《しな》っていたが魚ではないようだ。

「何だこりゃ？」

成輔《ソンボ》が水の中を見やって呟いた。みなの目が集中した。どす黒く黄色みがかった物体が水の中で動いていた。海水の透明度は高く相当深くまで見通せる。成輔《ソンボ》は煙草を捨て、今にも飛び出しそうな目でゆっくり糸を巻いた。

「なんだ、ゴム手袋じゃないか」

ゴム手袋の手首が引っかかって上がって来た。水垢がたっぷり付着したゴム手袋はパンパンに腫れていた。

「おお、指が動いてる！」

朴《パク》社長は思わず上半身を逸らした。どす黒い指がゆっくりと動いた。切断された手首の指が生き返り動いているようだ。みな、目を見開いた。

「蛸ですよ。蛸」

車寛浩《チャグァノ》が釣り糸をつかみ上げてほほーっと笑った。指が動いて蛸の足が一本、破れた穴からすーっと抜け出てきた。

「ほーっ。寿命が縮まったわい」

朴《パク》社長はふーっと息を吐いた。私も胸を撫で下ろした。寛浩《クァノ》が手袋の中から蛸の頭を引っ張った。

「このヤロー」

社長が顔をこわばらせて八つ当たりした。蛸は頭だけ出して足は手袋の中にへばり付けたままだ。

「この出来損ないめ」

寛浩《クァノ》が手袋ごと床に叩きつけた。

「こいつめ、按配な棲にしよって」

彼は蛸を引き出し笑った。

「最高の肴になるぞ」

彼は蛸を海水でごしごし洗った。

「捨ててしまえよ」

社長は顔を歪め身震いした。

「何をおっしゃるんです！　立派な肴を」

寛浩《クァノ》は手の甲に巻きついて上がってくる蛸を持って、船べりにやって来た。再度海水につけて擦り、まな板に足を載せ包丁でトントンとぶつ切りした。成輔《ソンボ》がウイスキーを持って来た。

「東海《トンヘ》とか済州島《チェジュド》のように岩場で育つ奴はスチロールを噛むみたいだが、南海《ナメ》の蛸は最高だよ。絶好のチャンスじゃないか。さあ、もう一杯やろう」

成輔《ソンボ》は酢味噌ダレの器を準備して社長に盃《さかずき》を差し出した。

「いいや、僕は酒だけにするよ」

朴《パク》社長は顔を引きつらせ盃《さかずき》を受け取った。蛸の足はぶつ切りされてもまな板に這いつくばって動いていた。

「ゴム手袋に入ってただけじゃないか」

寛浩《クァノ》が箸を差し出すと、朴《パク》社長は手を振り拒んだ。成輔《ソンボ》はぶつ切り二、三切れを一度に頬張りもぐもぐと噛みはじめた。

「これは旨い。食べなきゃ損だ」

成輔《ソンボ》が大きめのを三切れ摘んで社長の口の前まで運んだ。すると足がニョリョリと割り箸に巻きついた。

「オオ、何じゃこりゃ?」

社長は顔を後ろに逸らしたが、断りきれず箸ごと受け取った。そして一瞬ためらい、次には観念して口に運んだ。

「どうです? いけるでしょう?」

社長は恨めしい表情で苦虫でも噛むように口を動かした。柳《ユウ》はきっぱり拒んで両手を振った。私も気は進まなかったが、盃《さかずき》を受け取って寛浩《クァノ》が差し出した箸で一切れ摘み口にほうり込んだ。

「どうです? なかなかでしょう?」

成輔《ソンボ》はまた社長に酒を勧めた。

「これはなかなかだな。コリコリとして味もいい」

気が進まなかった社長だが今度は自分から一度に二、三切れ摘んで頬張った。柳《ユウ》はイヤホンを差していた。三時だった。

この時、向こう側で何やら歌声が上がった。六人ほど乗った船がどら声を張り上げ、喉が裂けんばかり歌いながらこちらに向かってくる。拳を振り振り歌う姿はデモさながらである。みな、その方に首を伸ばした。

なぜ突き刺した。なぜ撃った。トラックに載せ、どこへ運んだ。

望月洞《マンウォルトン》にはしっかり見開いた、数千の血に染まった目が埋まってる。

五月、その日が来れば我らが胸に、赤い血潮がたぎる。

歌は半ば野次で、天に向け突き刺す拳はストレートを食らわすボクサーを連想させる。船はこちらに向かって真っ直ぐ突進してくる。そのまま衝突しそうな勢いだ。全速力で突進してきた船は、釣り竿が届くギリギリの距離で擦れ違った。若者らは罵声を飛ばし悪態をついた。船頭は昨日の晩に見たあの〈欄干デコ〉だった。

「あいつら、何者だ?」

「放っときなさいよ」

社長が喚くと車寛浩《チャグァノ》はさえぎった。船は離れ急旋回した。

生残った者よ、我同志よ、一丸になって進もう。
汚された歴史、苦しみ伴わずして救いはできぬ。
五月、その日が来れば我らが胸に　赤い血潮がたぎる。

船は大きく円を描きながらまたもや突進し、若者らは拳を振りあげ歌った。金成輔《キムソンボ》は盃《さかずき》を握ったまま彼らを見ていた。

花びらのごとく、クムナム路に砕かれ散った君の赤い血。
豆腐みたいに切り裂かれた　愛しい君の乳房。

五月、その日が来れば我らが胸に　赤い血潮がたぎる。

船はまた旋回した。若者らは悪態をつきながらこちらの船を一週し、ようやく莞島《ワンド》港へ向きを変えた。

「やれやれ、天候が崩れたのも流行り病のせいらしい。あいつらの頭、やられてんじゃないか?」

朴《パク》社長がぶつくさ呟いた。金成輔《キムソンボ》と車寛浩《チャグァノ》は持ち場に戻った。成輔《ソンボ》の顔はこわばり、寛浩《クァノ》も口を閉じている。

竿はビクともしなかった。朴《パク》社長がポイントを変えようと言い出した。寛浩《クァノ》は錨を上げエンジンを掛けた。成輔《ソンボ》は口を閉ざしたまま大きく息だけ吸っている。

「こいつら、俺の出番だというのに、どうして掛からん?」

船を固定させるや朴《パク》社長が声を上げながら竿を投げた。朴《パク》の声が一際大きく響いた。みな釣り竿だけ見つめていた。鯛は敏感な魚で、海が静かなときなどは話し声に注意を払うが、今は沈黙がかえって苦しかった。釣竿は微動だにせず、にぎやかだった成輔《ソンボ》の口も貝と化した。

「汚された歴史、苦しみ伴なわずして救いはできぬ」若者の乗った船は莞島《ワンド》港に向かって遠ざかり小さくなるが、私の耳には彼らの歌声が引き続き響いた。一時は聞くだけで全身の血が騒いだ歌だ。だが今は錆ついたタンク上になびく色褪せた軍旗の運命に似た歌だった。そんな歌が突風のように船の中を掻きまぜ去った。私の目はしきりと金成輔《キムソンボ》を意識した。彼は竿の一点だけをじっと見つめていた。竿はビクともしない。

「誰か胃薬持ってない?」

朴《バク》社長が下腹部を抑えながら私に振り向いた。顔色がどうも良くない。成輔《ソンボ》に薬の持ち合わせがないか訊ねた。社長の顔を見た成輔《ソンボ》が驚いてやってきた。社長は腹を抱え体を捩じらせ、顔を歪めた。

「救急だ、胃痙攣だよ。所安島《ソアンド》に診療所あっただろう？　急いで」

成輔《ソンボ》が慌てて喚いた。寛浩《クァノ》は柳《ユウ》に錨を上げるよう促しエンジンを掛けた。

「腹を下にして、うつ伏せになるんだ」

成輔《ソンボ》は社長を支えて床に寝かせた。社長の後頭部の窪みに親指を当てゆっくりと力を入れた。アアア、社長は悲鳴を上げた。成輔《ソンボ》はそこを三、四回繰り返し押え、背骨の中央辺りまで指を移動させ思いっきり力を入れた。アイゴーアイゴー、社長はあまりの痛さに悲鳴を上げた。成輔《ソンボ》は社長の体をひっくり返し心臓の下を押さえ、また背骨を繰り返し押さえた。船は波を掻き分け猛スピードで進んだ。

船着場には連絡船を待つトラックや乗用車が何台か集まっていた。運良く乗用車で来て連絡船を待っていた車寛浩《チャグァノ》の友達に出会い、彼の車で診療所に向かった。胃痙攣は注射一本で治まり、先ほどまでの大騒ぎはどこへ行ったのやら、みなは台風の後の静けさを味わった。

「一眠りされたらもう大丈夫ですよ。安心して一杯やってきて下さい」

若い医者が事もなげに言った。ちょうど座るところもなかったのでみな外に出た。車寛浩《チャグァノ》が飲み屋を指差し一杯やろうと誘った。

「見ておきたいものがあるんですよ。あそこに独立運動記念塔があるでしょう？」

莞島《ワンド》の若者達が気勢をあげた直後である。彼ら二人だけで話したいことがあるだろうし、私らは遠慮した。

入り江の石を組み立て造った塔は、想像よりはるかに小さかった。永い歳月、浜の海水で削り取られ磨かれた白い石だけ選んで、三角点の形で積み上げた独特な形をしていた。ウリ大の石の間をセメントで埋め合わせ段々に積み上げた塔は、質朴さだけが印象に残り、この島の先達の剛毅みなぎる気概は感じ取れなかった。碑文一字一字を脳裏に刻み込みながら読んだ。裏面には塔を建立した人々の名がずらりと刻まれていた。島を出た人達もほとんど関わったようだ。

「この小さな島のどこにこんな力があるんだろうな？」

碑文を一字も漏らさず読み終えた柳《ユウ》がつぶやいた。私は煙草をくゆらせ向こう側の山や海を眺めた。過ぎ去りし日、美善《ミソン》の祖母から話を聞いたあのときの感慨が蘇った。この塔を建てるとき、間違いなく彼女も寄付をしただろうし、除幕式には祖母と連れ立って参加したはずだ。だが、彼女は私にこの塔の話はしなかった。その冷酷さが棘となって私の胸を刺した。

「塔の石はみなこの海岸から拾ったもんですね？」

通りがかったばあさんに柳《ユウ》が聞いた。

「そうだよ。入り江の綺麗な石を使わんでどこから拾ってくるんじゃ」

孫の手を引いたばあさんは無愛想に答えた。

「島の人はみな、ただ者じゃないですね」

「ただ者じゃないってかい、近頃の若いもんはこげなことにゃてんで興味を示さんとよ。あんさんらも浦吉島《ポギルト》かどこかへ行ったほうがよか、なんしてまたこげな所にきたとな？」

ばあさんは喧嘩でも売りたげな声で皮肉り、通り去った。尹善道《ユンソンド》の隠居した家が在った浦吉島《ポギルト》が真ん前に見えた。そこはいつも観光客で賑わっていた。浦吉島《ポギルト》はこの方面を行ききする連絡船の終着点で、莞島《ワンド》から乗った観光客はほとんどこちらには目も向けず、浦吉島《ポギルト》にだけ押し寄せるのを見て、皮肉の一つでも言いたかったようだ。

「やはり干潟の風はきついなあ」

柳《ユウ》がぶるるっと身震いした。私も苦笑いしばあさんの後ろ姿を見送った。よそ者が知ったかぶりをすると、たいていやられる地元の奇襲攻撃である。「よそ者が何が解るんじゃ」「よそ者」という卑下の言葉から飛び出すストレートな抵抗は拳よりもきつい。だが、内陸の者が口にする「島の人」はそれ以上に毒々しい。

海辺をそぞろ歩いてまた記念塔へ戻った。塔はあまりにも小さく、ましてその姿には「ちょっとそれはないだろう」との思いがつのった。城壁のごとく島を取り囲んだ玄武岩が、真っ黒な刃で聳え立ち、島ごと飲み込まんばかりの荒波を木っ端微塵に砕き返す。こんな島の中心点に、日帝に抵抗し戦った闘士の姿を伝える記念塔を建てるのに、よりによって海水にツルツルに研ぎ磨かれたきれいな水磨石を集め、滑らかに積み上げるとは。古の武士の剛毅を受け継いだ志士の塔としてあるべき姿ではなかった。夕べ、塔の話を聞いたときもしかり、それを思い浮かべ頭に描いた塔もしかり、刃をむき出し荒々しく切り立つ絶壁のような勇壮な姿であった。私は飲み屋に向かいながらもしきりと塔を振り返った。

金成輔《キムソンボ》と車寛浩《チャグァノ》はまだ飲んでいた。私達は立ったまま一杯ひっかけて診療所に向かった。朴《パク》社長がベッドの上で体を起こした。

「胃痙攣は地獄の痛みとはよく聞くが、助かった……この痛さは口では言い表せんな。大型ペンチで腸を残らず引っ張り出して捻るみたいだ。明日の釣りはとんでもない。体がまるで水にふやけた紙のようで話にならん。最終の連絡船がまもなく出るらしい。先に帰ってるから君らは明日まで金《キム》理事長をもてなして帰って来いよ」

「とんでもない、一人では返せない」とみな一緒に病院を出た。社長は止めたが船着場まで行き、釣り道具を整理して魚を分けた。「今日のゲームは流れたから次に延長戦をやって決着をつけようぜ！」と社長は急病に遭遇した渦中でも場を取りつくろった。

社長を家に降ろし夕飯を済ませた後、柳《ユウ》は私を会社の前で降ろして帰った。駐車場に向かいながら私は道端の公衆電話に目をやった。安智春《アンジチュン》刑事が訊ねた金重萬《キムジュンマン》を知っている者がいる。抗争のあと、憲兵隊の営舎で一緒に過ごした金奉植《キムボンシク》という若者だ。彼が「兄貴、兄貴」と大物のように話していた人が、足に傷を負ったと言っていた。実は二回目の電話を受けたときも、彼のことが思い浮かんだのだ。

私は先に五・一八研究所に電話を入れた。研究所には常に院生達が集まって、遅くまで勉強している。金奉植《キムボンシク》の電話番号を探すよう頼んだ。

その兄貴とかいう人物が抗争のあと、あれほど厳しかった検挙騒動の中でも捕まらなかったのは、彼がまさに英雄であることの証である。そう簡単には捕まらないと金奉植《キムボンシク》が豪語したとおり、実際彼は捕まらなかったのだ。奉植《ボンシク》は彼を班長と呼んでいたが、市民軍に某《なにがし》かの編隊があったのではなく、仲間内で班長とかチーム長とか勝手に呼び合っていたのだ。

研究所が調べた番号は古かった。１１４で変更後の番号を調べ掛け直した。ちょうど彼が出た。

「俺だよ。憲兵隊監房の鄭燦宇《チョンチャヌ》だよ。覚えてるだろう？」

「これはこれは、兄貴じゃなかと、どげんしたとな?」

「どうしてるんだ? 元気でやってるか?」

「まあまあ何とか、ゆうような言葉は僕のような人間のためにあるようなもんですたい。兄貴はどげんしちょるとな?」

彼は正真正銘口から生れてきた男で、こんなときにも本領を発揮する。スリッパをスパスパと呼んだために、それがニックネームになってしまった靴磨き出身者だ。憲兵隊営舎を出た者が当時を思い出すときは、示し合わせたように「スパスパ」と、懐かしんで彼を話題にしたが、出監した後は誰一人彼に出会った者はいなかった。拘束者の会合とか望月洞《マンウォルトン》追慕集会にも彼は顔を出さなかった。部屋のリフォームをしているという噂と、交差点で信号待ちの時にトラックの運転席にいた彼と目で挨拶を交わした者がいる程度だった。

「君が営舎でいつも話していた班長兄貴はその後どうしてる? 彼の名は金重萬《キムジュンマン》さんだったね?」

金奉植《キムボンシク》は私が彼の名を知っていることに驚きを隠しえないようだ。警戒心を払拭させるため、金重萬《キムジュンマン》が私に電話してきた事実を簡単に話した。彼は営舎で金重萬《キムジュンマン》に触れても彼の英雄談を話すだけで、彼の本名は明かさずじまいだった。その英雄談も捜査が一段落する頃には私にだけこっそりと話した。

「今、何しちょるというとんなった? 前に一度一次補償申請時に会っただけですたい。それっきり会うちょらんよ」

「補償申請に来ていたのか……そういえば彼、足を負傷してると言ってたね?」

「足は負傷しちょったが補償申請にきたとではなかばい、墓参りに来たと言うちょんなった。元々、田舎が全羅北道《チョルラプクド》のどこかで母親をこちらに埋めよんなったらしか」

「じゃあ、補償申請はやらずじまいか?」

「なしてかね? 補償申請は眼中になかかようですたい。足の傷は深かったんで、申請ばしっちょったらかなりの補償金が出るはずばい、そのことを言うとただ笑うていたとですたい。今だから言うばってん、兄貴は当時M16を持っていたとですたい。あん時はおとろしゅうて銃に関しては自分自身禁句扱いしちょったとばい。攻守団と戦う時はM16か、機関銃じゃったようじゃが、問題なかったとですか?と聞いちゃったら、ただ、笑うていただけですたい」

「その銃どこから持ってきたんだろう?」

M16という言葉に私は驚いたが、事なげな口調で訊いた。

「十九日か二十日だと思っちょる。カトリックセンターの建物の中で市民軍と攻守団がもろにぶつかって激しくやり合いばしたじゃろ? あん時にひったくったと言っちょんなった」

私は思わず「あー、あの時!」と声を引き伸ばした。あの衝突のときは自分も危機一髪、辛うじて助かったのである。

彼は収拾委員会〔光州《クァンジュ》抗争を終結させるため、政府との交渉の場に付いた市民や学生の代表〕が武器回収するときには、「銃を出せちゅう奴はみんな、殺しちゃる」と脅しをかけていたと付け足した。

「じゃあ、あのときどうやって光州《クァンジュ》を抜け出たんだろう?」

「僕もそこんとこが気になって、訊ねたとよ。すると、攻守団を追い出した後で協相〔市民軍と戒厳軍が話し合いによって事態を収拾するために行った協議〕だの何だのといったところで、後の祭りじゃなかかと考えて、一歩下がって様子を伺っとったですばい、そんで二十五日に誰にも見られんとソウルに逃れた、と言うちょったですばい」

「ソウルでは何をしてるって？」

「なかなか喋りよんならんが、屋台なんかばやって暮らしちょるようですばい」

「その後の便りは？」

「ぜんぜん聞かんとです」

「久々に君と話せて良かった。いつか一杯やろうな」

「僕も久しぶりに先輩の声が聞けて本当に嬉しかとです。酒は僕が奢りますばい。電話番号教えてくれんしゃい」

「いいや、電話番号は教えるが、酒は俺が奢る。かしわの丸焼きが美味しい店を一軒知ってるんだよ。もも肉の味はまさに絶品だぜ」

　もも肉という言葉に彼はクックと笑った。

　抗争の最中、全《チョン》オクチュという者が拡声器を肩に掛け「光州《クァンジュ》市民は私と共に戦おう！」と、大通りから細い路地まで隈なく歩き回り、呼びかけたことがあった。金奉植《キムボンシク》が逮捕され兵営舎で取り調べを受けたときのことだ。捜査官は、全《チョン》オクチェがそのとき「金日成《キムイルソン》万歳！」と叫んでいたはずだと、そのことを正直に吐けと執拗に迫った。拷問にかけたり、懐柔したりとありとあらゆる方法を使って自白を強要したある日、捜査室に引っ張られ行ってみると、机の上には豪華に盛り付けられた食膳がおいてあった。当時、兵営舎では食べ物が少なく、拘留者には目がかすむ栄養失調の症状さえ出ていた。「スパスパ」はたっぷり盛り付けられた飯を見て、目がひっくり返った。真っ先にこんがりと焼き上がったもも肉に目が行くと、瞬く間に口中に唾が溜まり、喉仏がゴクンと鳴らんばかりだ。「腹減ったろう？　これを食べろ。食べてわしの問いに正直に答えろ」金《キム》は「はいはい」と答え、これで死んでも成仏できるわと言わんばかり、良く太ったもも肉からかぶりついた。飯一粒も残さず平らげると、捜査官は満面に笑みを浮べ、全《チョン》オクチェが「金日成《キムイルソン》万歳！」と叫んだろうと迫った。「わたしゃこげなスピーカー肩に掛けて歩きながら、鼓膜が破れるくらい、大きな声をワーワー張り上げちょるのは聞いたばってん、はっきりした言葉は何も聴いちょらんとよ」鶏の太ももまでご馳走した捜査官は怒り心頭に発した。で、ことの結末は言わずもがなである。使い古した雑巾さながらずたずたに叩きのめされ、捜査官の背に負われて帰ってきた金《キム》の体を、私らは一日中揉んでやった。金奉植《キムボンシク》は痛みが和らぐや、鶏の太もも肉を食べた英雄談を語り聞かせながらキッキッと笑った。「スパスパ」は地獄のどん底でさえこんな調子だった。

　彼の話を聞いてみると、金重萬《キムジュンマン》が〈三角目〉に関心を持った訳が少なからず理解できる。あのとき、M16を担いでいた者は市民軍の中でも特殊な存在だった。それを手にする方法は戒厳軍から奪う以外なかったからだ。一般市民は予備軍や警察の武器庫を襲撃して武装したから、銃は全てM1かカービン銃だけだった。M16は当時、現役軍人だけに支給されたものである。〈三角目〉に関する記事を書いたとき、私はその事実を知らなかった。あのとき、六千丁におよぶ銃が出回っていたので当然、M16も混ざっているだろうと思ってはいた。が、必ずしもそうでなかったと後ほど知り、〈三角目〉の記事に銃に関する記述が少なかったことを後悔した。

　金重萬《キムジュンマン》と〈三角目〉の間にはいくつかの共通点があった。二人ともM16を掛け、武器の返還なり収拾に激しく反対し、それでいて二十七日夜明けの道庁玉砕作戦時には参加せず、二人とも傷を負っているのに補償申請しなかったことだ。申請は一次、二次と二回に分けて行われたが、一次の申請時には二人とも現れなかったのが判明している。

　私は一次申請が終わる頃、名簿の対象者を選ぶため、市庁に出向いて申請書類をひっくり返したことがある。そのとき、書類に貼られた写真で〈三角目〉を探してみたが、見当たらなかった。彼らが武器返還や収拾にあれほど激しく反対したのは、M16を奪い取った経緯と何かの関係がありそうで、補償申請をやらないことも金奉植《キムボンシク》の言う通り、やはりこれと関連があるようだ。例えば戒厳軍を殺したとか。どちらにせよ奪った経緯が暴かれでもすると命を落とすような、そんな訳がありそうに思えた。

　昨日、市庁に向かったときの安智春《アンジチュン》刑事の顔が浮かんだ。二次申請時には、ピリピリと重苦しかった役所の雰囲気もかなり和らぎ補償金額も多くなったので、彼らも申請しに来たかも知れない。負傷者の場合は労働力喪失状態と後遺症の度合いによって補償金が一億を越える人もいた。

6　迫りくる二人の女性

　家に戻ると、留守電のランプが三人分を表示していた。ボタンを押そうとしたが安《アン》の声が飛び出すようでちょっと戸惑った。が、怖いものにでも触れるようにそーっと押した。「どうして受話器取らないの？遅くてもいいから電話ちょうだい」姜智妍《カンジヨン》だった。昨日莞島《ワンド》から電話するつもりだったがうっかり忘れてしまった。次のはチッチッと音だけ鳴り、最後のは美善《ミソン》で、店に電話して欲しいとのことだ。

彼女の店の番号を押した。

「僕だ。電話したろ?」

「今、何してるの?」

やはり美善《ミソン》の声はポンポンと弾んでいた。釣りに行ってきたと言おうとしたが、記念塔が思い浮かび適当にはぶらかした。

「まもなく百貨店閉店時間なんだけど、ビールいかが?」

「ビール? 金美善《キムミソン》氏がビールとは……いつから飲むようになったんだ?」

「馬鹿にしないでよ。飲めば飲むほど入るのがアルコールじゃない。私、かなり飲んでも顔色一つ変えないよ。酒上戸は男女を問わないようよ」

「旨い店知ってるのか?」

「男の人が言う美味しい店ってのは、若い女性がついでくれる所でしょ? そんな店に女性同伴で行くと、弁当箱ぶら下げてきた(世帯臭いのが来たの意)って、からかわれるんじゃないの?」

「余計なことまで知ってんだなあ。正真正銘の淑女を、弁当箱に化けさす訳にはゆかんしなあ……家の近所にそこそこの店があるにはあるんだが……」

彼女が了解したので店を教えると、直接行くと言った。明日、昼食を一緒にする約束だったが今晩に変更して飲もうということだ。彼女の声は鍵盤をたたく指がソプラノへ移動するようにポンポンと弾けた。

私はその場にしばし佇んだ。昨日、彼女が旅行に行ってきたと告げたときもただ「そうかい、そうかい」、お昼を奢ると言った時も「ほほーっ。それはそれは」と単に余裕ができたのだと格別気にも留めずに聞いていたが、今一度じっくり考えてみると、そんな単純なことではなさそうだった。ツカツカと大股で近づいてくる彼女の足音が、胸の底にコツコツと鳴り響いた。

電話が鳴った。姜智妍《カンジヨン》だ。釣りに行ってきたと答えた。「電話を掛ける間に魚が逃げちゃう訳？ごめんで済むと思って？　口約束はもうダメ。次は私も一緒に行くわ。約束よ。いいね？　今度は絶対に引き下がらないからね。魚沢山釣ったの？　この前の鯛は本当に美味しかったものね。冷凍庫に入れないで冷蔵庫に入れておいて。明日は仕事があって行けなわ。明後日の朝早く行くからね。面談の約束がある人には私から電話しておくわ。今日、久しぶりにインターンの友達と会ったんだけど、良いテーマを選んだってみんな羨ましがったわ。後輩の一人がね、自分も光州《クァンジュ》抗争をテーマにするって言い出すのよ。今まで以上頑張らなきゃね。解かるでしょ？」仕事をするときの彼女の神経は繊細で冷静沈着だが、雰囲気に乗り気分が興じるとことさら図太く大胆になる。

魚を大まかに仕込んで冷蔵庫に入れ、シャワーを浴びた。風呂から出るや、また電話が鳴った。

「美善《ミソン》よ。私、そちらへ行くの久しぶりじゃない？　家も見たいし、家でゆっくりしましょうよ。店のスタッフも連れて行くわ」

「家に来るのか？」

「ええ。彼女には借りがあってね、そのうち一緒に飲もうって言ってあったの。明るい女性だから楽しいはずよ。お酒と肴は持って行くわ。お店にね、迷い込んできたウイスキーがねんねしてるの。ウイスキーいけるでしょ？　男やもめの一人暮らし想像つくわ。散らかってるでしょ？　居間だけ片付けておいて」

彼女はアパートの部屋番号を確認して電話を切った。美善《ミソン》が家に来るとは想像しなかった。「家が見たい」という言葉が余韻となって耳に残った。私がこのアパートに移ったのは結婚直後で、彼女はいまだかって私の住まいや私生活に口を挟んだことがなかった。

私は姜智妍《カンジヨン》の形跡が残っていないか辺りを見渡した。居間の服掛けに智妍《チヨン》のジャンパーが掛かっていた。折りたたんで衣装箱の奥に突っ込んだ。洗面台に彼女の歯ブラシがある。急いでつかんだ。が、歯ブラシまではと思いなおし元に戻した。台所の調理台や、茶筆笥は艶が出るぐらい綺麗に拭いてあり、食器はきちんと重ねて置いてある。彼女はどんなことでも一度手をかけると抜かりなく完璧を追求する。行き届いた整頓さがかえって不安だ。

大きめの鯛を出してガスレンジにかけ点火し、部屋中をもう一度見渡した。しばらくしてベルが鳴った。膨らんだ買い物袋を提げ美善《ミソン》が入ってきた。満面に笑みを浮かべている。

「広いねえ!」

一緒に来るはずのスタッフは友達の家へ寄って、後ですぐ来ると言った。美善《ミソン》の服装やヘアースタイルは清々しかった。着痩せする服がそうさせるのか背がいっそう高く見えた。オールバックの額に明るい笑顔が少女の時の初々しさを発散させていた。開店祝いで見た時とは天と地の違いだ。十歳ほど若返ってみえる。

「何の匂い?」

「鯛さ。今日釣ってきたんだ」

「最近も海釣りするの? 久しぶりに活きのいい魚食べられるわね」

男やもめ世帯だから汚れていると思ったら、家政婦雇ってるの?と冷蔵庫を開けてみたり、トイレも開け、部屋中点検した。美善《ミソン》の目が行くところへ、私の目が先に走った。

「一人暮らしなんだから茶碗でも何でも使わないのは仕舞っておけば」

彼女は世帯慣れした目で隅から隅まで見回りながら助言した。

私は大きめの皿に鯛を取り出し、いい塩梅に焼けたと格好つけた。

「ウワー。こんなに大きいの釣ったの!」

「どうしたことかこんな奴が一本上がってきやがったんだ」

美善《ミソン》はウイスキーを出しながら何度も歓声を上げた。私はグラスにウイスキーをつぎ、氷を入れた。

「久しぶりだな」

「お久しぶりです」

彼女はグラスを交わし微笑んだ。私は箸で鯛の身を大きめにほぐした。

「本当に美味しいわ。こういうのを釣る時ってどんな気分?」

「世の中を釣った気分さ」

「世の中を釣るの? まあ、大袈裟! 昔とまったく変わらないわね」

「とんでもない。今は、ネジがいくつ、スイッチがいくつ、明けても暮れてもこんな細かい数字ばかり追っかける、女々しい塩爺《しおじい》になり下がったよ」

「でも、安定した仕事に就けただけでも幸いよ。ご両親はお元気? おじさんお歳召されたわね? 今も牛を育ててらっしゃるの?」

十七年越しの熱い情感が陽炎のように揺らめいた。我が家の安否を気遣う余裕は彼女の変化を実感させる。若かりし頃彼女が言い放った一言が耳元に木霊した。「傾きかけたねぐらを元に戻そうなんて望みはね、終身刑の囚人が白昼に見る女房の夢よりはかないものなのよ」

「姉さんの具合どう?」

「ええ、もう大丈夫みたい。一年過ぎたけれど、鬱の兆候は現れないわ。催涙弾の粉を浴びても平気。不思議なほどよ」

「医者は何と言ってるんだ?」

「はっきり言わないわ。いつだってそうよ。でも今回は違うの。だって誰よりも私が安心してるもの。一年前なら普通の生活しててもいつ発作が現れるか分からない恐怖にビクついてたじゃない。生活が安定したからかもね」

精神病の診断は、農村に住む農民の歯の数を当てるよりも難しいと言われる〔昔は農村に歯医者が少なく、歯抜け状態の者が多かったことから生じた慣用句〕が、美善《ミソン》は今までの経験から確信を得ているようだった。

「子供の名前何だった? 俊一《チュニル》とかいったな? もう高校生になるよなあ?」

「二年生よ。十七ですものね。今はあの子が大黒柱よ。あの子を見ていると過去のことなんてみな忘れるわ。体格がよくて逞《たくま》しいの。私はもう解放された気分よ」

「解放」の一言ががーんと脳裏を打ちのめした。俊一《チュニル》は彼女の姉が抗争当時、攻守隊員に強姦され産んだ子だ。

「ほほーっ。十七歳か」

私は間の抜けた声を発しグラスを口に運んだ。十七年は光州《クァンジュ》抗争以後流れた歳月であり、私が所安島《ソアンド》に行った時の美善《ミソン》の歳でもあった。

「最近は過去をたまに思い出す程度よ。人が生きるってのはこういうことなのね」

と、余裕を見せて笑みを浮かべた。だがそれは「恨《ハン》」に軽く覆われていた。嵐の中を辛うじて抜け出た者が濡れた服を脱ぎ、今しがた通ってきた道を顧みる、そんな安堵の笑みだった。

「彼は自分の出自を知ってるのか?」

「知ってるわ。詳しく言って聞かせたの。彼、中一のとき、家出したのよ。私、放っておけなくて、姉さんの担当医に連れてったのよ。しばらく医者の説明を聞いてた彼が自分の出生関係を包み隠さず全部言ってくれと迫ったの。それで堅く封印してあった事実をすべてさらけ出したの。始めは茫然自失だったけれど、子どもってこんなときにも素早く適応できるのね。そんな姿見てるとかえって私の方が呪縛が解けてね。いつも嘘の服をまとって、中身がばれないように気遣って……もうこの負担から解放されただけでも、生きた心地がするわ」

「そうだったのか! 僕だって聞くだけで胸のつかえが下りるよ」

「ありがとう」

うなじを軽く下げ私を見つめた瞳に深い情感がかすめた。「燦宇《チャヌ》兄さん、燦宇《チャヌ》兄さん」とはしゃいでいて、ふと静かに私を見つめた時のあの瞳だ。耳元の小皺が目に映った。糸のような細い皺が三十五歳を演出していた。

「あの子、この前何て言ったと思う? これから自分ら親子で暮らすから、叔母さんは結婚しなって。

ついこの前なんかね、母さんや婆ちゃんまで動員して私を追い出そうとするのよ。いい歳して恋人ひとり作れないのか?とか、自分は交際したくても叔母さんに悪くて遠慮しちゃうとか、私を傷つけまいと気遣いながら知ったかぶりするの。厳しい環境で育ったから、その分気丈ね」

「ほほっ。親鳥が運んでくれる餌を食べて育った小鳥が、成長したからと親鳥を追い出しにかかるんだ」声にして笑った。だが作為が感じ取られそうで、声を呑み込んだ。美善《ミソン》は黙ってグラスを傾け、私も空になったグラスをテーブルに置いた。彼女は自分のグラスに氷を多めに入れウイスキーを少量だけついだ。

「姉さんが家事をしっかり見てくれるから、店の収入だけで生活できそうよ」

化粧品店は英善《ヨンソン》の補償金で開店したから、当然彼ら親子の所有物になる。英善《ヨンソン》が受け取った補償金額は精神疾患が進行中だったからかなり多かったし、終生保護対象者の扱いを受けるので医療費もかからない。

まもなくして一足遅れの店員が入って来た。

「美人二人のご登場で家の中がぱっと明るくなったな」

彼女のグラスにウイスキーをつぎながら私は茶化して見せた。このとき、電話が鳴った。智妍《チヨン》だと直感した。瞬間、電話を隣室に移し忘れた不注意を悔やんだ。受話器を耳にピッタリ押しつけて、来客中だと言った。「分かったわ。魚しっかり手入れしておいたでしょうね? たった今、電話で劇が一つ終わったところよ。昨日、イルサンで取材する人がいると言ったでしょ? 彼女が電話掛けてきて『明日は昔の話を存分にします』と言って切ったのよ。ところが、すぐまた掛け直してきたの。なぜだと思う? 沸々と怒りが蘇って腹の虫が収まらないと言うのよ。凄かったわ。ソウル出身なんだけど、あのとき男友達と見知らぬ土地を旅しようってことで、南海岸を回って光州《クァンジュ》に入ったんだって。カトリックセンターの裏に『ウミ荘旅館』あるでしょ？　あそこに宿を取って泊まったんだけど、翌朝に攻守団員が押し込んできて、こん棒で裸の体を手当たり次第たたいて引っ張って行ったものだから、服もまともに着られず豚みたいにトラックに積まれたんだって」「そんな目に会ったのは一人や二人じゃないだろう。明後日会おう」私は受話器を置いた。

「姜智妍《カンジヨン》といって、光州抗争《クァンジュ》をテーマに学位論文を書いてる大学の後輩だよ。被害者の調査を手伝って上げてるんだ。その話だよ」

「その学生なら、私も一度会ったことあるわ」

また電話が鳴った。

「肝心な話がまだ終わってないのに切ってどうすんのよ。明日行くからね。これでいいでしょ？　朝早く出掛けるわ」

「朝早く来るのか？　じゃあ午後の調査はその足で行くつもりか？」

「そうよ。ちょうど良かったの。彼には延期の連絡をまだ入れてなかったから」

分ったと答え受話器を置いた。

「あの人ただ者でなくてよ。闊達でしっかりしてるわ。うちの店にも二回ほど寄ってね、取材協力者にあげるんだってお礼の品を何点か買ってったわ」

美善《ミソン》がグラスを差し出した。底知れぬ情念を湛えた彼女の目が、酒をつぐ私の顔を鋭く撫で回した。

「論文のテーマに光州《クァンジュ》抗争を選ぶんだから、ただ者ではないさ」

私は美善《ミソン》の目を意識しながら何気ない声で言いのけた。

「へえー、もうこんなに飲んだの？　大丈夫か？」

ビンを目の前に上げて見た。小さめのビンだが半分空になっていた。

「店長お酒はなかなかやりますよ。ウイスキーは特にね。今日は心置きなく飲もうって、車置いてきたもの」

店員はカラカラと笑った。

「せっかく飲むんだから良い子ぶるの止めたの。でも注がれるまま飲んでたら、もう三杯目ね」

三杯といっても、実際は二杯にもならなかった。

「そろそろお暇しなきゃね。お酒はお酒、食事は食事だからお昼の約束は有効ですよ。明日姜智妍《カンジヨン》さんいらっしゃるんでしょう？　彼女もご一緒にどう？」

「姜智妍《カンジヨン》も？」

「顧客サービスを兼ねて私が招待するのよ」

「ちょっと待てよ……じゃあそうするか？」

一瞬ためらったが承諾してしまった。こんな場合の処世術は身についておらず、頭の中が真っ白で返事が先に口走ったのだ。彼女はトウアム洞《ドン》に安くて美味しい店があると、屋号を言いながら皿を片付け、立ち上がった。

タクシー乗り場まで二人を見送った。先ほど、私の顔を目で撫で回した美善《ミソン》の熱い視線がそのまま残っている。明日の昼食会が不安でならない。姜智妍《カンジヨン》は心の奥に仕舞ってある言葉や感情を隠しきれない性格だ。どう考えてもしくじったようだが、今さら変更するのも惨めったらしい。巨大な壁が両側からぎしぎしと迫り来る。がんじがらめに締めつけられそうな圧迫感をどうすることもできなかった。

電話が鳴った。五・一八研究所の後輩からだ。

「先輩、ひょっとして警察署に呼ばれました？　先ほど、研究所で夜遅くまで勉強していた院生から電話がありましてね、ソウルから来たという刑事が、今日の午後に研究所のコンピュータから五・一八関係者の口述資料を検索していったと言うんですよ。刑事が帰った後で検索した単語を拾ってみたところ先輩の名前も入ってたと言うんです。外出から戻ったら、待っていたように院生から電話がかかってきたんですよ」

「その院生今も研究所にいる？」

研究所で寝泊りしながら勉強していると言った。分かったと返事をし、研究所に電話を掛けようとしたが、手を止め立ち上がった。十一時だった。研究所へ車を飛ばした。院生がコンピューターを使っていた。幸いにも安智春《アンジチュン》が検索した後、ほかの誰も検索していないという。検索した単語を拾った。〈ソウルに逃避〉〈報復〉〈肩負傷〉〈足負傷〉〈鄭燦宇《チョンチャヌ》〉〈M16〉〈三角目〉〈機動打撃隊〉。検索単語は八つしか残らないので、恐らくほかにも検索したはずだ。一番最初に検索しただろう金重萬《キムジュンマン》も残っていなかった。

「刑事のコンピューター操作の腕前はどの程度？」

「打つのも早いし、かなりいい腕してますね。午後二時頃に来て、二、三時間検索ばかりしてました」

口述資料は分量が多いからファイルを五つに分けて保存していた。最初のファイルから〈金重萬《キムジュンマン》〉を打って検索した。どのファイルにもなかった。〈足負傷〉を打った。十カ所ほど出てきた。だが金重萬《キムジュンマン》と思しき人物はいなかった。〈肩負傷〉もかなりあったが、三角目の人物はいなかった。〈M16〉を検索した。〈M

一六〉〈エム一六〉と検索した。M16を持った人物の中から金重萬《キムジュンマン》と思しき人物は二、三人出てきたし、〈三角目〉と思われる人物も一人いた。口述した人を探し出したらその時の彼らの行方が分かりそうな内容だった。

私の名前を検索した。私は関係者として口述しなかったから、私の事に関しては他の人物の口述の中から探すしかなかった。最初のファイルから一カ所出て来たが口述者がデモ現場で会った数人の中の一人として私の名前だけが入っていた。二つ目のファイルからは二カ所出てきた。一カ所は機動打撃隊のようなメンバーが二十七日の明け方、出動直前の住所を書いてポケットに入れた話をしながらやはり私の名前だけ言っており、もう一人は合同捜査本部で一緒に捜査を受け、私が拷問を受け二回も気を失った話をかなり詳細にやっていた。最後のファイルを検索して私は驚いた。私がソテ洞《ドン》の谷間で市内の情勢を探りに降りてきた攻守団のスパイと間違われ、こっ酷くやられた話だった。頭が真っ白になった。口述者は私の中学の同期だ。私が研究所に勤務していたときにはなかった内容だ。

「最近も面接調査をするのか？」

「はい、去年もしましたし、少しずつですが続けてます。今、研究所のホームページを作成中で、資料を公開するために整理してますので……」

同期の口述を読みなおした。

――我々がトラックに乗ってソテ洞《ドン》の方へ行くと、市民軍が攻守団のスパイを捕まえたから道庁に連れて行けと、雑巾みたいにぼろぼろになった青年一人を引きずってきた。酷いもんで滅多打ちされ、見るに耐えない姿だった。ソテ洞《ドン》の麓に潜んでいたら、彼が私服に着替えて降りてきたという。これは奴が腰に差してた刀だと言って、差し出した。トラックに乗っていた市民軍も、気を失って床に伸びてるスパイを足で蹴り、自分も腰を蹴り上げた。そうこうしている中に奴の顔を見てびっくりした。鄭燦宇《チョンチャヌ》という中学の同級生だった。彼はその前日も銃を持って自分と一緒にクムナム路で出くわしたことがあった。後で分かったのだが、とんでもない誤解であんなことになったんだ。彼も同じグループであそこに潜んでいたんだが、時計をなくしたので探すために戻ったところが、腰に差していた刀のためにいくら説明しても聞いてもらえなかったようなんだ。その刀は軍用ではなく登山用だが、それがかえって災いしたそうだ。偽装工作が徹底してるってことでかえって誤解されたんだ――

私があんな目に会ったのを、同窓の彼は私が時計を探しに行ったためだと語った。私がそのように言ったから当然だ。私はコンピュータの前にしばし呆然と座っていた。単純加担者でないことが判明したところへ、こんなとんでもない事件まで明るみに出たからには安智春《アンジチュン》は捜査官の第六感で、何か匂うと鼻をぴくつかせたに違いない。私の表情を嘗め回した安《アン》の鋭い目を思い出した。頑丈な体格に融通の利かない頑固な表情、鋭い眼光、その目には飢えた熊の執念がうずくまっていた。鳥肌が立った。

II

一九八〇年五月の光州

1　私は死ななかった

所安島《ソアンド》の美善《ミソン》の家で過ごした明くる年、私は大学入試に失敗した。美善《ミソン》に会わせる顔がなかった。だが彼女は、苦渋の日々を悶々と送る私の胸中を察して、からりと爽やかに慰めてくれた。

「お兄さん、プレゼント買ってきたわ」

笑みをたたえて私の部屋に入って来た彼女の両手に、見たことのないサボテンの鉢植えが一つずつ載っていた。幼児の拳位のサボテンが涼しげな磁器の鉢に可愛く収まっている。棘で真っ白に覆われたサボテンはその棘が綿毛のように美しく、また、霜柱のようにひんやりと突き刺さるようでもあった。

「このサボテン本当にびっくりよ。植物は植物なんだけど、ほかの植物と比べると何の表情も感情もないのよ。こんな植物が存在すること自体が不思議なのに、これがね、花を咲かせるのよ。その花がね、本当にたまらないほど可愛いの。咲く過程がまた、とても不思議なのよ。ある日、急にね、このずんぐりむっくりした体から枝のような花の蕾が出てきて、可愛い花をパーと咲かせるのよ。その花が朝に咲いたと思ったら夕方には散って、次の日また一つ咲いたと思ったら夕方にまた散るの。だからこの石ころのようなまん丸な体の中で花を咲かせる営みがずうーと進められているのよ。一日に一つずつ咲かせるってことは、咲かせる日にちまで正確に測って準備してるってことなのよ。葉っぱも枝もないのよ。ただ丸いだけのこんな体の中でね、時計みたいに時間が正確に過ぎて、その時間に合わせて花を一輪ずつ咲かせるのよ」

美善《ミソン》の観察力に驚き、茫然とサボテンを眺めていた。

「今日から兄さんも私もサボテンになるのよ。これは鄭燦宇《チョンチャヌ》兄さんで、こちらが私美善《ミソン》よ。兄さんは来年の今頃、大学合格の綺麗な花を咲かせるし、私は再来年に合格の花を咲かせるの。そのために私達は今からサボテンになるのでありまーす。この子は耳もなく、口もなく、鼻もなく、移り目をする目もありません。風に揺られる枝もなく、そよ風に震える葉っぱもありません。お兄さん、勉強する時は私のことを完全に忘れるのよ。お互い頭の中からすっかり捨てるの。いいわね？　私はいつだってお兄さんのそばにいるわ。私を思い出すときはこの棘を見てね。勉強中に私のことを考えたら、この棘でチクリと刺すからね」

彼女は指先で私の肩をチクチク刺した。

「忘れないでね。こうしてチクチク刺すんだから。痛いよ」

指先にハーハー息を吹きかけチクチク刺した。

「これから一年間、兄さんの時間は私に預けるのよ。休むかどうかも全て私が決めるからね。まず、一週間に一度だけ、土曜か日曜に私とお昼なり夕食を食べる。それ以外時間の浪費はダメよ。分かった？」

高校二年のバッジを制服に付け、新学期の始業式を待つ美善《ミソン》は、かくも成熟していた。

そのとき以来、私は正真正銘サボテンになってしまった。家と塾と図書館を振り子のように往復するだけだった。実際勉強以外何も許されないのが浪人である。表情も感情も仕舞い込み、脇目も振らず、私の生活はその年の五月までこうしてサボテンだった。美善《ミソン》は時々やってきては差し入れをそーっと机に置いていったり、二人が偶然出くわすときは、指先で突っつく仕草をしておどけて見せたり、週末には忍者のように侵入して小さく折り畳んだメモをサボテンの鉢台の上に置いていった。メモが置かれた日は雲に乗った気分だった。爪の大きさほどのメモにはゴマ粒ほどの小さい文字で「土昼王」とか「日夕天」と二人だけの暗号が書いてあった。「土昼王」は今度の土曜日は昼食を王子館で中華料理を食べようを意味し、「日夕天」は次の日曜日は夕食を天宇飯店で食べようの意味であった。週末が近づくと私は、部屋に入るたび、真っ先にこのメモを探し確認した。

五月一八日は日曜で、美善《ミソン》が「今日は天宇飯店で夕食」のメモを置いた日だった。逢引の時間はいつも午後五時である。私にとってこの日が何か特別な日だったといえばそう言える。先週夕食を終えての帰り道、美善《ミソン》につれなく拒まれた私は、立つ瀬がなく情けない思いをしたからだ。今日はその時の面子を挽回せねばならない。私は格好の方法をあれやこれやと思案した。路地裏で味わったあの屈辱を考えると、このまま惨めに引き下がる訳にはいかないのだ。

あのとき夕食を終え、辺りが暗くなりかけて二人は食堂を出た。細い路地で荷を積んだリヤカーと擦れ違うとき、壁に避けた二人の体がぴたっと引っ付いてしまった。瞬間私は美善《ミソン》の手をさり気なく握った。ところが彼女は私の手を容赦なくピシャリとたたいたのだ。

「ちょっと握ったからって減るか?」

「まあ、ふてぶてしい。顔に書いてあるわ、僕は不良だってね。手の次は『唇が減るか?』なんて言うんでしょ?」

彼女は唇を歪めてあかんベーをした。

「君って奴は、本当に……もういいよ、分かったよ。後で倍にして返すから。見ていろ!」

「お返しですって? これ?」

美善《ミソン》は男勝りに肩を怒らせ、あばずれで名高い西部男が銃を構える格好をした。

「両手使いで二丁だぞ」

コーン。私は石ころを思いきり蹴った。

「やるんならどうぞ。覚悟はできてるわ」

彼女は裏声を使って威勢を上げた。


私は図書館で弁当を食べながら仕返しのことばかり考えていた。後部席では二、三人ずつ組んで昼食を食べながら、全南大学校と朝鮮大学校に駐屯している攻守団の話に夢中になっていた。全南大学の後門では登校して来る学生の服を脱がせて、腕を後ろで組ませ頭の先と足先だけを地面に付けて、〈く〉の字型にさせて滅多打ちにしたとか、女学生まで服を脱がせてひざまずかせるのをこの目でしかと見たとか。その話し声はいつものひそひそ話とは違い、みなに聴けと言わんばかりの大声だった。昼食の時間ではあるが図書館でこのような現象は初めてだった。

「昨日までの戒厳令は済州道《チェジュド》をはぶいた部分戒厳令だったけど、今日からは済州道《チェジュド》を含んだ全国戒厳令っていうじゃないか」

学生達はテレビから流れたらしい情報を列挙して、攻守団まで出動させるとはどう考えてもただごとじゃないと恐れをなしていた。だが私は攻守団のデモンストレーションはもうこれ以上何もできなくなると思い込んでいた。大学生が何日間も道庁の前の広場まで進出して集会しており、最終日は夜に松明デモまでして気勢を上げたから、まもなく情勢は逆転すると自分なりに解釈し、机の衝立に頭を埋めて弁当を食べた。

弁当箱を片付けてトイレに行き、帰って見るとあちらこちら席が空いていた。以前ならあり得ないことだ。衝立に頭を埋めてがり勉屋っぽく装っている学生の肩にも力が入っている。どこか変だ。蜂の巣に放り込まれた幼虫みたいに、衝立に頭を突っ込んで数学を解いたり、英語の単語をノートが真っ黒になるぐらいなぐり書いている。この学習塾は施設が新しく、規則も厳格で有名だが、それにしても今日は異常だ。この世が果てても微動だにするものかと言わんばかりこわばっている。これは勉強以外の何物にも関心を寄せるまいとする決意の現れか？「僕はふらふらしてる似非浪人とは違うんだ」という自己暗示か？入試に失敗した直後だから無理からぬ態度かな？

「皆さん、じっと勉強だけしなさい。分かりましたね」

塾長が息咳切って入って来た。

「今日も大学生がデモをするのよ。出ると大変なことになりますからね。一階の玄関の戸は中から閉めておきました。じっと勉強だけするんですよ」

塾長は大声で口早に告げて出て行った。学習塾は大通りから少し奥まった住宅街に入っていて静かで、デモ隊がここまでやって来る心配はなかった。

「非常戒厳解除せよ！」

「攻守団は引き下がれ！」

大通りの向こうからスローガンと催涙ガスの弾ける音が聞こえてきた。攻守団の出動でデモは収まると思っていたがそうではなかった。デモンストレーションの勢いが増せば美善《ミソン》と会うことになっている食堂が危なくなる。そこはちょうどクムナム路から近い。スローガンを叫ぶ声と催涙ガスの裂ける音が段々近づいて来た。

ガチャン。ガラスが割れ、拳ほどの金属玉が向こう側の空席の机に落ちた。モスグリーンの金属玉には黒で文字が書かれていた。玉はポンと音を立てて机の下に転がった。その見慣れぬ玉に気を取られていた私は「逃がすな！」の声で我に返り、慌てて反対側の窓辺に身を隠した。塾内は乱闘場と化した。

「逃がすな！」

堅い金属底の軍靴の音と叫び声が一気に押し寄せてきた。一階でガラスの割れる音が激しく鳴った。玄関の一枚ガラスが割れたようだ。催涙ガスの粉を被るまいと外に非難した塾生らが、デモ隊と見られる若者らに混ざって戻ってきた。その後をシルバーカラーのヘルメットを被った国防服の攻守団二人が追いかけてきた。背にM16小銃を掛けた攻守団員はこん棒を振りかざし手当たり次第殴りかかった。デモ隊はほとんど反対側のドアから逃げてしまい、たたかれたのはみな塾生だった。私は窓側にいたので余裕があった。塾生一人が私が立っている横の窓枠に上がり、伊吹の木の枝に飛び付いて花壇に下りた。私も頃合の伊吹を狙って窓枠に飛び乗った。が、切り裂くような女学生の悲鳴に後ろを振り向いた。頭をたたかれた女学生は椅子に座ったまま、背もたれから頭をだらりと垂れていた。そんな状態で眠ってしまったような格好だった。頭から血が流れ白いブラウスの襟を染めた。学生らは机の下に頭を隠したり、窓から飛び降りたりした。

「一人残らず殺してしまえ！」

攻守団は「モグラ叩き」の要領で頭だけを狙った。切り裂くような悲鳴が上がり、塾生らは頭を抱え倒れ込んだ。頭をたたくこん棒の音は「タン」ではなく「バン」だった。スイカ割のときのあの音だ。先ほどの女学生は死んだようだった。攻守団は狂ったようにたたきまくった。塾長が飛び込んできた。

「何てことを！　ここは塾ですよ、塾よ！」

「気違いメンタめ、消え失せろ！」

軍靴が下腹部を直撃した。塾長は腹を抱えてつんのめり倒れた。攻守団一人が窓枠でじっとしている私に気づいた。奴の目が光った。倒れた椅子を踏んで迫ってきた。私はひらりと空中に身を投じ、一際高い伊吹の枝をつかみその弾力で芝生に軽く飛び降りた。「あいつを殺せ！」攻守団は喚きながらやはり伊吹の枝に飛びついた。私は大門から逃げ、一目散に大通りへ出た。

「そいつを捕らえろ！」

倒れた学生の脚を引っ張っている攻守団に喚いた。私は挟まった格好になってしまった。とっさに細い路地に入った。突き当たりだ。一番奥の家の鉄扉の横の小さいドアが開いた。同じ塾の浪人だ。二人はキムチ納屋の上に並べてある甕を足場にして、隣の家の塀を乗り越えた。

路地をあちこち回り回って大通りへ出た。物見高い群衆が押し寄せ膨れ上がり、通りの向こう側には攻守団三、四人が行ったり来たりしていた。彼らの横にはパンツだけの若者三人が後ろ手に縛られ、尻を空に向け〈く〉の字型に突っ立て、頭を地面に押し付けていた。その横の二人は死んだのか息さえ止まっているようにみえる。攻守団は突っ立てた尻が少しでも動くとこん棒を振りかざした。

「攻守団、出て行け！」

大学生らしい若者が向こう側の路地から石を投げた。攻守団員が追っかけた。素早い脚だが学生には敵わない。

そのとき、スーツ姿の三十代男性が平然とこちらに向かってやって来た。大学生を追っていた団員がスーツの男を手招きした。三十半ばの紳士は我関せずと言わんばかりその場に立ち止まった。団員が近づいた。一方の手で胸倉をつかんだその瞬間、他方の手のこん棒が紳士の脳天を一撃した。

紳士は重心を失い呆然と突っ立っていたかと思うや、次の瞬間その姿勢のまま前に倒れた。幹の根元を伐られた樹がしばし持ちこたえ、次の瞬間ドーと轟音をあげ倒れるその格好だ。地面にうつ伏せた紳士の両手の指先がぶるるっと痙攣した。再び痙攣しその後は動かなくなった。彼は「僕は栗に混ざった麦だよ」と刃向かってとばっちりを喰らった訳だ。団員は彼の体をひっくり返し上着の前をつかんだ。体は麦の穂がうな垂れたように曲がり、上着が脱がされた。ネクタイが解かれワイシャツも脱がされると、またひっくり返された。ランニングシャツに柔肌が白い。バンドを外しズボンの両裾を引っ張った。トランクスが現れた。両手首をネクタイで後ろ手に縛った。団員一人がこちらにやって来た。二人で脚を一本ずつつかんで引き摺った。背中がアスファルトに摺れランニングシャツが頭まで上がった。狩場で射止めた獲物をその場で皮を剥がし、引き摺っていくやり方だ。血の付いたワイシャツとスーツの上下が獣の皮みたいに後に残った。

「あれが人間のすることか?」

中年男が魂が抜けたような声を出した。このとき軍用トラック一台が現れた。攻守団は地面に頭を擦り付けている若者達を立たせ、彼らの左右両方に立って、殴りながらトラックへ急き立てた。攻守団が殴る速度を上げるや、若者らはイタチのように素早くトラックに乗った。トラック上の団員は彼らを中の方に引っ張り、こん棒でたたき軍靴で蹴り押えた。地上の団員は次に、死んだように地面に横たわっている若者をトラックに投げ入れた。重い物を空中に投げるときやるように、二人がそれぞれ両手、両脚をつかみ「一、二、三」の掛け声で体を放り上げると、空中でふんわり浮いてトラックに落ちた。スーツの男もそうして放り投げられた。手首を縛ったブルーのネクタイが空中でなびいてトラックの中へ消えた。私は攻守団の顔をしっかり見た。みな、何の感情も読み取れなかった。屠殺場の労働者が歩合だけを考えて、黙々と皮を剥がし、角を切り取る。素早く動き回る姿、そのものだった。

「あれが軍人と言えるか？　まるで殺人鬼だ！」

動き出したトラックの中では攻守団が、床にひれ伏した瀕死の若者めがけひっきりなしにこん棒を振りかざし、軍靴で蹴り続けていた。

「全斗煥《チョンドゥファン》退陣せよ！」

どこから出て来たのか瞬くまに五十人ほどの若者が集まり、声を張り上げトラックを追いかけた。群集も恐怖に怯えた表情でその後に続いた。若者の中には塾生も何人かいた。私の足も彼ら同様地についていなかった。が、両手で体を抑え辛うじてその場に立っていた。美善《ミソン》を連れに行かねば。塾の方に足を向けた。塾は修羅場と化していた。頭を逸らした女学生の席には血糊がべっとり付いていた。幸い私のカバンに催涙ガスの粉は付着しておらず、素早くカバンを抱え通りに出た。デモ隊はすでに遠ざかっていた。私は距離を置いて後に続き路地に入った。約束時間まで大分余裕がある。今行くと天宇飯店の辺りで時間をつぶさねばならない。美善《ミソン》は私を心配して必ずやって来る。まかり間違えば大変なことになるやもしれん。道端に公衆電話が見えた。容燦《ヨンチャン》が思い浮かんだ。彼は高一からの親友で何時もコンビを組んで行動している。今は二人して浪人の身分で、彼もまた同じ塾に通っている。だが彼は今日塾を欠席していた。スチャン小学校の近くにある容燦《ヨンチャン》の家から天宇飯店まではそれ程離れていない。

「市内にいるのか？　お昼を食べて出るつもりだったが、オモニに捕まってしまったよ。デモ凄いだろう？」

「乱闘だよ、乱闘。家にいろ。僕がそっちへ行く」

彼はこんなとき、大人しくじっと家にいられるタイプではない。少し前にアボジが交通事故で亡くなってから、いまだに失意の淵をさまよっているオモニが止めるので、逆らえずじっとしているようだ。私は路地伝いに中央路に出た。この辺りは意外と静かだった。四つ角のチュンジャン路派出所の方へ人々が詰めかけているだけだ。

一昨日の夕方、容燦《ヨンチャン》と大学生の松明行進を見物した所だ。塾に篭っていた私はその日初めて道路に出たのである。大学生が道庁前の広場を占拠したと聞いたときも、第三者的だったし、翌日、市民が何万人も集まって物々しい雰囲気だと聴いたときも、自分には関わりのないことだと頑なにテキストと睨めっこしていた。浪人の分際で大学生のデモ行為に関心を寄せるのは、入試に落ちた奴が大学の講義室を除き見るくらい、浮かれた浅はかな行為に思われたのだ。ところが容燦《ヨンチャン》はそのつど、家を飛び出しデモに合流していた。その日も容燦《ヨンチャン》に引っ張られて行っては見たが、火事場の野次馬よろしく、見物人の一番後ろでただ見ているだけだった。ところが松明行列が流れ込み道路を埋めつくすと、群集の熱気に誘われいつの間にか自分も歓声を上げていたのだ。

二万余名が油の沁み込んだ綿に火を放ち行進する松明デモは、見るからに壮観であった。行列はクムナム路を中心に何条にも分かれ市街地を埋め尽くし、道に溢れ出た市民は拍手と歓声で熱狂的に歓迎した。四日前、大学校門前で制止線を張っている戦警〔戦闘警察〕のバリケードを破って、市内に飛び出した全南大学校学生らは、道庁前の広場を占拠して連日三日間も民主化大集会を開き、三日目の松明デモを最後に政府の態度を見ることにして、解散したのである。

私は路地伝いにスチャン小学校の方へ行った。クムナム路にはこん棒を持った学生がグループを組んで見張っていた。本格的なデモ隊のようだ。小学校近くまで行って、用心しながらクムナム路の方へ出た。容燦《ヨンチャン》の家はクムナム路の向かい側にある狭い路地だ。その路地の入口に近所の人達が集まって一カ所を見つめていた。彼らが見ている方には軍用トラックが二台も止まっており、将校と思しき攻守団員が数人行ったり来たりしていた。一台のトラックの荷台では攻守団員が床に向かってこん棒を振り下ろしており、もう一台の方では白いガウンを掛けた女性が両手でガウンの端を合わせ、いたたまれぬ姿勢で立っていた。ほかには何も身に着けていないようで、そのガウンさえあちこち破れていた。

トラックの回りには上士〔下士官階級で中士の直ぐ上〕、中士、大尉と少領〔少尉の意でアメリカ式呼称〕ら将校らが手に手に角材やこん棒を持って行ったり来たりしていた。シルバーカラーのヘルメットと真っ黒に日焼けした顔は殺気立っていた。兵士らがデモ隊を追いかけている四丁目との間の六斜線の広い道には人っ子一人いなかった。天宇飯店はロータリーから光州川《クァンジュ》の方へ二十メートルの距離しか離れていない。四丁目の方を見る私の胸は高鳴った。まだ時間は充分あるが急がないと。そのときちょうど、道を渡る人がいた。すかさず私も渡り、路地に群がっている人波の中に紛れた。

近寄って見ると女性が掛けているガウンは所々破れ、その隙間から尻が見えていた。パンティーも履いていないようだ。ガウンの裾はかなり膝上で、それはガウンというには短くワイシャツというにはちょっと長かった。立っている姿が変にぎこちないのは、床に横たわる男達の間に足を踏ん張って、座ることもできず、かといって立つ訳にもゆかず、まして破れたガウンで前を隠すとなると、あの姿勢がやっとだったからだ。

そのとき、誰もいない運動場のようにただだっ広い道路に、タクシー一台が四丁目の方から入ってきた。こん棒を握った中士がサッと近づき車を止めた。タクシーは急ブレーキをかけた。角材を持った将校が近づき乗客を引っ張り出した。白のワイシャツにさっぱりした紺色のスーツを着た若者と虹色のチョゴリにピンクのチマを着た花嫁が降りてきた。この道は空港に続く入口でもある。こん棒と角材が瞬く間に新郎と新婦に襲いかかった。とっさに新婦を庇おうとした新郎が両手で顔を覆って倒れた。

「アイゴー。目が、目が、目が、目がー」

新郎は目を覆って地面に転がり回った。燃え盛る炎の中で獣が悲鳴を上げ転げまわる姿だ。指の間からは鮮血がほとばしった。

「誰か、助けてー。誰かー!」

倒れていた新婦が新郎を抱きかかえ路地に向かって叫んだ。

「誰か助けて! 目が飛び出したの。目が!」

虹色チョゴリのコルム〔リボン〕が引きちぎれ胸元を現した新婦は、群がっている人に向かって声を限りに叫んだ。群衆はただ見ているだけだった。私も全身がこわばった。

「とっとと失せろ。糞尼!」

大尉が新婦を足蹴にした。新婦は転がり悶える新郎を支えて車に押し入れようとした。新郎は片手で目を押さえたまま、ドアに上体を押しつけた。新婦が中に押し込んだ。チマは足で踏まれ、チョッキとの縫い目が解けて片方が垂れ下がった。そのとき私のそばから若者が一人飛び出した。やっと十六、七歳になるくらいの青年で新郎の足を抱え車に上げた。手持ち無沙汰でうろうろしていた上士が近づいて来た。

「貴様、何やってんだ。この野郎!」

こん棒で青年の頭を一撃した。青年は頭を抱えて逃げた。新婦は新郎を車に押し込んでドアを閉めた。すると身を潜めていた運転手が現れ運転席に飛び乗った。ブルルンッ。エンジン音と共に動き出した。ドアからはみ出た風呂敷ほどのチマの裾が道路に摺れた。チマの裾は地面にへばり付いた血痕を拭ったかと思うと旗のように勢いよく靡いた。

タクシーが去った後には艶のある綺麗なコムシンがあちらとこちらに転がり、新郎に手を貸してこん棒を喰らった青年は、向こう側で血に染まった手をしきりと頭に当てては手のひらを見ていた。一撃は幸いにも反れ、たいした怪我ではないようだ。手が真っ黒なところを見るとどうも靴磨きのようだ。後に私は彼と憲兵隊営舎で会った。彼がまさにスーパー金奉植《キムボンシク》である。

デモ隊を追いかけていた攻守隊員が、捕えた青年二、三人を引っ張ってきた。パンツ一枚の彼らは頭を前者の股に突っ込み、両手で尻をつかんだ姿勢で引っ張られている。やはり血だらけだ。

「お前ら、それでも人間か? 悪魔! 獣!」

若者が悪態をついた。攻守隊員がこちらめがけて走って来た。みな一斉に路地に逃げた。群がって逃げると危険だ。私は周りを素早く見回した。路地に面した建物の鉄扉が開いた。首を出して様子を伺おうとした人が驚いて閉めようとした瞬間、私は門をつかんだ。「早く入れ、早く!」青年は怒りながら門を閉め門をかけた。階段を駆け上がった。事務室らしい入口の戸を押して入った。ブラインドをかけた窓に目を当て、下を見下ろしていた社員らが驚いて振り向いた。私はカバンを書類ケースに押し込み息を整えた。

社員らはまた窓の下を見下ろした。私も彼らに混ざって窓に目をやった。予想通りトラックの荷台には若者の体がまるで豚のように積まれ、ガウンを羽織った女は男達の間に足を踏ん張り言いようのない表情で立っていた。女性はこちらの建物の方に体を向けていたので正面から見下ろす姿は先ほど見たのとは随分違っていた。二十くらいに見える女性は一方の手でガウンの裾を合わせ、もう一方の手で胸元を押さえ、ぶるぶる震えていた。下部を目一杯隠そうと、ぴったり合わした脚は小刻みに震え、顔は猛獣にくわえられた野うさぎであった。男達の体がぎっしり重なり合っているので、それ以外の体勢にはなれないようだ。床に積まれた若者は皆トランクスとランニングシャツだけで、後ろ手に縛られ少しでも動いたものならこん棒と軍靴の洗礼を受けた。

「ざまあ見ろ。糞尼!」

こん棒を振り回していた攻守隊員が女の腰を突付いた。女の手が腰を押さえた瞬間、ガウンの裾が離れてしまった。私は気を失わんばかりだった。生まれてこの方、成熟した女性の体、仮にそれが太ももであっても見たことがなかった。この世の女性があれほどまでも大切に覆い隠してきた恥部が、目の前に現れるや、周りの風景が見慣れぬよそよそしい物に映った。絶対に隠されるべき物が公に晒されるときは、かくて絶対に崩れ朽ちることのなかった地球のような存在も崩壊すべきである。だが大地、空、山、建物はみなそのままで何の変哲もない。

そのとき、どこから現れたのか四十代くらいの男性が、新しいガウンを手にトラックの横にやって来た。近くの病院から出て来たようだ。彼を見るや私は現実に呼び戻された。

「貴様、勝手なことしやがって」

ガウンを荷台に投げようとした男の背中に大尉の角材が火を吐いた。中士と上士も加勢した。殴打の嵐に男は倒れた。このとき、先ほど一緒に逃げ出した人達が、容燦《ヨンチャン》の家の路地から捕まって出てきた。頭が割れ服がところどころちぎれていた。こん棒でたたかれトラックに追いやられるや、慌てて荷台に飛び上がった。痛めつけられ自力で上がれない者は例の「一、二、三」の掛け声で放り込まれた。一番目の体が荷台に投げ込まれた瞬間、私は「アイゴ！」と声を上げた。容燦《ヨンチャン》だった。体が荷台に落ちると攻守隊員の軍靴が高く上がって、容燦《ヨンチャン》の胸を踏み押さえた。激痛の反動でか胸が弓なりにふくらんでへちゃりそして気絶した。次の体も空中高く上がって荷台のほかの体の上に落ちた。ブルルンッ。エンジン稼動音と共にトラックが動いた。女が男達の上によろめき倒れた。彼女は慌てて両手でガウンの端を合わせた。

私は時計を覗いた。まもなく五時だ。カバンを引き出し、転がるように階段を下りた。門を出ると向こうから、中年の婦人が悪態つきながら走って来た。容燦《ヨンチャン》のオモニだ。彼女の顔も血だらけだ。気を失い、たった今覚めた様子だ。

「容燦《ヨンチャン》見なかった？　うちの容燦《ヨンチャン》がね」

私に気づいたらしいが、気が触れたような状態だった。近所の人に助けてもらい病院へ連れて行った。頭の傷はかなり大きかったが、幸い骨折はしていなかった。手術の準備に取りかかったのを確認して病院を出、天宇飯店に走った。五時十分ほど前だった。

天宇飯店のロータリーに群集が集まっていた。私は必死で走った。道庁の方から攻守隊員四名がこちらの方へ向かって来た。

「人殺しの獣め！」

若者が石を投げた。攻守隊員が大股で歩いて近づいて来た。若いのは立て続けに石を投げた。コンクリートに当たった石が弾け隊員たちの横すれすれに飛んだ。若いのはまだ投げ続けている。

「とっ捕まえろ！」

隊員たちが矢のごとく走って来た。群集はロータリーから三方向へ散らばり逃げた。私も、もと来た道に逃げた。攻守隊員は二人ずつ直角に折れて両方から追いかけてきた。私は踵を返しロータリーに向かって走った。隊員たちは天宇飯店を通って光州川《クァンジュ》の方を追った。股の短い子どもや速度の遅い女達は狭い路地に流れ込んだ。攻守隊員は彼らを無視して走った。石を投げた若者が標的らしい。攻守隊員は先方のロータリーで止まって四方を回り見た。その時狭い路地に逃げ込んだ人が道の様子を伺っているのが見えた。その中に美善《ミソン》がいた。隊員らが急に二手に分かれて走り出した。一人は細い路地へ、もう一人はロータリーの右側を追いかけた。

私は停車しているトラックの下にカバンを投げて追いかけた。隊員らが路地に流れ込んだ。私は石を拾い手に握って走った。路地入口の大門の家の前に人が群らがっていた。隊員らはその上に見境なくこん棒を振りかざした。

「こら、お前ら！」

私は叫びながら彼らの顔をめがけて、思いっきり石を投げた。石は隊員の頭ぎりぎりを飛んだ。カーン。

鉄扉に当たり跳ね返った。隊員一人がこちらを振り向いた。

「人殺しめ！」

彼らの顔をめがけて石を投げた。まともに胸に当たった。私は身ぶりでかかってくるなら来いと拳を上げた。走りには自信があった。奴らは顔を引きつりやって来た。私は奴らを尻目にトラックのある方へ走った。ロータリーの向こう側から先ほどの隊員らがこちらに向かって走って来た。しまった。

「そいつを捕まえろ！」

私はトラックめがけて走った。荷台に飛び乗った。トラックの横の垣根を越えるつもりだった。しかしそうすれば、袋のネズミになりかねない。追い掛けて来た隊員の両手が荷台の端をつかんだ。片手はこん棒をもったままだ。隊員の顔が上がってくる瞬間、私は奴の顔を蹴った。奴は後ろにのけぞり落ちた。私はトラックから降りた。奴は顔を覆ってへばった。

「あいつ、やってしまえ！」

ロータリーから走ってきた隊員が追いかけて来た。私は全速力で疾走した。奴らも必死で追いかけて来たが間隔は徐々に開いた。狭い路地には誰もいなかった。先ほど向こう側を追いかけていた隊員らが、ゆっくりと戻って来た。川べりまで来ると、群集は彼らを罵倒しながら石を投げていた。私を追っていた隊員が立ち止まった。

「兄さん、大丈夫！」

「ほら、ピンピンさ」

「もう、捕まると思った。心配させて、嫌い！」

美善《ミソン》は両脚をばたつかせ声を張り上げた。行くぞと、彼女の肩を引っ張ったが、ふと立ち止まった。

「また、何かやらかすつもり？」

「カバン！　ここでじっと待って」

「ほっといて行こう！」

トラックまで走った。ロータリーには再び群集が集まり始めた。トラックの下からカバンを引きずり一目散に戻った。川べりの道路にはタクシーが走っている。空車だ。私は美善《ミソン》を押し入れ、カバンを投げ、自分の体も放り投げた。

「兄さん、一体何を考えてるの？　攻守隊に追いかけられた時は、間違いなく捕まると思ったじゃない」

美善《ミソン》は私の肩を両拳で叩いた。私はソファーにもたれた。体が水底に沈んでいくようだった。彼女は一人で何やら喋りまくった。私の目にはトラックによじ登ろうと突き出した隊員の甕の蓋大の顔がちらほら浮かんでは消えた。危機一髪だった。数秒でも遅れたら向こうから加勢に来た隊員にやられ、恐らくその場で殴打死しただろう。

家には誰もいなかった。鍵を開けるや美善《ミソン》が台所に駆けつけ、冷蔵庫から水差しを持ってきた。一気に二杯飲み干した。彼女もコップを空けた。

「よう生きて帰れたな！」

彼女の腰を抱きしめた。

「本当だわ！」

彼女も体を委ねたまま明るく笑った。ほんのり赤らんだ顔の鼻の天辺に朝露のような汗が輝いていた。

私は彼女の腰を抱いた両腕に力を入れた。彼女も私の胸に頬を埋めた。両手で彼女の顔を静かに持ち上げた。黒い瞳が輝いている。オンマの懐に抱かれた子どものように全身を委ね、澄んだ目でじいっと私を見つめている。そして、唇を寄せようとした刹那、何てこった。

——チリリリン

「美善《ミソン》戻ってる? 帰ってる?」

ベルが鳴り、落雷のようなノック音がドンドンと響いた。

「兄さん、出て」

美善《ミソン》は飛び跳ねるように私の体を押し、トイレに入った。私は「姉さんなの?」と駆けつけた。

「美善《ミソン》来てる?」

たった今戻った所だ、と何事もなかったように門を開けた。

「何回電話したと思ってるの? いつ戻ったの?」

私も少し前に戻ったばかりだとうそぶき、美善《ミソン》は顔を拭きながら出て来て、何をそんなに大騒ぎなのと白々しく装った。

「物騒なんだから。早く戻らないと」

「じゃ、姉さんは? 何してたのよ?」

「コンヨンのバスターミナルへハルモニを迎えに行って来たのよ。田舎のハルモニがいらっしゃるって伯父さん家に昨日電話がかかってきたのに、あの干からびたスルメみたいな伯母さんが今朝になって言うじゃない。今日はひいじいちゃんの法事でしょ。全くもって忘れてたわ」

祖母は荷物が多くてタクシーで伯父さんの家に行ったから、自分達も早く行こうと急かした。このとき、またベルが鳴った。姉が顔色を変えて入ってきた。さっさと帰って来ずに何をしていたのかと、頭ごなしに説教だ。姉二人はたちまち攻守団の話をはじめた。ユドンの路地では刀で女学生の乳をえぐり切ったとか、七十歳にもなる老人の頭をこん棒でたたいて失神させたとか、慶尚道《キョンサンド》軍人が「全羅道《チョルラド》の種を枯らしに来た」と言った、とか捲くし立てた。姉らの話に美善《ミソン》は口を挟んだが、私は黙って聞いていた。しばらく女三人はけたたましく情報交換し、そしてハルモニが待っているからと、英善《ヨンソン》が先に立ち上がった。

「去年、所安島《ソアンド》の浜で歌ってらしてたハラボジ見たでしょ？　あのハラボジもいらっしゃるって。風のようなお人も、両親の法事は覚えてらっしゃるのね」

英善《ヨンソン》が茶目っ気たっぷりに笑った。

「法事のお餅沢山持ってくるから寝ないで待っててね。近頃は田舎の人も早く法事を済ませるっていうから、そんなに遅くならないと思うわ」

「兄さん、遅くなっても待っててよ！」

美善《ミソン》は水を弾き飛ばすように爽やかな声を投げ、玄関のドアと門を颯爽と開けて出て行った。この瞬間の、この明るい笑顔と朗らかな笑い声を最後に、美善《ミソン》姉妹から笑顔と笑い声は消え去ってしまったのだ。

二人が行った後、夕食を済ませそのまま深い眠りに陥った。が、けたたましいベルの響きと人声に目が覚めた。

「美善《ミソン》戻ってる。戻って来たの？」

「さっき一緒に出かけたじゃない？　その服どうしたの？」

「どうしよう？　あの子ったら」

英善《ヨンソン》は今にも消え入りそうな声でつぶやき、ひき帰した。路地に騒がしいただならぬ足音が響いた。私は急いで服を着、階段を飛び下り、ドアを蹴って庭に出た。門は開け放したままで姉の姿もなかった。路地に走り出た。大通りに出ると姉が〈腹ペコ橋〉の土手を迂回するのが見えた。私は後を追いかけ何事かと訊いた。

「あんたは来なさんな！」

姉が荒々しく手を振ってさえぎった。私はその場に立ちすくんだ。英善《ヨンソン》が伯父の家の方角に向かって、土手を一心不乱に走っている。街灯に照らされた英善《ヨンソン》の姿は言葉にならなかった。白いブラウスの背と袖は泥だらけで、髪はカササギの巣のようだった。走っていた彼女が立ち止まった。土手の方から美善《ミソン》が下りて来た。英善《ヨンソン》が走り寄り抱きしめた。美善《ミソン》の姿は英善《ヨンソン》よりも酷かった。魂が私の胸の中で、がらがらとけたたましい音を立てて崩れ落ちた。

「お前は家に帰りなさい。さあ、早く！」

姉は手の平を一杯広げ虚空を押した。私はじりじりと後退りした。二人は酷寒に慄くさすらい人のようにぎゅっと抱き合い降りて来た。私は〈腹ペコ橋〉の辺りで道を折れ、振り返った。川辺の土手越しに広がる麦畑を背景に、街灯に照らし出された姉妹の姿は、とある映画のワンカットのようだった。

私は自分の部屋に上がり、彼女らが開けた門の軋む音や、玄関ドアの閉まる音や部屋の戸が開く音に耳をそば立てた。部屋の戸を閉める音を最後に家中は静寂に包まれた。姉が私の部屋に入って来た。そして部屋の隅をじっと見つめた。沈黙が流れた。机の端に置かれたサボテンもぶるぶる震えている。じっと突っ立っていた姉が一言だけ「寝なさい」といって部屋を出た。私は下の階に耳を澄ました。全てが死に絶え、物音一つ立たない寂莫たる静けさに押し潰されそうだった。

胸が詰まり、息苦しい。朝鮮大学校に駐屯している攻守隊員の仕業に違いない。スクシル町の裏手の峠を越えて朝鮮大学校に行ったことがあるので、そちらの地理には詳しい。奴らは運動場に駐屯しているらしいからスクシル側の稜線が、奴らの警備地域の端になるはずで、その稜線には警備兵が潜伏していたり、巡回していたはずだ。今日の昼に見た奴らの行為から判断すると、そんな戯れは悪事の〈あ〉にも当たらず、何の苦もなくいとも簡単にやってのけたはずだ。

壁に掛った時計が十二時を打った。私は中三階の戸を開け、ボール箱を引っ張り出し、登山靴を出した。その下に登山用のナイフがある。登山靴を履いて紐をしっかりくくり、ナイフを鞘から出した。研ぎ澄まされた刃に電灯が反射し鋭い光を放った。再び鞘に収め、腰に掛けた。家の横壁にボイラーを修理した際に使った、鉄パイプがあるはずだ。静かに部屋を開け、屋上の裏側へ回った。手でしっかり欄干をつかみ体を降ろした。体の重さはほとんど感じられなかった。懸垂時にはあんなにも重い体重が嘘のようだった。手を離し軽く飛び降りた。鉄パイプは得たりとばかり、塀の外から差し込む街灯にはっきり映っていた。ほど良いのを一本選らんだ。確か古い手袋もあるはずだ。探し出し手にはめた。門は音が大きいので塀を乗り越え外に出た。

路地を抜け出た。先ほど美善《ミソン》姉妹を照らしていた街灯が私の行く手をさえぎった。「ここを通り過ぎると死が待っているぞ、ここが生と死の境界線だ」と語っている。「おお、承知だ」私はこの世に宣告でもするように、光の下へ力強く歩いて行った。夜の光に鮮明に映し出された己の姿を見て、自分は後戻りできぬ境目を超えている、攻守団という獣がうろつく世界に踏み込んでいる、という現実を胸に刻み込んだ。

道に人影はなかった。街灯は私の後ろで、「奴らが見ているぞ、そんなに体を曝すとは自分で死を招くようなものだぞ、そんな死に方を犬死と言うんだ」と諭した。私は「分かってる、こうして体をさらして奴らを誘き出してるんだ。俺は全神経を張り巡らしてる。安心しろ」と言い返し、泰然と進んだ。スクシル町に辿り着くまで誰一人出くわさなかった。

奴らは必ず現れるはずだ。朝鮮大学校に続く曲がり角に差しかかった。小さな町なのでどの路地道も短かく町内は暗かった。私は足を止めた。哨兵がどこかに潜んでいるように思えた。奴らは安全な所に身を隠して、「誰だ?」と声をかけ、返事がなければ即刻撃つはずだ。今は非常戒厳時で、奴らは獣だ。私はしばらく周りに目をやり、とある垣根の下に潜った。この位置に身を隠すと自分の方が有利だ。街灯からは距離があるので隠れるのには打ってつけだ。町内に入るにはこの道しかない。巡察は常時二人ですという。この位置なら二人はやっつけられそうだ。先を行く奴が通り過ぎた後、うしろの奴の首を切りつけて、振り返った奴を刺したらそれで終わりだ。坂の中央辺りに耳をそばだてて、昆虫が触手で獲物をあさるように物音を漁った。しかし人の気配は全く感じられなかった。

腰から鞘を抜き、ナイフを取り出した。刃が鋭く光った。登山用のナイフだが軍隊用のを真似て作ってある。柄が手の中に収まった。最後の仕上げはこのナイフが一役買う。ナイフが体に突き刺さり肉体に入って行く感触を味わい、体が崩れる様をこの目で見たい。俺にはやれる自信がある。昨日自分は誰よりも敏捷だったし、自分でも驚くほど冷静だった。ナイフを鞘に収め、抜き易いよう腰に差した。

時計は一時前を指していた。辺りは息を殺したように静まり返っている。私を包み込んだ暗闇は、「奴らを必ず始末せよ、鉄パイプでたたきナイフで刺し、奴らの息が止まるのを確認せよ」と暗示をかけた。私は「必ずやる」と答えた。私が奴らを始末すれば、息詰まった山河も悦喜し歓呼してくれそうだ。

――ソック　チョック　タ〔ホトトギスの鳴き声を表わす。不憫で悲しい女性の心情を表すという昔話がある〕。

遠くからほととぎすの鋭い鳴き声が聞こえてきた。先ほどから鳴いていたが私の耳には今しがた聞こえたようだ。布団の中で抱き合い嗚咽している美善《ミソン》姉妹の姿が迫ってきた。夜が明けたら、どんな顔で私の前に現れるのだろう？　あの惨い絶望を胸に閉じ込めて。私もまた、どんな表情で彼らの前に出ればよいのだろう？　姉妹の前に出られるよう、せめて奴らの一人くらいはやっつけなければ。

――ソック　チョック　タ。

ほととぎすは布団の中の美善《ミソン》姉妹のために鳴いているようだった。ほととぎすはこの世の人間どもにしっかり聞けよと言わんばかり、ソック、チョック、タ、と一声ずつはっきり区切って夜空に鳴き続けた。遠くで犬が吠えた。空吠えのようだ。時計の針が一時半を指していた。この時間帯にはこの辺りまで見張る必要がないのか？　奴らは今頃グーグー鼾を掻きながら眠っているようだ。だとすれば、こんなにも踏ん張って機会を狙っている自分は愚の骨頂ではないか。力を蓄えておかねばならぬ。私は立ち上がった。

2　俺も撃て、俺も、俺も……

朝早く目が覚めた。一階の動静に耳を傾けた。姉が美善《ミソン》姉妹の部屋に出入りするだけで、姉妹は部屋から一歩も出ないようだ。姉が膳を私の部屋に運んできた。

「僕、家にいない方がいいんじゃない？　デモはもう治まったようだろ？　塾に行ってるよ」

家を出る口実のつもりで言ったが、実際デモはもう続かないように思えた。だとすれば大失敗だ。姉も私に同感のようだったが、デモのことを考えると即答できないでいる。私は食事を済ませて家を出た。腰にはナイフが、カバンには登山靴が入っている。家に置いてきた鉄パイプが惜しい。が、それくらいのパイプなら塾の用務室にもあるような気がした。

バスはいつもどおり走っており、私は道庁の手前で下車した。労働庁に行くと、攻守隊員と戦警（戦闘警察）らが道庁の前にバリケードを張っていた。チョンイルビルの方へ行った。数人が路地の角で道庁側の様子を伺っていた。ボーイスカウトの事務所がある建物の角に三、四人の女性が服を脱がされ立たされていた。ブラジャーとパンティー姿の彼女らに軍人が手でパンティーとブラジャーを引っ張ったり、指先で腹を突っつきもてあそんでいた。安堵してか胸がすーっと楽になった。奴らが作戦を変えて、市民を説得する懐柔を始めるのではなかろうかと、内心密かに憂慮していたのだ。

急いで塾に向かった。塾の中はかなり整理されていたが塾生の姿は見えなかった。私はカバンから登山靴を出した。登山靴の紐を力一杯引っ張って蝶結びにせずひと結びにした。昨日のデモで脱げた靴が道に散乱していたのを思い出し、二重三重にしっかり結んだ。手袋をはめて一階に下りた。塾長室の前に見知らぬ男が立っていた。塾長は入院中だがたいしたことはないようで、叩かれた塾生たちも命には別状がないという事だった。不幸中の幸いだ。男が電話を受けに部屋に入った隙を狙って、納屋に行った。この建物もボイラーを修理したらしく、鉄板の間に鉄パイプが置いてあった。一つ手に取った。夕べのより重みがある。

私は鉄パイプをしっかり握り、文化放送局を通ってカトリックセンター前のクムナム路へ行った。道庁前にはペッパーフォグ車と戦警だけが集まっていた。好奇と恐怖の入り混じった目をぎょろつかせた市民が、ひっきりなしに集まってきた。私のように鉄パイプなり、棒切れを持った若者もいる。十時頃になるとクムナム路に人が溢れ、空には軍用ヘリコプターが旋回しだした。

「皆さん！　来るぞー　そーれ、殺人鬼は出て行けー」

道庁前に止まっていたペッパーフォグ車と装甲車がカトリックセンターの前へじりじり押し迫ってきた。攻守団の姿はなく、ヘルメットを被った戦警らが後に続いた。催涙弾が弾け、ペッパーフォグが飛んできた。群衆はハンカチで鼻を押さえ、苦しく咳ごみ、後退した。

ボーン。後ろの方で急に砲弾が弾ける音がした。チュングム洞《ドン》地下街の工事現場の方だ。爆発音が多少鈍く感じたのは、デモ隊が重油タンクを爆破したからだった。群衆は再びカトリックセンター前に集まり始めた。

「攻守隊だ」

チュンジャン路派出所の前に軍用車が止まり、攻守隊員が降りてきた。奴らは車から降りるや否や手当たり次第殴りかかった。路地という路地を縫って進み、壊れた機械さながら無表情でこん棒を振りかざした。昨日とはやり方が違った。路地に逃げた者をとことん追いかけ、家の中まで虱潰《しらみ》しに探した。クムナム路とチュンジャン路一帯の商店はほとんど閉めていたので、喫茶店や旅館、民家を漁り、人を見つけ次第こん棒でたたき、銃剣の先で突き刺した。

私はデモ隊には入らず、遠巻きに攻守隊員が群衆を追う姿を観察した。彼らは二人一組で行動している。二人一組が最小戦闘単位らしい。デモ隊を追う奴らの姿を見つめていると弱点がはっきりしてきた。それはデモ隊を追って路地から戻ってくる時に現れる。路地に身を隠して、奴らが戻り始めた瞬間追いかけ、襲い掛かれば成功するようだった。私はデモがはじまるや、あらかじめそれらしきポイントを定めて機会を狙った。しかし容易くチャンスは訪れなかった。

正午が過ぎると群衆の数は爆発的に増えた。中央路ロータリーを中心に数千に膨れ上がった。戦闘警察は道庁側に陣だけ張って、攻守隊員だけがデモ隊を追い回した。私が中央教会横の路地に身を潜めている時だった。カトリックセンター前から喚声が上がった。群衆がセンターの上を見上げて叫び、棒を担いだ若者らがセンターの正門になだれ込んでいた。攻守隊員がセンターの屋上で無線を打っていて見つかったようだ。私も走った。三階から四階へと上がった。若者が防火用の赤い鶴嘴で戸を壊し部屋に押し入った。私も鉄パイプを握り締め、彼らと一緒にあの部屋この部屋と探し回った。必死に探し回っている真っ最中である。

「攻守団が上がってきたぞー」

窓を見張っていた者が叫んだ。しまった、と窓の下を見下ろした。ケリバー六〇機関銃を備えた装甲車が道庁に向かって近づき、ペッパーフォグ車が夥しい催涙弾を打ち続け近づいて来た。センター前を埋めた群衆は中央教会の方へ波のように押しやられ、攻守隊員がセンターの入口に突進した。先ほど、センターに入る直前に「ひょっとしたら？」と気にかかったことが現実となって現れた。道路を埋め尽くした群衆を信じての行為であるが、袋のネズミになってしまったのだ。

廊下と踊り場は修羅場と化した。センター内の若者の数は三百人を越えている。皆一気に下の階へ流れた。無防備で下れば攻守隊の銃剣の餌食になるようなものだったが、皆に混じって私も下りて行った。三階までくだると下から悲鳴が響き、群衆たちが再び上に向かって上がってきた。私は廊下の窓にへばりついた。窓の外を見やった。テント地の屋根が見えた。ビニールハウス型のガレージのようだ。青と黄の生地でビニールをピンと縫い合わせた屋根が目の前に近づいた。二階から飛び降りる姿が見える。屋根はしなって体を受け止めた。サーカスのスターがネットに飛び降りる格好だ。

私も窓枠に飛び乗った。ガレージ入口前の建物の裏門では、攻守隊員がそちらに押し寄せる群衆をやっつけていた。下手に飛び降りると奴らの手にかかって一巻の終わりだ。だが、ひっきりなしに飛び降りている。私も鉄パイプを先に投げ、飛び降りた。屋根はどんとしない、その弾力で私の体を空中に持ち上げた。生地を支えている鉄柱をつかんで縫い目から屋根の端へ移動した。人が飛び降りては空中に舞った。ビニールの弾力に逆らいながら這った。どうしたことか後門に攻守隊員の姿がなかった。良し、とばかり飛び降りた。この時だ。攻守隊員が走ってきて起き上がろうとした私の胸に剣を向けた。私は虚空で両手をクロスし、素手で剣をふりはらおうと広げた、が刃の先はすでに私の胸にあった。ああ、刺される！と思った瞬間。ドン、屋根から人が飛び降り、攻守隊員の首をつかんで絡まり転がった。隊員の手から銃剣がはずれた。私はがばっと起き上がり銃剣を握った。そのまま攻守隊員の胸に向けぐさりと刺した。瞬間攻守隊員が銃身をつかんだ。剣先があばら骨に当たった。刺し直すため銃を引き抜こうとした、が銃身を握った攻守隊員の上半身がそれを拒んだ。隊員の強烈な目が私を射るように見つめた。一瞬たじろいだがそのまま刺した。彼は銃身をつかんだまま体をサッと逸らした。剣先がアスファルトの地面に突き刺さった。「こいつめ！」後門から他の隊員が喚きながら飛んで来た。私は銃を置いて逃げ、押し寄せる群衆に混ざって姿をくらました。攻守隊員は負傷した相棒を置いて、私を追跡できなかった。規則違反になるからだ。

向こう側の曲がり角で、死を免れた若者がこちらを見ており、そのまた先の方では全身脱力状態の若者達が喘いでいた。私もそちらに移動し地面に尻を放り投げた。腰に差したナイフは無事だが鉄パイプがなく物足りなかった。手にはついさっき攻守隊員のあばら骨に当たった剣先の感触が蘇り、二度刺しの時私を射た彼の目が拡大鏡のように迫ってきた。一度目は慌てたのと体勢が不自然だった上に彼が銃身を掴んだので、まともに突き刺さらなかったが、二度目は違った。姿勢を整え銃剣を構えたのだ。だが彼の目が、君が刺せば僕はお終いだと怯え、さっきは僕だって充分に君を刺せたけれど、刺さなかったじゃないかと抗議し、私を鋭く睨んだ。瞬間ではあったが、そのような怯えと抗議がはっきりと読みとれ私はたじろいだ。それでも刺したが、私がたじろいだ隙に彼が銃身をつかみ体を避けたから、剣先はアスファルトに突き刺さったのだ。彼は転がる時に肘を打ったらしく銃身を掴んだ手に力が入っていなかったので、ためらわず刺したらば死んだはずだ。

曲がり角でこちらの様子を伺っていた群れが、周りの様子を見ながらカトリックセンターの方へ動き始めた。私も動いた。駐車場の向こうに私の鉄パイプがあった。走っていって拾いあげた。攻守団も退散し、道路には靴、棒切れ、円筒形のドラム缶が散乱していた。靴は冬の野原に餌を求め群がるカラスみたいに、中央教会の前まで転がっていた。

私はデモが繰り返されるたび、路地に身を隠しチャンスを待ったが、なかなか思うようにいかなかった。群れから外れた狼みたいにデモ隊の後ろに陣取り粘り強くチャンスを狙ったが、空振りに終わった。日が暮れだして雨が降りはじめた。群集の姿は減り、戦警だけが敗走兵のようにあちこち群がっていた。攻守団の姿はなかった。士気が落ちるところまで落ちた戦警は案山子も同然で、デモ群衆は相手にしなかった。閑散とした道路を、人々は足早に通り過ぎ、人影はまばらになってきた。

私は行き場を失い独りになった。市内バス共用のターミナル前を通ると公衆電話が目に入った。、姉に電話を掛けようとしばらく電話を見つめていたが、美善《ミソン》の話が出てきそうで怖くて止めた。彼女のあの性格から察すると、自殺でもやりかねない。

「イム洞《ドン》派出所に行こうぜ！」

どこから現れたのか、青年らが二十余名ほど群れを成し声を張り上げていた。私も彼らの中に潜り込んだ。彼らの騒ぎ具合からすると、ほかの派出所も襲ってきたようだ。ガラスが割れたイム洞《ドン》派出所には誰もいなかった。

「火を点けてしまえ！」

すでに来ていた連中が窓を飛び越えた。私も後に続いた。ゴミ箱を引っくり返し、火を放した。新聞の束に椅子や机まで積むだけ積んだ。書類は片付けられたらしく書類ロッカーは空だった。火は瞬く間に燃え上がった。みな、外に走り出た。建物からは真っ黒な煙がモクモクと上がった。黒綿の塊と化した煙は天空めがけよじれよじれ舞い上がり、黒綿の渦中では赤黒い火柱が怪獣の舌のようにベロベロと舐めるように上がった。火は猛威を振るって燃え続け、黒煙と火柱は派出所を丸ごと天まで運び去る勢いだった。みな、顔に降りかかる熱気に後退りした。怒りが多少収まった。

「ヌムン洞《ドン》派出所に行こうや！」

またもや猛り狂ったように暴走した。ここもすでに窓ガラスは壊され、中はもぬけの殻だった。私は真っ先に窓を飛び越えた。「早くライター！」新聞紙を鷲つかみに叫び、素早く火を点けた。

「ポリ公が来るぞ！」

慌てて外へ出た。群衆はすでに逃げていなかった。戦警の気勢は衰えていた。かなり走って後ろを振り返った。警官の姿はなかった。ヌムン洞《ドン》派出所から炎は上がっておらず、イム洞《ドン》派出所はまだ燃え盛っていた。「駅前派出所へ行くぞ！」一斉に方向転換した。ここも他の連中が来たらしく、すでに破壊された後だった。

「攻守団だ！」

向こう側で悲鳴のような声がした。攻守隊員をすし詰めにした軍用トラックが全南大学校の方からこちらに向かっている。市内に火の手が上がるや、撤収しかけた攻守団が再び出動したようだ。逃げながら後ろを振り返った。彼らはやはりこの辺りに陣を張っていたのだ。私らはケリム洞《ドン》派出所に行ったがそこは戦警らが見張っていた。こちらの数は十名ぐらいに減っており、それも最後には四、五人になってみな一緒に近くの旅館になだれ込んだ。驚いた主人は警察が検問しているからと大袈裟に手を振って断り、この旅館からつい先ほども五、六人が捕まって連行されたと付け足した。行き場がなくなった。私らは皆、家が遠かったのだ。一人の青年が、自炊先がソンジョン里方面の田舎にあるのでそこへ行こうと申し出た。私らは路地裏伝いに市内を抜け出た。

物音に驚き目を覚ますとすでに朝で霧雨が降っていた。道端のスレート造りの家の軒下だった。道の向こう側の屋根越しに光州《クァンジュ》川が見下ろせた。とすると、自分らが仮眠した場所はヤンドンの路地に間違いない。傍《かたわ》らには青年二人がセメントの壁にもたれてグーグー鼾を掻いていた。私は腰に手をやった。ナイフは無事だし鉄パイプもそばにある。眠りこけている青年らの格好は見物だった。一人は開いた口に海苔巻がぶら下っており、もう一人が食ってた海苔巻は、股裂きの格好〔八の字型を韓国ではこのように表現する〕で転がっていた。夕べここで海苔巻を食べたんだ。一人は靴も片方だけ履いており、脱げた方の足は傷だらけだった。もう一人の方は運動靴の紐を足首にしっかり結んであった。私も運動靴を履いてはいたが片ちんばだった。昨日の朝はしっかり結んでおいたが、紐が伸びてしまったのか夕方には片方が脱げてしまい、拾ろって間に合わせたものの、踵の高さがちんばで履き辛かったがそれもまた脱げ、また拾って履き変えた次第だ。海苔巻を口にくわえた奴の角材は端の方が折れており、もう一人の柳の枝も皮が全部剥がれ、私の鉄パイプは錆が完全に取れていた。

夕べ自炊部屋に向かう途中、この街灯の下で海苔巻を食べ、そのまま眠ってしまったようだ。海苔巻は連中の一人が、派出所から逃げる時に机の上に置いてあったのをタオルに包んで頂戴してきたと、へへへと笑いながら広げたものだ。私はちょっと悪戯したくなった。

「手を上げろ!」

口に海苔巻をぶら下ている奴の胸に、鉄パイプを当て声を上げた。奴は目を瞬き、再度喚いた私の声で、がばっと腰を起こした。が、私に気づきニヤリと笑った。三人は無人島に漂流した原始人みたいに喜び合った。「名前は何?」彼らは同郷の友達同士で、同じ歳の十七歳と言った。一人は大工で名は金《キム》マノ、もう一人は印刷工で崔《チェ》ドクサムと名乗った。私は浪人だと言うと、自分らも金を貯めて大学に行くのが夢だと言った。金《キム》は夜間中学で学んでおり、崔《チェ》は夜間高校に通っていると自己紹介した。その割には二人とも明るく、物怖じしなかった。

「先輩、夕べはなかなかでしたね。窓ガラスを割って、飛び越えた時の格好良さときたら、中国のカンフー映画顔負けでしたよ」

三人して大いに笑った。私はカンフー映画よろしく、子分を引き連れ風を切って闊歩するボスの態で二人を従えヤンドン市場へ向かった。

「あら、今日もデモがあったの？」

食堂のママさんがこん棒に目をやって驚いた。経緯を説明すると大変なことになったと独りごちながら、デモ隊からはお金を取らないから欲しいだけ食べなさいと、ご飯を丼にてんこ盛りよそってくれた。

「市場通りの主婦連中が米やらおかずやらを集めに回ってますよ。乾物屋のキムさんは味付け海苔をあんなに沢山出してくれたのよ。皆、朝から一生懸命ですよ。攻守団の連中は人間じゃないね。オメオメ（感嘆詞でまあまあの意、全羅道《チョルラド》方言の特徴）、靴も脱げちゃったんだね」

口八丁、手八丁だけあって目も早く、私らの靴を見ながら「オメオメ、何てこと！」を連発させた。靴は新しいのを買うからと言うと、ならばこれでも履いて行きなさい、と洗濯したての靴下を二足出してくれた。一行はゆっくり食事を済ませ、靴屋に向かった。靴屋の主人も、返品する傷物のバスケットシューズが一足あるからと、代金を取らずに譲ってくれた。靴を手渡しながら、「後ろの人が踏むから脱げるんだろ。運動靴は踵に穴を開けて、紐を通して足にしっかり結ぶんだよ」と言いながら錐と靴紐を出してくれた。

道路に出てみると攻守隊員と戦警が配置されており、雨は降り続いていた。道行く人は傘を差し、カバンや書類用封筒を抱え、あたかも追い立てられるように急いで通り過ぎた。デモとはまったく無関係な表情だった。道路に佇む攻守隊員や戦警の格好がナンセンスに映った。

「今日はデモできないんじゃないか?」

「雨が上がれば皆出てくるよ」

私らは攻守隊員と戦警を避け、市内に入った。チュンジャン路からチュングン洞《ドン》事務所の路地を通り、カトリックセンター前のクムナム路へ抜け出た。と、その一瞬足が釘づけになった。クムナム路大通りに肌着姿の男女三十余名が道端に転がっていた。

「うつ伏せ、仰向け!」

四列に並んだ男女の体は、攻守隊員の号令に合わせ規則正しく転がった。幻影を見ているようだった。男はトランクスだけで、女もブラジャーとパンティーだけ着けていた。どす黒い顔色の隊員が号令を掛け、他の隊員は男女の間を行き来しながら、容赦なくこん棒を振りかざした。女性の色白い背中にこん棒で叩かれた痕が赤々と浮きだっていた。歳格好は二十代前半で、男性は二、三十代だった。転がるたび、女性のパンティーは水に濡れ体にへばり付いた。道路の向こう側には、彼らが脱ぎ捨てた服や靴、カバン、ハンドバッグ、買い物用紙袋、傘などが放り投げてあった。通行人を無選別に捕まえたようだ。

「立て! もう一度見本を見せてやる」

号令を掛けた隊員が前列の男を指名した。「ど頭《たま》下げろ!」男は規則正しく頭をコンクリートにつけた。「立て!」さっと立ち上がった。機械さながら正確かつ敏捷だった。「おい、こら、しっかり見ろ」列の真ん中に立っている隊員が、女の背を叩いた。が、女達は叩かれた肩をビクつかせただけ、依然身じろぎせず整列している。

「しっかり見ただろう。始めるぞ。ど頭《たま》つけろ！」

みな、素早く頭をコンクリートにつけた。

「立て！　突け！　立て！　突け！　立て！　突け！　立て！　突け！」

列の中に立つ隊員のこん棒が容赦なく降りそそいだ。皆の動作は機械そのもので正確に合っていた。が、こん棒は止むことを知らない。歩道を行く通行人は怯えた目で一瞥するだけで足早に通り過ぎた。禍は、まかり間違えば己にも降りかかる。押し寄せる火の粉から逃れでもするように道を急いだ。

「こら、お前、今度はオタマジャクシの格好しろ。うつ伏せ！」

先ほどの男が、地面に腹をつけてうつ伏せた。「這え！」両手を背中に回して握り腹を地面につけ、体をよじりながら足で押した。オタマジャクシが這う格好だ。「小隊、うつ伏せ！」みな、素早くうつ伏せた。「這え！」腹を地面につけたオタマジャクシ達が動いた。「早く！　早く！」振りかざすこん棒にいっそう力が入った。

私は号令を掛けている隊員の顔を凝視した。銀色のヘルメットに覆われた顔には、白目が際どく光を放っていた。この世の人間とは思えぬ形相だ。この世に底知れぬ恨みを抱き息絶えた怨霊、女に怨念を抱く亡霊が、地獄の淵から淵を彷徨った挙句、滂沱《ぼうだ》の雨に紛れて現れ、踊り狂っているように思えた。明日は仏様がお出でになる四月八日〔陰暦〕とあって、雨にしっとり濡れた街路樹には奉祝の蓮の花形電球が華麗にともされ、道庁前の広場には奉祝の幟《のぼり》が立てられていた。が、その下には女達の白い肉体が、怨霊の号令に恥辱の塊と化して転がり回っていた。

私らが立っていた路地の角に人が溢れ出すや、ほかの隊員らが走って来た。群衆はみなチュンジャン路に逃げた。ところがチュンジャン路両側にも隊員たちが見張っていた。私らは向かい側の路地に身を隠した。

「今日はデモに参加せずに攻守団をやっつけよう」

私は〈路地の角で見張り、やっつける方法〉を説明した。二人は百発百中成功すると目を輝かせた。もし追われバラバラになった時のことも考えて、落ち合う場所まで決めた。離れた時点での場所により、カトリックセンター路地裏と、ハンイル銀行路地など、三カ所中一番近い所で落ち合うことにした。

雨が上がるや群衆が集まりはじめた。十二時頃になると、その数は膨れ上がり、ムクムク立ち上がる雲を連想させた。昨日の数が百から千単位だったとすれば、今日は千から万単位で、各自の表情も昨日のそれとは打って変わって鋭かった。遠巻きに眺めていた怯えた目つきは影もなく、もはや殺気立っており、若者はほとんどがこん棒を担いでいた。練炭鋏や鎌を担いだ者、太い鎖を首にかけた若者もいた。

テイン市場の四つ角で一回目の衝突が起きた。私らは路地の角に陣取った。催涙弾が炸裂し、群衆は路地に避けた。鉄砲水のごとく押し寄せる群衆に、私らも市場の方へ追いやられた。金《キム》マノと崔《チェ》ドクサムの姿が見えない。いくら探してもいなかった。約束の落ち合い場所に行ってみたがそこにも姿はなかった。

攻守隊員は昨日のように路地まで追って来なかった。怒りを爆発させた市民のこん棒の前に志気が崩れたようだ。私も路地から出て大通りで戦った。若者は四、五人で固まってこん棒を振り振り攻守隊めがけ接近した。攻守隊はじりじり後退し始め、午後三時を経過すると通りから姿を消した。市民に追いやられ皆、道庁へ流れ込んだようだ。戦場は道庁前の広場に縮められた。市民は広場に入る三つの侵入路から押し寄せてきた。東側は労働庁の前、西側はチュンジャン路の入口、北側はクムナム路だ。デモ隊の接近に攻守隊はペッパーフォグと催涙弾で応戦したが、まもなく後退した。こわばった表情から察すると、恐れを成したようだ。

四時頃になるとクムナム路には群衆が溢れ出した。闘う相手を失ったデモ隊は、肩を寄せ合い、一つの想いに心寄せ合う群衆と化した。クムナム路側の群衆は果てしなく道路を埋め尽くした。建物の屋上まで群衆が溢れた。優に十万は越えていそうだ。群衆の面々には余裕がみなぎっていた。もはや攻守隊の撤収のみ待っているしたり顔だ。

「我らの願いは統一……」

群衆の中から歌が流れた。たちまち大合唱となった。あたかも壮烈な儀式でも取り行うように粛然たる表情で歌っている。歌声は押し寄せる波のごとく群衆の間をトウトウと流れた。歌は愛国歌の旋律に変わった。人々の目から涙が溢れこぼれた。この日まで繰り広げられた凄惨な一コマ一コマがよぎるようであり、なぜこの国がかくも哀れな姿に成り果てたのか顧みるようでもあった。歌が流れ出してから東区庁前のバリケードも小康状態になった。

「拡声器が必要です。カンパをお願いします！」

若者数人が箱を抱えて群衆の間を練り歩いた。我も我もと金を出した。私もジャリ銭だけ残し、札は全部出した。歌は〈先駆者〔日本帝国の植民地政策に立ち向かった人達を称えた歌〕〉へと続いた。

まもなくして拡声器から大きな声が響いた。

「皆さん、ありがとうございました。皆さんのカンパでこれを買いました」

拡声器から声が響くや群衆は拍手と歓声をあげ、固く閉ざしていた口をも開けた。

「光州《クァンジュ》市民の皆さん！　攻守隊はもう袋のネズミです。我らの力で追い出しましょう。罪のない我らの兄弟が惨めに殺されました。攻守隊を追い出せないのなら、我らも犠牲になった兄弟や息子達の後を追って、皆、この場で死にましょう」

「そうだ。死あるのみだ」

どっと上がった喚声は中天を突き抜けた。拡声器はスローガンを叫び、その勢いで歌を先導した。二、三曲続いた。

「アーリラン　アーリラン　アーラーリーオー。アーリラン峠を越え行く」

〈アリラン〉のメロディーが流れるや私の全身に電流が走った。バリトンで響くアリランのメロディーは無言の大地を天に向け静かに突き上げるようだった。〈愛国歌〉を歌った時とは異なる感激が喉を詰まらせ、体を震わせた。人々の目から涙が止めどもなく流れ落ちた。女子高生は歌いきれず肩を抱き合いむせび泣いた。老人のしわくれだった頬にも涙は滴り、私の目からも滂沱《ぼうだ》のごとくボトボト流れ落ちた。体中の血管がドクドクとけたたましい音を立てて流れた。

「私を捨てて去り行くお方は、十里も歩めず足が痛む」

歌詞がクライマックスに達すると、一瞬にして大地は空中へ浮かび上がり、私は全身を流れる電流にぶるるっと体を震わせた。感動ではなく戦慄であった。女学生達は抱き合いオンオン声を上げて泣いた。戦慄を抑えきれず、慟哭に身を震わせている。彼女らの姿に布団の中の美善《ミソン》姉妹がダブり、私の口からも歌声が途絶えた。

この時、道庁側からペッパーフォグ車がパパパパと連続射撃をしながら近づいて来た。催涙弾が鳥の群れのように虚空を舞った。弾丸が弾け粉が霧のように白く広がった。喉と鼻をさきちぎる催涙ガスには成す術がない。群衆は両手で顔を覆い散らばった。がその時、淀みのないはっきりとした女性の声が他の拡声器から響いた。

「市民の皆さん、後退は止めましょう。一歩たりとも引いてはダメです。私たちの兄弟や息子らが何の罪もないのに無残に殺されました。光州《クァンジュ》市民の皆さん、私たち市民の偉大な力を見せましょう。私たちもこの場で、死を共にしましょう。あの殺人鬼どもを私たちの手で追い出しましょう」

澄み渡る女性の声が一面に鳴り響いた。一日中市内の路地という路地を限なく渡り歩いて市民に訴えていた、全《チョン》オクチュという女性だ。淀みのない声は聞く者の体を奮い立たせた。アパートの窓から目だけこちらに向けていた傍観派住民も、布団の中に潜り込み慄き縮こまっている人々もあの声を聞いては飛び出さずにはおられなかった。

「突撃！　やってしまえ！」

若者らが攻守隊のバリケードめがけ沖天の勢いで押しかけた。私も走った。疾風のごとき勢いに攻守隊は数歩も後退りした。突進しては後退し、後退しては突進する攻防戦がしばらく続いた。攻守隊のバリケードが噴水台まで押され後退した。

喉は催涙ガスで千切れんばかり燃えていた。カトリックセンターの裏へ回った。あちこちに水筒が置いてあった。水をがぶ飲みした。喉が潤うと今度は空腹感が襲ってきた。そうだ。昼食もまだなんだ。

日が暮れだした。が、群衆はそのままだ。この時三丁目の方から喚声が上がった。今まで聞いたことのない響きだ。そちらに目をやった。と、私はその場に崩れんばかり愕然とした。車が煌々とライトを照らしこちらにやって来る。私らを威嚇せんと警笛を鳴らし数百台も近づいて来る。群衆を一思いにひき殺す勢いだ。ああ、もうこれでお終いか？　全身からなよなよと力が抜けた。

「タクシーの運ちゃんだ。運転手も立ち上がったぞ。万歳、運転手さん、万歳」

私は目を疑った。前列はバスとトラックで通り一面を埋め尽くし、そのずーと後に従うのはタクシーだった。車という車が警笛を鳴らし続け、押し寄せてきた。群衆は狂わんばかり歓声を上げ、道庁までの道を一瞬にして空けた。車は開け放たれた大通りをゆっくりと行進した。群衆の歓声はヘッドライトとけたたましくかつ整然と響く警笛に埋もれた。向こう側では攻守隊の連中が呆然とこの光景に見入った。徐行運転でゆっくり迫ってくる自動車行列の気勢は道庁を押しのけ、無等山《ムドゥンサン》を射抜くかに見えた。車両の行列は際限なく続いた。度肝を抜く光景の前で私はただ呆然と立ちすくんだ。こん棒を抱えた若者が車両行列に寄り添って一緒に進撃して来た。即、私も列に加わった。

攻守隊は噴水台の前にドラム缶を転がし道を塞いだ。車両は構わずそのまま肉薄した。ペッパーフォグ車を先頭に攻守隊が近づいてきた。おびただしくペッパーフォグを撃った。車両隊列の先頭が止まり、乱闘場と化した。攻守隊は車の窓を割り、中に催涙弾を投げ込んだ。どの車も容赦なく手当たり次第窓ガラスを割り、運転手を引き摺り出し叩きのめした。私たちも負けていなかった。駆け引きなしだ。命を懸けて闘った。霧のように白くたちこめる催涙ガスの中で叩き合い、踏み合い、倒れ重なり悲鳴があがった。催涙ガスに喉をやられ息苦しくなった若者達が押されはじめた。防毒マスクを付けた攻守隊に勝てる訳がない。私も意識朦朧となり今にもくずれんばかりで足元がふらついた。その時だ。車の窓を割る攻守隊の姿が目に入った。私は彼をめがけて突進した。タクシーの中に催涙弾を投げようとした奴の腕を叩きのけた。彼は腕を抱え催涙弾を落とした。他の隊員が私の頭めがけ振りかざすこん棒を辛うじてかわした。私はよろめきながら東区庁の路地へ逃れた。

催涙ガスのほの白い霧の中でうごめく人々の姿は、ただ影が歩き回る幻像のように映った。この時、びっこを引きふらふらとこちらに向かって来る影があった。走りよって支えた。歳かさがあるところを見ると、運転手のようだ。今にも倒れそうだった。私はありっ丈の力を振り絞り、東区庁の路地に引っ張った。人がやっと二人ほど通れるくらいの細い路地だった。路地に入るや二人ともへたばった。彼の頭からは血が流れていた。路地に流れ込んだ人達と彼を抱え後ろへ回った。裏道に出ると若者がこちらへ走りよって、背を向けた。両側から支えて彼を負ぶわせた。

「何てこっちゃ。うちの坊主ら、これからどうして食べさす?」

背負われた男の口から力のない寝言のような声が漏れた。私は路地裏へ抜けた。四、五人の男がハアハア激しい息で仰向けに転がっており、その横には水筒があった。ガブガブ飲んだ後、私も道端に大の字になって寝転がった。生きた心地がした。ああ、楽だ。横たわるってこんなにも楽なことなのか？　修羅場の中にもかかわらず、呑気なことを考えた。土の冷気さえ爽やかに思えた。クムナム路の方からは喚声がひっきりなしに溢れてきた。喚声を子守唄に、私は何年ぶりかに戻った休暇兵のように、しばし心地よい安楽に浸った。

また、水を飲みクムナム路に出た。先ほど激戦した場所では自動車が燃えていた。二十数台のようだ。燃えるタクシーを眺めていると、先ほどの四十歳代の運転手が思い出された。彼は助かったのやら？　助かったにせよタクシーが全財産のはず、この先、生計をどうするのだろう？「うちの坊主ら、これからどうして食べさす？」口を糊する糧が底をついた時、田舎の女房連中が愚痴るような、力のない声が耳に残った。私は群衆の喚声に包まれ燃える車をしばらく眺めた。

九時頃、ＭＢＣ放送局が燃やされた。根拠のない戒厳令発布だけを繰り返し放送したからだ。攻守隊の蛮行は愚か、攻守隊の「こ」の字にも触れず、市民の乱雑な振舞いを戦警が鎮圧しているように、警察官の負傷者が何人出たとか、その数字だけを強調し、連行された市民は安全に保護されているという内容だけを繰り返し流したからだ。この件にいたっては、まるで来賓でも、もてなすようなアナウンスで吐き気を催すほどだった。放送局の火柱は三四〇メートルも上がり一晩中燃え続けた。十二時頃には税務署にも火が放たれた。国民の税金で食っている軍人に国民をここまで虐殺させるのかと、先頭の誰かが叫び、火を点ける時は私も加担した。

翌日の二十一日にも群衆は三カ所の道路から道庁に迫った。若い衆は昨夜は徹夜して闘い続け、燃えたぎるその気勢でこの日を迎えた。群衆の数も昨日よりさらに増えた。ぶつかる肩と肩の重圧感がそれを表した。攻守隊は道庁という小さな〈島〉に包囲され、道庁前の噴水台を真ん中に辛うじてバリケードを張っていた。隊員らに志気は残っていなかった。市民は彼らに十二時までに光州《クァンジュ》市内から撤収するよう通告した。市民たちの怒り猛る気勢は最終的に彼らの喉元を締めた。攻守隊のバリケードと市民との間隔は狭いところではものの五メートルしか空いていなかった。若者は攻守隊員と顔を突き合わせ野次を飛ばしたり、冗談を言ったり、からかったりしたが攻守隊員は案山子の態でたじろぎもせず、目玉だけを動かしていた。あれほどまで狂奔していた者が檻の中の猛獣さながら恐怖に慄いている。

この時、市民の間から歓声が上がった。若者らが乗ったバスとトラック数十台が群衆の中から現れたのだ。数は多くなかったが、昨夜の車両デモを連想させる威勢だった。バスとトラックはやれるものならやってみろと言わんばかり肉迫した。噴水台の前にはケリバー六〇機関銃を備えた攻守隊の装甲車が踏ん張っていた。市民軍の車は装甲車の前まで行き、距離を置いて向かい合った。「そのまま進め、突入しろ!」喚声は天を突く勢いだ。市民軍にはバスとトラックが数百台もあり、この場には現れなかったが装甲車も銃数丁も確保していた。装甲車は軍装備納品企業体のアジア自動車工場から奪ってきたものだ。

「一時十五分前!」

市民らが持つ拡声器がカウントダウンを始めた。その声と同時に前列に陣取っていたデモ隊の車両が警笛をブーブーと尾を引き鳴らした。「そのまま進め、突入しろ」熱狂し叫んだ。攻守隊からは何ら反応がない。次の瞬間、市民軍のバスとトラックがけたたましく警笛を鳴らし攻守隊めがけて突進した。「避けろ」攻守隊の隊列が瞬時に崩れた。

――タタタンタンタン。攻守隊がバスに銃を撃ち、最前列の運転手の首が横に倒れた。バスは街路樹に突っ込み停止し、他のバスは猛烈に警笛を鳴らし肉迫した。この時、今までビクとも動かなった装甲車が突如後へ急発進した。装甲車の後ろに身を隠していた攻守隊員はあたふた飛び退けた。絡まりながら避けていた隊員の一人が転んだ。瞬間、装甲車が隊員の体を被った。キャタピラに下半身を轢かれた隊員の上体がガバッと起き上がった。彼は足の上を転がるキャタピラに顔を突っ込んだ。鮮血が飛び散り彼は息絶えた。隊員の間に驚きと混乱が起こった。市民の間にも慄き逃げ惑う者が出た。

攻守隊は再び隊列を整えた。八列横隊で並んだ隊員らは群衆に向かって、「膝を立てて撃て」の体勢と

「立って撃て」の体勢を取った。窮地に追いやられた虎が爪を立てた態だ。群衆は目を見開いた。しばし緊張が流れ、前列の市民がソロソロと避けはじめた。しかしほとんどの者は「まさか」の面持ちで隊員たちを見ていた。この時、道庁屋上の拡声器から〈愛国歌〉が流れた。メロディーだけだ。群衆は目だけ大きく見開いて呆然と聞いていた。

――タタタタタタ。銃口が火を吐いた。クムナム路は文字通り阿修羅場と化した。

「しっかり撃て。正照準で撃て。馬鹿者どもが！」

将校らが銃を撃つ兵士らをこん棒で叩き、足蹴りし、罵った。隊員の銃口は市民ではなく、空中に向かっていたのだ。将校らが狂ったように襲いかかるや、空中に向けていた銃口が下を向き始めた。

――タタタタタ。

三、四分して射撃が止むと、道に溢れていた人の波は洗い流したように消え、ただっ広い道には三、四十名の男女がのたうっていた。フィルムが静止したスクリーンのように広い道路にはのたうちまわる男女の体以外、いかなる音も動きもなかった。射撃した攻守隊員もピクつき苦しみもがく男女をただ、呆然と眺めていた。しばらくして路地から人々が出てきた。攻守隊員を横目で見やりながら負傷者の傍《かたわ》らへ行き、彼らを背負って走った。あちこちから出て来ては負傷者を背負い走った。向こう側では身を潜めていた群衆が再び通りに姿を現しはじめた。攻守隊の射程距離に入らない中央路の向こう側だ。通りは瞬く間に群衆で埋まった。群衆の間から愛国歌が流れた。鉛のように重い歌声だった。鬱血した悲憤の声が雨雲のように通りを覆い空を覆った。噴水台の攻守隊員はたじろぎもせず、ただじっと見ているだけだった。私は凍りついた心臓で攻守隊員を見た。彼らが最初から群衆をめがけまともに撃っていたなら数百名、否、千名以上も死んだはずだ。一昨日カトリックセンターの裏庭でにらみ合った隊員の目が浮かんだ。この時、想像を絶する事態が起きた。

「お前ら、お前らはどこの国の軍隊なんだ?」

群衆の最前列で数名の若者が大型の太極旗を前に掲げ攻守隊の方へ向かった。五、六人が同じ言葉を繰り返し太極旗を盾にして前に進んだ。群衆は石のように身動きせず、攻守隊員を見つめるだけだった。声を出し動いているのは彼らだけだ。

「我らは大韓民国の国民だ。お前らはどこの国の軍隊なんだ?」

――タタタタタ。銃口が火を吐いた。若者達はバタバタ倒れた。太極旗を覆い被って海老のように体を逸らし倒れた。胸と腹から血が噴き出た。銃声が止むと再び静まりかえった。地面に倒れた若者二人がのたうっていた。

「全斗煥《チョンドゥファン》は退陣せよ。光州《クァンジュ》市民万歳!」

また、青年四、五人が飛び出し、血に染まった太極旗を拾い上げ声をあげた。

――タタタタタ。

若者らの体はぐるりと一回転し倒れた。今度は道庁前の両側の建物の屋上から火を吐いた。そちらに配置された狙撃手だ。向こうの角から一人出て来て、周りを見渡しながらのたうつ若者へ近づいた。三、四人が続き負傷者を負ぶって戻った。

「大韓民国万歳。全斗煥《チョンドゥファン》を殺っつけろ!」

また、若者三、四人が飛び出した。

――タタタタタ。

彼らもよろめき倒れた。また、市民が出て負傷者を担ぎ戻って来た。

「殺人鬼ども、光州《クァンジュ》市民を皆殺ししろ」

今度は、上着を脱いだ若者が一人飛び出した。一人だけだった。

――タタタタタ。

彼もぐるりと一回転しふらつき倒れた。

「攻守団出てゆけ。光州《クァンジュ》市民万歳！」

また、四、五人が怒り猛り出てきた。

――タタタタタ。

彼らも同じ姿で倒れた。また、市民が走り出て、のたうつ人を背負って走った。群衆は歯軋りし、拳で地面を叩き、セメントの壁を叩いた。ポカンと口を開けた者、涙を流す者、空を見上げ地面にひざまずきぶるぶる震える者、私は鉄パイプを握りポカンと突っ立っていた。人々は走り出て死体を担ぎ戻ってきた。

その時であった。三丁目の方から装甲車一台が群衆を掻き分けて、道庁の方へ突進した。装甲車のハッチには上着を脱いだ若者一人が上半身を出し、両手で太極旗を水平になびかせ声を上げた。

「偉大な光州《クァンジュ》市民万歳！」

頭に白い鉢巻を巻いた若者は太極旗をなびかせ、喉が千切れんばかり繰り返し声を張り上げた。太極旗を虚空で水平に靡かせ走る若者の勇姿は、たった今道端に倒れた若者が蘇ったような幻想的な光景だった。

「光州《クァンジュ》市民万歳！　万歳！」

――タタタタタ。

若者の首がガクッと折れ、上体がハッチに崩れた。太極旗が力なく後ろに倒れた。装甲車はハッチに若者の体を引っ掛けて道庁前の広場を回り、右側へ消えた。

私は鉄パイプを握り締め震えていた。凍りついた全身をアイスピンでかち割られている感覚だ。傍《かたわ》らでは五十代に見える男性が地面に座り込み両手でセメントを掻きむしっていた。畑の草をむしる田舎の中年女性みたいに、ぶつぶつ独りごち、セメントの地面を引掻いていた。噴水台前の攻守隊員は抜け殻のように突っ立っていた。彼らを見た瞬間、頭に電流が逆流した。もはや、兵卒一人が問題ではなくなった。あのような命令を下した責任者をいつか必ずこの手で殺してやると、鉄パイプをギュッと握り締めた。大地に両膝を付け、天地神明に合掌し誓いを立て、この誓いを破り放蕩に耽った暁には天誅を降ろして下されと懇願した。私は鉄パイプを力一杯握り締め再び身震いした。鉄パイプに誓いを立て繰り返し力強く握り締めた。傍《かたわ》らの男性は依然コンクリート地面を引掻いている。私は歯を食いしばり鉄パイプを握り締め再び誓った。誓いを幾重にも胸に畳み置くうち、窒息して今にも息絶えそうだった胸が少し楽になった。すると攻守隊を射る目に変化が起こった。群衆もこの世も私の目には全てが変わって映った。

この時から私は沈着冷静に、慎重に動いた。この日の午後、武器を奪取する時は、ナジュ警察奪取グループに加わった。トラックに銃を積んでは落ち着いてしっかり配り、攻守隊が後退する時は朝鮮大学校の前で銃を乱射した。こうして動きながら、胸に刻んだ誓いを幾度も幾度も繰り返し叫んだ。

この間、金《キム》マノと崔《チェ》ドクサムを探したが見当たらなかった。攻守隊が後退した翌日二十二日の午前まで会わなかった。彼らの身に何か起こったようで、病院を渡り歩いて負傷者の名簿を確認し、商業貿易館に安置されている死体も確認した。どの病院も廊下まで負傷者が溢れ出、呻き声のるつぼと化し、商貿館は殴打死したり銃殺された遺体で埋まり、見るにむごく言葉に言い尽くせぬ惨状だった。顔全部が飛んだ死体の前で私は棒立ちになった。話でだけ聴いたことがあるM16の威力に慄然とした。ベトナム戦争時、ホーチミンがM16を差し、慟哭したという話が思い出された。

道庁に入った。ここは市民軍が五百名も押し寄せ、乱闘場さながらであった。カービン銃を杖みたいに振り回しうろつく者、手榴弾の安全ピンを服掛け用の金具と思ってブラブラぶら下げて歩く者、あちこちでパンパンと銃声も鳴っていた。誤発や練習射撃のようだ。攻守隊が引き下がるや、攻撃目標をなくした市民軍は烏合の衆に成り果てた。

「兄貴、鄭燦宇《チョンチャヌ》兄貴」

道庁から出るや、市民軍のトラック一台が私の横で急ブレーキを掛けた。金《キム》マノだ。車に飛び乗った。

私は彼を抱き寄せ額にパッチギ〔頭っつき〕を食らわせた。彼は防石帽を被っていた。

「生きてたんだな」

「崔《チェ》ドクサムは?」

「トクサムはあの時別れたままだよ。俺だって昨日はここで死ぬと思ったよ。横の人は死んだんだぜ。夕べは朝鮮大学校の前で攻守隊めがけて思いっきり撃ってやったよ」

私もそこで乱射したと明かすや、一緒に戦いながらお互い知らなかったとは、と顔を見合わせ苦笑した。

「この車にも李舜臣《イスンシン》将軍が沢山乗ってるな」

私の言葉に金《キム》マノは防石帽をかぶりなおし笑った。市民軍は戦警が捨て去った防石帽の前を後ろに回して被り意気込んだ。その姿に〈李舜臣《イスンシン》将軍〉の愛称が付いたのだ。防石帽に付いている網を後ろに回して被った格好が、ソウル光化門の前に立つ将軍の銅像を彷彿させたのだ。

車に乗った将軍達は銃を振り振り、声を張り上げ歌い、車はハク洞《ドン》方面に向かって走った。そちらに向かう目的があるのではなく、ハンドルが赴くままにひたすら走ったのだ。道端のあちこちではおばさん達が手を振り、車を止めては早口で喋くった。海苔巻やら飲み水を準備して配給する人々だ。「ここはもう沢山だよ」「ほかに回して」市民軍は手を振りそのまま走り去った。この車にもボール箱に海苔巻、菓子、飲料水、ラーメンがどっさり積んであった。

車はハク洞《ドン》の〈腹ペコ橋〉方面へ向かった。我が家が近い。美善《ミソン》姉妹が浮かんだ。〈腹ペコ橋〉で市民軍は車を止めた。これ以上進めないとのことだ。ここは攻守隊が退却した麓で、奴らが再び攻めてくるかも知れぬ要衝だと言った。ここの市民軍はほかと違って表情も落ち着き、警備する姿にも、てきぱきと節度があった。橋の両側では砂袋で陣地まで築いて警戒していた。

「兄貴、鄭燦宇《チョンチャヌ》兄貴！」

向こうから崔《チェ》ドクサムが走ってきた。金《キム》マノと私はトラックから飛び降りた。

「生きてたんだな。この野郎！」

トクサムがマノの肩を叩いた。トクサムも私たち二人を探して病院を回り、商貿館の死体を確認して歩いたと言う。

「俺らもここで闘いましょうや。朝大の攻守隊は夕べ、あの麓へ後退しちゃったし、奴らが市内へ攻めるとしたら必ずここを通るってことですよ。先ほどここで攻守隊のスパイを一人とっ捕まえたってんですよ。洋服に着替えて下りてきた奴を道庁に引き渡したってんです」

諜報兵をスパイと呼んでいた。ここではこの地域の予備軍小隊長が市民軍二百余名を集め、部隊を編成して防御しているとのことだった。トラックから「乗らないのか？」との声にマノが行けと手で合図した。このような車はいくらでもあった。

「この部隊に俺らも入れてくれよ」

通りがかりの指揮者らしい人物にマノが声を掛けた。

「ここは一杯だよ。そちらのソテ洞《ドン》へ行ってみたらどうだ。そちらでもここみたいに守ってるよ」

そちらへ行くことにし向きを変えるや、公衆電話が私の目を捉えた。しばしためらった。姉に何度か電話はしたものの、自分は心配ないと告げるだけで一方的に切っていた。長く話していると美善《ミソン》が自殺したという言葉が出てきそうで怖かったのだ。ゆっくり掛ける時は、せめて攻守隊を一人でもやっつけた時だと決め込んでいた。だが今は事情が違う。ダイヤルを回した。が、誰も受話器を取らない。前に掛けた時も夜中だった。美善《ミソン》姉妹は今も布団を被っているのだろうか？　強情な男勝りがあんな目に合うなんて、なんて馬鹿なんだ。

私たちは和順《ファスン》方面へ続く大通りに出た。そちらは市民軍のトラックも走っておらず人通りもまばらだった。薄気味悪かったが、しばらく歩いて横に折れ、山の麓へ登った。人家にはほとんど人の気配が感じられなかった。村を抜けると、毛布のような保温シートを被せたビニールハウス風の家が現れた。マノが螺鈿家具の工場だろうと言った。この辺りに工場があると聴いたことがあるらしい。同じ形の家が十軒ほど並んでおり、全戸鍵が掛っていた。

「市民軍はどこなんだ？」

かなり登ってからマノが足を止めた。ここも〈腹ペコ橋〉のように何百という人が押し寄せて活気だっているると思っていたのに誰もいなかった。

「道を間違えたんじゃないか？」

「林の中に潜伏しているかも知れんぞ。さっきのスパイも潜伏しているのを捕えたんだろ？」

そのまま登ったが全く人気がない。

「誰もいないよ。場所間違えてるよな？」

「ここまで来たんだから、もう少し登って俺らも潜伏しましょう。〈腹ペコ橋〉みたいにスパイが下りてくるかもよ。もう少し登ろう」

トクサムが先頭に立った。

「あそこの畦道がいいぞ」

トクサムがちょっと高い畦道を指差した。私たちは畦道に腹ばいになり通り道に銃を構えた。

「野郎ども、二人か三人で来たら、一人だけ残して撃ち殺そうぜ」

「しっかり狙って撃てよ。攻守隊は飛んだり這ったりはお手のものだからな。今何時だ？　俺は時計も失くしちゃったぜ」

十二時過ぎだと言った。私らは照準窓に目を当てて前を睨んだ。山の中は静まり返っていた。緑陰深い山は春たけなわでセミの声もなく、時々山鳥の鳴き声がするだけだった。マノが菓子袋を開けて一掴み配った。前方に目を据えたまま菓子を頬張った。クルル。向こうで山鳥が鳴いた。私らは菓子を噛んでいた口を止めた。しばらくしてまた菓子を頬張った。かなりの時間が経過したが、何の気配もなかった。暗闇に目を凝らしていると、英善《ヨンソン》に支えられ下りてきた美善《ミソン》の姿が浮かんだ。見るに絶えない酷い姿だった。その時だ。

「あそこ！」

林の中で何かがサッと通り過ぎた。通り道ではなく山の裾野だ。私は息を殺してその前に照準を合わせた。

「あいつら、先に俺らを見つけて、包囲しようとあっちへ回ったんじゃないか？」

――パン。

「おお！」

マノが軽く悲鳴を上げた。ブラウスの白い背に長い髪をなびかせた人が斜面の下へ転がった。

「女じゃないか。知らずに撃ったのか？」

トクサムが驚いた目で私を見た。撃たれたはずの体が見えない。斜面の下の茂みの中に突っ込んだらしい。マノも怯えた目で私を見ていた。私は女だと直感しながら引き金を引いたのだ。下に転がった女の姿は現れなかった。

「あの後ろでまた動いたぜ」

「ダメだ。行こう」

トクサムが慌てて後退りした。私たちはうつ伏せた姿勢で後ろへ下がった。トクサムが走り出した。マノが続き私も後を追った。後ろを振り返ったが追いかけて来る者はなく、螺鈿工場を通って大通りへと走った。

道路に出た。歌をうたいこちらにやって来る市民軍トラックが、Uターンしていた。マノとトクサムが銃を振り振り声を張り上げた。トラックは止まってこちらを見た。繰り返し声を張り上げると向きを変えてやって来た。車に乗った。市民軍は再び喉が裂けんばかり歌を続けたが私らは茫然自失の態で座っていた。道庁前の噴水に群衆が集まっており、拡声器がワーワー喧しくアジり、歓声と拍手が溢れた。トラックが止まった。トクサムとマノも立ち上がりそちらを見ている。私は車から降りた。急発車したトラックの連中は私が降りたと知らないようだ。

だが行き場がなかった。拡声器は引き続き全斗煥《チョンドゥファン》を糾弾しようとアジり、釈迦の生誕奉祝スローガンと街路樹に括り付けられた桃色の蓮灯は五月の陽光の下でまばゆく映えた。私はつくねんと立っていた。拡声器の声も、群衆も、市街地の建物も皆、別世界の物で初めて触れる錯覚に陥った。私は呆然と突っ立ち、ようやく我に帰った。彼女が死んだやも知れぬという懸念が頭をよぎった。慌てた。この時、市民軍のトラックがやって来た。手を振って前進を遮り、ソテ洞《ドン》へやってくれと頼んだ。トラックはブルルンッと加速した。道庁から何か特別な任務を受けて行くと思ったらしい。歌いながら空射撃を繰り返していた彼らは仕事に出会えたのが嬉しいようだ。ハク洞《ドン》三叉路に差し掛かるや市民軍がトラックを止めた。

「ここから先はダメだ。あの前で攻守隊とたった今一戦交わしたところだ」

どんな様子だったのか聞くと、奴らは急に市内バス終点のガソリンスタンド下へ銃を乱射したという。奴らが撃った地点は先ほど私らが行って来た麓よりもう少し下の方だった。私はそちらに用があると言った。トラックは私だけ降ろし、Uターンした。近くの商店に銃と銃帯を預けそちらへ向かった。大通りは先ほどと同様、人も車も通っていなかった。麓に向かって進んだ。集落にはほとんど人はいないようだった。螺鈿家具工場を通り過ぎる時、老人が工場の前を行ったり来たりしていた。上に攻守隊がいるのか訊ねると、自分も工場が気になってたった今来たばかりだという。

「上から下りて来る女性見かけませんでした?」

「何てこっちゃ。捕まったのか?」

私は答えなかった。工場を過ぎると薄気味悪くなってきた。どこからか弾が飛んできそうで体がムズムズしてきた。〝撃つなら撃て〟と開き直り登って行った。銃を撃った場所に着いた。私たちが捨てた赤い菓子袋がはっきり眼に留まった。女性が倒れた所へ行った。何もなかった。周囲を見渡したが何の気配も感じない。倒れた場所を探ってみた。草が少し倒された跡があり、葉っぱに血が付いていた。周りを遠くまで伺ったが何ら形跡がなかった。上の方へ上がって探ってみたが同じだった。元の場所に戻ってみた。活きの良い草に付いた血は固まっていたが、枯れ草に付いた血は固まっていない。土に染み込んだらしくどれ程流したのか見当がつかない。呻き声がしないか耳を澄ましてみたが、物音一つしなかった。

「怪我された方はいらっしゃいませんか?」

用心しつつ声を出した。周囲を見渡し再度声を出してみたが、何も聞こえない。裾野の斜面に沿って上って行った。しばらく上がったがやはり形跡がない。助かったのかな? それなら村に下りて行くしかなかろう。私はそのまま立っていたが、力なく戻り始めた。螺鈿工場を過ぎようとした時だ。

「手を上げ!」

とっさに手を上げた。両側の工場の後ろから六、七名が飛び出して来て銃口を突き付けた。市民軍だ。

「攻守隊だろ？」

「違います」

「ならあそこへ何しに行った？」

私は口ごもり返答に窮した。

「動くと撃つぞ。体を調べろ。脅しじゃないぞ。動くと撃つぞ。一人で送られて来たところを見るとただ者ではないな」

「ナイフじゃないか。何のナイフだ？」

「この野郎、ナイフまで民間人用のを持ちやがって、変装が完璧じゃないか。これでも白を切るつもりか？」

「早く縛れ！」

拾った紐で私の手を縛り、両側から脇をつかんで走った。広い道路に近づくとそこいらの空き屋に入った。

「ここでたっぷり叩きのめせ」

こん棒を手に私を囲んだ。

「何のために下りて来た？　お前の部隊はどこだ？」

「僕は攻守隊員じゃないです」

「攻守隊員でないんなら、何であそこへ行った？」

言い逃れる妙案が思い浮かばなかった。

「話にならんじゃないか。この野郎、馬鹿にしやがって。この野郎、ここで死んでしまえ」

乱打が始まった。私は床にぶっ倒れた。

「部隊はどこにある？　いつ市内に入って来た？　正直に言え。何を偵察に来た？　おいこら、死ぬまで全斗煥《チョンドゥファン》に忠誠を尽くすちゅう訳か。そうなんだろ？　よーおし、死にたいようだな。そうじゃ、俺の親友も死んだんじゃ」

こん棒の雨が降った。私はハク洞《ドン》に住んでいると言おうとしたが止めた。家に引っ張って行かれたらそれこそ問題だ。怒り心頭に発した連中は容赦なく乱打し、私は失神してしまった。気がつくと私を引き摺って広い道路へ出ていた。向こう側に市民軍のトラックが見えた。

「スパイ捕まえた。道庁へ運べ。急げよ！」

どすの効いた声が叫んだ。トラックが来て私を積み上げた。

「この野郎筋金入りの悪だ。徹底的に調べるように言えよ。これはコイツが腰に差していたナイフだ。堂々とこれ一つだけ持って来やがった。こんな小さなナイフまで民間用のを使いやがって、偽装がプロ級だぜ」

彼らは「また捕まえに行こうぜ」といきり立ち、もと来た道にUターンした。荷台に乗っていた市民軍はスパイの顔でも拝もうと私の顎を持ち上げ、足蹴りし暴行を加えはじめた。

「お前！　燦宇《チャヌ》じゃないか？　一体どうしたんだ？　どうなってんだ？」

誰かが私の肩を揺さぶった。中学校の同級生だ。デモする時にも二、三回は出くわした友達だ。彼は今にも飛び出しそうな目で、私の肩を揺すりながら何でこんなことになったのかと繰り返した。

「何人かで潜伏してたんだが、時計をなくしたんで……」

一人で時計を探しに行って、誤解されたと説明した。その時計は卒業記念品だということまで付け加えた。助かったという安堵感で滑らかに口がすべった。先ほどはこわばって動かなかった口から堰が切れたように言葉が出てきた。

「このナイフは?」

「奴らに捕まった時に刺そうと思って、家から持って来た。登山用ナイフだよ」

「こんなことでスパイの濡れ衣着せられたんか? しっかり者と思ってたのに。何だこのざまは」

彼は呆れて苦笑し、他の市民軍は狐に抓まれた表情だった。私を捕えた市民軍は乗っていないので私の説明を否定する者はいなかった。

「あの病院の前で止めてくれ」

同級生が声を上げた。道庁に引き渡せと言う輩もいたが、彼は中学の同級なんだと譲らなかった。このような状況でも私はしっかりナイフを受け取って腰に差し、同級生に支えられ病院に入った。小規模の病院で市民軍の負傷者はいなかった。ベッドに横になると胸が締めつけられ足や肩、骨の節々が疼いた。レントゲンを撮り注射を打って治療は終わった。

「幸いたいした怪我でなくて良かったね。ここでゆっくり休みなさい」

年配の医者は患者にというよりは自分に言い聞かせているようだった。五時に目が覚めた。体はまだズキンズキンと痛むが、こうはしていられない。打ちのめされたにしては何とか耐えられそうだったし、外部との接触が途切れると、目や耳を塞がれたようでかえって息苦しい。私は礼を言って病院を出、道庁に向かった。道庁なら状況把握に事欠かず、休む場所も確保できる。

市民軍が占拠した道庁は以前にもまして慌しくごった返していた。事務室のどこかに横になる空間はないものかと玄関左横の市民コーナーへ入った。私が〈三角目〉を見たのはこの時だった。市民コーナー内の部屋に入ると大学生が学生収拾委員会を結成するため会議を開いていた。そこに四十代の男が一人混ざっていた。午前には市民収拾委員会が組織されて七項目の収拾条件を決議し、戒厳司令部に持って行くなど活動していたが、委員会が市民軍を掌握するのは無理だった。市民収拾委員の中には典型的な機会主義者が何人か混ざっていたので市民軍を説得するには力がなく、収拾委員会と市民軍は齟齬をきたし別々に行動している状態だった。

「一体何してるんだ?」

その時、M16を腰の横に差した〈三角目〉が現れた。一人の学生が学生収拾委員会を作っている最中だと説明調で答えた。

「収拾? 収拾とは何だ。攻守団は攻めて来る準備をしてるというのに?」

〈三角目〉は腰に差したM16にがばっと力を入れ、虚空に向けて声を張り上げた。彼も収拾委員会を信じていないようだった。ここに集まった学生達も収拾委員会の連中に弄ばれていると勘繰ったようだ。

「攻守団がこちらを狙ってるのに、市民軍ときたら烏合の衆だから、学生が先頭に立って秩序を保とうという訳なんだ」

四十代の男が付けたした。

「何だ。君は?」

〈三角目〉は間髪を入れず男の顎の下にM16の銃口を当て、銃口の先で顎を押し上げた。顎の下の窪みに銃口が突き当たり、男が首を回すと銃も付いて回った。男は顔を虚空に上げたまま目だけを〈三角目〉に向けた。M16の性能からして引き金を引いただけで頭がすっ飛ぶ状態だ。私は商貿館の死体でM16の威力を見ている。ぞくっと体が震えた。

「この野郎、銃を引き下げんかい。二千人も死んだんだぞ！」

男が怒鳴った。二千人はこの時、噂されていた死亡者の数だ。

「この方は民主化闘争で獄中にいらして、おととい出てらした……」

学生の一人が畏敬の念を込め恭しく言うと、〈三角目〉はそーっと銃を下ろした。勢いたっていた分、大人しくなるのも早かった。この光州《クァンジュ》がどんな状態か分かってインテリの卵までしゃしゃり出るのか、と快く思わなかったが、民主化闘争の一言で敏感に反応し態度を変えたのだ。

「収拾でも何でも秩序から立てようということなんだ。秩序さえ立っていれば攻守団が攻めて来ても向かい撃てるじゃないか」

男は喝破した。この時、先ほどからこちらの様子を伺っていた若者ががばっと立ち上がった。

「大学生に何ができる？　初日だけ暴れまくって、十九日からは皆逃げて影も形も見えんじゃないか」

「それでも市民軍が頼れるのは大学生以外にいるか？」

男が諭すように言った。再び反論せんとする若者を〈三角目〉が遮った。

「こちらの方が正論だよ。皆、頑張ってくれ」

〈三角目〉は一言いって出て行った。私が〈三角目〉を見たのはこれが全てだ。入ってくるなりその場を牛耳る威勢、収拾という言葉を収束と理解したが、秩序を立てる意味と分かるや瞬時に肯定した態度、歯切れの良い言動は剃刀の切れ味だった。

私は〈三角目〉が出て行った後、その場をしばらく行ったり来たりし、外に出た。ところが体がまた疼き始めた。病院で打った鎮痛剤が切れたようだ。どこか体を休める場所を探していると、誰かが宿直室を教えてくれた。

宿直室には二、三人が寝ていた。私も布団を敷いて横になった。程なく私は夢の中をさまようような幻想に陥った。ほつれ髪の女が浮かんだ、がそれも夢の中での出来事のように思えた。商貿館の死体、病院の夥しい負傷者、ソテ洞《ドン》で私を袋叩きにした市民軍、カトリックセンターでの攻守隊員のあの怯えと抗議が入り混ざった目、装甲車のハッチに上半身を出し走っていた若者、これらの姿が限りなく目の前を行き来した。

私は三日間も宿直室で寝た。眠気がなくとも体を横たえ天井を眺めていた。体を動かすのも物ぐさく、だれかれと話をするのも億劫だった。庁内に食い物は豊富で、食らってはベッドに横になった。ほつれ髪の女を撃ったことが脳裏から離れない。私はそれが女だと直感したが撃ってしまった。なぜなのか？　当時の情況を反芻し答えを探すが、出てこない。

二十五日から道庁は新たな緊張に包まれた。戒厳師団との粘り強い協議がとうとう決裂してしまったのだ。戒厳師団は無条件投降を強要した。だが市民軍指導部には最後まで抗戦を主張する派と、武器を置き退去を主張する派とが衝突した。抗戦派は政府の謝罪なしには決して引き下がらぬと主張し、退去派は市民の命を担保に無鉄砲に戦う訳にはゆかぬと主張した。衝突は翌日にいっそう激化したが、抗戦派が銃を突きつけ退去派を追い出し決着した。

「我々は全斗煥《チョンドゥファン》一味を断固許す訳にはいきません。最後まで闘わねばなりません。しかし相手は攻守隊です。我らが闘うということはここで彼らと戦い、ここで死ぬということを意味します。死を覚悟して最後まで闘う人は残って下さい。助かるかも知れぬと微塵でも思う人は去って下さい。途中で戦いを放棄する者は我らが撃ちます。市民軍の名誉に掛けてそのような人は許す訳にまいりません」

抗戦派の若者は「闘って死ぬ人」と幾度も強調した。その一方で高校生は無理やり帰らせた。私には攻守隊が発砲した日の誓いがあり、ここで死ぬ訳にはゆかなかったが、ここはここで避けて通れる場でないように思えた。結論を出すのに時間がかかり、夜が更けるにしたがっていよいよ帰れなくなった。この先どうなることやら懸念しつつ〈状況把握室〉がある二階に上がった。

「YMCAでも機動打撃隊を募集するぞ」

と、言いながら青年が連れ立って下りて来た。すでに道庁で活動していた機動打撃隊ではなく、庁外に出て戦う打撃隊を集めるということだ。私も彼らについて行った。そちらの講堂に五、六十名ほど集まっており、私も志願した。機動打撃隊志願者は三十名ほどに絞られた。ほかはここに残って闘う人達だという。今晩最後まで闘う市民軍の総数は六百ほどになる。道庁の二五〇名をはじめ光州《クァンジュ》公園百余名、ハク洞《ドン》二百余名など、六百余名ほどになる。彼ら以外にも向こう側のYMCAに志願者が押し寄せているということだ。

私は死を覚悟した者がこれほど多いという事実に驚いた。最初は死をいとも簡単に口にする人間が軽率に見え閉口したが、去る者が去った後、残った者を見る私の目に変化が現れた。死を覚悟した集団の悲壮な空気の中には静かな活気がみなぎっていたのだ。彼らは一体どういう人物なのだろう？　私は一人一人の顔を凝視した。中には一見不満げな面持ちもあったが、みな平凡な表情で、この先二、三時間もすれば死に直面する現実など頭にないようだった。ニタニタ笑っている顔さえあった。

一組は六、七名単位で編成され、各人にM1と実弾が二クリップずつ与えられた。組のメンバー同士車座になり、自己紹介をはじめた。私たちの組は六名で歳はみな二十歳前後だった。公務員二名、食堂のスタッフ一名、専修大学生一名、浪人は僕ともう一人だった。出身地の話を交わしている時、何やら書いていた公務員二人が、互いに覗き合ってクックと笑い出した。

「俺たち死んだら家族が探しに来るだろう。商貿館で見たんだが名前の分からん死体は可哀想だったよ。死体を捜せない家族にしても苦労するぜ。そういうことで名前と住所と両親に残す言葉を書いてんだよ」

クックと笑った公務員がいった。両親には何と書いたのかと食堂スタッフが訊いた。

「簡単だよ。住所と名前を書いて、『母さん、父さんお許しください。不幸者、朴《パク》チャンス』以上だ。ヒヒ」

「僕にも手帳千切ってくれよ。証明カードなんて一枚もないから、死んだら『名なしの権兵衛』になるぜ」

我も我もと書いた。ボールペンが一本しかなく私は最後に書いた。両親には何ら残す言葉がないので書かなかった。この時、朴《パク》チャンスが仲間の紙を取り上げた。

「オモニ、お許しください。ネドン君に二万元《ウォン》借りてます。僕の給料が出たら返して下さい。オモニ、長生きしてください。許してください。崔《チェ》サムドンより。ヒヒ」

彼は紙を返しながら笑った。

「お前、何で金借りたんだ？　ひょっとして家を飛び出した時に借りたんか？」

食堂スタッフが驚いた目で訊ねた。崔《チェ》サムドンはバツ悪そうにそうだと答えた。

「お前なあ、それはないだろう。彼が金を貸してくれたからお前がデモに出て死んだってことになるじゃないか。彼が恨みを買うだろ？」

「本当だ。借りっ放しの方がマシだよ。それは消してしまえよ」

朴《バク》チャンスが相槌を打った。

「だがよ、あの金は返してあげないと」

鼻が横に平たく伸びたのっぺら顔の崔《チェ》サムドンは、ぎこちなく笑って首を横に傾けた。

「非常出動！　早く集まれ！」

みな銃を担いであたふた立ち上がり、外に飛び出して車に乗った。朝の三時だった。トラックはクムナム洞《ドン》を過ぎケリム洞《ドン》に向かって走った。建物や街路樹が真っ暗にうずくまり、私らを見守っていた。配置はケリム小学校の前で、三十余名は陸橋を挟み左右に分かれ位置した。私らは陸橋の階段に体を隠して、矯導所に向け銃を構えた。階段の下の方では崔《チェ》サムドンがやはり同じような体勢で銃を構えた。暗闇で何も見えない。

サンス洞《ドン》の方から市民軍宣伝カーの女性の声が微かに聞こえてきた。先ほどから市内を練り回っているようだ。

「光州《クァンジュ》市民の皆さん、戒厳軍がこちらにやって来ます。一丸になって防ぎましょう。光州《クァンジュ》市民の皆さん、市民軍は道庁で最後の最後まで闘います。このまま引き下がる訳には行きません。光州《クァンジュ》市民の皆さん、攻守団の蛮行を許す訳にはいきません。一丸となって戦いましょう。攻守団が刻一刻こちらに近づいて来ます……」

アクセントが効いた女性の声が暗闇を突き破り、凍てついた氷を砕く声となって響き渡った。その時、私の前に一つの顔が近づいて来た。カトリックセンターの裏庭で怯えと抗議が交錯した目で私を見上げた攻守隊員の顔だ。彼は余裕で私を刺せたはずなのに刺さなかった。私も彼の目を見たが故に刺し損ねた。その彼が今、正しくこちらに向かっている、としたら一体どんな形相をしているのだろう?

「光州《クァンジュ》市民の皆さん、戒厳軍が近づいて来ます。このままでは引き下がる訳には行きません。市民軍は道庁で最後まで戦います……」

朗々と響く女性の声が刻々近づいてきた。闇夜の天空では星が慄き震え、大地では女性の声が響いた。声は私らを遠巻きにして通り過ぎ、光州《クァンジュ》駅の方へ遠ざかった。私は暗闇の中で銃口の先端だけを見つめていた。

「ボールペンある?」

崔《チェ》サムドンが私の足を突付いた。

「ないけど。何するんだ?」

「さっきの文、消さないと」

「この暗闇でどうやって消すんだ?」

「あの街灯の下までさっと走って行って消したら済むんだけど、誰かボールペン持ってないかなあ?」

「間抜けたこと言うな」

私は一喝し、彼は黙った。

タタタタタ。タンタンタンタンタン。遠くから銃声が聞こえてきた。道庁の方だ。私は銃を握り締め前方を凝視した。しかし漆喰の暗闇の中では何も見えなかった。道庁の方では間断なく銃声が鳴った。女性の声は光州《クァンジュ》駅辺りで哀切な響きとなって夜空を流れ、銃声はそれに報いるようになり続けた。

キキキーン。後ろでM16の連発音が炸裂した。ババババーン。陸橋のセメントに銃弾が当たり弾けた。私は階段の反対側へ回った。崔《チェ》サムドンはそのままだ。

「何してる。早く！」

私は彼の頭をつついた。だが彼の頭は銃が辛うじて支えているだけで、血生臭い匂いがムッと鼻を衝いた。何てことだ。彼は悲鳴も上げず、身悶えもせず、体の動きと息を一瞬にして止めてしまった。

キキキキイ。向こう側からM16の連発音が間断なく襲ってくる。引き金を引こうともがくが硬直した体は指示に従わない。あたかも金縛りにあったようだ。こちらの陣営から銃声は出なかった。連中も私のような硬直状態に陥ったのだろう。キルキルキルキル、M16の連発音だけがけたたましく響くだけで、こちらは誰一人とて銃を使えずにいる。皆、股の間に頭を埋めて微動だにしなかった。私もしかりで同じ格好だった。

パン、パン。向こうの方でM1の音が何度か鳴って止まった。キルルキルル、M16は止むことを知らない。私の傍《かたわ》らにいた市民軍が後退しはじめた。私も後に続いた。ガクガク膝が笑っている。私らは下水溝の中に入り、その中でぶるぶる怯えていた。みな、魂が抜けた亡骸だ。今しがた、死を覚悟し意気揚々とあれほど逞《たくま》しく構えていた己が、これ程までも腰抜けになるのが俄《にわか》に信じられなかった。M16の銃声に度肝を抜かれたようだ。武器の優劣が人間をこうまでダメにしてしまうのか？　私は自分達の惨めな姿を眺め、わなわな震えるだけだった。

3　殺しながらも技巧を凝らすケダモノども

太陽が昇ると私らの姿は曝け出された。出て来いと声がした。出て来なければ手榴弾を投げると脅した。両手を上げて出た。無様な格好が朝日に照らされた。私の前の全南大生の背には赤いマジックで「過激。交戦後逮捕。M1所持」と書かれた。赤の文字を見た瞬間、私の目には「死」が映った。後ほど、私の背には「自家製ナイフ所持」の文字が余分に書かれていたのが分った。それから蹴られ、叩かれ、突付かれ私らの体はボロ布と化した。商貿館の連兵場に降ろされ、建物の中に引っ張って行かれた。レスラーのような屈強な連中十人ほどが円を描いて立っていた。

「全南共和国の勇猛な国軍勇士諸君を歓迎いたします」

十余名が蹴る、殴る、踏む、投げるを繰り返し、生身の人間を〈ポン菓子〉〈ねじりパン〉に仕上げてしまった。要するに生け捕った獣を手際良く仕込んで、営舎に放り投げたのだ。ようやくしてちょっと息がつけるようになったと思いきや、着古した軍服に着替えさせられ引っ張って行かれた。捜査官の次の料理工程が待っていたのだ。私はナイフのせいで極悪のレッテルを貼られた。

その日から毎日、〈焼き鳥〉〈水攻め〉〈爪に錐刺し〉など、ありとあらゆる拷問で夜が明け日が暮れた。拷問時の唯一の望みはこのまま息絶えることだった。電気の灯が消えるようにパチッと一瞬に消えたら楽だろうな？　陸橋でガックリ息絶えた彼が羨ましくてならなかった。夜になれば、トイレの洗面台の角に頭を打ちつけたり、スプーンをセメントの壁で擦って腹を刺す者が何人も現れた。結果はその行為のお陰で〈死〉以上に殴打され、特別警護対象になった。一晩中痛みに魘《うな》され、身悶え、夜が明ければ、洞穴の獣が雪の降る外を眺めるように、黒紫の隈に覆われクレーターのように堕ち込んだ眼窩で外を眺め、また怯え始める。私らにとって夜明けは、捜査室に連行される以外の何らの意味も持たなかった。かくて夜明けの訪れは死の足音と化し、自殺の誘惑が全身を包み込む。死への誘いは何とも甘味だ。だが営舎憲兵の一番の警護任務は自殺防止であるがゆえ、ここでは自殺の機会すら与えられなかった。

「北〔北朝鮮を指す〕からやって来たお前の叔父とはいつ会ったんだ?」

「会ったことありません」

「この野郎、本当に死にとうて白を切るんだな」

こん棒が音を立てた。が、最初それが何を意味しているのか分らなかった。幾度か叩かれてやっと六・二五〔一九五〇年六月二五日から五三年七月二七日までの朝鮮戦争〕当時、山に入って死んだと聞かされた叔父が浮かんだ。彼が生きて北に逃げ、この度、北から戻って来たと仮定して詰問しているようだった。このような根も葉もない空言で幾度となく拷問された。実際くだんの人物を家にかくまっている者は言わずもがなである。

残酷、酷毒、これらの言葉をもってしても捜査官の行為を充分に言い表すには物足りず、当てはまる言葉を持たなかった。彼らは攻守隊員とは違っていた。デモ隊とぶつかる攻守隊は興奮状態にあったが、彼ら捜査官はいたぶり笑い、冗談を飛ばす余裕さえ見せながら拷問した。彼らは人体のどの部分を、どう攻めると、いかなる反応を見せるのか熟知しており、そこをめがけて拷問する時の手法も、機械を扱う熟練工さながら手馴れていた。浪曲愛好家が高音域の特殊発声法で出す裏声が、最も高い極点に達した時、無限の感動を得るように、捜査官は悲鳴の極点でオルガスムスにも似た快感を覚えるようだった。彼らは悲鳴をいかに凄惨に出させるかに終始没頭しており、極限的な声を聞いた時などは己の行為に快感と同時に成就感を覚えるようだった。人間の残忍性を技巧を凝らして楽しめる拷問の手だれだった。

ひと月ほど経過すると、呼ばれる回数が三、四日間隔に減った。毎日、数十名ずつ新たに捕まって来るので、初期に捕まった者は後回しにされるしかなかったのだ。心に多少なり余裕が生じると、奴らは私たちを殺すことはできないのだと解り出した。〈死〉の恐怖から解放されるや、あのほつれた髪の女性が浮かびはじめた。うつ伏せ状態の背に被さった髪が波のようにひらひらと私の顔を覆った。彼女はどうしただろうか？　麓の村の住人だから家族が助け出して治療してくれただろうか？　だが、頭から突っ込んだ姿からすると致命傷のはずだ。白い背にふくよかな黒髪をばらつかせ真逆さまに突っ込んだソテ洞《ドン》の女性の姿に、泥まみれの美善《ミソン》の姿が重なった。美善《ミソン》はもうすでに自殺したに違いない。あの性格であの酷い仕打ちを堪え忍べる訳がない。

私はこの頃から金《キム》マノと崔《チェ》ドクサムが捕まって来るのでは、と入口を凝らして見た。彼らが捕まった暁にはソテ洞《ドン》の女性の事件が明るみになる。他の事は隠し通せても、彼らと行動を共にした間の行跡は隠しきれない。捜査官の老獪な手腕とこん棒の恐怖の前では、無根の事実をも創る羽目に陥るのが常だ。私は新参が入って来るたび、動悸を押さえ目を見開き、彼女が生きていますようにと拝んだ。今まで受けた拷問の十倍に及ぶ拷問でも甘受します、どうぞ彼女と美善《ミソン》を救って下さいと、どの神様かは分らぬがひたすら拝み続けた。その神が二十倍を要求したらどうしよう？　二十倍？　身を震わせ歯を食いしばって受け入れた。すると次は百倍も要求するようで背筋が凍りつく。が、それも受け入れたら次は二百倍、三百倍。私は息が詰まり頭を抱え寝返った。二人は夢にも現れた。所安島《ソアンド》の水平線が深紅に染まるフラミンゴ色の夕焼けのなか、乱れ髪の女が美善《ミソン》と一緒にその豊かな髪を靡《なび》かせ、雄大な空をカモメ達とキュルキュルと舞い上がっては円を描き下降した。

苦しい日々が幾日か過ぎたある日、その日も屠殺場に引っ張られて来た老牛さながらうなじを垂れ、捜査官の前に遠慮気に座った。ところが捜査官はニッコリ笑い、言葉使いも異常に温和だった。が、このような態度の豹変は一度や二度ではなく、今日はまた何を企んでおるんだ？と震えていた。

「反省文を書いてもらうか」

藪から棒だ。彼はアクセントも軽やかに反省文を読み上げ、私はこれまた何の企みやらと怯えながら一言一言聞き書きした。次は覚書だと告げ、内容を読みはじめた。外に出たらここでの出来事はいっさい口外しない、もし口外した暁にはいかなる処罰にも甘んじるとある。良からぬ何かを画策しているんだ、と捜査官の表情を窺いながら署名し、指紋を押した。彼は横に置いてある風呂敷を解き、着替えろと言った。私は驚いて捜査官と風呂敷包みを交互に見やった。ここでは古い軍服を着用し、捕まった時の服は営舎の隅っこに畳んで置いてあるのだ。風呂敷包みから出て来た服は、私が家で着ていた物だ。捜査官は余裕綽綽としたり顔で笑っている。再び服に目をやった。間違いなく私の服で、私の体臭がムッと鼻をついた。私は恐る恐る捜査官の顔色を窺った。彼の笑顔が正真正銘人のそれで、初めて人間らしさを感じた。私は服を着替え、彼が指名した兵士について外に出た。憲兵隊区域と仮設の仕切り門辺りに数十名の男女がたむろしていた。

彼らの中から姉が私に近づき、十歳は老けたかに見えるアボジがこちらを見ていた。姉が私の手を取った。収監者の家族はみな、凍りついた顔にカメラレンズのごとく落ち込んだ目で私の体を嘗め回した。巷に流れる噂で聞いた、あの無慈悲な拷問の実情を確認する目である。三途の川で立ち往生する人がいるとすれば、まさにこんな形相をしているのだろう。と思うと体が震えた。彼らの目とアボジの姿から釈放された経緯が呑み込めた。噂で、収監中の面会は一回につき三百元《ウォン》、釈放は家一軒分だと聞いた。そう聞きながらもそれは一般市民軍の場合で、機動打撃隊で捕まった者には夢のまた夢、他人事だと聞き流していた。私は営舎の建物を顧みた。

「体は？ 大丈夫か？」

アボジの言葉に私は「はい」と答えた。アボジはそれ以外何も言わず歩き出した。

「美善《ミソン》はあの時何もなかったようなの。英善《ヨンソン》は今も布団を被って部屋から出てこないけど、美善《ミソン》だけでも無事だったから不幸中の幸いよ。美善《ミソン》は学校に行ってるわ」

ピタリと寄り添いひそひそと話した。美善《ミソン》は生きており災難にも遭わなかった。だがこの一言は感動という形を装って近づいて来なかった。野獣が放つ残酷さと悲鳴で膨張した捜査室、服を着替え今こうして家族と一緒に歩いている相反する二つの現実。これらが時間的、距離的ズレのない所で、事実として存在すること自体、荒唐無稽でならなかったのだ。

通りに出ると賑やかな看板が目を圧倒した。以前と変わらぬ看板の波だが、初めて目にする光景のように思われ、その看板の下を人々が悠然と行き交い、タクシーが快走する現実もはじめて目にする風景のように思われた。この真新しさ、これが釈放後に得た最初の実感だった。タクシーに乗るやアボジはとんでもない所へ行き先を告げた。

「ハグン洞《ドン》から引っ越した。美善《ミソン》らはパンリン洞《ドン》方面の借家に入った。所安島《ソアンド》からハルモニがいらして面倒を見てらっしゃるが、美善《ミソン》とこは大変だ」

引っ越先は2DKの借家だった。荷物はまだそのままだ。食堂に出前注文した食事が届くまで私は風呂に入り、鏡の前に立ってみた。何カ月かぶりに見る顔である。顔の肉は多少削げ落ちて見えたが、体は格別痩せてはいなかった。服を脱いで鏡に背を映した。赤黒い血豆、黒と白の瘡蓋《かさぶた》の後、乾燥前のぐじゅぐじゅした傷跡などが抽象画のように入り乱れていた。瘡蓋《かさぶた》は血豆ができたところを繰り返し叩かれ化膿してやっとできたもので、白い部分はその瘡蓋《かさぶた》が取れた跡だ。両肩の関節には錐で刺された傷が何カ所か治っており、小豆大の瘡蓋《かさぶた》が三、四カ所付いていた。シャワーをひねり湯をかぶった。

「まもなくオモニが来る。オモニに挨拶を済ませたら明日そのままソウルに行きなさい。治療の必要があればソウルでして、勉強しないで遊ぶにしてもソウルでしなさい。容燦《ヨンチャン》がお前と一緒に過ごすと言ってる」

私はがむしゃらに飯を頬張りアボジの話を聞いた。アボジは盃《さかずき》を干し、ひっきりなしにタバコを吹かした。柳《ユウ》はあの時、即、釈放され、彼のオモニも数日後には退院されたそうだ。彼は現在ソウルの予備校に通っており、ほとんど毎日電話してくるという。

「合同捜査本部のお前の捜査記録はすべてなくなった。お前は二十七日朝に友達の家に泊まって、自宅に帰る途中に捕まった単純加担者で、訓示を受けて釈放された、というように処分された。訓放だから前科記録も残らん。これから先何があってもこの内容を通すが良い」

捜査官の閻魔大王ごとき威勢がこうまで〈改ざん〉可能とは、手品にでもかかったような気分だった。

「具合の悪いところがあれば今のうちに治して置かなきゃならん。体は一度患うと一生ついて回る。私が帰って来いと言うまではじっとしてなさい。どこも行かずに明日の朝ソウルに発つんだ。私が毎日電話を入れる」

アボジは一万元《ウォン》の札束を差し出し、帰って来るなと繰り返して立ち上がった。この間、牛の面倒も見られず焦燥は極度に達しているはずだ。「ソウルに毎日電話を入れる」が耳に残った。今まで一度たりとも口にしたことのない言葉だ。

「ハグン洞《ドン》の家を処分したお金を全部使ったようよ。あんたは機動打撃隊と戦って捕まったんよ。勿体ないなんて言ってられないでしょう？　お前の生死を確認するために四方八方手を尽くされたのよ。銃で戦って逮捕されたでしょ。憲兵隊の営舎に拘留されてるって事実が分るとね、直ぐ家を手放されたのよ。何軒かの不動産屋に出して矢のように催促されたの。直ぐ空け渡す条件でね。翌日には家を空け渡したわ。そのお金を全部使ったのよ。生死を確認するだけでも三百万元《ウォン》〔約三〇万円〕使ったんだから見当つくでしょう？」

アボジらしい迅速さだ。機動打撃隊で捕まったら間違いなく死刑だと思われたに違いない。捜査記録を抹消したのは訓放処理手続き上の問題でもあったが、六・二五を生き抜いた、アボジの世代が体得した、生きるための智恵でもあるのだ。

「光州《クァンジュ》の経済状況どうなったと思う？　お金は拝みたくても、拝むお金がないのよ。頼母子という頼母子はみな潰れたし、ドル一枚もないわ。光州《クァンジュ》で有名な画家の絵という絵は全て洗いざらいソウルの省庁の建物や長官の家へ流れたらしいよ。美善《ミソン》は学校に通うようになったけれど、英善《ヨンソン》が大変だわ。どう見ても普通じゃないの。私が行っても何も言わずにね、遠くの山をじっと見てるのよ。弱り目に祟り目でね、オモニの容体も悪いのよ。家族がもうメチャクチャよ。アボジは以前からお酒が多かったんだけど、今はもう毎日浸ってる状態なの。家族の中で健全なのは美善《ミソン》と七十近いハルモニだけよ。後で美善《ミソン》を呼んで夕飯でも一緒に食べよう。あれだけ大変な中でも毎日電話してきたのよ。あそうだ、英善《ヨンソン》の事だけど」

姉は急に声を下げた。

「英善《ヨンソン》があんな目に合ったことなんだけど、あの晩、私と出掛けてて攻守隊員にこん棒で頭を叩かれたことにしておこうと美善《ミソン》と決めたの。あの晩のことは美善《ミソン》以外の人間は家族だって知らないの。あのことを知ってるのは私達四人だけよ」

私は首を縦に振り、ちょっと出掛けるところがあると言って立ち上がった。

心配なので一緒に行くと迫る姉を、直ぐ帰るからと止め、タクシー代だけを手に家を出た。タクシーでソテ洞《ドン》まで行った。車を降りて山へ上がった。胸は早鐘を打っている。例の麓に辿り着いた。近づいた私は驚きのあまり棒立ちになった。赤と黄の菓子袋が緑の草の上に鮮やかな光を放ち、足元でカサッと音を出した。あの時捨てた菓子袋だ。私が女性を撃った場所はここだと、菓子袋がその鮮明な色合いと音で、はっきりと訴えている。私は女性が倒れた茂みに目を凝らした。草が伸びただけで何ら変化はなかった。あの女性がどこかで私を睨んでいるように思えた。彼女が倒れた場所をしばらく見ていたが、足は無意識に血痕の後を探って歩みだした。だがそれもなくなっており、他の痕跡は何も残っていなかった。もう一度上へあがり彼女が撃たれたところに立って、狙撃した場所を見渡した。じっと見つめその場に腰を下ろしてみた。私の顔は弾が飛んできた、まさにその位置を向いている。銃を構えた向こう側の自分を仮想し、そのまま座った状態で眺めた。

深緑に覆われた夏の真昼、うだる暑さを遮るセミの鳴き声だけが山に響き、臨月の妊婦にも似て真新しい生命に満ち溢れた山は、みなぎる力を内包し、息を殺し微動だにしない。日数を計算してみた。五十五日前である。私はしばらくぼーっと座り、再び銃を構えた場所に移って今まで座っていた場所を見渡した。足元の菓子袋にも目がゆく。袋の色はあまりにも鮮明だ。袋の内側で光を発するアルミ箔が「この赤や黄は何年経っても色褪せず変質もしないのだ」と、語っているようだった。私は息を大きく吸って吐いた。

麓の村に下りて螺鈿家具工場を覗いた。どの棟も戸を開け放し仕事をしていた。家具に嵌めこまれた貝殻が光っている。村の方から一人の老婆がこちらにやって来た。

「この前の交戦時に、あの上の方で撃たれた女性が、村に下りて来ませんでした？」

「攻守隊の畜生ども、あげな所まで女を引っ張って行っちよっとな？」

「この村ではそんな被害があったんですか？」

「そげなことなかたい。村のもんはあん時みーんな市内に避難ばしたとよ。やられたおなごは誰か？おまはんの姉さんか？　妹か？」

私は首を横に振った。

家に戻ってみると姉の表情がちょっと冴《さ》えなかった。

「美善《ミソン》は田舎に帰ったんだって。オモニが悪いらしいの。症状から見てどうも大変な病気らしいの。今まで何度も診察受けるようにって勧めたけど、いっさい聞かなかったのにね、学校欠席させてまで呼ぶなんて余程なのよ。明日は土曜だから恐らく戻らないわね」

私は翌日上京した。美善《ミソン》が田舎から戻る日曜を待って、遅くに電話を入れた。

「体は大丈夫なの？　兄さん」

一点の曇りもない澄んだ声に私は意表を突かれた。心配気にダイヤルした私はかえって慌てた。彼女は

「体はどうなの？」と繰り返した。

「大丈夫だよ。捜査官が叩きながら、『叩き応えがある』と言ってたが、満更ふざけて言った言葉でもなさそうだ」

美善《ミソン》の透き通った声に釣られ、私も洒落を一発飛ばしてみた。

「でも分らないよ。無理は禁物。用心してね。中年になったら出るって言うわ」

「オモニはどうなんだ？」

「以前から悪かったでしょ？　相変わらずよ。今度という今度は診察を受ける約束をさせて帰って来たわ」

「大変だね」

「大丈夫よ。兄さんの声を聞いたから元気出たわ」

「僕もだよ」

軽やかに響く透き通った声を聞いて、あの時無事だった、と言った姉の話が思い出された。彼女は本当に無事だったのかもしれない。

4　枝にへばりついた山鳥の巣

私のソウルでの生活はなかなか落ち着かなかった。体を机に縛るのは可能だが、止めどもなくさまよう心を縛るのは不可能だった。容燦《ヨンチャン》もしかりだ。が、彼と私の間には隔たりが生じていた。彼は「光州抗争《クァンジュ》」を耳にするだけでたちまちに殺気だったが、私は傍《かたわ》らで淡々と聞くか、その場をそーっと離れるかした。耐えられないのは夢だった。日ごと悪夢にうなされた。ソテ洞《ドン》の長髪の女性がバッサリ髪を切り落としケラケラ笑いながら近づいて来るかと思えば、こん棒を振りかざして追いかけて来る捜査官を振り切り、死に物狂いで逃げ惑う。泥まみれの英善《ヨンソン》が助けてと声を張り上げるかと思えば、ケリム小学校横の陸橋の下で銃撃された崔《チェ》ドクサムが、これがその時の傷痕だと洗面器大に広がった胸を開いて見せる。カトリックセンター裏庭で、私にナイフで刺された攻守隊員が遠くで私を睨んでいる。彼は夢に現れるたび、横に銃を立て呆然と座り遠巻きに私を見ている。私は坂から転げ落ちた岩のように、ただ、ぼーっと座っている時が多かった。容燦《ヨンチャン》はそんな時、私を引っ張りビリヤードへ連れて行った。二人はビリヤード玉を仇に見立て、とばっちりを食わせてはその後に酒をあおった。

私にとって唯一の慰めは美善《ミソン》との電話だった。が、彼女の声で胸のつかえは多少晴れるとて気持ちは容易には机に向かわず、苦しく辛い生活が続いていた。そんなある日のこと、容燦《ヨンチャン》のオモニが上京した。私たちの生活はある程度察しがついたようだが、「お前達を信じる」と一言いい残し早々に帰った。こっ酷く叱られるだろうと覚悟していただけに生きた心地だった。だがとんでもないところから雷は落ちた。予備校の講師が二人を呼んだのだ。数学担当の李《イ》ギホ先生だ。容燦《ヨンチャン》のオモニが話の中で「尊敬できる先生がいるの？」と訊いた時に出した名前だ。

「容燦《ヨンチャン》、君のオモニにお会いしたよ。聞いてみると君達も五・一八の時には随分とやられたらしいな」

二人をビヤホールに連れて行った李《イ》ギホはグラスにビールを注ぎながら苦笑した。教師というより友達のような悪戯っぽさが滲み出ていた。息子を気遣う父母と教師の間にまかり通る一種の密約が交わされたようで私は、一瞬たじろいだ。

「随分酷い目に合いましたよ。その影響で僕らは先生の特別指導を受ける問題生になったんですか？」

容燦《ヨンチャン》は問題生に力点を置いて笑った。歪んだ笑みだった。

「オモニがいらっしゃる限り、君達は決して問題生にはならないはずだったんだがな。君達を説教するやり方だって見てみろ、ワンクッション置いてやるこの腕の良さ、並じゃないな。僕も光州《クァンジュ》での残虐さについてはだいたい聞いて知ってるから、君達が受けた衝撃は察しがつくよ。だがな、方法が良くない。復讐するんだよ」

途轍もない言葉に驚きの目で彼を見つめた。

「打つんだよ。死ぬぐらい打て。あるだろう？　あのボクシングだよ」

彼は打つ仕草をした。が、その体つきは型にはまり、身のこなしは自然的で様になっていた。

「最初は砂袋を叩いて、次にパートナーを決めて打つんだ。チメチメとビリヤードなんかやるよりサンドバッグが数段いい。一日に三十分だけ打ってみろ。たっぷり汗をかいた後シャワーを浴びてジムを出ると、夜明けの枝に停まってる山鳥みたいな気分になれて最高だぞ。そして数学の問題なり解いてみるんだ。ボクシングに慣れると何でもやれる自信がつくんだ。僕は高校の時に勝たなきゃならん相手がいて始めたんだが、サンドバッグを奴のど頭《たま》を殴る思いで打つもんだから、いつの間にか鬱憤は治まって、怒りは腕だけに残ったんだ。君らも打って打って打ちまくれ。それでいくら打っても治まらん時は実際に奴らをやっつける手もあるだろう？」

拳で掌《てのひら》をたんと打ちながら吐いた彼のむき出しの言葉に、私は驚倒した。白い肌に秀麗な顔つきのそれとは似合わぬ筋肉質のガッチリした体躯が、逞《たくま》しく映った。

「ビリヤードはだな、打つ時は気分上々だが時間を使いすぎる。酒は醒めると残留アルコールで頭やら胃腸がすっきりしないだろう。サンドバッグをだな、ろくでなしのど頭《たま》と思って『この野郎！』と思いっきり打つんだよ。思いっきりな」

彼は愉快に笑ってグラスを空け、こちらに渡した。二人はただじっと聞いていた。

「韓国の若者は不憫でならん。ドロドロの入試地獄、煩わしい外国語、身の毛もよだつ軍隊生活、政治ときたらまたこの調子で放って置けないだろ。昆虫に例えるなら、外国の若者は一度だけ脱皮すれば成虫になれるが、君達は何回もしなきゃならん。まして骨身をえぐる苦痛を余分に受けたんだ」

笑う唇が歪んだ。彼の話が長引くにつれ、この先この類の説法にどれほど虐げられるのか考えると、新たな苦悩が頭をもたげた。

「早く克服しろよ。克服しろとは恨みを忘れろってことじゃないんだ。恨みをそのまま持ってたんじゃ危険だってことなんだ。心の中で上手にコントロールするんだ。上手におさめるんだよ。火は上手に扱うと水も湧かし、鉄も溶かすが、扱いを誤ると反対に水に負けるし、住んでる家をも燃やす結果を招くだろう。恨みや憎悪の火だって同じだよ。しっかり持てば復讐のエネルギーになるが、下手に持てば我が家を燃やしてしまう。胸の中で火鉢を焚いて上手に扱うんだよ。鬱病の原因は何だ？　癌だってストレスが原因と言うじゃないか」

容燦《ヨンチャン》は僧侶の法文に感動する沙弥よろしく目を大きく見開いていた。が、私は憮然と白けた気分でいた。

「ありがとうございます。私は奴らをただでは置きません。必ず……」

容燦《ヨンチャン》は拳を握った。彼の目がギラリと光った。これは空セリフではなかった。彼はすでにそう心を決め自分を抑制していたのだ。以前にも増す鋭い目の輝きと、口数が減ったことがそれを端的に表していた。彼は典型的な一人っ子だ。生一本で、一度決心すれば意地を通す並外れた頑固さの持ち主だ。だが彼がオモニと衝突することはほとんどなかった。それはあらかじめオモニの方から避けて通るがゆえの結果なのだ。今回のように息子に直接言わず、李《イ》ギホ教師を間に入れる方法である。

「一本きれいに平らげたな。酒はこれくらいにしよう。行こう。この近くに僕の通っていたジムがある」

彼がカウンターに向かうと容燦《ヨンチャン》が追いかけた。

「心配するな。相談料におまけまで付けて頂いた。お前な、オモニの肝っ玉のデカさ知ってるだろ？」

ジムに入るや汗まみれの練習生らが李《イ》ギホに会釈した。彼はさっと上着を脱ぎスパーリング風船の前に出た。ダダダ、ダダダ、風船は軽快に弾んだ。しばらく打った後、次はサンドバッグを叩き、また風船を打っては次に空中で拳を振り、目まぐるしく動き回った。体内に潜んでいた全力が二つの拳に集まり、その拳に体がぶら下がり、二本の足はただずるずると床の上をすれているだけに見えた。二人は隅に立てられたサンドバッグを呆然と眺めていた。十分あまりで彼の体は汗にびっしょり濡れた。彼は汗を流し満面に笑みを浮かべて出て来た。

「どうだ？　見るだけでもスカッとするだろ？」

彼は入館申し込み書を請求し、二人の前に一枚ずつ置いた。容燦《ヨンチャン》は用紙を手にするやいち早く記入したが、私は否応なく書いた。

翌日から私は容燦《ヨンチャン》に引っ張られジムに通った。無理矢理力を出し、あちこち動き回っているとそれでも汗は流れ、シャワーを浴びれば気分は軽くなった。容燦《ヨンチャン》はボクシングに燃え、同時に勉学にも励んだ。だが私の気分は砂袋みたいに依然と重たかった。容燦《ヨンチャン》は私を急き立て数学問題を一緒に解こうと誘ったり、歴史問題などじっくり討論しようと話しかけたりした。

李《イ》ギホ先生も目をかけてくれ、時々ジムに一緒に出かけたり、トレーニング後は夕飯や酒を奢ってくれたり、模擬試験を受ける時は二人を呼んで間違った問題を基礎から細かく説明してくれた。そうこうしているうちに悪夢を見る回数も減り、容燦《ヨンチャン》と先生におんぶに抱っこでそれなりに勉強できた。李《イ》ギホ先生は軽快な調子で良く洒落を飛ばして笑わせたりしたがそれは外見で、内面は数学の教師らしく繊細で、専攻のみならず他の分野においても該博だった。数学の講義は章が変わるつど基本原理を、基礎の段階から様々な比喩を交えたり、数学史に織り込まれたユニークな逸話まで披露して、手に取るように教えてくれた。無理数と虚数を発見した時の数学者達の驚愕とそれにまつわる逸話や、無限大を仏教の世界認識と関連させ興味深く説明し、数字と図形で成り立つ面白み皆無な数学に、溌剌とした生気を吹き込み学生達の興味を誘った。

私がその年の学力テストをそこそこ受験できたのも、容燦《ヨンチャン》と李《イ》ギホ先生のお陰だ。とりわけ数学の水準が低かった私には講師の存在が決定的だった。容燦《ヨンチャン》は医学部から史学部に進路変更したからどの学部も余裕で選択できるし、私もそれなりの学部に入れそうだった。私は久しぶりに開放された気分で光州《クァンジュ》に戻った。

「うちの家系は女が代を担っていく家系みたいね。私、百貨店に就職することに決めたの。勉学打ち切るの恨めしいけれど、私よりもっと大変な人達多いじゃない？」

かくも深刻な話を美善《ミソン》は平然と話し、明るく振舞った。気持ちを整理し、どんと腰をすえたようだ。私は姉から彼女の家庭事情を聞いていたので、彼女の笑い声に作為を感じ胸が痛んだ。

「今になって思うんだけど、私って、ハルモニからこうして生きて行く訓練をしっかり受けてたのよ」

彼女は気丈なふりをして笑ったが、瞳の奥には孤独な影が厚くかぶさっていた。

彼女の家庭事情は一通りではなかった。酒に浸っていたアボジは酔ったまま海苔漁に出て船から転落し、真冬の海で溺死した。以前から体の痛みを訴えていたオモニも胃癌の診断結果が出て手術し入院中だ。何よりも酷いのは精神病院で治療を受けていた英善《ヨンソン》が妊娠七カ月目だということだ。この間家族は、彼女の体の異変に誰も気づかなかったという。入退院を繰り返していたところへ、アボジの葬式やオモニの看病が重なって目が行き届かず、腹が出だして仰天したという。

「どうしたらいい？　出産したら妊娠の経緯がバレちゃうじゃない？　でもね、中絶って言葉を聞くだけで殺気立つのよ。これに関しては医者の説得も役に立たないんだって。医者の言葉には、はいはいと従順なのに、中絶って耳にするだけでそっぽ向くんだって。医者の話では病状からして子どもを産んだほうがいいらしいんだけど、あの状態で子どもまで産んだらどうなると思う？　この前も病状が良くなったというから会いに行って、世間話やらした後にね、さり気なくそのことを言ったの。するとね、一遍に目の色変わって、分かるでしょう？　あの目。『美善《ミソン》の奴め、あいつがあんたを寄越したんだろ』って、真っ青になるんよ。下手すれば殺人でも犯すわ」

姉は何度も首を横に振った。難破船の荷物にも似た彼女が身二つになる。彼女の将来を考えると暗たんたる気分になった。

それから数十日たって、美善《ミソン》のオモニは他界し、英善《ヨンソン》は出産した。それを聞いた瞬間、身の毛がよだった。若い美空の彼女らがどんな精神力で赤子を育てていくのやら、想像するだけで目の前が真っ暗になった。夏休み中、美善《ミソン》は依然として明るかった。何気ない話も冗談を交えて面白く展開させた。彼女の笑顔に街路樹の下での泥にまみれた姿が重なる。あの時、無事だったはずがない。だが彼女は断固と否定し残酷な過去を押しつぶしている。被害は過去のこと、いくら慟哭しても元に戻らないことと切り捨て、それ自体をいっそうなかったことと心の奥底で断定したのだ。一点の濁りもない微笑みの深淵に固い決心を見、私はかってない感動に心揺れた。

冬休みになると、あの笑みの間に間にちらほらと冷笑が見え隠れしだした。崩れ行く徴候ではと、ひやひやしたが、彼女は豪雪を掻き分け道を開く孟宗竹の頑丈さで耐え、私が軍隊生活に入った時は、週一の間隔で手紙をよこした。姉については相変わらずだと軽く流し、百貨店での傑作な経験談だけを披露した。購入後ひと月も経過した化粧品を持って来て、交換を要求しぶつぶつ文句を並べる客、人でごった返す陳列棚の傍《かたわ》らでヘアートニックをつけて髪をいじる男、こんな類ばかりを選んでユーモアたっぷりに書いて寄こした。

「今まで使っていた『兄さん』の呼び方を変更します」

除隊して戻って来た時、彼女が唐突に切り出した。私は何のことかと漠然と問い直した。

「兄貴って呼ぶわ。燦宇《チャヌ》兄貴、燦宇《チャヌ》兄貴、いいじゃない?」

「何? 兄貴?」

私の口からは、砂が弾ける時に出る、声ならぬ音ががらがらと飛び出した。

「そう、兄貴よ。燦宇《チャヌ》兄貴、最近の女の子って皆、こう呼ぶじゃない?」

笑いには悪戯っぽさが混ざっていた。が、心の奥底に潜んでいる彼女の堅い決心が私の胸をちくりと刺した。

「いい加減にしろ。一体どうしたんだ?」

頭を小突いてやろうと丸めた拳に、美善《ミソン》は早くやれと言わんばかり顔を突き出した。

「時期が来たの。私の生涯を俗っぽく表現するとね、すでに差し押さえられたって訳。自分の力では生きていけない三人の命が私の肩に乗っかかってるのよ。最初は戸惑ったわ。恨んだわよ。でもなる様になるさと開き直ったの。ところがね、そうもできないってことが解ったの。呑気なこと言ってられないのよ。現実は冷酷でね、少しの回り道だって許さないの。これまでの私、夢も何もかもかなぐり捨てて、自分で自分を慰めて生きて来たのよ」

彼女はテーブルのグラスを両手でつかみ話し続けた。

「そうこうして月日が過ぎて、ふと自分を振り返ってみたら、私って何ら抵抗なしに自分の置かれた立場を受け入れていたのよ。ハルモニの生き様やらオモニの生き様が、私をこんな風に育て上げたのよ。道理がどうのこうのってもんじゃないの。姉さん親子の将来がね、恨みとか嘆きが頭をもたげないように優しく抑えてるのよ」

美善《ミソン》は淡々と語り、つかんでいたグラスから手を離し茶を一口飲んだ。

「兄さん、じゃなかった。兄貴!」

彼女は言い換えながら笑った。「兄貴」と言う響きが石と化して私の胸を叩いた。

「私って、面倒見なきゃならない家族を三人も抱えた、一羽の小さな山鳥なの。私の家族は高い木のてっぺんの狭い巣で私だけを眺めてるのよ」

彼女は笑った。その笑みは明るく透明で、そこには怨望も自嘲もなかった。晩秋の谷間に流れる小川のように、心の奥底までをも透かして見せた。粉砕場から流れ出た砂利みたいに、角ばった過去の姿は彼女の顔や声そのどこにも見られなかった。私は抜け殻よろしく煙草だけ、ぷかぷか吹かしていた。

「私の心配はしないで。私にはハルモニがいらっしゃるわ。幼い頃から愛情のこもった声を毎日聞いて育ったのよ。私が泣いたりすると決まって『大丈夫だよ。私の赤ちゃん』とこうだったわ。耳にそのまま残ってるの。物心つき出してからは、どんな小さなことにも『良くやった。偉い』と背中を擦りながら褒めてくださったわ。普通に育ってるだけなのに『偉い偉い』って背中を撫でてくれるのよ。巣の中での辛い日々だって、ハルモニの『大丈夫、大丈夫』と耳に心地良く響く一言で疲れはとれてね、一日が無事に終わるっていうか……」

「終わる」私はこの言葉を噛みしめ、彼女の顔を眺めた。彼女はグラスを握った両手に力を入れたり抜いたりしながら続けた。

「お察しの通り私の生活はとても大変よ。生活費の問題ではなくてよ。姉さんが一度発作を起こせば当分の間、私の生活は無茶苦茶になるわ。気が狂った姉さんを探しに四方八方歩き回るのよ。狂った女の手を引いて家に連れて帰る姿、想像できるでしょう？　道行く人の冷ややかな視線を感じながら、意味不明の悪態をつき続ける狂った女を引っ張って歩く、二十そこそこの生娘の心中は残酷で暗澹、それ以外の何ものでもないわ。惨めな目に晒されるっていくら経験しても慣れないものね。かといって家に戻って文句をいう余裕やら、辛さをねぎらってあげる余裕なんてないわ。ハルモニには笑顔を見せなきゃならないし、赤ちゃんの世話をしなきゃならない。お店のママにお伺いを立てなきゃならないでしょ。時間に追われっぱなしよ。これが私の生活。でもね、こんなことで泣いたことないわ。兄さんのこと『兄貴』と呼ぶことに決めた時は、さすがに泣いたけど。涙はこれでお終いにしないとね」

美善《ミソン》は淡々と語り、私は彼女の顔をただ呆然と眺めた。数日前、英善《ヨンソン》が自殺未遂をして、ひと騒動起こしたと姉から聞いていた。何カ月もの間何事も起こらず、こんな平穏な生活もあるものだと、いつまで続いてくれるのやらと思っていた矢先だったという。家人に一言も告げず所安島《ソアンド》へ行き、海に身を投げたのだ。幸いにも村人が救い出してくれて助かったものの、よりによって生れ故郷で身を投げるとは、体裁悪いやら連れ戻すのに、ひと苦労するやらで大変だったらしいと、姉は首を横に振り振り話した。

「姉さんの病気が治るなんて期待してないわ。よーく知ってるもの。今は私、ちょっとした専門家よ。私のど根性分かるでしょう？　関係する本で、ハングルで書かれたものはほとんど読んだわ。私にとって姉という存在は、仕事といえば仕事だし、宿命と言えば宿命なの。自分が惨めになればなるほど、兄貴のことが負担になるのよ」

美善《ミソン》の生活はすでに、山奥の高い木の枝にへばりついた鳥の巣と化していた。歴史の教師に刃向かって、執筆者に手紙を出したあのど根性で、己の置かれた立場を遥か彼方の木のいただきに持って行き、誰とて侵し得ない彼女だけの世界で、彼女流に言う、日々を「終わらせている」のだ。この過程で私の存在が最後の整理対象になったらしく、彼女は唇を噛みしめ、ほぞを固めたのだ。「兄さん」という呼称が呼び起こす情感と、その中に込められた約束事、彼女の家庭に編入された私の精神的所属感のすべてを消し去ろうとしていた。何をどう表現すれば良いのやら言葉に窮した。風をさえぎる高木の頂に小さな巣として完結してしまった彼女の生活に、私が入り込む隙間はなかった。

「おそくなったわ。もう行かなきゃ」

美善《ミソン》は立ち上がり、うなじを上げて背を向けた。テーブルの間をすり抜ける彼女の後姿を私はぼーっと眺めた。髪を束ね上げた襟首の下では、肩から背にかけ遠慮気に開いた白いブラウスが凛と映えて見えた。出口のガラスドアを押しかけて、彼女ははたと立ち止まった。彼女が掛けていた椅子に黒い小ぶりのハンドバッグがぽつんと座っていた。私はバッグを渡した。バッグを手に背を向けた彼女はハンカチを目に当て、急ぎ足でテーブルを横切った。そして二、三段階段を下り、ドアの向こうへ消え去った。

私はドアに釘づけになった。ぼーっと眺めているガラスドアに、新兵訓練所の射撃場のターゲットがちらついた。白いターゲットの黒い的に解けた黒髪が波打った。

5　射撃場の的

実弾射撃をする日だった。訓練課程の中で射撃訓練は期間も長く規律も厳しい。何日間にも及ぶ射撃姿勢や照準方法のメニューをこなした訓練兵は、初めての実弾射撃に挑む興奮にいつになく緊張していた。二百ヤードの射撃場端の白のターゲットには同心円が石ころの落下時に現れる水面の波紋のように広がり、その真ん中には獲得点が五点満点の正鵠《せいこく》が真っ黒に塗りつぶされていた。正鵠の実際の大きさは人間の頭程もあった。ターゲット後方の黄土色の山の裾野は日ごと数千発も飛んで来る実弾で、焦げただれ、削げ落ちてどす黒く変色していた。その前に一列に並んだターゲットは褐色化した黄土色と対照をなして白が際立ち、正鵠の黒もひと際はっきりと映った。五発ずつ撃つとターゲットは塹壕の中に下がり、着弾点に黒の表示を付けて上がってくるようになっていた。

指揮塔の拡声器から射撃姿勢を取れとの詳しい指示が流れていた。最初はうつ伏せで撃つ姿勢を取る。沈着してうつ伏せ、股を広げて安全な姿勢を取った。教官らは担当グループの訓練兵四、五名の姿勢を一人ずつ直しに回った。まもなく射撃指示が流れた。拡声器から流れる射撃指示は優しくゆっくりと落ち着いていた。

「息を殺し、照準を合わせ、引き金を一段引いて、二段目をゆっくり引く」

射撃指示に従って私は息を殺し、照準窓からターゲットの中心の黒い正鵠に照準を合わせた。その時、突如正鵠が生き物のようにうごめき、長く垂らした黒髪がふわふわと舞いを舞った。私は驚き再び窓を覗いた。やはり長い黒髪がひらひら動いていた。照準窓から目を離し、普通に眺めてみた。正鵠だけ目に映った。再び窓に目をやった。黒髪が長く垂れ下がりはためいた。

パンパンパン。横では他の訓練生の撃つ銃声が豆が弾くように鳴った。私は銃を撃てず目を逸らしターゲットだけを眺めていた。

「息を殺し、照準を定め……」

再び指示塔から射撃指示が優しく、ゆっくり、正確に流れた。私は再び息を止め目を押しやるように窓に当てた。同じく黒の正鵠がうごめき、長髪が舞いを舞った。白のブラウスの背に豊かな長髪がふわふわとなびいた。背に冷や汗が滲んだ。

「この野郎、何しとる?」

私は銃身に額をぶつけた。教官に尻を蹴られたのだ。他の訓練生の銃声がけたたましく鳴った。

「この野郎、気を引き締めろ。降級されたいんか? 級が減ると、どうなるか分かっとるだろう?」

教官は尻を繰り返し蹴った。訓練兵に最も恐れられているのが降級だった。級が下がると後から入ってくる見知らぬ訓練生に混ざって、馬鹿扱いされながら射撃姿勢から四、五日間の訓練メニューを再度受けねばならない。これは射撃訓練が始まった時から教官の口に常時ぶら下がっていた言葉だ。

三回目の射撃指示が流れた。再び照準を合わせた。「あれはあの時の女性ではない。幻だ。そのまま撃ってしまおう」私は歯を食いしばり引き金を引いた。が、話にならない。今度は指が言うことを聞かない。引き金に掛けた人差し指が麻痺でもしたように動かない。指を戻し動かして見た。動いた。中指で引いてみた。同じだ。他の指も皆、指示に従わない。いくらもがいても引き金を引けない。最後の五発目も撃てなかった。

「この野郎、お前、一発も撃たなかったな？」

教官が立ち上がった私の脛を蹴った。下にさがったターゲットが着弾点に黒の表示を付けて上がって来た。「ワー！」訓練兵の喚声が上がった。私のターゲットには何もなかった。教官達がやって来た。

「お前、『エホバの証人』か？」

教官の中で階級が一番高い兵将だ。胸ぐらをつかまんばかりの勢いだ。違うと言った。

「じゃあれは何だ」

返答できなかった。

「学校はどこまで卒業した？」

「大学在学中です」

「一人前の面しやがって、大学まで通ってた野郎が何たる様だ」

訳を言えと脛を蹴った。が、言葉が出て来ない。

「こいつ、人を馬鹿にしやがって。こっちの頭が変になるぜ」

兵将は情けないという表情で私の頬を殴った。その時、後ろに立っていた上兵が兵将を制止して私を引っ張った。階級は低いが兵将とは親しいようだ。

「僕、知ってるだろう？」

私は目を見張った。大学の同じ学科の先輩だった。

「どうしたんだ?」

「こうしてる時はこの指動くんですが、銃を撃つとなると動かなくなるんです」

私は幾度か指を開いては、握ってみせた。

「ぱっと見りゃ何ともないのに、どうしてそうなるんだ? 最近、『エホバの証人』の崇拝者が立て続けに入って来たもんだから、教官らは下士官から兵卒まで皆、きりきりしてるんだよ。鬼になってんだ」

先輩は手で頭に角の真似までしてみせた。何とかせねばと焦っている表情だ。

「息を殺して、照準合わせ……」

「この野郎、ちゃんと撃てよ。今度変なことしやがったら半殺しにしてやるから、覚えとけ」

兵将が脅しをかけて離れた。先輩は私の担当教官と代わった。心を落ち着けて撃ってみろと言った。私は深呼吸をして射撃指示に従い照準を合わせた。黒髪は現れなかった。私は思いっきり指を引いた。やはり動かなかった。他の指も同じだった。私は先輩に申し訳なく、指を代え引き続き引いたがダメだった。

「一体全体どうなってんだ?」

「頑張るんですがダメなんですよ」

その時、兵将が来た。

「撃ったのか?」

「ここは、私に任せて」

「この野郎、とことん崇拝するんなら、殺してやるからな」

兵将は脅し文句を吐いて去った。

「息を殺して、照準を合わせて……」

「後ろに立って！」

先輩が教官の文字がプリントされたジャンパーを私の軍服と着替え、私の位置にうつ伏せになった。先輩が撃っている時に兵将がやって来た。

「この野郎、生意気なことしやがって」

私を睨みつけ脛を蹴って通り過ぎた。

私はその晩も悪夢にうなされた。あの時、カトリックセンター裏庭でやり合った例の攻守隊員が、降り注ぐ雪の中を銃を横に立ててつくねんと座っている。彼の頭の上には無数のカモメと鳥の群れが無秩序に飛び回っていた。私は射撃場ターゲットが立っている塹壕のような穴の中から雪を掻き分け這い上がっている。死にもの狂いで這い上がっても滑るばかりだ。私は彼に向かって必死に声をかける。彼はいくら呼んでも聞いたふりもせず、ぼーっと座っていた。

6　銃を買う人たち

「兄貴、ニュース見たとよ？　たった今、七時のテレビニュースにこの前話した金重萬《キムジュンマン》兄貴が出とんなったとよ。何してあげな物買うたんかな？　拳銃を買うて捕まったとばい」

スーパー金奉植《キムボンシク》だ。

「金重萬《キムジュンマン》さんが拳銃を買ったのか？」

安智春《アンジチュン》刑事が現れた謎が解けた。背筋がぞーっとした。

「銃を修理して売った人から買うちょるとよ。買うたもんも売ったもんもみんな、逮捕されたとばい。あいつら、恐れ多くも家に工場まで造って銃を新品みたいに修理して売ったちゅうとよ。たまげたばい。ニュースの時間が長かったところを見ると、恐らく他の局でも流したと思いますたい」

「彼は何のために銃を購入したんだ？」

「そこが問題ですたい。まあ、見ちゃんない。何人か出てくるけど栗色のジャンパーを着ちょるんが金《キム》重萬《ジュンマン》兄貴ですたい」

「あいつら、赦免してみろ。ケリつけてやる」以前、電話で話した時の金重萬《キムジュンマン》の言葉が耳に響いた。また、電話が鳴った。私は電話を見つめ息を整えて受話器を取った。「もしもし」「……」一言もなく切れた。安智春《アンジチュン》かな？　私の在宅を確認する電話かも知れない。事件をメディアにばらして置いて、関係する被疑者の動向に探りを入れているようでもある。光州《クァンジュ》まで刑事を送るほどだから、嫌疑者を監視するやり方も半端じゃないはずだ。事件を公にする時は被疑者が掛かるように逮捕の網の目を充分張りめぐらしているはずだ。

次のニュースの時間が近づいてきた。目まぐるしく移り変わるCMを凝視していた私は、急いで引き出しを開けた。ビデオテープを取り出して録画準備をした。ニュースが始まった。大統領選挙の関連ニュースがかなり長かった。ほかの事件が三、四件報道された後、例の事件が報じられた。

――住宅に殺傷用銃器製造施設を備え二十二口径小銃三丁を造って販売した朴某《パクなにがし》と、鉄工所を経営しながら製造事業を手伝った金某《キムなにがし》等九名を、銃砲刀剣類取締り法違反嫌疑で拘束起訴しました。検察は日本から密輸入した二十二口径小銃と、実弾を販売した五名を指名手配する一方、銃器を購入した所持者の中で食料品卸従業員金重萬《キムジュンマン》を拘束し、ほかの二名は非拘束立件しました。銃器を製造した朴某《パクなにがし》は居住するアパートに精密計測器とバイス等銃器製造施設を備え、空気銃の銃筒を抜いて加工した銃筒に棒を取り付ける方法で二十二口径小銃を製造して、実弾二百発を付けて三百万元《ウォン》〔約三〇万円〕で販売し、金某《キムなにがし》は日本から輸入した二十二口径十一連発ブライニング拳銃と実弾百発を三百万元《ウォン》で金重萬《キムジュンマン》に販売した嫌疑です——

画面は拘束者と銃器をあらゆる角度から写し、最後に拘束者の姿を再度映して終わった。拘束者の中で濃い栗色のジャンパーを着た金重萬《キムジュンマン》は悠然と顔を上げていた。他の者は上着で頭を隠しうなじを垂れていたが、彼は映すならどうぞと言わんばかり、泰然と背筋を伸ばしていた。彼は日本から蜜輸入した二十二口径十一連発ブライニング拳銃を実弾百発と三百万元《ウォン》で買ったのだ。

銃器を売った者は皆、拘束か指名手配で、銃を買った者のうち、金重萬《キムジュンマン》だけが拘束された。銃を買った者がより厳しく取り締まられると思ったがそうではなかった。購入用途を明かさなかった金重萬《キムジュンマン》以外の者はほとんどが狩猟用らしく、用途のはっきりしている者は厳しく扱わないようだった。

テレビを消してビデオテープを回した。金重萬《キムジュンマン》は泰然と余裕たっぷりだ。彼らの前に並べられた銃器が画面一杯に映った。画面を休止した。長銃は四、五種類だがほとんどが狩猟用のようで、拳銃は三、四丁だった。拳銃の中には消音機が装着された物もあった。画面を再び金重萬《キムジュンマン》に戻した。彼は、自分に何の罪があるのかと意に介さぬ表情で顔を上げていた。ひょっとして拳銃購入に関する何らかの組織があるのではないか？「私はこのように逮捕されたが君らは各自各々対処せよ」と組織の者に暗示しているやも知れぬ。

以前に営舎で金奉植《キムボンシク》が耳打ちした言葉が思い出された。

――あの兄貴はほんなこつ勇敢ですたい。車両デモが道庁前まで行ったあん時、どんつきで乱闘が起こったじゃろ？　兄貴はあのおとろしか催涙ガスの中でも攻守団と真っ向からぶつかったとよ、ナイフで太腿を刺されちょっても治療を受けた後、鎮痛剤を大量に服用しながらびっこ引き引き戦いんしゃったとばい。翌日、攻守団が発砲した時、青年らが太極旗を掲げて万歳を叫びながら進んだじゃろう？　撃たれて倒れたら次の列が前に出て、その列が倒れたらまたその次の列が前に出て進んだあん時よ。あん時だってあのびっこの足で、二回もな、銃に倒れた若もんを負ぶって助けちゃったとよ――

金奉植《キムボンシク》からの電話はもうこなかった。やはり彼らしい。靴磨きで鍛えられた体験が、こういう場合は、下手に動かぬよう注意するに越したことなしと叩き込んであるのだ。

私は安智春《アンジチュン》の監視を意識した。四方から銃口が睨んでいるただっ広い平原に、たった一人露出した気分だった。

私は何ら引っ掛かることはない。が、どう見ても柳《ユウ》は気掛かりだった。彼はこの前、金重萬《キムジュンマン》の話を聞いた時もそうだが、安智春《アンジチュン》の話にも淡々とした表情だった。だが、彼の心中はタニシの殻の中と同様真っ暗で、推量するのは不可能に近い。それゆえ、彼とは高校からの親友ではあるが、憎いと思ったことは一度や二度ではなかった。彼は抗争直後のソウルで塾に通う時から、光州《クァンジュ》抗争の加害者は国民の手で懲戒せねばならぬと確固たる信念を持って語っており、その論理は日を追って緻密かつ強烈に固まっていった。

そんな彼が後輩達とこのような話をしていたところを盗聴され、痛い目に遭ってからは、貝になってしまった。それからというもの、傍《かたわ》らの者がいくら熱を上げ雄弁を振るっても、道端の石地蔵よろしく口を開けなかった。だが、私だけはそんな容燦《ヨンチャン》をおもんばかって見守った。彼のそんな姿を見るたび、舗装道路に車線を引く塗装車が思い浮かんだ。ブーブー、ビュービュー、スースー、車が行き交う道路の真ん中で熊みたいに頭を付け、車線の誤差に全神経を集中し、息を殺して正確に線を引く、あの塗装車の格好そのものだった。彼はそれほど執念が強い分、勝算が合わないことは鼻から相手にしなかった。

光州《クァンジュ》抗争を経た後、医学部予備科から社会科に進路変更した容燦《ヨンチャン》は、入学するや学科の勉強はほっぽらかして運動関係の本に首っぴきで過ごした。かと言って民主化運動関連のグループには入らなかった。軍隊から除隊後、大学は民主化デモ闘争に揺れていたが、そのようなデモ行為にも呑まれなかった。デモが展開されても、彼は数歩離れた後ろから眺める態度で、デモを訴える文化公演の〈御祓いマダン劇〈風刺的な内容の仮面劇〉〉に顔を出す程度で、それも深く関与することはなかった。当時、デモ行為に参加しなかったのは私とて同じだ。軍隊で銃を撃てなかった衝撃と美善《ミソン》が決別を告げたダブルショックで、私は涸れ果てた沼みたいに荒涼たる想いで虚しい日々を送っていた。雲に覆われた白昼の月さながら、いるかいないか分からぬ存在に成り果て、講義室にだけ出入りし、デモが熱烈に繰り広げられても、線路向こう側の踏切停止帯よろしく、距離を置いて見物し、下宿に戻っては固く戸を閉め部屋に篭った。

後に改憲問題が中心的な政治の争点に上がると、大学通りのデモはより熾烈になり、学生らの無残な焼身自殺が続いた。やがてデモの熱気は一般社会にまで広がり、市民が立ち上がり始めた。クライマックスを迎えた六月抗争では改憲を勝ち取り、大統領選挙が実施されたが、野党の分裂で政権交代は達成されず失敗に終わった。かくして大学生誰もがくぐもった暗澹たる虚脱感を抱いて卒業した。最初から就職に関心のなかった容燦《ヨンチャン》は運動団体とは距離を置き、その周辺で同類の輩と交わった。私は大学院に進学するか、就職するかで迷った。進学を考えたのは学問に対して何らか情熱があったからではなく、そうでもして自分をがんじがらめにさせて暮らしたかっただけだ。だが両親にこれ以上依存するのはさすがに気が引け、一流出版社の採用試験に挑み受かった。だが久しぶりに落ち着いた気分で戻った光州《クァンジュ》で、五・一八研究所が立ち上がるという話を耳にした。私の心は傾いた。一次事業として抗争資料を収集するということだが、特に参与者たちの口述資料を徹底的に収集して、彼らの口述で抗争の全貌を再生する高度な水準の仕事である。黒髪の女性が思い出され、ドキッとした。このように徹底的に調査すればあの事件も明るみに出てしまうと直感した。どこかの袋小路で彼女と対面するような気分だった。私は一瞬愕然とした。が、気を引き締め、あの事件と正面衝突すべく心に決めた。彼女が死んでいたら自分はどう振舞おう？　これに関しては態度を決めかねた。が、まずは真相から調べねばと考えた。

　研究所はスポンサーから金を集め運用する私設のもので、調査に於いては実費だけが支給され、ボランティアの協力が不可欠だった。が、私は大学在学時に社会調査経験があるので常勤を条件にし、生活費程度の月給を貰うことにして研究所に入った。

　私の担当は調査計画を立て、調査員が収録した文を検討し、整理する仕事だった。計画はまず、道庁抗争指導部と負傷者、死亡者、行方不明者を中心に立てた。口述筆記の場合は自分の活動以外に死体とか負傷者を見た場合はその場所、印象、衣服、傷の部位と形、履物、髪形などの特徴を強調して記した。私は調査員を他よりソテ洞《ドン》方面により多く行かせた。調査員の仕事ぶりはすこぶる熱心だった。多い時で日に二十数名も出掛け、彼らが整理して提出した採録を私は一字も逃さず読んだ。彼らが取材して戻ると、その日調べた話で事務所は沸いた。私はそんな話にも耳を傾けた。だが、黒髪の女性と思しき人物はなかなか登場しなかった。遺族会と負傷者会に出向いて死亡者と負傷者の書類を閲覧し、直接ソテ洞《ドン》に出掛けて虱《しらみ》潰しに当たってみたりもした。が、それらしき人物はいなかった。

容燦《ヨンチャン》は光州《クァンジュ》に戻りさえすれば研究所に寄って、調査員達に夕食を奢ったり、私に小遣いを置いて行ったりした。彼は研究所創設初期にも少なからぬ金を出している。

「先輩、全斗煥《チョンドゥファン》が深い山奥の寺にこもって、仏様を供養するようなポーズをとってるけど、あれって一体何でしょうかね?」

国会で光州《クァンジュ》抗争聴聞会の問題が争点になって沸きに沸いていた頃、容燦《ヨンチャン》が調査員達に夕食を振舞っていた席での話だ。

「それはショーだろう。解らんか? 虚虚実実って戦術用語があるじゃないか。あの一味は特殊部隊の指揮官出身で、その上奴は心理戦の専門家だよ」

柳容燦《ユウヨンチャン》を遮って他の調査員が割り込んだ。虚虚実実が出たついでに面白い話を思い出したと柳《ユウ》が口を開けた。

「あいつが大統領になって初の視察という触れ込みで、抗争後初めて光州《クァンジュ》に来たろう? 一年前に自分が焦土化させた血の憲章であるクムナム路を勝戦国の皇帝みたいにカーパレードして堂々と通り、道庁で華やかな日程を終えたあの日の晩、どこで寝たか覚えてるだろう?」

「コソで寝やがった。あの時は怒り心頭に発して、腹も煮え繰り返ったよ」

「そうだろう。大統領が来れば決まって宿泊するのは、指定されるホテルじゃないか。誰もがそこで寝ると思ったが、奴はその常識を覆して光州《クァンジュ》の端の閑静な農村のコソで寝たんだ。翌日、テレビでニッコリ笑うあいつの前で、村人がお辞儀し握手を交わしている光景が、何度も繰り返し放映されたろう？光州《クァンジュ》の人々は私に敵意はおろかこのように喜んで迎え入れてくれてるんだ。私はこのように平和な村でゆっくりくつろいで帰りますと、芝居を打ったんじゃないか。テレビは翌日もニュースの時間には毎度それを流し、光州《クァンジュ》人はそれを見る度、気が狂ったじゃないか。君のようにだ。だがあの事実はあくまで宣伝効果を狙った二次的な附録物で、真の狙いはほかにあったんだ。

「真の狙いって？」

「警護のためだよ。コソは広い平野のど真ん中にある村だろう？　警護するにはあれ程絶好な場所はないよ。彼はああして虚を突いて三つの効果を出したんだ。身は安全に守ってゆっくり寝て帰り、光州《クァンジュ》人がペコペコへつらう姿を繰り返し放映して国民をだまし、散々踏み躙った光州《クァンジュ》人を徹底的に踏み直したんだよ」

「こうして聞くと解せるなあ。あいつは狡猾さに残忍さをプラスした輩だからなあ」

「今、深ーい山奥に篭っていることだって、この観点で見なきゃ。全国で最も安全な場所を物色して置いたはずだ。普通の頭では想像できないような方法で警護するだろう。仏様の前で合掌して礼することだって、先ほど言ったコソ村の人と握手を交わすことと同じなんだよ」

「頭がくらくらするよ。寺や教会に入ると罪を犯してなくとも身が引き締まり、敬虔な態度になるのが人の常じゃないか。生身の人間を殺害した悪人がショーにしてもだ、何でまた、よりによって仏様の懐でするんだよ？　百歩譲ってショーでないとしよう。としてもだ、仏様の前に出るには己が虐殺した人々に対して許しを請う真似でもして、その次に祈祷するなり、拝むなりするのが常識だろう」

「お前なあ、あいつの目に仏像ってのは、文字通り木で彫ったただの置物の像で、真の仏様だと思う訳ないだろう？　テレビの画面だけ意識して木の塊の前でヨガでもする要領で座ったり、立ったりしてお辞儀する真似事やってんだろうが」

「そう考えてみると、奴にとって寺は警護上超安全な所だ。だが待てよ。奴を狙う人物を誘引する罠にも見えるなあ。恨みに燃える連中がこの時ばかりと怖さも忘れて襲い掛かるやも知れん。そうなれば一発で引っ掛かるぜ。あいつら、今頃、黙って待機し連中が襲いかかり次第、次々に捕まえては深い山奥で跡形も残さず始末する。完全犯罪を犯してるかも知れんな。金は数千億も集めてあるし、忠僕はいるしよ」

「そのとおりだ。あんな山だから三重、四重の効果があるよ。すでに数十名かかってるかも知れんな」

調査員は皆、眼を見開いた。

「先輩、それもそうだけど、最近聴聞会を開くのどうのって騒いでるけど、開いたところで何かはっきりしそうですか？」

「お前、本当に馬鹿だな。政治家のすることって決まってるだろ？　なんでもやるポーズだけとって、後ろと前で賄賂を振り撒いて、自分も貰う物がありゃあ、それはポケットにぽっぽないないして、奴らに免罪符をあげようってことじゃないか」

調査員らは梯子酒をして飲み続けた。久々の深酒が効いたのかストレスは発散し鬱憤も晴らした。柳《ユウ》はそんな中でも皆の話を漏らさず聞いていた。彼も酒は飲んだ。が、眼光だけはかえって鋭くなっていった。

大学生の頃、遠巻きにデモ行為を眺めながら、自分なりに何かを思い詰めていたあの眼だ。彼は光州《クァンジュ》に来るたびに研究所を訪れ、時には調査員を自社の協力会社に就職させたりした。

研究所が設立された翌年、政府はその間論議されて来た光州《クァンジュ》民主化運動補償法を制定し、被害者の補償申請を取り始めた。私はまた、気を引き締め申請が終了するまで待って、市庁に出向き書類を引っくり返した。その書類は非対外用だったが、担当部署に知り合いがいて、口述対象者を選ぶ目的を前面に出し許可を得、つぶさに調べた。だが、黒髪の女性と思しき人物はいなかった。書類に貼ってある写真で〈三角目〉を探したが彼もいなかった。金《キム》マノも崔《チェ》ドクサムもなかった。二人はあのとき無事だったようで、その後、ソウル辺りで新しい職場を得て光州《クァンジュ》を離れたようだった。

そうこうしているうちに奇妙な採録が一つ現れた。私のように訓練所で銃を撃てなかった人物の口述だ。抗争当時は十五歳の高校生で五月二十一日夕方、バスで夜間の巡察に行き矯導所側の外側道路を走っていて、道路の下に潜伏していた戒厳軍の集中射撃を受け、七発の弾を喰らった人物だ。M16をあれ程受けても死ななかったのは、弾が下から車体を貫いたので威力が弱まったからだ。最初はバスの床から炎がパチパチと上がるのを見て何事かと思ったが、自分が撃たれたとは、かなり時間が経ってから分かったという。致命傷はなく奇跡的に助かり、四、五ヵ月後退院したが、その後が大変だった。外見は病人に見えないが、痛みのため朝夕注射と薬を欠かすことができず、学校も中退して日々痛みと闘い、辛うじて生きている状態なのに、防衛兵の令状が発令されたという。軍隊に行けば間違いなく死ぬと、治療を受けた病院をすべて回って、診断書を要求したところ、地獄の痛みに対してはどの病院も申し合せたように診断書をくれない。軍の身体検査でも痛症を認めてくれず、入隊したという。訓練所では鎮痛剤投与もなく、あの殺人的な痛みに耐え訓練を受けた。が、実弾射撃の過程でこれまた、何ともなかった指が動かず、酷い仕打ちに遭ったという。教官らは「信者のふりをする」と蹴りたおすが、いくら頑張っても指はびくともしない。教官は「崇拝心もここまで来れば超一流だ」とあたかも自分らが侮辱でもされたかのように容赦なくリンチし、半殺しにしたと書いてあった。

――射撃場に入った瞬間、昔、銃撃された時のあの銃声が再現されて、生きた心地じゃなかったです。指が動かなくなると、頭が狂うくらい焦るのに、教官らは「信者のふりをする」と言っては殴る、蹴るで本当に気が狂いましたよ。私は思いあまった末、ターゲットを光州《クァンジュ》抗争の元凶野郎の頭に見立てて、歯を食いしばって引き金を引いたけれど甲斐なしでした。この指だけじゃないんです。全部動かないんだから。普段はほらこのように何ともないのに――

私は彼に会ってみようと思った。が、止めた。そのこと自体思い出したくなかった。

口述調査は二年で終了した。七百余名で終え、その中から五百名を選び出し、資料集としてファイルに収めることにした。原稿を再度チェックし、索引と抗争日誌を作成するなどの締めくくり作業にも継続して加わった。

黒髪の女は最後まで謎で終わった。あの時、死んだとも言えず、かといって、生きている根拠もなかった。彼女がその場で死んだのなら、闇に埋葬する事例からして、その辺りに駐屯していた部隊が処分してしまった可能性が最も高いが、そんな場合は家族が行方不明者の申告をしているはずで、市庁のその名簿にはそれらしき人物はいなかった。だとすればあの時、弾はかすった程度で現在生きていると考えられる。補償申請ならば補償申請をしないのがまた謎で、自分の行いを隠すため避けているとしか思えなかった。

をする時は申請書にあのような途轍もない場所に出かけた訳から詳細に記入し、二人の証人が書かれた記録を立証しなければならないからだ。あの時、巷に流れた噂から察すると、数多くの女性があんな目に合った。が、七百余件に及ぶ採録の中に暴行されたとか、事件に巻き込まれたなどの口述はただの一件もなかった。三、四千件の補償申請書にもやはりなかった。

結局、彼女の行方に関してはこの程度の推測が精一杯で、どんな小さな糸口もつかめなかった。私は彼女の行方を捜す間、そのような被害事例が一件も表面に現れなかったという事実を発見して、私たちなりに徹底的に調査すると熱っぽく自負したが、想像を絶する膨大な被害の入口にも接近できなかったという職業的な不充分さと共に、女性の胸底に固く仕舞い込まれた〈恨《ハン》〉の実体を見たようで、えも言われぬ虚脱感に襲われた。

資料の整理と編集が終わると、私は原稿を携えてソウルに向かった。出版社とはすでに契約済みで原稿だけ渡して、久しぶりに柳《ユウ》に電話を入れた。彼はアパートを借り自炊していたのでそこに泊まる予定だった。彼はすぐさま飛んで来た。そして静かなところへ行こうと車を郊外へ飛ばした。

「俺、最近悪霊にとりつかれてんだ」

席に着くなり柳《ユウ》は呆れ果てた顔で語り始めた。

「俺のアパートで後輩らに言った話が全部盗聴されてたんだ。ところがだ、盗聴が問題じゃない。あいつら、何を企んでるんやら俺にその盗聴テープを送ってきやがった。これがそのテープだ」

彼は洋服の内ポケットからテープを取り出した。にわかに信じがたい話で私は彼をただ見つめるだけだった。

「情報員の仕業に違いないんだが、それはそうとしてこれを俺に送って来た目的がつかめん。盗聴は二、三カ月前にしたもので、テープを送ってきたのは十五日前だ。一回聞いてみろ」

声一　僕はアメリカが羨ましいなんて思わんよ。ただ、一つだけあることはあるんだが、銃なんだ。銃文化というか？　ちょっと前の新聞によると、全世帯の半分に当たる二千五百万世帯が銃を持ってて、その半分は常時銃に実弾を装填してあるというじゃないか。

声二　その新聞は俺も読んだ。その昔、西部を開拓しながら悪党どもが現れたら農機を捨て、銃を担いで闘ったまさに開拓時代の延長だって。アメリカのような法治国家でも拳が飯より先というから、拳を銃に代えて身を守ってんだろ。

声一　アメリカに現在出回ってる銃は一億くらいというんだが、それを政治的観点で見たら、その一億丁の銃が個人の権利はもちろん、民主主義も守ってんだろう？　そんな国に独裁者が現れてみろよ。僕らみたいに精々素手でするデモに対して、犬を引っ張るみたいに、ただ連行するだけで済むと思うかよ？

声二　その記事にはどこかの州の中学生の半分が、銃を持参して登校した経験があるという統計も出てたぜ。俺はそれが羨ましい。本当のとこ、俺の中学時代は暴力に悩まされ、銃を求めて空想に耽ったもんだ。一学期間ほとんど夜を明かした経験があるぜ。

声一　僕は一学期だけじゃなかったよ。学年が上がるたび、ずーとそうだったよ。（笑声）うちの国もアメリカやヨーロッパみたいに銃を持てる国なら校内暴力なんて起こらないよ。そうだろう？

柳《ユウ》　拳や刀は腕によって優劣が決まるから、強い者が弱い者を制圧するけど、当たれば死ぬ銃は威力に優劣がないから、死ぬ覚悟なしに暴力は使えんからなあ。

声一　そうですよ。あの国民は暴力を個人的には、撃てば死ぬ銃で平準化してる訳ですよ。開拓時代から今まで、アメリカはヨーロッパ史の縮小版で、アメリカの子どもらはアメリカ現実の縮小版ですからね。だからといってアメリカの子どもらが悪ふざけで銃を持って登校しますか？　開拓時代から銃文化が日常化して、常に近くに銃があるそんな社会では、断言しますがね、路地裏の暴力はあり得るとしても、校内暴力とか日本のイジメのようなものは起こり得ませんよ。日本には校内暴力とかイジメに耐えられず自殺する子どもがいるけど、自殺するくらいの苦痛で死ぬとしたら相手を撃ち殺して死ぬでしょうよ。そんな事件が一、二件でも起こってみなさいよ、筋金入りの悪でも自分の友達をいじめたり苦しめたりしませんよ。

声二　アメリカのとある都市でこんな事件があったと聞いたことあるぜ。ベトナム戦争の後、アメリカに移住したベトナム難民の子どもの話なんだ。その子ら最初はアメリカの子どもらに馬鹿にされて、その苦しさたるや半端じゃなかったらしいんだ。ところがしばらくすると、ベトナムの子どもだと分かると、そーっと避ける現象が起こりだしたんだ。ベトナムの子どもらを馬鹿にしたアメリカの子どもらが、影も形もなくいなくなるという事件が何件か起こって、それがマスコミに報道され出してから現れた現象なんだぜ。

声一　考えられるよなあ。

声二　アメリカに移住したベトナム難民の子どもは、殺して殺される生活が当たり前の戦争の中で生まれ育った子ども達だ。弱い奴でも強い奴に決定打を喰らわせて勝てる、暴力の秩序といえばいえる、そんなことを生活の中で体得して育ったんだろう。ベトナム戦争でアメリカは地上から空中から爆弾を雨のように降らせ、それでも足りなくて枯葉剤を殺虫剤でも撒くようにばら撒いたけれど、彼らは最後まで屈服しなかっただろ。穴を掘って落とし入れ、罠で足首を捕らえて木に逆さ吊りにし、アオザイの中に銃を隠して都市の人気のないところで撃ち殺したじゃないか。あの子らは洞穴の中で息を殺して暮らしながら、罠の仕掛けをつくる傍《かたわ》らにしゃがんで見、落とし穴を掘る親父を手伝い、掘り出した土を遠くへ運び出しながら覚えた方法を、今度はアメリカ本土へ行って使ったんだろ。そんな暴力の裏には、俺らをここまで引っ張ってきたのは貴様らなんだという抗議も込めてるはずだから、精神的にも問題意識なんてさらさら持ってないだろ。

声三　結局テロなんだ。だがテロはな？

声一　暴力は暴力を呼び、小さい暴力は大きい暴力を正当化する。こう言いたいんだろうよ？　そういう点はあるけど、そういう論理を一般化させる時、それは強者の論理になってしまうという事実を把握しなきゃ。ベトナム戦争の時、米軍がベトコンに「お前ら、卑怯だ。隠れて頭を撃つな！　堂々と出て来て戦え」と言った。これと変わらんじゃないか。お前らみたいに力のない奴らはフランスやアメリカみたいに力の強い者の下で暮らせということと、何ら変わらんだろう。反対にベトコン本部へ潜入して爆弾を投げた米軍のグリンベレーがやったことは、あれはアメリカがやったことだからテロにならんのかよ？

声三　毛沢東は戦争中にもテロを禁じたという文を読んだことあるよ。白凡《ペクボム》〔独立運動家、政治家。東学農民戦争時にはヘジュの先鋒となった。伊藤博文狙撃事件に関連して投獄。解放後、南韓独立政権樹立に不参加で李承晩《イスンマン》と対立し、陸軍少尉のアンドゥヒに暗殺される〕をみても八・一五後のテロが横行した最中にテロの犠牲になったじゃないか？
声二　だが陳トクシュは安重根《アンジュングン》義士が伊藤博文を狙撃した時、我われ中国人も安重根《アンジュングン》を見習おうと訴えたんだぜ。これは毛沢東と陳トクシュのどちらが正しいかってな問題ではなくて、当時の情況からして戦術的選択の問題にしかならないんだよ。毛沢東が当時テロを禁止したのは、一種の自己防御戦術だったとみれるよ。毛沢東が率いる軍隊組織の性格上自分を始めとする指導部がほとんどテロの脅威に晒されていたじゃないか。蒋介石だってテロの悪循環が自分にも及ぶことが当然だから、暗黙に了解したらしいし、白凡《ペクポム》がテロの犠牲者だと言ったが、伊藤博文を殺害した安重根《アンジュングン》のテロと白凡《ペクポム》殺害犯の安斗熙《アンドゥヒ》のテロを殺し方の手口が共通するというだけで一緒にテロ扱いして非難できるか？
声三　そういう場合はそうだとしても、ちょっとしたことで銃を持ち出してたんじゃ、社会は混乱する一方だよ。
声二　銃を持ち出すのは、命を掛けることなんだぜ。精神病者ならともかく、まして、ちょっとしたことで銃を持ち出す人間なんていないぜ。そこそこの家はみな銃を持ってるヨーロッパとかアメリカは全国民が聖人君子だからあの社会があんなにも平穏なのか？　何でもそうだが、銃だって副作用とやらがついて来るんだぜ。電気だってそうだろう、火災も起こせば感電事故だって起こす。まして、社会的に公然となされた懲罰をその手段が銃だからと極端化させて非難し始めると、不当なことを見ても見ぬふりを装う敗北主義を合理化させる発言になるぜ。横入りする輩は口で注意してアンパンを食らわす程度で良いが、安斗熙《アンドゥヒ》みたいに民族の指導者を殺害した奴とか、国民を虐殺して政権を簒奪した者は銃で撃ち殺さにゃ。西洋人を見ろ。

柳《ユウ》　西洋人って言葉が出て来たから言うが、サルトルがこんなことを言ったことがあるんだ。ヨーロッパ人の生の基礎は暴力の弁証法上にあって、ヨーロッパの自由主義者たちが狡猾な偽善でそれを隠しているだけだとね。

声一　暴力の弁証法だって？　暴力の弁、証、法？　だから、ヨーロッパ人が現在平和に暮らしている状態は、暴力には暴力で張り合って、暴力が弁証法的に調停されてる状態にあるということになるのかよ？　だから、現在、彼ら個人とか国家間で維持されてる平和とは、暴力が調停されてる状態で、そのうち、その均衡が破れると何時でも暴力が登場するってことかよ？　やっぱりサルトルだよなあ。

声二　こうしてみると、今の政治先進国は個人がみな銃を持ってる国だぜ。それをサルトルの観点からみると、彼ら国民各自が己の首の権利を守る暴力手段を持って置いて、均衡が崩れたら何時でも抜く準備ができてる状態なんだ。ところで、彼らが狡猾な偽善で隠してるものって？

柳《ユウ》　それは過去の日帝時代に言った言葉だから明白じゃないか？　二次大戦が終わって白凡《ペクポム》が上海から初めて帰国した時、米軍が白凡《ペクポム》の入国を拒否した表面的な理由の一つが、彼がテロリストだったということだろ。

声一　ほーっ。そしたらアメリカ大統領の命令で米軍が日本の広島に投げた原子爆弾と、白凡《ペクポム》の指示で李奉昌《イボンチャン》義士が日本軍の将星に投げた爆弾とはどう違うんだよ？

声二　偽善もそれくらいになれば国際水準だぜ。そう考えれば無条件に暴力を排斥するアムネスティーも問題だな。もしあの当時にもアムネスティーが存在して、白凡《ペクポム》が桜田門事件の黒幕で監獄にいたとしたら、白凡《ペクポム》も彼らの赦免要求対象から除外されて国際的な忌避人物になるんだぜ。

声一　全斗煥《チョンドゥファン》の奴らよ、国民をあんなに虐殺しておきながら、傲慢不遜な、あんな態度がどうして取れるんですかね？　一言でいって暴力の独占から出てくるんでしょ？　あの傲慢に付ける薬は暴力以外ありませんよ。
声二　今、俺らを抑えつけてるあの浅薄な傲慢、あれだけは絶っ対許せん。俺らもある局面では暴力でああいう奴らを綺麗さっぱり片付けにゃならん。

「次の内容もだいたい同じようなもんだ」

柳《ユウ》はスイッチを切って私に振り向き失笑した。

「こんなテープをお前に送りつける意図って何だろう？」

「さっぱり分からん。考えるだけで背筋がぞーっとするぜ。あんな物を送っておいて何の連絡もないんだ。郵便で送ってきたから、便箋の一枚を入れるとか、あるいは、電話の一本ぐらいするだろう？　それがだ、今まで半月過ぎても音沙汰なしだ。今日がちょうど半月目だ」

柳《ユウ》のアパートは管理人のいない安アパートだから、プロならお茶の子さいさいでいとも簡単に出入りできるとのことだ。

「情報員の仕業に違いないんだが、あれを聞きながら何か見当つくことないんか？　容燦《ヨンチャン》」

無愛想な作男に仏法問答する態で私はぼけーっと彼を見た。

「多少良心的な情報員が、『君らはほら、このように掌に乗っかった孫悟空なんだ。しょうもない侠気振りかざさずに大人しく寝てろ』ってんじゃないのか。俺が十五日間考えて、やっと思い当たることと言えばこんな程度だ」

柳《ユウ》は私を見直した。

「録音までしてるところを見ると、単独の仕業じゃないだろ、こんな警告でことが済む訳ないだろう?」

「情報収集段階では一人でも可能だ。実は俺の周りに集まって来る後輩には過激な連中が多くて、それでなくとも情報員の目が睨みを利かせてる気配は感じてたんだ」

柳《ユウ》が狼狽するのを私は初めて見た。彼は緊迫な出来事に直面しても、熊のようにしばし目を静止する程度で、このような惑乱は初めてだった。

一カ月後、彼はとんでもないところから電話を掛けて来た。建設会社に就職して、その会社の釜山《プサン》出張所に発令が出たと言った。ここで何年間は誰にも会わず、じっと潜んでいるから了解してくれということだった。テープ事件を誰かの警告と受け止め、それに従う決意を行動で表わすのかな?　私は何となくそう解釈した。彼は私にもきちんと就職しろと言い、適当なところがなければ自分の会社の朴《パク》社長を訪ねるようにと付け加えた。

私もそうあやかろうと考えていた矢先、朴《パク》社長の方から先に電話をくれて、即刻入社した。その後柳《ユウ》は私にもいっさい便りを寄越さなかった。彼が光州《クァンジュ》に現れたのは二年後で、そのとき差し出した名刺には、その会社の光州《クァンジュ》出張所所長の役職が印刷されていた。現場に行ったところ、彼は作業服にヘルメットを被って人夫らを指示し働いていた。父親が柳《ユウ》に残した土地をその会社のアパート建設に投資したという噂もあった。アパート景気がバブルの時だった。

会社は二年後に光州《クァンジュ》から撤収したが、彼は移動せずそのまま光州《クァンジュ》に腰を据えた。その時から彼は妻名義で電子製品のショップを開き、社長に収まった。が、その店も妻に任せ、釣りなどを楽しみ、ぶらぶら過ごしている。私が金のかかる海釣りにいそしめるのも彼が経費を出すからだ。

Ⅲ　共同墓地で見た世界

1　金美善と姜智妍

テーブルに座るや美善《ミソン》が先に現れた。明るい雰囲気の服装にデパートの紙袋を抱え入って来た。ロゴが鮮明なその袋には進物用の服の箱が入っているようだった。

「姜智妍《カンジヨン》さん、ソウルからいらっしゃるの？」

「もう来るはずだよ」

「昨日遺族会のおばさんに会ったんだけど、姜智妍《カンジヨン》さんのこととても褒めてたわ。聞き取りするわ、涙は拭くわ、と我を忘れて奮闘してたってよ」

美善《ミソン》の表情は昨夜の会食時と同じく明るかった。長年の風雪に痛みつけられた傷痕はどんな形で残っているのだろう？　私は彼女の顔を伺った。が、熟した果実のように美しいその肌から痕跡を探し出すのは容易ではなかった。笑う時に生じるえくぼや悪戯っぽい目は十七歳のそのままだった。

姜智妍《カンジヨン》が慌てて入って来た。小さいリュックを一方の肩にかけ、彼女もまた紙袋をかかえて「御免ね、遅れちゃって」と軽やかに、だがちょっと騒がしく近づいて来た。紙袋はどちらもインクが映るぐらい鮮やかで、中に入っている箱も同じような形の服の箱だった。進物用のその箱を見て私は、彼女二人を同席させたことを悔み焦った。

「調査の仕事大変ですね」

「調査なんちゃっていい格好してね、ただ、忙しそうに振舞ってるだけよ」

美善《ミソン》はランチを注文し、私にと酒も付け足した。

「胸に鬱積したことが多い人たちだから、聞いてもらうだけでも心が晴れるそうですよ。昨日遺族会のご婦人方とお会いしたんですけど、姜智妍《カンジヨン》さんのこととても褒めてらしたわ」

「ありがとう。聞き取り調査をやってるとね、最近の選挙のあり方が本当に腹が立って堪らなくなるの。和解とか赦免とか云々する無責任な人達集めて、みな並んで座らせて、耳に拡声器突っ込んで群衆の声を聞かせたいわ」

ランチが運ばれてきた。美善《ミソン》が焼酎のビンを持ち注いだ。度数の低い梅酒だった。乾杯した。

「地元じゃないから、大変でしょ?」

「皆さん親切だし、指導教官がその方面では権威のある方だから随分楽してるわ」

「こちらにも指導教官がいらっしゃるの?」

まさにこのお方だと私を指して悪戯っぽく笑った。私は美善《ミソン》の視線を避け、つまみを口に運んだ。

「ちょっと前にね、銃を七発も受けたという許《ホ》さんをインタビューしたの。銃を七発も浴びて生き返ったのも奇跡だけれど、今まで暮らしてきたことが、これまた想像を絶するのよ。現在も痛みのために朝夕注射を受けて、薬を多めに服用して、苦痛を耐え忍んでるんだけど、この人がとても楽天的でね。考えられる? 奥さんとお見合いした時に話したということがね、『体に穴がパンパンと七つも開いて風通しがいいはずなのに、人生が行き詰っている時は塞がったままだ。ところが開き出したら何もしなくてもスースー通るんだ』って、笑わせたんですってよ」

彼の言い方を真似て姜智妍《カンジヨン》はしばらく笑った。美善《ミソン》も彼の話は聞いたことがあると言い、彼の奥さんは並の人間じゃないと付け足した。まさに彼が例の防威兵で入隊したが銃が撃てなかったという人物だ。

「本当にあんな奇特な女性が存在するなんてね。分からないのが人の常って言うけれど、彼の奥さんがあの方でなかったら、今ごろ彼どうなってたか分からないよ、あの性格だから。奥さんは人柄が優れてるだけじゃないの。家柄も立派でね、何一つ欠けるところがないのに、よりによってなんで彼に嫁いでいったのかしら？　それも自分から進んでね。どう考えても分からないわ。奥さんがある日、突然結婚しようと言ったときは、彼女ひょっとして頭おかしいんじゃないか？って思ったらしいよ。手でクルクルパーしながらね」

姜智妍《カンジヨン》は耳元で指をぐるぐる回しながら笑った。彼の夫人は許《ホ》氏が鎮痛剤を受け取りに通った保健所の看護師だった。

「脊椎を負傷されたサンス洞《ドン》の李《イ》さんの奥さんにも会われました？」

脊椎障害に他の部位の痛みが重なって、鎮痛剤なしでは生きられない人だ。

「彼女も同じく凄い人よ。あのお二人も以前から親しい仲ではなかったの。私ね、あの人たちを見ていると哲学者になっちゃうの。一方には人殺しを何とも思わない残忍な人間がおり、他の一方には己の人生を全て捧げて助ける人間がいる。こちらとあちらの端があまりにもかけ離れていて、何がどうなってるのか分からなくなるの。被害者の生活や人生を見てると〈人生博物館〉に来たみたいになるの。その中でもこの二つの実例が巷では最も模範的な成功事例のようなんだけど、どちらの場合も奥さんやその家族の愛情が絶対的なのよね。韓国の家族制度が多くの人を救ってるわ……数え切れないほどの人達が怨恨を胸に秘めて生きてるでしょ？　信じられないことだわ。あまりにも酷すぎる」

姜智妍《カンジヨン》は一人で喋くり、興奮し、そして笑った。私は美善《ミソン》のことが気掛かりでならなかった。

「日にち薬って言葉があるだろう。時間が忘れさすんだよ」

私は美善《ミソン》を窺いながら力なく一言割り込んだ。

「先輩も〈時間病〉の患者なの？　聞き取り調査してると驚くほどこういう患者にぶつかるの。『時間がなくてね』『時間がねー』の乱発よ。私これが一番気に入らないの。この言葉には落とし穴があるでしょう？　今一番問題になっている政治家の赦免発言見なさいよ。『時間が忘れさす』論理の死角を上手に利用してるじゃない」

「まあまあ、よく言ったもんだ。喪主より慟哭屋〔葬祭事に遺族に代わって泣く、慟哭を生業とする人〕の方が哀しく泣くとね」

「何ですって？　慟哭屋ですって？　どうして私が慟哭屋なのよ？　あの一派は国民を虐殺した悪党どもで、私はこの国の国民じゃない」

姜智妍《カンジヨン》は真剣に問い詰めた。私はただ笑うだけだった。彼女は最近調査した被害事例を長々と喋った。母親の懐に抱かれていて銃を受け手足に障害が残った少年、アルコール中毒者、麻薬中毒者、精神疾患患者たちの悲惨な姿と家族の苦痛を残らず語った。

「麻薬中毒者は表面にはなかなか現れないらしいけど、数はかなりあると思うわ。あの地獄の痛みが麻薬に手を出さす訳。それよりも酷いのが精神疾患患者よ」

精神疾患患者の話が出た時は、ひやひやしながら美善《ミソン》の顔をうかがった。食事が済んだ後も姜智妍《カンジヨン》の話は延々と続いた。私は時計に目をやった。

「今日も聞き取りに行かれるんでしょう？　時間、大丈夫？」

田舎の方だから多少かかるかな？　と言いながら煙草をポケットに入れた。

「これ着てみて」

姜智妍《カンジヨン》が紙袋から服の箱を取り出し、包装を解いて、ぱっと服を広げた。紺色のジャンパーだった。美善《ミソン》の目が鋭く私をかすった。姜智妍《カンジヨン》は自分の胸にジャンパーを当てて、どう？　と、私と美善《ミソン》を交互に見つめた。彼女は快く笑って着てみて！とせがみ、私はこんなところでどうして着るんだとしぶった。

「いいじゃない。脱いだ服はこの中に入れればいいいじゃない」

これ以上突っ張ると駄々こねの体たらくになる。否応なしに韓服を脱ぎ、ジャンパーを羽織った。

「似合うでしょう？」

姜智妍《カンジヨン》は自慢げに美善《ミソン》を眺めた。

「まるで別人ね」

美善《ミソン》は自然体で請け答え、姜智妍《カンジヨン》は私の脱いだ韓服を丸め紙袋に突っ込んだ。

「これはランニングシャツとブリーフよ。安いから沢山買っといたわ」

リュックをまとめながら紙袋を取り出してみせ、クックッと笑った。美善《ミソン》の目からは驚きと狼狽が音を立てて飛び出し、私の胸はがらがらと轟音を立てて崩れた。軽やかに響く姜智妍《カンジヨン》の笑い声が私の胸部をグサリと刺した。私は盃《さかずき》を握った。黄色の酒がいっそう黄色に見えた。美善《ミソン》が紙袋を持ちレジに行った。姜《カン》智妍《ジヨン》のそれと全く同じ格好で包装された、袋の中の箱が私の目を釘づけにした。美善《ミソン》と私を繋いでいる粘り強い不幸な縁があの箱のようにしっかりと包装されているようだった。美善《ミソン》が勘定をしている間、姜智《カンジ》妍《ヨン》はしきりと何かを喋くったが、私の耳には入ってこなかった。

「ご馳走様でした。次は私が奢ります。車ですよね？　私らは地下の商店街で買い物しますから」

「来て下すってどうもありがとう。聞き取り調査、頑張ってね」

美善《ミソン》はうなじを下げて、背を向けた。姜智妍《カンジヨン》はあの建物の地下にスーパーがあると言って私の腕を引っ張った。紙袋を提げ去って行く美善《ミソン》の後姿を私は姜智妍《カンジヨン》を待たせて見届け、ゆるりと煙草に火を点けた。美善《ミソン》の姿は建物の角を曲っていた。紙袋を提げて消える美善《ミソン》の白い背中がぼんやり虚ろだった。私は煙草をくゆらしながらしばらくその場に立ち、やがて向きを変えた。真新しいジャンパーを着た自分の姿がよそよそしく感じられた。起こりうる事態を予想しながら、何ら手を打たず成り行きに任せてしまった。

「調べながら美善《ミソン》さんの話も多少は聞いたんだけど、生活本当に大変ね」

姜智妍《カンジヨン》は私の腕を組んで歩きながらもしきりと喋りまくった。ちょうどこの時美善《ミソン》の車が横を通り過ぎた。車窓から暗愁を帯びた美善《ミソン》の後姿が見えた。車内のミラーに二人の姿が映っているはずだ。姜智妍《カンジヨン》に腕を任せた私は、グチャグチャと踏みつけられ足蹴にされる美善《ミソン》の肉体を感じながら、愚かな馬鹿者の態で足を運んだ。走っていた車がスピードを落とした。ロータリーの信号が赤に変わり待機車の最後列に美《ミ》善《ソン》の車が止まった。笑い喋くる姜智妍《カンジヨン》の声を聞きながら私は、車の中で石像のごとく微動だにしない美善《ミソン》のえも言われぬ後姿を盗み見た。姜智妍《カンジヨン》は私を見上げては喋り続け、こうして二人は美善《ミソン》の車の横を通り過ぎた。そしてかなり前方に進んだ時、車の流れが動き出し美善《ミソン》の車が再び二人の横を徐行で通り、徐々にスピードを上げ走り去った。車は夕焼けの中へ飛び去るカモメのように、遠く車の流れの中へ消えて行った。水平線遥かカササギ色の夕焼けの彼方を、上へ下へ空中に輪を描き舞い飛ぶカモメと一緒に、美善《ミソン》も舞いながら飛んでいた。クルックルルッ、カモメの鳴き声に合わせ果てしなく広がる空の彼方遠くに消えていった。

2 金成輔の溺死

「ハハハ、一度針に掛かって口が破れた奴が、また、食いついたってことか？ そいつの記憶力ときたら零コンマ何秒しかないんだろ。愚か者めが。その時に掛かってれば良かったものを、二度も痛い思いしやがって」

決済の真っ最中に金成輔《キムソンボ》の電話を受けた朴《パク》社長は声を大にして笑った。その時柳容燦《ユウヨンチャン》が入って来た。

「ソウルに行ってたんだって？ あさって釣り行けるだろ？ 金《キム》理事が所安島《ソアンド》の魚を全部釣り上げたらしいぞ。数十年の海釣り歴で初めての快挙って言うじゃないか」

賑やかに釣り話を並べ立てた社長は、明後日の約束を再確認し、昼食の約束があると言って立ち上がった。

「容燦《ヨンチャン》、武器密売事件のニュース見たか？ 銃器を変造し売って逮捕された事件だよ。テレビにも新聞にも出たろう？」

柳《ユウ》は首を横に振った。

「この前のほら、あの金重萬《キムジュンマン》という人物が銃を買って捕まった」

「あの人が拳銃を？」

「実弾百発とを三百万元《ウォン》で買ったらしい。銃を買った連中のほとんどが狩人らしくて彼らはみな、拘束されなかったんだが、金重萬《キムジュンマン》さんだけ拘束されたんだ。ソウルから刑事が来た時はすでに彼を逮捕して捜査を終えた後だったらしい。不思議なのはほかの連中はジャンパーで顔を隠そうと必死なのに、彼だけはカメラの前に堂々と顔を曝け出してたってことなんだ」

「あの人が拳銃を買ったとしたら、何の目的で？」

「それは明かしてないんだが、この前のあの安智春《アンジチュン》刑事の動きがどうも尋常じゃない。五・一八研究所まで行って抗争資料を検索しながら当時の僕の行跡も検索したっていうじゃないか。僕は別に問題ないんだが、あいつの動きが僕の周りの人たちを煩わすようで気分が冴えないよ」

「僕の周り」を強調し柳《ユウ》の表情を窺った。

「俺らの周りに心配な人物っていないだろ？」

「お前は僕といつも一緒だろ。手が伸びるやも知れんな？」

「俺をいくら叩いてもそのことで埃《ほこり》はたたないぜ」

私はためらった。本当に何もないのか、あるいは偽装にかなりの自信があるのか判断しかねた。嫌疑が掛かるようなことがゼロだからかくも悠然と構えられるのか？　さっぱり解せない。二人は会社横の食堂へ移動した。

「美善《ミソン》さんが店を明け渡したらしいんだが、知ってたか？」

席に着くなり藪から棒だ。私は口に当てかけたグラスを止めた。

「店をソウルに移すらしい。家内が聞いてきた話だ」

私は素っ頓狂な表情で彼を見つめた。柳《ユウ》の連れ合いはそのデパートにテナントを賃貸で一軒構えており、美善《ミソン》の店も彼女が紹介したものだった。

「昨日もソウルに行って店には来なかったって。物件を見に行ったらしい。君と姜智妍《カンジヨン》さんの関係、おそらく気づいてるな」

私は黙って煙草をくわえた。頭の中はエンジンが稼動したように、幾多の出来事が縺れ合いウイーンウイーンと轟音を上げた。

「淋しくなるけどここを離れた方が互いに良いと思うよ。姉さんの病状が良くなってきたっていうじゃないか。彼女のことを考えてもそうだし、子どもの立場で考えたら、なおいっそういいよ。以前なら不可能だったが情況もかなり良くなってきたし、二人とも昔の柵《しがらみ》から解放されないと。補償金がこんな形で救ってくれるんだなあ」

彼は焼酎を私の盃《さかずき》につぎながら続けた。

「子どものことを考えたらここを離れるのが得策だ。あんな環境の中でぐれもせず、あれぐらい成長したのもたいしたもんだが、できれば小学校に入る前にソウルのように広い所に住むべきだったよ。もう高校生っていうじゃないか。友達関係だってでき上がってるし、この先どこで暮らすにせよ過去を隠すのは無理だろう？」

全くそうだ。隠さずに暮らせたら美善《ミソン》自身もっと活発に振舞えたのだ。だが彼女はここを離れなかった。

狂った女を連れて病院を出入りし、逃げたら連れ戻しながらも、あくまでここに踏ん張って生きてきた。その彼女がここを離れるという。それも急に。

美善《ミソン》が光州《クァンジュ》を離れる。それを思うと私は、自分を支えていたある頑丈な囲いが、がらがら崩壊するのを感じた。地球が重力を失い地上の事物間の均衡が崩れる、そんな無重力状態に陥るようだった。私の生活はバラバラに乱れ、姜智妍《カンジヨン》との関係も破滅をきたすように思われた。二人の関係すら美善《ミソン》という引力を中心に、とある枠の中で成り立っていたようだ。

何が狂ってこんな破局を招いてしまったのだろう？　彼女とて、私と姜智妍《カンジヨン》との関係についてはとも然る段階にいたれば察知せざるえないものを。あの日は、それが仮にわざと演じた復讐劇だったと仮定しても、思い入れよろしくと言えるほど酷い仕打ちだった。美善《ミソン》が姜智妍《カンジヨン》と昼食をと誘った時から、このような破局は充分懸念された。それなのに私はためらいもなく同意し、彼女が崖っぷちに立った時も、ただ傍観しているだけだった。結婚した時もこのように無責任だった。周囲が急かすまま己の身を任せ、まもなく破局を迎えたのだ。昔、黒髪の女性を撃ってしまったように、生来「私」という人間のどこかに、このような残忍性がとぐろを巻いているのだろうか？

「かかった」

金成輔《キムソンボ》の竿が矢を引いた弓のように曲線を描いた。

「一丁引っ掛かったようだな」

金《キム》は慣れた手つきで竿を操り、するするとリールに糸を巻き始めた。

「なかなか抵抗するじゃないか」

魚は竿とは反対の方向へ体を捩じらせながら力一杯逃げようとし、次はその反対側へ直線を描くように泳ぎ、尾鰭《おひれ》でバシッと海水を叩いた。

「朴《パク》社長、あの抵抗ぶり見ろよ！　覚悟しておきなさいよ」

「受けて立とうじゃないですか」

鯛は船べりに引き寄せられた後も体を反らし目一杯反抗した。金《キム》は全神経を集中し網竿を水の中にそーっと差し入れた。方向転換した鯛があたかも我が家に入る形で網に頭を突っ込んだ。

「ほほーっ。おさまるところにおさまったな」

ピンクがかった鯛が空中でバタバタバタともがいた。金成輔《キムソンボ》は床に魚を押さえつけ網を外した。車寛浩《チャグァノ》が物差しを持って来た。金成輔《キムソンボ》は物差しの端に鯛の口を正確に合わせて押さえ、もう一方の手を鯛の頭から撫でるように尻尾まで持っていった。

「四三・五センチ！　これならば、とんとんですな。ほほーっ」

「おめでとう。だがね、記録という代物は破られるためにあるってこと、ご存知ですよね？」

「ようおっしゃった」

金《キム》は鯛を船底に投げ、豪快に笑った。船底がやたらと騒がしい。

船上は再び静まり返った。竿はビクともしない。朝から穴子、メバルごとき雑魚ばかり何匹か上がったところへ、金成輔《キムソンボ》に奴がひょっこりと掛かっただけだ。みな、歯を磨いてしまったようにかからなくなった〔魚が針に食いつかないの意〕。満潮が近づいている時だけに水の力は格別強い。おまけにあいの風〔東風〕

が吹き出した。空にもどんよりと雲が出始めた。波に船が揺れ始め、美善《ミソン》が昔住んでいた村が竿の端に見え隠れした。

「お昼にしましょうや」

朴《パク》社長が声を上げた。車寛浩《チャグァノ》がランチボックスを提げて船べりにやって来た。ちょうど二時だった。

「あいつ、なかなか堂々としてやがる」

ウイスキーを出してきた金《キム》が満足気に船底を見下ろした。

「一杯やって元気出して下さいよ。僕は四日間連ちゃんで酒に浸ってましたよ。一昨日の夕方には爆弾酒〔一気飲みの意〕ばかり集中砲撃を受けて、今もふらふらですよ」

金《キム》はコップを持ち上げ笑った。大きめの紙コップになみなみと注がれたウイスキーが今にも零れそうだ。

「金《キム》理事は豪傑ですな。私なんかそんなに飲めば一巻の終わりですよ」

「酒に豪傑もクソもありますかね？　腹が痺れを切らしたので、申し訳ないが、先ほど一人で一杯ひっかけましたよ」

皆はご飯を食べたが、金《キム》は酒だけやった。腹のふくれる物を何か食べるようにと朴《パク》社長が何度も勧めたが、彼は立て続けに酒だけ飲んだ。ダブルのウイスキーが底をついた。シングルが一本あると車寛浩《チャグァノ》に自分のリュックを指して言った。車寛浩《チャグァノ》が後で飲むようにと勧めたが、早くもって来いと声を荒げた。

「こりゃなんだ？」

食事の手を止めて竿を上げた朴《パク》社長が、リールの手を止めた。細長く真っ黒な魚がのっそりと泳いでいる。コチですよと言いながら、車寛浩《チャグァノ》が釣り上げた。

「コチってかい。よく聞く名前だがこんな魚だったのか。こりゃ棒切れだなあ。魚とは言えん。肉がついてないじゃないか？」

「イヌが頭をくわえて欠伸する〔日本の諺では「コチの頭は嫁に食わせろ」〕。という奴がまさにこれですよ。それでも魚の中では両班《ヤンバン》級で法事の祭壇に上がります」

「朴《バク》社長、タラはどうして口が広く、マナガツオはビンの口のように長めに尖っているのかご存知かな？」

ほろ酔い気分の金成輔《キムソンボ》がグラスを手に笑った。

「タラさんよ、君、マナガツオと結婚するかい？　と聞いたら、タラは口を思いっきり広げて喜び、マナガツオに、タラに嫁入りするかい？　と聞いたら、いやと言って口を尖らせたんだとさ」

金成輔《キムソンボ》はしばらく笑った。朴《バク》社長は彼の前に茶碗を置き、酸っぱく漬かったキムチだと小皿に取って勧めた。彼は仕方なく二、三口頬張ったが、また車寛浩《チャグァノ》に空のグラスを向けた。車《チャ》が飲みすぎですよとビンを横に隠すと、彼は声を荒げた。柳容燦《ユウヨンチャン》と私は自分の持ち場に戻った。彼は朴《バク》社長と車《チャ》を相手にしこたま飲んでは笑い、笑っては飲んでやっと自分の持ち場に戻った。

「雲が広がるところを見ると、お天道様のご機嫌が悪いようですな？　これは」

朴《バク》社長が空を見上げてぶつくさ言った。天気は見る見るくずれ、風が出はじめた。ほかの釣り船も移動しだした。

「ウナギでもないなあ、何じゃこりゃ？」

朴《バク》社長が竿を上げながら独りごちった。

「海ヘビですよ。糸ごと切ってしまった方がいいですよ」

車寛浩《チャグァノ》が声を上げた。

「掛からん時はとことんだなあ」

朴《パク》社長は顔を歪めて糸を切った。

「風が出だしたんじゃないか?」

船が独りでに方向を変えると、今まで無言でいた柳容燦《ユウヨンチャン》が車寛浩《チャグァノ》をふり向いた。

「東北風ですね。この風は大丈夫ですよ」

車《チャ》は空を見上げて言った。彼の竿をはじめ一四本の竿はビクともしない。

「気をつけてくださいよ」

車寛浩《チャグァノ》が叫ぶように金成輔《キムソンボ》を引っつかんだ。彼が振り回していた竿が波に流されていた。ちょうど竿を投げようとした私は、彼の竿をめがけて投げた。

「酔っぱらったのかな?」

金成輔《キムソンボ》は笑いながら体勢を整えた。私の竿にかかった彼の竿を車寛浩《チャグァノ》の方に押しやると、彼はそれをしっかりつかんだ。

「あっちへ行ってこの前みたいにスズキを釣ろうや」

金成輔《キムソンボ》があちらの島の端を指した。

「あそこは有名な荒磯ですよ。この時間帯は波が強すぎます」

「ちょっと上の方なら大丈夫だ。あっちへゆこう」

金成輔《キムソンボ》は急かした。車寛浩《チャグァノ》は錨を上げてエンジンをかけた。島を右手にしばらく走った。島の端に近づくと海水はうねりながら流れ、荒れ狂っていた。二人はしばらく意見交換をした後、船を止めた。

「ダメですね。流れが強すぎます」

海苔浜《ひび》の綱をつかんで足を踏ん張った車寛浩《チャグァノ》が、手を下ろしながら首を横に振った。船は今しがた来た方向に船先を回した。ほかの船は一隻も見えない。みな、帰ったようだ。風が出はじめるとカモメがキルルッ、キルルッと掠れた声を苦しげに出しながら、勢いをつけて飛び上がった。

「あれは何だ？」

朴《パク》社長が声を出した。真ん前を馬の尻のように真っ黒なものが浮いては沈み、沈んでは浮いている。サメだ。群をなして真っ黒な背を水面に出したり隠したりしている。

「おや、あの船は？」

風を背に座った私たちの視野に大型の貨物船が跳び込んできた。

「ＬＰＧと書いてあるじゃないか」

船にはドーム型の大きなタンク三つが船体を陣取り、黄色のタンクごとにＬＰＧのアルファベットが大きく書き込まれていた。

「格好いいのお！　あんなに大きな船も内海ではのんびりしたもんだ」

小ぶりの貨物船とはちがって船体も美しくドーム型のタンクが爽やかに映った。ブルーの海に霞む島々を背景に前進する貨物船は、一幅の静物画のような安穏な雰囲気を醸し出していた。釜山《プサン》から仁川《インチョン》へ行くようだ。

「釜山とソウルの間を行き来するほかの貨物も、ああして船で運べばいいんじゃないかなあ？」

「あの大きさだと何トンぐらいになる?」

「五千トンはあるだろう」

この時。

――ザブン――

金成輔《キムソンボ》の体が海にはまった。

「中隊長どの!」

車寛浩《チャグァノ》が悲鳴を上げた。

「船を回せ!」

朴《パク》社長が、がばっと立ち上がり叫んだ。船はすでに全速力で回っている。金成輔《キムソンボ》はバタバタともがいている。「早く! 早く!」朴《パク》社長が喚いた。彼は泳ぐように見えたが手だけむやみにバタつかせるだけだった。船は急旋回した。「早く! 早く!」朴《パク》社長は必死に喚いた。

「ウワアー!」

全員船腹に叩きつけられた。急旋回した船が海苔棚の篊《ひび》に舳先《へさき》をぶつけたのだ。エンジン音も止まってしまった。車寛浩《チャグァノ》は機関室に頭を突っ込み始動させた。

「どうしたんだ?」

朴《パク》社長は地団太踏んだ。私が機関室に走った。車寛浩《チャグァノ》は何度もキーを回したがエンジンはビクともしない。バッテリーの使用表示灯が真っ白だ。金成輔《キムソンボ》は浮き沈みを繰り返している。車《チャ》は何度もキーを回した。自動車のエンジンなのでキーを回す以外やりようがない。

「何してるんだ！」

社長は喚き散らしている。

「バッテリーがとんだようです」

「何だと。点検しなかったのか？」

社長がまたもや激しく地団太踏んだ。金《キム》の頭が浮き沈みをくり返した。泳げないようだ。攻守団将校出身が泳げないとはおかしい。車《チャ》は金《キム》を見守りながらキーを回した。船は海水の強い力で船首を回し、流されていた。

「船を繋いで！」

車寛浩《チャグァノ》が声を荒げた。柳容燦《ユウヨンチャン》が棹で海苔篊《ひび》の綱を引っかけ錨のロープと結んだ。車《チャ》は上着を脱ぎ捨て船べりへ走った。靴下も脱ぎパンツ一枚になった。切羽詰まった状況下でも杓で水をかけた。「早く！　早く！」社長は叫ぶ一方だ。車《チャ》が海に飛び込んだ。力強く波を切って泳いだ。かなりの水泳実力だ。ところが逆流の上に流れがあまりにも速く、力泳の割には進んでいなかった。金成輔《キムソンボ》はアップアップしながら段々と流されていく。流れの方向は船と四五度も斜線上にあり、彼との距離は一〇〇メートルは開いていた
「どうなってんだ！」

朴《パク》社長が叫んだ。金成輔《キムソンボ》の頭が上がってこなくなった。一同、息を殺した。「出てきた」頭の天辺が少しだけ浮かんだ。車寛浩《チャグァノ》が近づいた。金《キム》は車《チャ》にむかって両腕をはげしくバタつかせた。車《チャ》が金《キム》に何やら叫んで、後ろへ下がった。再び車《チャ》が叫んで近づいた。金《キム》が車《チャ》に抱きついた。二人は絡まり合った。車《チャ》は金《キム》の腕を放そうとし、金《キム》は無我夢中でしがみつく。二つの体が絡まったまま浮き沈みし、そして沈んでいった。

車寛浩《チャグァノ》の脚が海面から突き出し水の中へ消えていった。

「どうなったんだ?」

朴《パク》社長が叫んだ。一同は顔を見合わせた。なかなか上がってこない。

「どうなったんだ?」

「でてくる。ええ?」

車寛浩《チャグァノ》一人が出てきた。彼は辺りを見回した。

「どうなってんだ?」

車《チャ》が再び潜った。二本の脚が力強く空中を蹴った。

「どうしたんだ?」

「でてくる」

金成輔《キムソンボ》は下の方から一人で浮き上がってきた。

「オオー　あの格好は?」

水面に上がってきた彼はうつ伏したまま流されていった。力尽きたようだ。車寛浩《チャグァノ》が水面に上がってきた。慌てて追いかけた。金成輔《キムソンボ》の体を引っくり返した。左手で彼の頭を支え上げた。水瓶を耳の横に挟むように彼の頭を左手で支えて、右手で泳ぎはじめた。金《キム》は顔を上に上げたまま車《チャ》の横にひっついてピクともしない。金《キム》の頭を抱えた車《チャ》は片手で勢いよく水をかいだ。海の子車寛浩《チャグァノ》にはお手のもののようだ。だが人を横に抱えて片手で泳ぐ姿は、まるで熊が熊を抱えて喘ぐそんな格好だった。

「向こうの方に流されて行くぞ!」

車寛浩《チャグァノ》は船に向かって泳ごうとするが、実際は流されて向こう側へと進んでいる。脇に抱えた金成輔《キムソンボ》は微動だにしない。

「飲みすぎて痙攣したんじゃないか？　あの流れにやられたんだ」

朴《パク》社長は成す術を知らなかった。私は機関室へ走った。エンジンに掛かっているキーを思いっきり回した。ウンともスンとも動かない。再び回した。車寛浩《チャグァノ》は船に向かって泳ぐが、角度は船から段々開いていった。このまま流されてゆけば、三、四〇メートルも船から逸れてしまう。車寛浩《チャグァノ》は疲れるだけ疲れ、虚しく流され続ける。私は足元にある錨のロープを巻いた。

「早く投げろ！」

朴《パク》社長が叫んだ。太いロープはたっぷり水を含んでいて思うように飛ぶとは思われなかった。両手に半分ずつ巻き、左足で船べりに踏ん張って立った。「投げろ！」朴《パク》社長が叫んだ。だが距離が開きすぎる。私はもう一度体制を整えた。「投げろ！」社長が叫んだ。力を振り絞って投げた。左手の方のロープが途中で絡まった。「こっちへ寄こせ！」社長が走りよった。「敵いませんよ」私はまたロープを巻いた。車寛《チャグァ》浩《ノ》は流されまいと必死に抵抗しているが、詮なしだ。たっぷり水分を含んだロープは鉄の塊だった。急かす社長を無視して水を絞った。力の限り投げた。「オオー！」辛うじてロープの端が車寛浩《チャグァノ》の前に届いた。車《チャ》はロープをつかもうと金成輔《キムソンボ》を離しそうになって止めた。またロープを巻いた。水を絞りながら巻いた。何度も姿勢を整えて思いきり投げた。ロープは空中でさぁーっと曲線を描きゆうゆうと伸びた。

「成功だ」

柳容燦《ユウヨンチャン》と朴《パク》社長がロープを巻き戻した。車寛浩《チャグァノ》は金成輔《キムソンボ》の頭が上を向いた状態を維持しながら引かれてきた。社長と私が金《キム》を引き上げた。彼の顔はすでに真っ青だ。

「頭より足を高くして水を吐かせてください」

船べりをつかんだ車寛浩《チャグァノ》が叫んだ。柳《ユウ》と社長が足を一本ずつ持ち上げた。口から水が溢れ出た。キムチ、ご飯粒と胃の中の物が出てきた。

「まっすぐ寝かせて！」

車寛浩《チャグァノ》が叫んだ。彼は金《キム》の鼻を塞いで口から息を吹き込んだ。私は金《キム》の心臓に手をやった。「どうだ？」社長が聞いた。脈の動きは感じられなかったが、停止しているのかどうか分からない。私が首をかしげると、社長自ら手を当てた。彼も首をかしげた。「退いて！」私は車寛浩《チャグァノ》を押しやった。金成輔《キムソンボ》の周りはキムチやら嘔吐物が散らばっていた。彼の鼻を抓んで思いきり息を吹きいれた。二、三回繰り返したが、彼はビクともしない。柳《ユウ》が交代した。柳《ユウ》も鼻を抓んで思いきり息を吹きいれた。車《チャ》が金《キム》の胸に手を当てた。「どうだ？」社長が聞いた。「分かりません」社長がまた手を当てた。彼も首をかしげた。みな、代わる代わる人工呼吸をした。

「オーーーイ！」

急に社長が叫んだ。上着を脱いで遠くを行く船に向かって振った。船は距離が遠すぎた。雲の合間から顔を出した太陽が水平線に落ちかけていた。車寛浩《チャグァノ》が機関室に走った。

――ブルルンッ――

エンジンはあたかも〈我を張っていたんだ〉と言わんばかり、ブルンッと音を出した。車寛浩《チャグァノ》が慣れた手つきで素早くハンドルを操作すると船は水しぶきを上げた。柳《ユウ》が機関室に飛び入るや車《チャ》はハンドルを任せこちらに走ってきた。そして何度も息を吹き入れたが金成輔《キムソンボ》はビクともしなかった。

「どうすりゃいいんだ?」

車寛浩《チャグァノ》は脱力状態でバタリと座り込んでしまった。皆は金成輔《キムソンボ》の顔だけを射るように、ただじっと見ていた。

「どうしてはまった?」

「小便をしようとしたらしいんだ」

車《チャ》は魂が抜けてしまったようだ。

「一体どうすりゃいいんだ?」

車《チャ》が成輔《ソンホ》の顔に鋭い刃のような視線を突き刺し、ぶるるっと震えた。猛獣の悲鳴のようだった。西の空には夕焼けが真っ赤に染まり、カモメがキルルッキルルッと旋回していた。夕焼けは目に眩しくカモメはのんびりと空を飛び回っていた。

船は夕ぐれに莞島《ワンド》港に着いた。届け入れを受けた警察は慌しく動いた。金成輔《キムソンボ》の身分が判明するや退勤した署長まで戻ってきて、署内は上へ下への大騒ぎとなった。死体はおおよその点検を終えて光州《クァンジュ》の大学病院に運ばれ、三人は調書を取られた。

捜査官は大まかな事故経緯を聞いた。事故の全容が把握されると調査用紙をかかえ席を立った。朴《バク》社長と柳容燦《ユウヨンチャン》は他の部屋で続けられるようだ。しばらくしてまた、捜査官が入ってきた。本格的な尋問が始まった。金成輔《キムソンボ》と知り合った経緯、一緒に釣りに行くことになった経緯や、事故の経緯に処置過程などを事こまかく聞き出した。

「車寛浩《チャグァノ》が金成輔《キムソンボ》氏に泳ぎついて金成輔《キムソンボ》氏と絡まり二人とも水に沈んだと言いますが、どちらが先に沈みましたか？」

「分かりません」

「車寛浩《チャグァノ》が金成輔《キムソンボ》を引っ張り込んだのではないですか？」

「絡まって沈みましたが、引っ張り込んでそうなったのかどうかは分かりません」

そう言われてみると、車寛浩《チャグァノ》が引っ張り込んだようにも思えるが、そうだとすればただ事ではなかった。

「一緒に沈んだ車寛浩《チャグァノ》が水の中から上がってきた時間はどれくらい経ってからでした？　一、二、三、四、五と、このような間隔が秒速です」

「そうですね。あまりの恐ろしさによくは覚えておりませんが、十秒は越えていたようで、二十秒にはなってなかったように思います」

「あまりにも長いと思いませんでしたか？」

「そのようには思いますが、切羽詰まった状況なので、時間が長く感じられたのかもしれません」

その他いくつかを聞いた捜査官が調書を検討している時だった。警官一人が入ってきて捜査官にメモを渡した。

「金成輔《キムソンボ》と車寛浩《チャグァノ》が五・一八の時出動した、攻守団出身だったという事実をご存知でしたか？」

「知りませんでした」

「鄭燦宇《チョンチャヌ》さんは五・一八の時は、光州《クァンジュ》にいましたか？」

「浪人中でいました」

「デモには参加しました?」

「その時、光州《クァンジュ》人をしてデモに不参加の人なんていましたか?」

「検挙されませんでした?」

「引っ張られましたが、単純加担者で訓放〔処罰せず訓示だけ与え釈放すること〕されました」

「五・一八研究所に勤務されたことありますね?」

「ええ」

「研究所に入所した動機は何ですか?」

「それがこの事件と何の関係があるんですか?」

「結構です」

捜査官は調書用紙を整えて席を離れた。深夜三時だ。どう考えてもただ事ではなかった。捜査官はなかなか現れなかった。

金成輔《キムソンボ》が私の首を抱きかかえてゲンコツで頬を殴った。捜査官は食い入るような目で私を見つめ悪態をついた。私は彼の腕から抜け出そうと必死にもがいた。「離して! 離せ」と、叫ぶ自分の声に驚き目が覚めた。端に座っていた警官がびっくりした目で私を見た。私はふーっと長い溜息をついた。

夜が明けはじめた。トイレでネコ式の洗面を済ませた。警官たちが出勤し始め、朝食が運ばれた。口の中はざらざらだが、無理に押し込んだ。私の目先には悪夢の中に現れた金成輔《キムソンボ》の怒り狂った顔がちらついた。長い時間待ったが捜査官は現れなかった。なんら連絡もない。借りてきた麦袋〔日本語では、借りてきたネコ〕よろしくただじっと座っていた。

捜査官は十一時を過ぎてやっと現れた。調査書を差し出し、読んでみて捺印せよと言った。さっと読んだ後、指紋で割り印を押し、署名後もやはり指紋を押した。昔、憲兵隊の捜査室で数百回と数え切れないほど押した指紋が蘇った。呆れ果てて言葉にならなかった。

「また出頭願うかもしれませんので、出かけられる時は必ず行き先を告げて下さい」

署から外に出た。晩秋の日差しが目映かった。警察署の門を振り返って見た。憲兵隊を抜け出した時の状景が思い出された。会社の常務が走り寄ってきた。朴《パク》社長も柳容燦《ユウヨンチャン》も出て来たと言った。朴《パク》社長は金成《キムソン》輔《ボ》の家族のところに行き、容燦《ヨンチャン》は社長の運転手と釣り道具を取りに行ったと告げた。

「もう金《キム》理事の遺族が?」

何人かいらしたようだと言った。私は常務についてコーヒーショップに入った。コーヒーは何年ぶりかに飲むような不思議な味がした。しばらくして社長と容燦《ヨンチャン》が入ってきた。社長は重病を患った病人の形相で真っ青にやつれていた。昼食は途中でとろうと容燦《ヨンチャン》が急かした。自分の車は社長の運転手が乗ってくるからと、常務に社長の車を運転するように言った。

「僕は全く知らなかったんだが、金《キム》理事は五・一八の時に出動した攻守団将校で車寛浩《チャグァノ》はその部下だったんだなあ。今ここに来ている者はほとんどその時の部下らしくて、彼らは事件を単純に見ていないようなんだ。昨夜連絡を受けて飛んできたようなんだが、僕と話す間も携帯がひっきりなしに鳴ってたよ」

朴《パク》社長は恐れをなしているようだ。

「単純に見ないって? じゃあどう見るってことなんです?」

容燦《ヨンチャン》が目くじらを立てた。

「君達の方はどうだった？　車寛浩《チャグァノ》に殺人嫌疑をかけるように思わなかったか？」

「人が死んだんだから、いろんな角度で検案するでしょうよ」

「僕もそう考えたんだが、金《キム》理事と車寛浩《チャグァノ》の関係が複雑なようでね、五・一八当時、車寛浩《チャグァノ》は金《キム》理事に対してわだかまりがあったらしいんだ。鎮圧するときデモ隊を庇ってるといって酷い仕打ちを受けたらしいんだ」

「だけど除隊後は金《キム》理事がかなり面倒を見ていたと言いますよ」

「かなり面倒を見るということは、わだかまりの大きさが相当だったということを意味するよ。先週に理事が所安島《ソアンド》で一晩泊まったろう？　その時も旅館で五・一八の問題で大ゲンカしたらしい。昨夜その旅館の主を尋問したようだ」

私は驚いた。夜中に旅館の主まで呼んで来たとしたら、ケンカもただのケンカではなさそうだ。

「光州《クァンジュ》に出動した攻守団出身はだなあ、今は、安企部〔国家安全企画部〕とか警察の局長になったり、あるいは某《なにがし》かの官吏職について、ふんぞり返って威厳を振りかざして、メン玉一つで人をほしいままに使っているよ。金《キム》理事だってそうだろう。テヤン電子のような企業の理事じゃないか？」

「そんな人物がだ、殺人されたとしたらただ事ではすまんだろう？」

「人を殺す事しか能のない人間どもだ、そんな風に考えるかもしれんが、事件は明白じゃないですか？　水に入る時はたった二、三杯の飲酒でも自殺行為になるのに、何日も前から水素爆弾ったら、何たらって無茶飲みやって、昨日もずっと飲んでたじゃないか？　ウイスキーボトル一本を一人で空けたじゃないですか？」

「だが二人が水に沈んだとき、ちょっと変だったろう？」

「何が変だったんですか？　奴らは車寛浩《チャグァノ》が金《キム》理事を水の中に引っ張っていったように見ているらしいが、金《キム》理事がつかまるから絡まって一緒に沈んだんで、それがなんで引っ張ったことになるんですか？　溺れる物は藁をもつかむというが、まったく無知な金《キム》理事が思いっきりしがみついたんじゃないですか」

容燦《ヨンチャン》はとんでもないという口調だった。朴《パク》社長が驚いて私を見つめた。社長もその点が解せないようで、そのように陳述したようだ。

「どちらにせよ警察は、他殺扱いで尋問証言をかためたようだ」

「それじゃ車寛浩《チャグァノ》が機関の故障で慌てたことや、金《キム》理事を引っ張ってきて助けるために頑張ったのは何だったんです？　そこまで完璧に演じられますか？　攻守団の連中が上へ下へと総出で動いてるらしいんだが、下手すると車寛浩《チャグァノ》もそうだが、まあそれは二の次に置いといて、俺たちまでお縄頂戴ですよ」

容燦《ヨンチャン》は断言した。

「大変だ。事件も事件だが、うちの会社がもっと大変だよ」

朴《パク》社長は気の抜けた声でつぶやいた。金成輔《キムソンボ》は景気が上向くと自分の会社から体勢を立て直してくれたと、社長は終始金成輔《キムソンボ》の話ばかりした。元請会社と下請け会社の関係は元請会社の気分次第で、取引を断ればもうそれでお終いだ。

社長はそのままソウルに上がった。会社の雰囲気は喪中そのものだった。翌日戻って来た社長は「あまり神経質になるな」と言ったが、その言葉を発する社長の顔からしてどんより雲っていた。

「金《キム》理事も五・一八で傷を負ったんだなあ。彼があんなに釣りに没頭したのにも訳があったよ。婚約者が光州《クァンジュ》問題で理事と激しく言い争って、結婚を目前に断ったんだって。今まで独身で通したところを見るとかなりショックだったんだなあ。郷里が慶尚南道《キョンサムナムド》の統営《トンヨン》近くの固城《コソン》とか言ってたなあ。そこで農業を営んでいた弟が四、五年前に交通事故でなくなって、母さんと二人で暮らしていてこれだろう。親友があそこまで動いてくれるのにもこんな事情があるんだとよ」

金成輔《キムソンボ》の顔にかかっていた暗い陰に、そんな事情があったとは。容燦《ヨンチャン》が、光州《クァンジュ》に出動した将校達もみな、全斗煥《チョンドゥファン》らの犠牲者だといった言葉が再び頭をもたげた。容燦《ヨンチャン》はこんな言葉もなんら根拠なしには絶対口にしなかったのだ。

全斗煥《チョンドゥファン》らはまず、軍人の人格を破壊し、そして光州《クァンジュ》の人々の肉体を破壊したのだ。市民軍に追いやられ無等山《ムドゥンサン》に篭った攻守団は数日後、市の外郭に移動しながら、貯水池で水浴びしていた中学生をアヒル狩りでもするように撃ち殺し、逃げながら脱げたクツを拾おうとした小学五年生にM16を七発も撃って体を蜂の巣にし、田んぼの七面鳥の檻に銃を乱射して四百羽の半分を殺し、農家に片っ端から入り込み乳牛やヒツジまで皆殺しにし、下水溝の土管の中に隠れた中年女性まで追いかけて銃を打ち込んだ。これは人間のすることではない。ケダモノの行為だ。全斗煥《チョンドゥファン》らは攻守団員の人格をこのように破壊してケダモノにし、光州《クァンジュ》市民の肉体を破壊したのだ。私たちは攻守団も全斗煥《チョンドゥファン》らと同じように憎悪するが、実は彼らも人格を破壊された単純な道具に過ぎなかったのだ。彼らを憎悪するのは光州《クァンジュ》市民を撃った銃や、市民を捕まえ乗せて走った自動車などの道具を憎悪するのと同じことなのだ。この点をはっきり直視し、認識してこそ光州《クァンジュ》虐殺者の実態を明らかにすることができる。ちょっと視点を変えてみれば、人格を破壊することは、肉体を破壊することよりも、もっと残忍なことだと気がつく。

翌日、車寛浩《チャグァノ》の家族が会社に押し寄せて、みなして泣き伏し、ひと騒動起こった。ちょうど、会社に来ていた容燦《ヨンチャン》が彼らと会って、前後の事情を正確に説明し、裁判時に証言が必要ならば進んで立つと約束した。

数日後、私たちは現場検証に呼ばれ、またもや憂き目に合わされた。医者や船舶修理所の所長、赤十字社水中構造専門家、村人たちまで船で見物する中、罪なき罪人になって、身の毛もよだつ行為を繰り返した。私は再度莞島《ワンド》警察の呼び出しを受けた。ほかの者は呼ばず私だけを呼んだのだ。その日は納入日で忙しかったが、朴《パク》社長が早く行くようにと背を押してくれた。私一人だけ呼ばれるのが府に落ちず、当惑しながら警察署に入ったら、別の部屋に連れて行かれた。ドアを開けて入ると、意外にもそこには安智春《アンジチュン》刑事が突っ立っていた。私はその場に棒立ちになった。

調書ファイルを何冊かめくっていた彼は、私をちらっと見上げ、顎をしゃくってイスに座れと合図し、また、ファイルに目をやった。よく来たなの言葉一つなかった。私はしばらく彼を見ていたがイスに尻をほうり投げた。調書は複雑らしく耳を折った所が何カ所もあり、彼は調書用紙をめくりながら他の紙にメモを取っていた。

「去年車寛浩《チャグァノ》の船で磯釣りやりましたね?」

目は調査書に向けたまま低い声で聞いた。しまった!と思いながらも、間髪を入れずそうだと答えた。莞島《ワンド》で適当に受け応えしたことが思い出され、心臓が凍りついた。容燦《ヨンチャン》は〈うみかぜ〉で聞いた話一つ取ってみても正直に陳述したという。

「先日は車寛浩《チャグァノ》を知らないと言いましたが、その真相は何です?」

目は調査書に置いたままだ。

「その時、彼の船に乗りましたが、釣り人たちが多くて彼と話など一言も交わさなかったのに、それをもって知り合いだなんて言えないからですよ」

「車寛浩《チャグァノ》が五・一八時に光州《クァンジュ》に出動した攻守団だという事実も知らなかったんですか？」

〈うみかぜ〉の主人と酔客を取調べたようだ。

「実はそれも知っていました。先週初めて釣りに来た時の夕方に〈うみかぜ〉という飲み屋で客が話しているのを聞いて知りました」

「金成輔《キムソンボ》が攻守団の将校だったということも知らなかったんですか？」

「それも〈うみかぜ〉で知りました」

「車寛浩《チャグァノ》との関係も知らなかったのですか？」

「それもその時に知りました」

「金重萬《キムジュンマン》とは二回も通話しているのに、どうして知らないと言ったのですか？」

安智春《アンジチュン》刑事はやっと顔を上げた。

「その人は本当に知りませんよ」

「本当に知らない人、ウソで知らない人、知らない人にも色々ありますなあ」

彼は皮肉り、また調査書に目をやった。分厚い彼の胸が岩のように頑強に見えた。

「金成輔《キムソンボ》に接近した車寛浩《チャグァノ》が金《キム》氏を水の中に引きずり込んだのでしょう？」

「車寛浩《チャグァノ》氏が引っ張って入ったのか、そのまま沈んだのかそれは分かりません」

「車寛浩《チャグァノ》に二回もロープを投げたのに届かなかったのはどうしてですか？」

「最初のはロープが絡まったし、二回目のはロープが水分をたっぷり含んでいたので重たかったからですよ」

「柳容燦《ユウヨンチャン》氏と鄭燦宇《チョンチャヌ》氏とはどんな関係ですか？」

「高校の時から親しくて、浪人になってからは同じ塾に通ったので、より親しく付き合ってますよ」

「柳容燦《ユウヨンチャン》氏は五・一八時にどう戦いましたか？」

「彼は闘ってませんよ。家で勉強中に引っ張られたんです」

容燦《ヨンチャン》が連行された経緯、傷を負った部位と負傷の程度、補償申請の可否など、細部にわたって尋問した。

「頭の負傷以外にほかに負傷しなかったのですか？」

「鎖骨も折れました」

私は彼の表情を窺いながら答えた。

「頭が割れて、鎖骨を骨折したならかなりの重傷になるのに、どうして補償申請しなかったのですか？」

「身体検査やら書類の作成やらが煩わしかったようです。彼のうちは金持ちですからね」

「負傷の度合いから見てかなりの補償金が貰えたはずですが？」

「一次申請の時はたいした額にはならないというウワサだったし、補償金がたくさん貰えるのは、後遺症が酷くて労働力を喪失した場合だけだということでしたからねえ」

「光州《クァンジュ》事態の被害者のなかで補償申請をしなかった人はどれくらいになりますか？」

「分かりません」

新婚女性何人かを含めて四、五人になると聞いたことがあるが、言いたくなかった。

「あなたが関心を寄せてる〈三角目〉は申請しましたか？」

「知りません」

「市庁に行って補償申請書類を調べたでしょう？」

「研究所に勤めていた時、申請書類を閲覧しましたが、調査対象者を選ぶためで、〈三角目〉を探そうとの目的ではないですよ。けれど見るついでなので〈三角目〉も探しましたが、申請書に貼ってある写真は真っ当な顔で、服装もきちんとしてますから、当時とはあまりにもかけ離れていて誰が誰だか分かりませんでした」

「腕に傷を負った特徴もあるじゃないですか？」

「そんな人は一人や二人じゃないですよ」

「申告書類まで調べるほど、彼を探す訳は何ですか？」

「雑誌に書いたとおりです」

彼はまた、調査用紙をめくった。申請書類を調べるのはおおよそ見当がついていたが、十数年前に私がその書類を見た事実まで知っていたとは驚きだった。まして容燦《ヨンチャン》もかなりの線まで裏調査したらしく、鎖骨を骨折した事実まで知っているように思われた。容燦《ヨンチャン》は引っ張られてゆくとき、軍靴で踏みつけられ顎の下の左の鎖骨が折れ、そのままの状態で治ったので、その部分が赤子の握りこぶしくらい陥没している。だが彼はどんな席でも自身の個人的被害については話さなかったし、特に鎖骨骨折の話はしなかった。だから私も最初は頭が裂けたことだけ言ったのだ。

「五・一八研究所に入所した動機は何です？」

「社会学の専門家として関心もあったし、光州《クァンジュ》抗争の真相を明かすのに力になりたい気持ちもあったからですよ」

「金重萬《キムジュンマン》が何を企てているのかやっぱり知らないのですか？」

「数日前にテレビで彼が拳銃を買ったというニュースを見たことはありますが、何を企てているのかは知りませんよ」

「彼が金重萬《キムジュンマン》だということをどうして知ったのですか？」

「テレビで、ニュースで分かりました」

彼はしばらく調書を見ていたが、何かあったらしく外に出た。広く曲った背が彼の印象を裏づけ頑丈に映った。それは事件を厄介な方向に引っ張ってやると主張している。私がいくら抵抗しても足の先で蹴られたタイヤみたいにビクともしないようだった。

昼食にコムタン〔牛汁定食〕が出た。食事を済ませ、しばらく経っても彼は現れなかった。腹が煮えくり返ってきた。何ら罪もないのに彼に威圧され、縮まっている自分の無様な姿が間抜けて見える。この様は、何らかの嫌疑を間接的に認めているようで、下手に噛みつけばズタズタに踏みにじられそうな気がした。テレビ画面での金重萬《キムジュンマン》の姿が迫ってきた。私がこのような調査を受けるからには、彼らと何やら企んでそれがバレたぐらいのことがなけりゃならんだろうとの思いが走る。宙を目で睨んでいた彼の悠然とした姿がちらつき、彼を裏切っているようで怒りがこみ上がる。三時間近くも一人で座らせられていたことになる。私は席を立ち、私をここへ案内した警官に向かった。

「嫌疑者でもないのにじっと座らせて、どうしてです？　帰りますから。帰ったと伝えてください」
そして背を向けた。もう少し待つように言われたがそのまま出てきた。急いで駐車場に行き車を回した。その時、警官が走ってきた。そのまま行ってしまおうかとも思ったがそこはグッとこらえ、部屋に戻った。安智春《アンジチュン》が調書ファイルを覗き込んでいた。

「これって一体何ですか？　被疑者なんですか？　私は」

まもなく安智春《アンジチュン》は頭をもたげ私を上目づかいに見て、上半身をイスの背もたれに自堕落に持たせかけた。タバコを出して火をつけた。私は被疑者なのかと声を荒げた。

「演出がお上手ですなあ。殺人現場で金成輔《キムソンボ》を助ける素ぶりをして、車寛浩《チャグァノ》と交代で人工呼吸を一生懸命されましたね。おまけに核心的な事実まで隠してますよ。こう言われてもまだ分かりませんか？　殺人嫌疑ですよ。殺人嫌疑！」

安智春《アンジチュン》はニヤリとやに下がった。殺人嫌疑という言葉が刃のように胸に突き刺さった。

「何ですって？　殺人嫌疑？」

「それだけではないですよ。あなたは金重萬《キムジュンマン》と企んでいることについても隠しているじゃないですか。五・一八時に単純加担者だと言いましたが、それもウソですねえ？　私が言いましょうか？　機動打撃隊に志願して、二十七日の明け方に戒厳軍と戦って逮捕されたでしょう？　大学を卒業すると高い学歴があるにも拘らず、薄給で研究所に入って〈三角目〉を探しましたねえ。市庁の補償書類まで引っくり返してですよ。広告まで出して探しましたねえ。そこまでして探す目的は一体何なんです？」

彼はゆっくり話してまたニンマリと含み笑いをした。私は呆然と彼を眺めた。彼は座れとも言わず、陰湿な笑いを流し、なぶるように私を見た。

「今回の金成輔《キムソンボ》の事件だけに焦点を当てて言いましょうか？　車寛浩《チャグァノ》は金成輔《キムソンボ》とはジョイント関係でちょっと劣るぐらいですよ。恨みの度数で言えば攻守団の将校であった金成輔《キムソンボ》に対する車寛浩《チャグァノ》のそれと、あなたのそれとではどちらが大きいですか？」

私をもてあそばんばかりの口調だ。

「この私が？　恨みを晴らすために、金成輔《キムソンボ》のような小者に命を賭けるとでも思ってるんですか？」

怒り心頭に発した私は思わず怒鳴ってしまった。

「金成輔《キムソンボ》のような小者一人には命を掛けない？　やっと本音を出しましたねえ」

私は〝しまった〟とうなった。この陰険な性悪男に引っ掛かってしまった。私は彼の顔だけを見ていた。

彼はまた調査ファイルに目をやった。それまで立っていた私は座るわけにもいかず、じっと立っている訳にもいかなかった。座れという気配はなく自分から座るしかなかった。彼は再度、顔を上げた。

「簡単には口を割らないようなので、私の方から言いましょう。光州《クァンジュ》事態の負傷者や拘束者の中で、補償申請をしなかったのは五人いるかどうかです。新婚女性に弁護士一人を除外すると、納得ゆく理由なしに申請しなかった人は、金重萬《キムジュンマン》と〈三角目〉に柳容燦《ユウヨンチャン》さんの三人だけです。ところがあなたはこの三人と密接に繋がっているんですよ」

彼はまた、ニヤリと陰湿な笑いを口元に浮かべた。

「私が金重萬《キムジュンマン》の何らかの事件に関連しているという証拠でもあるんですか？」

「それをあなたが吐かないからこうして探しているんですよ。お互い頭を痛めずに簡単に終わりましょうや。言っておきますが私は手強いですよ」

彼はまたニヤリとやに下がった。唇の端が先ほどより横長に伸びた。その時、ドアが開いて電話だと告げられ彼は外に出た。

私はぼーっとしていた。私が金成輔《キムソンボ》事件や金重萬《キムジュンマン》事件で引っ掛かることとは一体何だ？　いくら探してもないところから罪が吹き出る訳がない。こんな時こそ落ち着かねば、と思い直した。〈三角目〉も補償申請をしなかったところをみると、彼の身分もはっきりしたようだ。が、それがどうしたというんだ。

安智春《アンジチュン》が入って来た。調査用紙にナンバーを付けた。先ほど言った内容のものには付けずに、その以前のものだけにナンバーをつけファイルを閉じた。

「割り印を押して、サインと捺印してください。かなり経験されたでしょう？」

彼は出る支度をしながら用紙を私の前に押し出した。

「何だって？　かなり経験？　ああ、うんと経験したよ」

私は拳で机をドンと叩き、がばっと立ち上がった。

「光州《クァンジュ》抗争の時は何度もしたよ。だが今回はできん」

私は机を叩き歯を食いしばった。彼は戸惑った表情で私を見返した。

「ほほーっ」

「ほほーっ？　私はこんな手には掛からんよ。私を縛りたかったら光州《クァンジュ》抗争の時みたいに銃をぶら下げてきて引っ張って行け！」

私はイスを蹴飛ばしその勢いでドアも蹴った。イスが倒れる音が外にまで響いた。廊下を過ぎ駐車場へ走った。車のドアを手荒く開け閉めしてエンジンをかけた。警察署からは誰も出てこなかった。アクセルを踏んだ。――ブルルンッ――車が走り出した。びっくりしてブレーキを踏んだ。これではダメだと呼吸を整えた。深呼吸し、荒れる気持ちを抑え、ハンドルを握り直した。車の下の道路がジグザグと後ろへ消え去った。

「かなり経験したでしょう?」嫌味たっぷりの皮肉が耳元で鳴り響いた。私は歯を食いしばった。〝それがどうした〟ブレーキを踏んだ。スピードが落ちた。速度計が時速百二十キロを指していた。落ち着かねばと、また、深呼吸を繰り返した。だが宙に浮く体はなかなか落ち着かない。あの皮肉を聞いた瞬間、光州《クァンジュ》抗争のすべてが蘇り体を覆いかぶすようで、光州《クァンジュ》抗争があんな虫けらみたいな奴に侮辱を受けるという思いで、全身の血が逆流したのだ。いま自分の体を持ち上げている力の正体が分かるようだ。そうだ。殺気だ。美善《ミソン》姉妹が受けたあの日の晩のあの悪魔的な殺気、クムナム路で太極旗を広げ倒れた青年達を見つめながら歯を食いしばったとき抱いたあの殺気だった。テレビの画面で金重萬《キムジュンマン》の前に置いてあった数種の銃が目先をかすった。その銃が一丁一丁鮮明に蘇った。これだったんだ。ずーっと得体の知れない渇望のようなものがうごめいていたが、それがまさにこの銃だったんだ。抗争時に初めて銃を撃ったとき、ジーン、グワーンと耳鳴りを起こした銃声、朝鮮大学校の前で乱射した銃は、あの恐ろしい威力で標的に実弾を押し込み、その威力に合った恐ろしい音で私の行為の正当性を声高々と語り、私は猛り狂ったように銃を撃ちまくった。あの銃が懐かしくあの銃声が恋しかった。

容燦《ヨンチャン》が会社で待っていた。社員らはほとんど退社し、社長はソウルへ飛んだと言った。私は息を整えた。

「僕を金成輔《キムソンボ》事件に関連させて、金重萬《キムジュンマン》との関係を引き出そうとしたんだ。とんでもないぜ。僕はもちろん、お前も詳しく裏づけ調査をしたようだ」

私は彼の反応に神経を尖らせながら、調査尋問された内容を大まかに話した。

「だがお前にしろ俺にしろ、金成輔《キムソンボ》事件なり金重萬《キムジュンマン》事件なり何も引っ掛かることないじゃないか？」

彼は天下泰平だ。

「僕はお前を心配して言ってるんだ。本当に大丈夫か？」

「前にも言ったが、いくら叩いても埃《ほこり》ひとつ出てこないぜ」

私は彼をまじまじと見つめた。タニシのような奴だがあまりの平然さに面食らった。ちょっとでもヤバイところがあればあんなにも平然といられないだろう、と思うと裏切りという言葉が私の心に忍び込んでくる。

「良かった。奴がしつこく追及するから僕なんか最初は呆れかえっていたけど、終いには金重萬《キムジュンマン》氏が目先に現れたよ。あの人とは何ら関係がないから「ない」と返事するしかないけど、拘束されてる自分が彼を裏切るみたいでね。安智春《アンジチュン》のまえで小さくなってる己の無様さが情けなくてしかたなかったよ。己の姿が情けなく感じれば感じるほど生け捕られた猛獣みたいに、監房で鬱憤を耐え忍んでいる金重萬《キムジュンマン》さんを裏切っているような気持ちになるんだ。僕はこのままでは引き下がらんよ。帰り道考えたんだ。実は安《アン》智春《ジチュン》は僕の先生になってくれたわけだ。僕のためすべきことを教えてくれたからなぁ」

私はタバコの煙をくゆらせながらうすく笑った。容燦《ヨンチャン》は驚きの目で私を見つめた。私は窓の外を眺めながら、煙に尾をつけ長々と吐き出した。

「お前、最近美善《ミソン》のために」

「何だとー？」

私はがっと声を張り上げた。叫びに似た声は天井を唸らせた。容燦《ヨンチャン》の目から瞳が飛び出しそうだ。私は驚く彼の形相をみて、己の顔に鋭く光る殺気を読みとった。そして彼を睨み続けた。話が美善《ミソン》に及ぶと我知らず憤慨が込み上がるのだ。

「よーく考えて行動しなきゃ。奴ら、銃にかけてはプロだぜ。まして安智春《アンジチュン》はその道ではつわものだぜ。あれだけの執念で金重萬《キムジュンマン》も逮捕したようだが、奴がここで収集した情報を叩き出してお前を脅すのも、決定的な端緒が取れないから、お前の出方を拝見しようって企みじゃないのか？」

聞いてみるとそれらしくも思える。

「よーく考えろ。こういうことは一人ではできない。到底無理だ。なんと言っても孤絶して耐えられなくなる」

彼は注意を促すように話した。端麗な彼の顔にはマネキンのような無機質の冷たさが漂い、肉声にはテープレコーダーが再生するような機械音が篭っていた。容燦《ヨンチャン》はこんなにも遠く離れた存在だったのかと思ってしまう。

しばし沈黙が流れた。夕食を勧める彼に食べたくないと断り席を立った。二人は会社の外で別れた。

〝孤独は耐えられない。と言ったな？　そうだろう。だが自分は孤独に慣れ親しんだ。今までの孤独に比べたらこの孤独ぐらいなんてことない。自分は今の今まで長髪の女性のことをお前にも他の誰にも言ったことがない。美善《ミソン》姉妹が冒された日の晩、ナイフを胸にスクシルに潜伏したこと、憲兵隊の殺人的な拷問を自分の罪と見なして耐え抜いたこと、新兵訓練所の射撃ターゲットに長い髪が現れ指が動かなくなった現象、大学卒業後、研究所に入り二年間も悶え苦しんだ心の痛み、これら全てを胸の底深く仕舞い込んで、日々悪夢にうなされ生きてきたんだ。今まで自分は漆喰のように真っ暗な洞くつの湿地を這いづり回る一匹の虫に過ぎなかった。今は違う。これからあの洞くつを出るんだ。洞くつの虫が太陽の下に出て行くんだ〃

3 白凡の微笑

数日経っても安智春《アンジチュン》からなんら音沙汰はなかった。私は打つ手もなく、ただ、漠然と日々を送っていた。海を渡らんとする者が、船も棹もなく海辺で遠く水平線を眺めている体たらくだ。

——国際通貨基金の支援を受ける韓国の経済は、来年には経済成長率が最低三％台まで下がり、失業率は最高五％、物価上昇率は最高七％までそれぞれ伸びるものと予測しています。これによって経済成長率は、現在の半分程度に萎縮し、失業者は現在の二倍の百万名前後に増え、物価も今年に比べほとんど二倍の高さに跳ね上がる見通しです……

社員は昼食を食べながらラジオの声に耳を傾けていた。大統領選挙を控えて、危機に陥った経済は切実な問題となり選挙運動の争点になった。六・二五〔一九五〇年の朝鮮戦争開戦日を指す〕以後、最大恐慌と言われる経済状態はまもなく台風圏内に突入する気配をみせている。下がる一方の景気は、美善《ミソン》たちにも影を落としはじめた。ソウル近郊の住宅付き店舗を契約したが、光州《クァンジュ》の店舗の専貫金〔不動産所有者に建物を一定期間借用するに当たって預ける金で、出る時は全額返済される。貸与した所有者はその金を他に流用する権限を持つ〕が払われじまいだという。光州《クァンジュ》の家を借りるという人が現れたので、ソウル側の契約を急いだが、その人が契約を白紙に戻したあおりを食らって、にっちもさっちもいかなくなったという。姜智妍《カンジヨン》がどこからか聞いてきた話だ。不動産の相場が跳ね上がっている時だけに、こういう事例は氷山の一角にすぎない。

「お邪魔します」

「おお、崔《チェ》君、久しぶりだね。それでなくとも君の会社に出向く予定だったんだ。よく来てくれたよ」

崔曙弘《チェソホン》というソウルにある部品会社の社員だ。わが社に納品していた部品会社が二カ所も不渡りを出して倒れたので、急遽何カ所かの会社を呼んで帰したところだった。

「君の会社、わが社に納品しているPCV以外、どんな部品なら納品可能かな？」

彼はカバンから目録を出した。さっと目を通した。この会社に任せられるものが三種類もある。

「いまちょうど、社長がいる」

私は彼を連れて社長室に入った。朴《パク》社長は彼の会社の最近の運営状況から事細かに聞き出し、どうせならこの会社から先に行って下見するよう指示した。部品の選択は生産課長である私がほとんどの実権を握っている。

私たちは会社近くのレストランへ行った。崔曙弘《チェソホン》は、容燦《ヨンチャン》が大学生当時顔を出していたマダン劇〔風刺的な内容の仮面劇〕のメンバーで、その繋がりで当初からわが社に納品していた。

「最近どうしてる？」

「それなりにですよ。新たなことと言えば、〈マダンお祓い〔鬼神祓い〕〉を一つ創作したぐらいですねえ。

昔の〈お祓い役者〉はほとんど登山会に流れましたがね、朴《パク》キソさんていたでしょう？　白凡《ペクボム》殺害者の安《アン》斗熙《ドゥヒ》を始末したお人ですよ。山の帰りに連中と彼の話をしていてその場で閃いたんですよ。もともと気合の入った連中でしょう？　その場で劇創作が決まりましたよ」

「それがテーマなら傑作ができるなあ」

「面白いですよ。この選挙運動で騒いでいる全斗煥《チョンドゥファン》一味の赦免問題のおかげです。テーマに持ってこいですからねえ。ところがストーリーを決めて書き出したらね、当然彼らの赦免問題を昔の安斗熙《アンドゥヒ》赦免と比較するじゃないですか。するとこの赦免問題がですよ、深刻極まりない問題だと気づいたんです」

「赦免にも違いがあるのか？」

私は崔《チェ》のグラスに酒を注いで聞いた。ただっ広いホールに、客は向こうの隅のテーブル二つに数人いるだけだった。

「まず安斗熙《アンドゥヒ》は拳銃使いという単純な実行道具に過ぎなかったけれど、全斗煥《チョンドゥファン》一味は軍事反乱と内乱で国民を虐殺し、政権を簒奪した張本人じゃないですか？　次に安斗熙《アンドゥヒ》赦免は李承晩《イスンマン》〔当時の大統領〕一人が決めたけれど、今は当選可能な大統領候補がみな赦免を公約しているから、政界全体がほとんど万場一致で合意することになるでしょう」

「ウーン、なるほど」

私は彼がつぐ酒をうけながらうなずいた。

「そこにですよ、選挙という手順をへてしまえば光州《クァンジュ》の被害者をふくむ全国民が彼らの赦免に同意する結果になるんですよ。国民を虐殺してもなお、ふんぞり返っている輩を国民自ら赦免する、そんなバカなことになるんですよ」

「なんてことだ。奴らにとって選挙はまさに最高の正当性を与えるってわけか？」

私は口に運びかけたグラスをとめて彼をみつめた。

「そうなんです。赦免って何ですか？〈赦免〉は容赦の法律的な概念で、容赦とは過ちを悟ったときにそれを受けとめることを意味するんですよ。ところがですよ、国民を虐殺しても容赦を乞うどころか、堂々とあごを上げて威張り散らしてる奴に、『私はあなたを許しますわ』というバカげたコメディーが作られようとしてるんですよ」

「はーっ。なんてことだ」

私はグラスを空け虚しく笑った。

「イエス様は、自分を捕らえる軍師たちや十字架にかける人たちを許し給えと神様に拝みながらそのつど、この人たちは自分が何をしようとしているのか分かっていないと繰り返し言いましたね。罪を犯しながらもそれを自覚していないから許し給えと願い出たんですよ。いま、大統領の候補者たちはですよ、名分を掲げて和解うんぬん、和合うんぬんと調子のいいこと言ってるけれど、過ちを犯した者が過ちを悟るどころかいけしゃしゃとふんぞりかえっているのに、誰が誰の手を握って和解し和合するというんですか？　今、南アフリカ共和国はまさにわれわれの鑑ですよ。黒人たちは白人たちと和解しています。〈真実と和解委員会〉がその機構ですよ。彼らはですねえ、この機構の〈和解〉の名の前に〈真実〉を出しています。過ちを一つも隠さず事実どおりすべて曝け出さなければならないという意思を名前にまで込めたんですよ。真実を明かにすること自体が容赦を乞う態度で、過ちを犯した者が許しを乞うことが容赦と和解の絶対的な条件になるからですよ」

彼はマダン劇の台本を自分が仕上げたと言った。だからこの問題を誰よりも真摯に、深く考えざるをえなかったようだ。

「そうか。僕は選挙に関する記事を読みながらも、ただうなずくだけだったが、こうして聞いてみると、ぶざますぎて話にならんなあ」

崔《チェ》は自分は酒を絶ったと言って、私のグラスに酒をつぎ話を続けた。

「いま、黒人の力だけでは白人を制圧して、懲らしめることはできないでしょ？　だからと言ってそのまま放っておくわけにもいかんでしょ？　そんな現実を絶妙に結合したのがまさにあの委員会なんです。彼らは髪の毛一本ほどの真実でも隠すと容赦しません。闘争期間中に白人にテロを加えた事件で、連累されたトゥトゥ主教の息子は今も刑務所にいます。彼の告白が真実でないと判断されたからです。トゥトゥ主教はこの委員会の委員長ですよ。闘争期間黒人たちの精神的な支えだった人ですよ。その人の息子なんですよ」

「そうだ。その記事は僕も読んだ」

「彼らはこのように厳正にことを処理してます。黒人と白人は今、勝者もなく、敗者もない、文字通り本当の容赦と和解をしているんです。和解という目標を成就したという点では、勝者は両方でしょう。この世紀的な偉業は現在終結段階にあります」

私は終始かぶりを振り続けた。

「今、韓国の政治舞台は和解という仮面をかぶって国民の血を売りものにし、その地方の票を釣りあげようという、スマートに表現するならばバカなコメディーを演じているけれど、そのまま彼らを赦免してしまったらただのコメディーで終わりませんよ。赦免は大統領の統治行為という国家最高権威の発動で行われるんでしょ？　赦免は国家制度としては最後の手続きで一度赦免してしまえば、もとに戻すことは不可能ですよ。安斗熙《アンドゥヒ》事件を次代の政権がやり直そうとしても手をつけられなかったのはそのせいですよ」

「安斗熙《アンドゥヒ》事件をやり直そうとした政権があったのか？」

「どの政府だってやってませんけど、例えばの話ですよ」

「過去形で言うなよ。びっくりするじゃないか」

「すみません」

崔《チェ》は唇で軽く照れ笑いし、水を一口飲んで続けた。

「ところがもっと大きな問題は赦免の社会的、政治的効果ですよ。おのれの罪過を悟りも認めもしない彼らを赦免すると、国家は彼らが法廷で並べたあらゆる詭弁や妖説、傲慢ふとどきな態度まで受け入れてそのまま認めたことになります。それは彼らを勝者として公認する結果になるんですよ。国民を虐殺した者を国家が勝者として公認することになるんです！」

「彼らを勝者として公認する？　本当だ！　これはただごとではないぞ」

私は呆然と崔《チェ》を見つめた。

「彼らが勝者になれば国民はどうなるんです？　彼らに虐殺された人たちを含めた国民は敗者に落ちるんですよ。国家と国家間の戦争では国家と共に国民が敗者になりえるけれど、どんな場合でも個人の前で国民は敗者になりえないし、なってはならないんじゃないですか？　ところがですよ、今、国民自ら自分たちを敗者につくろうとしているんですよ」

「本当に深刻な問題だなあ」

「政治犯を赦免するとき、裁判過程で何度罪を悟ってもそのままでは済まされず、悟っているという覚書を必ず取るのはそのためなんです。ところが今の大統領候補のすることなすこと見てごらんなさいよ。覚書どころか、おんぶに抱っこじゃないですか？　こんなことしていて法秩序がどうのこうのって言えますか？　強盗や殺人犯を処罰する根拠なんかなくなりますよ」

「聞いてみると本当に深刻な問題だなあ」

「地方主義にがんじがらめにされたこの国の政治は、今、民主政治の革新である選挙という制度で天下の公儀を破壊している真っ最中です。とにかく彼らの赦免でこの国の政治は落ちるところまで落ちてしまうということです」

「マダン劇の内容はいま話したことか？」

「まったくそのままというんじゃなくて、流れがそうだということです。見られるんでしたら一緒に山に登りましょう。特別公演をお見せしますよ」

崔曙弘《チェソホン》は初めて明るく笑い、私のグラスになみなみと酒をついだ。

「次の週末はどうだ？　そうでなくとも君の部品会社へ行かなきゃならんところだ」

土曜日に決まった。金曜日に上京し土曜日まで会社を見て、その後一緒に山に行けばいい。二人はしばらく話を続けた後、週末に会う約束をして別れた。

「容燦《ヨンチャン》はあまり手を広げすぎたようだなあ。そうでなくても危なっかしかったのに。どうするんだ？　あいつ」

窓の外を眺めていた朴《パク》社長が独りごちながらうすく笑った。明日出張する旨伝えに入った私は唖然と社長を眺めた。

「知らなかったのか？　時間が来ればレシーバーを当てていただろう？」

心臓がドキンとなった。

「何のことです？」

「株だよ」

社長は苦笑いした。私の胸がガクンと音を立てて崩れた。大統領選挙後を睨んで一カ所に集中的に掛けたらしく、その会社の不渡り説が流れ、株がティッシュに化けたということだ。

「このご時世に不渡りで傷がつくと、その企業は助からんわ。何でもそうだが株にはまり込むと麻薬だわ。麻薬」

私は言葉を失くした。二重に裏切られた気分だ。それ以上聞きたくなく社長室を出た。〈麻薬だわ。麻薬〉社長の一言が追っかけてくる。麻薬ということは、彼は今までそんなとんでもない麻薬に漬かっていたわけか？　いいや、そんなはずはない。と私は首を横に振った。株は確かにやっただろうが、決してそれだけではないはずだ。タニシのように深い心の底をおいそれとは外に出さない御人だ。即断を下すのは早すぎる。

ソウルで私は予定通り会社を見て回った。崔曙弘《チェソホン》は私と一緒に昼を食べ、彼の山岳会メンバーと約束しているところへ車を走らせた。

「最近、ひょんなことが起こってるんだ。尾行されるかもしれんから、気をつけてくれ」

「そんなことあるんですか？　尾行は大変ですよ。まあ、私もその道にかけてはプロ級ですから」

彼はスピードを上げたり下げたりしながら山のカーブを何カ所か回った。峠を越える時はかなりスピードを上げて急に止まり、用を足したりした。無関係なところに車を止めて道路を見渡したり、商店によって買い物したりした。狭い山道に入るともう安心だと、谷間に向かってゆっくり走った。車から降りてしばらく歩くと奥まった林の中にカーバイトの光が燃えていた。三、四人が駆け寄ってきた。ここには〈マダンお祓い〉メンバー四人だけ呼んだという。

「お会いできて光栄です。色々とお聞きしてます。五・一八市民軍にお会いするのは初めてなもので、光栄です」

「先生も李舜臣《イスンシン》将軍〔戦闘警察が脱ぎ捨てた、防石用に網を取り付けた帽子を反対にかぶって闘った市民軍の意味〕でした？」

役者たちは賑やかに私をかこった。宿泊は麓のモーテル〔韓国では小規模のホテルを指す〕にとってあると言った。

「市民軍先輩におかれましては、お酒を下賜されました」

崔《チェ》がおどけながらリュックから焼酎を取り出すと、歓声が上がった。瞬く間にバーナーに火がつき焼肉パーティーがはじまった。崔《チェ》はここでも酒は飲まなかった。盃《さかずき》が二、三回ぐるっと回ると二人が前に進み出た。

朴昊東《パクホドン》　今しがた大衆の面前に現れて威張り散らしておる、お前たちは一体全体どこのどいつだ？　はいはい。私どものことでござんすな？　大学をいい加減に通いまして卒業もままならず、マダンお祓いなどやってみようと顔をだして、ちょっと前にやっとこさ就職をいたしました輩でして、まあ、この頃はまた、大統領の選挙運動が面白おかしくて一緒に運動してみようと調子に乗ったところが、ある日、それもどこからともなく赦免赦免と話にならん話が騒がれる拍子に、選挙にかけた期待もパタパタパタパタときれいさっぱり払い落として、テレビちゃんのお笑い劇場にでも顔をだそうかと……

姜三哲《カンサムチョル》　こいつ、そうじゃないだろう？

朴昊東《パクホドン》　まあまあ、これはこれは。私めが飲めない酒を一パイ引っかけただけで、ちょっと頓珍漢なことをいたしたでござる。ここはこんなお笑い劇場ではないのでござる。ときは今から一年前、我こそは白凡金九《ペクボムキムグ》先生を殺害いたしたる安斗煕《アンドゥヒ》を処罰するために向かうとても深刻な場でござる。安斗煕《アンドゥヒ》を処断するそのわけとやらは何たるぞ？　過去をきっちり厳正に清算できない国には、本当の未来も望めないからでござる。ゆえにその者たちをただちにパンパンと撃ち殺さなければならぬのでござるが、その輩が防御用のガードを張り出しましたがゆえに私はもう気も狂わんばかりでござる。

姜三哲《カンサムチョル》　問題は方法です。処断をいたすといって、行き当たりばったりにパンパンと撃っただけではダメですぞ。日帝時代から六・二五しかり、軍事独裁しかり、銃剣に脅され異常に縮み上がってきた民ゆえ、銃といえば鳥肌が立ちまする。ですから処断するにはその訳を国民に充分納得させねばなりませぬ。何よりも、公権力をさておいて私どもが私事としてしゃしゃり出るわけを納得させねばならぬということです。

朴昊東《バクホドン》　国民をバカにしなさんな。国民が身震いするのは、過去に銃弾が正当に使われなかったからですぞ。腐った肉はナイフでえぐり出し、うそぶく輩はパンパン撃ち殺さねばならぬという事実を知ってる者はみな、理解してますぞ。

見物人一・二　そのとおーり。

姜三哲《カンサムチョル》　そうじゃありませんよ。彼らを非公的に処断するのはどうであっても法で禁じられているので、私どもが事をわきまえずやってしまえば、政界や言論界は電車や飛行機の爆破犯と同じような悪党扱いにしてしまいますよ。私どもは身のふり方から法の執行に劣らぬ厳格な自制力と品位を保って、そのような姿勢で国民を納得させねばなりません。安斗熙《アンドゥヒ》とその黒幕は目的も野卑で方法も野蛮でしたが、私どもはそれではダメですよ。野蛮はどんな場合でも野蛮にすぎず、彼らの野蛮も私どもの野蛮を正当化してくれませんよ。

朴昊東《バクホドン》　もし、あんた、そうして野蛮うんぬん、品位うんぬんしている間、警察官は宿直室でGOSTOPゲームをして遊んでいるとでも思っているのかい？　以前にも、大勢の群衆が出て、やり合ったけれど〔光州《クァンジュ》抗争を指す〕、後の祭りじゃなかったですか？　残った方法はパンパンと撃ち殺すことだけですぞ。

見物人一・二　そうだそうだ。今すぐにでも撃ってしまえ。

姜三哲《カンサムチョル》　見物人はじっと見物だけしていろよ。あんた達まで賛同するとあいつ、ガみたいに飛んでいってパンパンとやってしまうから。僕の言うこともう少し聞いてくれ。時間がかかっても決定的な機会を狙って、奴らを余裕を持って制圧したあと、記者を集めて奴らをテレビに登場させて、私どもがこうせずにはいられなかった訳から国民にはっきりと説明して、黒幕は誰なのか？　狙撃の名分は何なのか？　真実を一つずつ暴け出させて、最後に国民の前で許しを請う機会を与えるんだよ。

見物人一　国民の前で許しを請う機会を与えるって？　許してくれと言ったら助けてあげるってことかよ？　あんた、寝とぼけたこと言って、そんなことが言いたいんならお寺にでも行って念仏でも唱えてな。

見物人二　容赦自体が問題だが、奴らがやすやすと真実を語るとでも思うとるんですかい？　この前だってそうじゃないか？　何か言うような素ぶりをみせて、結局ことの核心にはいっさい触れずうやむやにしたでしょうが。

姜三哲《カンサムチョル》　そうしてうやむやにする態度を国民の前で見せてこそ国民は納得するんです。奴らを身動き取れぬぐらいしっかりと問いただして、攻めて、悟らせて逃げる道は死のみであると分からせるのです。この事実を知れば奴らも変わりますよ。ハンマーが軽すぎて釘が出てきたんですよ。奴らを鋭く追及して真実を一つずつ割り出せばあの事件〔五・一八光州《クァンジュ》抗争〕がいかに恥辱的な事件か国民も改まって憤怒するし、あの事件に心なかった自分たちを再び省みるようになる。まさにこれですよ。

見物人二　あんた、ひょっとしてテロ鎮圧映画を観たことないんですか？　あんたは命を複数お持ちのようですなあ？　閻魔大王はあんたの母方の祖父さんに当たるんですかい？

姜三哲《カンサムチョル》　時間は私らのものですよ。決定的なチャンスを狙って奴らをゆっくり押さえ込んだ後、こちらの言い分をまず充分に言わなきゃダメですよ。その時、国民に念を押しておく必要があります。安斗熙《アンドゥヒ》のような場合でなければ、いくら反倫理的な犯罪だとしても、必ず公権力に任せて、決して個人的に出てはいけないという事実です。同時に公権力の担当者にも厳重に警告を発せねばなりません。国民が自分たちの暴力を公権力という名前で貴方達に委任したことは、その暴力で社会秩序を正しく立ててくれということで、安斗熙《アンドゥヒ》のような奴を一人も処断できないから、公権力の原住民がこのように立ち上がったのだと、このように警告しなければダメですよ。これしかありません。

見物人二　本当に、あなたはお寺に行って念仏を唱えるなり、遊園地に行って子どもでも教えなさい。こんな連中が出てきたんではおしまいだ。俺と一緒に行こうぜ。

朴昊東《パクホドン》　ありがとうございます。久々に頼もしい同士が現れましたね。嬉しいかぎりです。

（その時、先を行っていた見物人一が、やーやーと声を上げながら走って戻ってくる。登場人物の役回りが変わる）

朴昊東《パクホドン》　おいおい、魯晩錫《ノマンソク》、どこをほっつき歩いて、今ごろ現れてんだ？

魯晩錫《ノマンソク》〔見物人二〕　あんさんたち似たもん同士が、未だにその問題で言い争ってるんかい？　ほんに息つまりまんなあ。ちょっとお待ちを。あんさんは安斗熙《アンドゥヒ》で、あんさんは安《アン》のボディーガードというところでんなあ。

姜三哲《カンサムチョル》　もしもし、あなた、何言ってるんです？　言掛かりをつけるんですか？

魯晩錫《ノマンソク》　見てのようにあんさんたちに掛かった釣り竿は三、四十キロ級のトットム〔タイの一種〕を釣るタイ釣り用で、その釣り針を繋いだ釣り糸はご存知のように電線をよった鉄糸でござんす。その鉄糸にこのようにぶら下っている物体をなんと思いなさる？

朴昊東《パクホドン》　ほほーっ。手榴弾じゃないか？　こんな危険な物をもって何してるんだ？

魯晩錫《ノマンソク》　とても危険なこの手榴弾の安全ピンを抜いてしまえば、あんさん達のお命は誰の手に渡るかお分かりかな？

朴昊東《パクホドン》　おいおい、き、き、気をつけなさい。気をつけて。
魯晩錫《ノマンソク》　俺だって余分な命はおませんから注意したいですがな。あんさん達が逃げたりボディーガードが俺を撃ったりすりゃあ、この手榴弾は俺の手から放れて、おいら三人の肉体はバラバラになりまっせ。まあ、掃き集めれば一つになりますがね。
姜三哲《カンサムチョル》　悪戯はよそでしてくだされ。一体、これは何のつもりかね？
魯晩錫《ノマンソク》　悪戯は悪戯ざんすがねえ、一丁でっかくおっぱじめようと思いましてね、安斗熙《アンドゥヒ》さん、あんさんをテレビに出演させようと準備しているところざんすよ。あんさん達は今、釣り針に掛かった魚ざんす。この釣り針にこの釣り糸ですからねえ、あんさんらの体を空中に吊り上げることだってできるざんす。テレビに出たくないんなら、その釣り針を抜いてみなすって。一分以内に抜けたらばそのまま返してあげるざんす。さあ、抜いてみなすって。
姜三哲《カンサムチョル》　ちょっと、その手榴弾、おっかないねえ。何たること。二重に引っ掛かってるから抜こうと思っても抜けんがね。
朴昊東《パクホドン》　ほほーっ。やっと分かった。この見事な方法をどう編み出したんだい？
姜三哲《カンサムチョル》　本当に奇想天外な方法ですなあ。こうして引っ掛けておけば身動きできませんわ。
魯晩錫《ノマンソク》　どう見事なんですかい？　じゃあ、この方法の長短所を言ってみんさい。あんさんからまず、短所は？
姜三哲《カンサムチョル》　拳銃に比べると、近くに接近しないかぎり実行は不可能だってことが、短所といえば短所のようだが、それも接近の仕方によりますが。まあ、短所はこれだけですなあ。

魯晩錫《ノマンソク》　では長所は？　あんさん。
朴昊東《パクホドン》　舌を巻きますよ。この素晴らしい方法は。ちょっと、その手榴弾、気をつけて下さいよ。銃の場合はこちらが抜いたら、即、あちらの方でも銃撃をはじめますからね。ところが、これだと釣り針を掛ける時にガードマンがちょっと慌てるぐらいで、すぐさま銃は使えないように思うし、もし警官があんたを撃てば手榴弾はあんたのいったとおり、手から離れて私ども三人の体はバラバラになって、後に一つに固められますが。このように引っ掛けておけば釣り針に掛かった魚になって身動き取れないから、鎮圧部隊が師団を率いてやってきても手が出せないし、見物人は銃みたいに怖くないから……
姜三哲《カンサムチョル》　たった一人の力で二、三人を引っ掛けて制圧できるし、安全ピンを抜いた瞬間、あなたの勝ちだし、敵は安全ピンに手を掛けられないから、失敗することはありえないし、二日でも三日でも踏ん張れる……
魯晩錫《ノマンソク》　もっと重要なことがおます。
朴昊東《パクホドン》　何だ？
魯晩錫《ノマンソク》　あんさん達と俺が死ぬか生きるかの選択権はあんさん達が握ってるってことなんざんす。
朴昊東《パクホドン》　そうなんだなあ、さあ、すべて解決だ。姜三哲《カンサムチョル》、お前、良かったじゃないか。奴らをこうして釣っておいてテレビの前で法律の講義や哲学講義もできるじゃないか。これこそ国際特許取れるぞ。
魯晩錫《ノマンソク》　特許申請は次に出して、いまから安全ピンを刺すからあんさん達は釣り針を抜いてくんなまし。
朴昊東《パクホドン》　どうして抜けばいいんだ？　服に二重に掛かってる上に針の中側に針のカギがくいこんで、服を破らなきゃ抜けないぜ。

魯晩錫《ノマンソク》　こうしてチョキチョキと穴を開けてくんなまし。釣りの初心者が一番厄介がって頭を痛めるのがこれざんす。

朴昊東《パクホドン》　ちょっと、手榴弾見せてもらいましょう。網を編むように細かく結んでますなあ。これでは安《アン》斗熙《ドゥヒ》の命はすでに私たちの手中ですなあ。

姜三哲《カンサムチョル》　さあ、出動しますよ。いいや、私一人で行く。あなた達は家に帰ってテレビでも見てなさい。

魯晩錫《ノマンソク》　いいえ。三人は必要ざんす。このようなことには突発的な事態がつき物でござんす。ですから充分な備えが必要ざんす。これがあっても銃は銃で必要なんざんす。

見物人二　方法は立派だが、これじゃ夜が明けてしまうよ。安斗熙《アンドゥヒ》はすでに他の者が処分してしまったじゃないか。新聞を見て、この新聞。

姜三哲《カンサムチョル》　何だって？　安斗熙《アンドゥヒ》をやっつけてしまったって？　ちょっと見せて。本当だ。バスの運転手で朴《パク》キソ。ほほーっ。この人は棒で処罰したんだ！

朴昊東《パクホドン》　「安斗熙《アンドゥヒ》をなぜ殺しましたか？」「あんな人間が今まで生きているということが恥ずかしかったからです」何だと？　恥ずかしかった？　恥ずかしかった？　この一言か？　この国に正義を証明しようと処罰したというべきだろう。無知な人間はどうしようもない。それも棒で叩き殺すなんて学がなさすぎる。

魯晩錫《ノマンソク》　気が抜けてしまった。俺は帰る。また会おう。

朴昊東《パクホドン》　本当に頭がおかしくなるよ。食欲が出ると金が儲かる〔やる気は金儲けの第一歩の意〕って諺どおり、奇想天外で絶妙な方法が出てきて、さあこれからだというのに。もったいない。

姜三哲《カンサムチョル》　ちょっと、ちょっと、あそこ見てよ！　あれってニンゲン？　死神？　頭に程字冠〔封建時代、学問を磨いた学者が被った馬のたてがみで編んだ冠〕をかぶって、仙人のようだし、お寺の四天皇のようだし、お側についてくる人も同じで、二人とも外見や雰囲気が今時の人とは違わないか？

朴昊東《パクホドン》　この世の人間じゃないですよ。ちょっと待って。怖がっていたんじゃらちがあかん。誰なのか不審者検問をして聞いてみましょうや。お前は隠れていてもし僕に何か起こったらば、下の交番へ走っていって、被害届けを出してくれ。オホンッ、もしもし、どこのどちらさんかな？　どちらへお出かけかな？

（登場人物の役回りが代わる）

裁判官〔魯晩錫《ノマンソク》〕　大王様、大変なワナにかかったようでございます。あの人たちのいで立ちから判断するに、山河草木もぶるぶる震えるというこの国の情報機関員〔ＫＣＩＡ〕のようです。

閻魔大王〔見物人二〕　大失敗だ。これはまずいなあ。一五五マイルにも及ぶあの恐ろしい鉄条網を回りまわって数十カ所の検問所を避けて、やっと一息つけると思ったら、大変な人間に捕まるなあ。機関員にひっかかったら仕方あるまい。身分を明かすんだ。

裁判官　エヘン、こちらのお方はあなた達の命を預かる閻魔国の、閻魔国知ってるだろう？　閻魔国の閻魔大王様であられる。私はといえば、大王様のお側であなた達の名簿ファイルを抱えて大王様に罪状を事細かにお告げする裁判官である。

朴昊東《パクホドン》　え、え、閻魔大王と仰いましたか？　大きな罪を犯してしまいました。私めは小さな会社の下っ端社員でございますが、今日は登山に来て崔《チェ》先輩に〈マダンお祓い〉をやるように指示されまして……

姜三哲《カンサムチョル》　お前、気は確かか？　そうじゃないだろうが？

朴昊東《パクホドン》　オオ、僕、本当の閻魔大王かと思ってびっくりして、ふーっ。じゃあ最初からもう一度やり直そう。あちらからやって来て。
裁判官　これこれ、ということは、君たちは大王様をマダンお祓いでもてあそぼうとした、ということだな？　ウーム、神を冒涜するのも甚だしい。名は何と申す？　名簿にしっかりと書いておかなければのお。
姜三哲《カンサムチョル》・朴昊東《パクホドン》　本物だ。本物！　これはこれは大王様、どうか命だけはお助けくだされ。
閻魔大王　ハハハ、私どももKCIAだと思って恐れていたが助かりましたなあ。ダメージを受けたついでだ。ポーズ取り直すの止めて、お面を取って、ちょっとだけ休んで行こう。オオ、足が痛い。
朴昊東《パクホドン》　このリュックでもしいて座ってください。
裁判官　汝ら容赦はいたすが、大王様が現世にお出でなさったというウワサを出したあかつきには、分かりますなあ？　何を意味するのか？　オホンッ、今、大王様は三万年に一度なさる銀河系のあらゆる星の行政視察にお出でなのだ。汝の国は公式日程には入っていなかったが山紫水明なる金剛山《クムガンサン》や、雪岳山《ソルアクサン》を観賞してから先に進もうと寄ったのだが、おお、何たる、あのおぞましい鉄条網に検問所に、サウナに入ったように汗をかいたぞ。冷や汗じゃ。
朴昊東《パクホドン》　申し訳ございません。けれどよーくお出でくださいました。本物の大王様にお会いしてみると、お告げしたいことが腹の中から喉元まで一杯で、這いずって出てきそうです。
閻魔大王　しばし待たれ。朕が先に訊ねよう。汝の国のあのおどろおどろしい鉄条網じゃ、何の鉄条網があれほども長く、高く、頑丈で、目が細かいのじゃ？　朕は銀河系のあらゆる国を見て回ったが、あのように不気味な鉄条網は初めてじゃ。汝の国には恐ろしい猛獣がすんでおるのか？
朴昊東《パクホドン》　違います。事情は複雑でございますが、とにかくそのような猛獣はおりません。ご安心ください。
閻魔大王　ならば、幸いじゃ。ケダモノの命は世の所管ではなくてのお、朕はキツネが大の苦手じゃ。キツネに出会うと肝っ玉がぶるぶる震えるのじゃ、安心いたした。ハハハ。
朴昊東《パクホドン》　閻魔大王様に一言だけ、お告げしなければならないことがございます。この世から連れて行かねばならぬ人間は連れてゆかず、連れて行ってはならぬ人間をお連れなさるのは、どういうことでございましょう？　現世の人間どもが閻魔大王様にいだいている不満の中で、一番の不満がこれでございます。訳をお聞かせくださいませ。
裁判官　閻魔国で逮捕する基準は、汝らのそれとは違うのじゃ。汝らが望むまま、悪人どもをみんな連れてってしまえば、汝らは何もせず、天国だけ仰ぎ見て暮らすであろう。ゆえに当然捕まえるべき人物でもあえて捕えない場合が多いのじゃ。我欲が深ければ長生きできるという汝の国の諺がまさにそれじゃ。どれ、コンピュータで検索してみるか。ウムウム、この国にもそのような人間があふれておるわ。
朴昊東《パクホドン》　閻魔国でもコンピュータを使うとは、そこまで技術が発達したってことですか？
裁判官　ほほーっ。このノートパソコンの容量が一千ギガバイトだといえば想像つくじゃろ？　汝らは握り拳ぐらいの地球星で精々インターネットで情報交換しているが、こちらでは銀河系全部をカバーするミルキーネットに宇宙をカバーするユニバーネットを使っておる。コンピュータ用語も閻魔国の国語のみならず、どこの国の言葉でもすべて通じるのじゃ。
朴昊東《パクホドン》　一千ギガバイトにユニバーネット？

裁判官　汝の人的事項を見てみようか？　名は朴昊東《バクホドン》で、一九七〇年四月一九日生まれ。大学は六年かかってやっと卒業。職業はクルクル物産社員。中学二年の時に参考書を買うと母さんにウソをついて金をせびり、マンガを買い、買い食いした。ＩＱは高い方。破廉恥指数はこの国の平均指数よりかなり高いのお。

朴昊東《バクホドン》　私の名前を入力しなくても？　すごい！　そのマウスの前のちょっと飛び出したこんまいやつが感知器ですか？

裁判官　質問にならん質問ですなあ。ここに内蔵された人工知能指数がいくらかご存知か？　汝らは精々ミミズの水準でしょうぞ？

朴昊東《バクホドン》　へー。人工知能？　どれくらいですか？

裁判官　人間より何十倍高いということだけ覚えておきなされ。大王様、申し訳ございません。先ほどの鉄条網もこれで検索するべきでした。あまりにも怖かったのでコンピュータを出すのを忘れてしまいました。

閻魔大王　朕とて同じじゃ。とほほっ。

裁判官　ちょっと待って。えーっと、この国は地球星にある東方民国だ。国土が南北に二つに分かれていて、だから鉄条網は五十年近く両側の軍隊が銃を構えている軍事分界線なのだ。国の状態は両方とも政治が話になりません。北側は国民を食わすことができず日ごと餓死者が後を絶たず、南側は政治に地域感情がからまり乱れるだけ乱れています。経済も図体だけ多きくてＩＭＦの統制を受けなければ解決できない状態です。

閻魔大王　気候や山河がこんなに秀麗で人々もあのように頼もしく聡明に見えるのに、奇怪なことだ。

そちのコンピュータを朕に寄こせ。朕が写真だけでもおおよそ見てみなけりゃならん。待てよ、人々の外見はしっかりしているのに、どうしてこうなるのか体の中を覗いて見るか。タクタク、トン。何だこれは？　肺が風船みたいじゃないか？　これでも肺か？　肝臓はどこへ行ってしまったんだ？　おおっ。ここにあることはあるが、豆粒みたいに小さくて肺の下に隠れて怯えておるなあ。肝臓についてる胆嚢はどこへ行った？　ないじゃないか。これはどうしたことなんじゃ？

裁判官　複雑な事情がございまして。三十六年間も植民地支配を受けて銃剣や棒でひどく撃たれ叩かれた上にまた、三年間アメリカの軍事統治を受け、六・二五の時は同族どうし戦い数百万という犠牲者をだしました。その後も軍人達が順繰りに政権を握って三十四年間も銃剣でネズミを捕らえるように国民を扱ったものですから、約一世紀近くも銃剣の下でぶるぶる震えながら生きてきたものですから肝臓がそんな始末でございます。

朴昊東《パクホドン》　資料が本当に正確ですなあ。

裁判官　汝はちょっと黙って。今の状態は多少よくなって、肝臓も粟粒ほどだったものが豆粒大に成長し、個人的には子どもの手のひらほどの人もいますし、ここにおります二人にしても大人の手のひらほどあります。肺は近頃経済が少し上向いてきたのですが、昔にあまりにもひどく奪われ食べて着ることに事欠いてきたので、ちょっとよくなると完全に改善したように錯覚して贅沢、派手、文字通り声高の空威張りで風船のように膨らんでしまいました。そして胆嚢はその間でとけてなくなったか、抜け出てなくなってしまい、残っている人は全体の一%にもなりません。肝臓は元々復元力が良い臓器ですから、今一生懸命回復にむかっている最中ですが、肺は空気を抜くには時間がかかり、胆嚢はなくとも生命には支障をきたさぬ臓器なので、そこまで心配されずとも良いように思いまする。
朴昊東《パクホドン》　だから私どもの肝臓もやっと大人の手のひら程度だということですかい？
裁判官　それでも汝らはこの国で上位一％の中に入る大きさだ。ほほーっ。汝ら二人は胆嚢も無事ではないか。将来しっかり働けそうだな。
閻魔大王　各種の指数を見てみよ。知能指数は高く、勤勉指数は驚くべきだ。忍耐指数はグッとこらえて仕事をするのには驚くものがあるなあ。虚栄指数は肺の大きさと比例で、破廉恥指数はアイゴー。ならば廉恥指数はアイゴーアイゴー。これは何だ。廉恥指数がこの状態では目も開けられん。このまま行こう。いいや、ちょっと待てよ！　ここは東方民国といったなあ？　ということはここがまさに白凡《ペクポム》の出生地じゃないか？
裁判官　そうでございます。しかるに白凡《ペクポム》はあんなにも非運に終わったのに、その殺人犯一人さえ処断できない国です。
閻魔大王　ほほーっ。それは話にならん。もう見るものは何もない。早く帰ろう。だが待てよ。昨日ちょうど、白凡《ペクポム》を招待して茶を飲みながら談笑したところじゃ。朕が白凡《ペクポム》の出生地に寄ってきたと言えば、必ずこの国の便りを聞きたがるだろう。白凡《ペクポム》は天国でもこの国のことが忘れられず、立ってても座っててもプーと溜息ばかりついておる。手ぶらで帰ればいかほど淋しがるか？　のお？
朴昊東《パクホドン》　白凡《ペクポム》を殺害した安斗熙《アンドゥヒ》は処断いたしました。
閻魔大王　何だと？　いま何と言った？　白凡《ペクポム》を殺害した者を処断したと？　それは事実か？
朴昊東《パクホドン》　朴《パク》キソという者が先ほどやりました。

閻魔大王　朴《バク》キソ？　調べるか。トントン。オオ。「検索できません」どうしてだ？

裁判官　朴《バク》キソと仰いましたね？　そんな人はいません。アイゴー。その人の名前もこの前のスターウォーズ・ウィルスで消えてしまったようです。

閻魔大王　何てこった。それではその朴《バク》キソという者が安斗熙《アンドゥヒ》をやった後にひょっとして死んでしまったのか？

朴昊東《バクホドン》　捕まったといいます。

閻魔大王　ふーっ。心臓が凍りついた。これ、裁判官、閻魔国は現世人の名簿が命なのに一体何たるざまだ？　朴《バク》キソという者が死んで天国に行ったらば、どう償うつもりだったのじゃ？

裁判官　それは心配御無用でございます。ここに持ってまいりましたコンピューターにまだ復元していないだけで、現世人の名簿に関しましては私めが白業〔宗教用語で善行の意〕を十回分も余分にしておきましたのでそのような失敗は起こりえません。

閻魔大王　何を平然と口走っておるのじゃ？　することがこのありさまだから、昔から流言蜚語が飛び回って、閻魔国に対する不信感がつのるのじゃろ？　天国の我らが、人の名前だけ見て、同名異人を捕まえてきたとか、天国に捕まえてきたがワイロを貰って生き返らせたとか、十九歳の未成年を連れては来たが、お前がうたた寝している間に一を九に書き換えて逃げ、現世で九十九歳まで生きたとか、東方朔が漢の西王母の桃を盗んで食べ、三千甲子〔韓国の操り人形に出てくる、頭の真っ黒な年寄り〕が一万五千歳も生きたという事実は知っている人はみな知っておることで、それも東方朔の名前が我ら所有の名簿から抜けたからで、今の今までその噂はずーっと広がっているではないか？　たった今もそうじゃ。現世の人の面前で何たるざまじゃ？

姜三哲《カンサムチョル》　朴《パク》氏の身分や殺害の動機はこの新聞にでています。

閻魔大王　幸いだ。朴《パク》キソという者がどんな人物でどのように処罰したのか詳細に言ってみろ。

姜三哲《カンサムチョル》　簡単でございます。彼はソウル市内で路線バスの運転手をやりながら、安斗熙《アンドゥヒ》を処断しようと長い間機会を狙っておりましたところ、ついにこん棒でやっつけたのでございます。この国では極悪人を叱る時に、〈叩きのめして殺してやる〉という表現をよく使いますが、まさにその通りでした。新聞記者が動機を聞くと、その答えもすこぶる簡単で、このような人間が今の今まで生きてること自体が、恥ずかしかったからだと言いました。

閻魔大王　恥ずかしかった？　この国にも恥ずかしさのあまり自分の命を賭ける人がいたということじゃな？　ほほーっ。奇特なものじゃ。

裁判官　この国では恥じらいも肝臓のように回復の真っ盛りでその人は完全に回復したようでございます。胆嚢も大丈夫なようです。

閻魔大王　先ほど、廉恥指数がどん底状態でこの国の将来は真っ黒けのけーと思ったが、白凡《ペクポム》の死が五十年ぶりに屈辱から回復される前兆があらわれた、ということだな？　ほほーっ。白凡《ペクポム》の死が無駄にはならなかった。安斗熙《アンドゥヒ》を個人が一人でやってしまったことはちょっと惜しいことをしたが、命をかけた彼の心情たるやいかばかりか？

朴昊東《パクホドン》　実は私ども二人も安斗熙《アンドゥヒ》を処断しようと方法を議論していたところなんですが、朴《パク》キソさんに先を越されてしまいました。

閻魔大王　うっ、うーむ。ではそちたちはどうして彼を処断しようと思ったのじゃ？

朴昊東《パクホドン》　私ども二人は痛嘆と恨嘆と慨嘆を禁じえず、正義の血が騒ぎ湧き上がってきたからでございます。

裁判官　朴《パク》さんはあたかも自分が素っ裸でいるように恥ずかしくて命を賭けたのに、そちらは人ごとのように痛嘆、恨嘆、慨嘆し、正義がどうの、何がどうのと虚空でボール遊びでもするようにあれやこれやと言葉遊びにふけっていて、ゴツンと頭を叩かれた格好になってしまったな？

閻魔大王　どちらにせよ、この国にも恥じらいが生きているので希望が持てるというものじゃ。それはそうとして、その安斗熙《アンドゥヒ》とかいう者に、どう審判を下したのか副大王に韓ラインで調べさせよ。

裁判官　もしもーし、副大王さまでいらっしゃいますか？　白凡《ペクポム》の殺人犯の審判はいかがされましたか？　はい、はーい。分かりました。大王様、八熱地獄〔八種類の極熱地獄〕、八寒地獄を合わせて十六の地獄を満期まで勤めるように審判をくだしました。すでに等活地獄〔八寒地獄の一つ〕に収監されたといいます。

閻魔大王　素早く処置いたしたな。ほほーっ。一つの地獄で千年ずつ、で十六をかけると合計一万六千年をくらすことになるなあ。欲深者じゃ。ところでこの国だが、不可解な国じゃ。公権力はどうしてそのような輩を処断できず、国民たちはまた、どうして半世紀もの間、黙って見ていたのじゃ？

朴昊東《パクホドン》　大王様、それは一言で申しますと、我が民族の民族性がねじれてしまったからでございます。

裁判官　違いまする。民族性ではござらん。先ほども申し上げたとおり、この国の民が経てきた歴史がかくも険しかったからで、万病の根源は日本帝国主義の植民地残滓を洗い流していないからでございまする。

閻魔大王　植民地支配から抜け出たにもかかわらず、残滓を清算していないということか？

裁判官　左様でございまする。植民地支配にあった銀河系の数百の国の統計を見まするに、植民地支配を受ける間に、根深く食い込んだ卑屈性と劣等感と恐怖、絶望、敗北意識などの精神的傷が癒されるには一世代かかりまする。ところがこの国は、解放後にも過去の植民地追従勢力が権力を握って支配した結果、その残滓を清算するどころか、植民地支配が延長されたよりもいっそうひどい姿になり果ててしまいました。そこへもって、戦争を経たゆえ、残ってしまった野獣的な狂気までが重なって、必然的に物心両面がそのまま荒れはててしまったのです。

閻魔大王　ほほーっ。奇怪この上ない。植民地追従勢力が処断されぬのみならず、奴らが政治を支配するとは、奇怪も奇怪。奇怪千万この上ないわ。

裁判官　左様でございまする。その影響が今なおいかに深刻かということを劣等感一つを例にとって説明いたしまするに、日本がこの国を統治した時に、この国の民が少しでも過ちを犯せば、「朝鮮人は根性がこの体たらくで」と、うんぬんしたやり方で、すべての過ちを民族性と結びつけ、明太と朝鮮人は叩きのめさなきゃ物にならぬと、こん棒を振り回したのでございまする。憎みながらも従わねばならず、こん棒の殴打に歯を食いしばり耐えながらも意識は意識として持っているゆえ、心の底にセメントみたいに固まってしまったのでございます。この朴昊東《バクホドン》一人をみても大学まででた者が、この国がこんなになってしまった理由を民族性が捻れたからだと、そのように何の根拠もない言葉を、自動販売機から型にはまった規格商品が飛び出すように話すところをみまするに、その弊害がいかに大きいかよく分かりまする。植民地の残滓がなおかつこのあり様ですから、教育方法まで植民地時代の注入式教育そのままで、いにしえの自分の国は、様々な文化面で日本より進んでいたという事実を学んで知っているにもかかわらず、この者達の様に、ほとんどが知識は別にあり、意識もまた別にあるのです。この者を見てもお分かりになりますでしょう？　かなりしっかり者に見えますが、植民地支配を受けずに育った年代のはずが、このような意識だけは生活の中で受け継いでいるのでございまする。

朴昊東《パクホドン》　アイゴー。情けなや。

閻魔大王　ほほーっ。困ったことよ。

裁判官　この国の事情をもう少し説明する前に、参考として地球星でこのような残滓を模範的に清算したフランスの例を挙げてみまする。

閻魔大王　フランスといえばドゴール将軍が生まれた国だな？

裁判官　左様でございまする。その国はナチの支配を四年強しか受けていないのに、ドゴール将軍の指揮の元、ナチの協力者九九万名を投獄し、六七六三名を死刑処分し、八万七八七七名を終身強制労働刑の有期懲役賦役罪刑などで徹底的に処断いたしました。大王様もご存知のように、特にナチ支配の広報的な役割を果たした言論人、文人、学者達には初判で、鋭い刃物で切り裂くような処罰を加えましたが、具体的に例を取って申し上げまするると、言論の場合、記者の処断のみならず、九百あまりある言論社のなかで三分の二に当たる六四九の新聞、雑誌社を廃刊し、財産を没収いたしました。その者たちをかくも厳しくあつかったのは、我が閻魔国とまったく同じでございまする。

閻魔大王　誠にそうである。それはそうとして、先ほどの事項で死刑処分された人数が六七六三名といったな？　このような大事な数字は必ず手帳に記しておかねばならぬ。ペンは、すり減っても人間の聡明より勝るという。数字は記録するのが一番である。

姜三哲《カンサムチョル》　言論人や知識人をそこまで厳格に扱ったのはどうしてですか？

裁判官　言論人は道徳と倫理のシンボルで、文人とか学者は国の根本を建てねばならぬ人材だからです。フランスで残滓清算の陣頭指揮を取ったドゴール将軍が天国にお出でになったときに彼らを厳しく処分したその訳を訊ねたところ、あのお方が採用された基準もこちらの閻魔国とまったく同じでした。だから大王様はあの方を大王様の特別補佐官に任命されました。それから安斗熙《アンドゥヒ》のような人間が天国に来れば、ドゴール将軍の詰問までへなければならないので、髪一本たりとも容赦することなくみな、ハクハクパ地獄とホホパ地獄に直行ですよ。ですからそのような者にとっては、閻魔大王が二人いることになるわけです。あのトラのようなドゴール将軍をプラスするのでござるから。

朴昊東《パクホドン》　それってどんな地獄ですか？

閻魔大王　どうせ休んでいるところだ。急ぐこともない。詳しく説明してやるがよい。

裁判官　二つの地獄共に八寒地獄の中でも恐ろしく寒い地獄でござる。ハクハクパ地獄は梵語ではハハバ〔hahava〕地獄で、ホホパ地獄はフフバ〔huhuva〕地獄というが、あまりの寒さにハーハー、フーフーの声しか出せない地獄でござる。寒いと人間はハーハーとかフーフーという声を出すじゃろ？　言論人や文人、学者達は見たとおり、感じた通りを語り書かなくてはならぬのに、そうしなかったものだからこのように寒い所で、はっきりしたまともな精神で感じたとおりハーハー、フーフーとだけ声を出させるようにと、これらの地獄に送ったわけでござる。

閻魔大王　じゃからこの東方民国は、フランスと比べるならば、みな死刑になるべき人間どもが、継続支配する形になってしまったようで、先ほどこの者が申したように民族性が捻れてしまって、意識がはっきりしないからダメになってしまうんじゃろ？

裁判官　違いまする。先ほどにもお話しいたしましたように、第二次世界大戦後にアメリカが日本を追い出して、この国に三年間軍政を実施しましたが、アメリカが以前から日本の忠僕だった者たちを子犬の首根っこを引き取るように、そのまま引き取って彼らに統治を任せたからでございまする。そしてアメリカの統治が終わった時、その忠僕どもは三年間におよんで己の勢力を最大限に強化拡大したゆえ、この国には彼らに対抗する勢力はなくなったのでございまする。まして南北が銃剣で対決する局面になりますると、反共という強圧統治の名分まで掲げてアジったものですから、輩はトラに乗った威勢になったわけでございまする。日本の忠僕以外やったことのない輩ゆえ、反共なり親共の理念に厚い壁をこしらえ、恐ろしい勢いで国民を恣《ほしいまま》に操ったのでございまする。とにかく奴らの世の中になるや民族精気は言わずもがなで、民族の本心までも筋がなくなり、海に浮いているクラゲのようなものに成り果ててしまいました。

閻魔大王　だとすれば、その後の政治は一体どのような格好になってしまったのじゃ？　いいや、朕が直接見てしんぜようぞ。政治は政党が健全でなくてはならぬが……政党で検索。――タクタクタク――、出てきたぞ。政党が、これはどうしたことじゃ？　とても大事な省庁に得体の知れぬ人物が入っておるわ？理念や政策を論じつかさどる省に、人が出たり入ったりしておるわ。これはまた、何たる奇怪さじゃ？

裁判官　それは各地域の盟主たちでございまする。この国は政党が理念や政策で集まるのではござりませぬ。国を何個かの地域に分割して、各地域が政党の役割を果たしておりまする。各地域の盟主達が昔の王をまねて、それらしく勢力を張って、「朕が理念よ、政策よ、法律よ」と、張り合っているのでございまする。

閻魔大王　ほほーっ。見れば見るほど珍しい形じゃなあ。

朴《パク》昊《ホ》東《ドン》　私とてとても恥ずかしい限りですが、その点につきましては私めが一言お話し申し上げます。

閻魔大王　何かな？　申すがよい。先ほどから見ていると、唇は海辺のイソギンチャクみたいに縮めて、ウンチが出そうな尻の穴みたいにしょっちゅう突き出しているところを見ると、このまま放っておけば、厄介な病気にかかってしまう。話すが良かろう。

朴《パク》昊《ホ》東《ドン》　ありがたき幸せ。裁判官様の仰せどおり、八・一五の後、あの混雑した時世のさなかに、日本の天皇に忠誠を誓い、日本軍の将校になって、我が国の独立軍を叩きのめした者が大統領になってしまいました。奴は銃剣で国民を押さえつけ、一方では経済開発政策をひけらかしてある程度の成果を上げましたが、この者がその業績を傘に永久執権を夢見ているのでございます。

閻魔大王　その者の恥知らずは極上ものじゃな。

朴《パク》昊《ホ》東《ドン》　ところが国民の抵抗が深刻で己の過去が災いを招くように思え、考えに考えたあげく、己を安全に包囲する城郭を頑丈に積み上げはじめたのです。それとは、日帝の統治術であった分割統治を活用した地域分割でありまして、このように地域を分けて地域感情を支えてあげると、その気勢はガソリンに火をつける格好になってしまい、各地域住民達は地域別にがっちり固まり、女王蜂に働き蜂の格好で、住民らは地域盟主にピタッと寄り添ったのであります。そして各地域は難攻不落の鉄の城壁に化したわけです。

閻魔大王　盟主を取り囲っているのは蜂の群のように思ったのに、じーっと見ていると人間だったのか。

ほほーっ。怪異な現象も色々あるもんじゃな。

裁判官　その鉄の城壁の盟主は元祖が先ほど申し上げました危険な輩ですから、誰でも盟主のイスに座りさえすれば、国民を虐殺した人殺しであれ、強盗であれ、カカシであれ城壁の住民達はハチの群のように取り囲み、臣下は臣下でそんな盟主を、近代化の旗手たら、救国の英雄たらと、口を泡だらけにしておだて、そのお陰でやれ長官、やれ国会議員にと出世し、政権が変わってもそのような経歴を恥じるどころか、地域按配がどうのこうのとうそぶき、文民時代であれどんな時代であれそれをひるがえして中庸の条件となし、人民の上に立って偉ぶっておりまする。下層の民は民でそんな輩の過去の地位を仰ぎ見て、やれ長官様、やれ議員様と昔の人間が殿様にかしずくようにペコペコしておりまする。

閻魔大王　孟子が、恥を知る感情が人と動物を区別する基準の一つだと教えたことがあるじゃろ？　この国は東方礼儀の国だと言われて、その噂が閻魔国まで広がったものじゃ。それなのに、困ったものじゃのお？

姜三哲《カンサムチョル》　私めも一言だけお話しいたします。恥について語られましたが、政治家は己の位が上に行けば行くほど〈恥じらい〉には一線を引きます。盟主だった者が軍事反乱と内乱を起こし、罪もない国民を数千名も殺害して政権を簒奪いたしました。その者が税金などを一兆元《ウォン》近くだまし取った罪で今、裁判にかかっておりますが、二十余万ページに及ぶ捜査記録でそのような事実が一つ残らずあからさまになり、金も数千億元《ウォン》は証拠が出て、本性が表れたにもかかわらず、恥じらいはおろかふんぞり返って威張り散らしております。もっと情けないことに、その輩の裁判がまだ終わっていないのに、大統領に出馬する候補者達が輩の赦免を公約すると言って浮かれています。

閻魔大王　ほほーっ。そのように奇怪千万、言語道断なことが起こっておるというのだな？
裁判官　そのようでございまする。
閻魔大王　そのようだと？　コンピュータを見ながらなんと生半可な返事だ。
裁判官　申し訳ございません。この部分も先ほどのウィルスの影響で資料が足りなくて、政治がこの国と似通ってる国の事例を参考いたしておりまするゆえ。
閻魔大王　そのウィルスを開発した者とそのハッカーたちの名簿を一人残らず作成せよ。国に帰れば朕が独断で処罰してやるわ。
裁判官　ダメでございまする。そのようなことをされては大変な問題が起こりまする。
閻魔大王　良からぬ悪さをする者どもを片付けるのに、問題が起こるとは話にならぬわ。
裁判官　こちらの名簿には七十歳、八十歳台の老いたハッカーだけでも数万名が蜂の巣の前のハチの群れみたいにウジャウジャおりまするに、ハッカー達の名簿を新たに作成したらば若い連中まで命を賭けてかかってきます。それでなくともウィルスバッシング使用料にハッカー撃退費が年々倍に上がって、今年の予算だけ見ても、地獄の新築費に補修費が予算の二倍を越えておりまする。しかるに若造達がかかってくればもうお手上げでございまする。
閻魔大王　ほほーっ。この銀河系天地に閻魔大王さえ手が出せぬ輩が誕生したというのだな？　世紀末じゃ。世も終わりじゃ。
姜三哲《カンサムチョル》　光州《クァンジュ》の虐殺者達が赦免されると、奴らはこれ見よがしに両手を振って闊歩するでしょうに、そうなればこの国の将来はどうなりますか？

閻魔大王　他にもこのような国が存在するのか？
裁判官　検索してみます。軍事反乱に、内乱、数千名無差別殺害して大統領になり、一兆元《ウォン》に近い横領に、地域感情を操りそれで鉄の城壁を作らんとする。このような輩を大統領候補に立った者が赦免すると騒いでいる国。抜けておらんかな？　これで検索。――トン――ヘエー。一つある。先ほど私めが参考にした国の中で政治がこの国に最も似ている国がありまする。ここから百光年ほど離れた黒冥星にある西方民国という国ですがこの国より時差が百年は進んでいます。ですがとても話になりません。盟主族という貴族が生まれて、国がすべてその盟主族の所有になってしまいました。
閻魔大王　盟主族という貴族？　どれどれ朕も検索。西方民国だな？　タクタク、トン。大統領をやった者の家系図がどうなってるんだ？　息子に娘、孫にひ孫、ひ孫の子にあいやけに八等親まで、皆国会議員に自治団体長に大統領、とにかく選挙で選ばれる地位はその末裔達がぜーんぶ埋めてしまっとるわ。
裁判官　その者達が盟主族でござりまする。現在は政権もその盟主族の中で互いに回しながらとって、昔の先祖の真似をして民族反逆者であろうが、虐殺者であろうが、ドロボウであろうが、詐欺師であろうが臨機応変に引っついては離れ、離れては引っつき、大きな罪を犯しても協力し合って赦免し、目をつむって黙認し、大目に見てやりながら不正に貯めた金は計り知れず、今はGDPの九〇％は盟主族のものです。国の慶事も光復節やらクリスマスのようなものはなくし、〈なにがし盟主様の生誕日〉〈なにがし盟主様がお越しになられた日〉とこんな調子に変えてしまい、盟主の記念館建立に銅像建立にと、この類に掛かる予算は年々国家予算の半分以上でございまする。
閻魔大王　いくら盟主族ばかりといっても、国民が選挙するのにどうしてこうなるのじゃ？

裁判官　西方民国も東方民国のように人民みなが皆、蜂の群と同じで、盟主の子孫ならば詐欺師であろうが、案山子であろうが代々忠誠を尽くし、票を集めさすからでございまする。

閻魔大王　では、この東方民国も将来西方民国のように盟主族が千年も万年も支配する。ということか？

裁判官　両国の過去の歴史が非常に一致するゆえ、そう思わざるをえませぬ。南北が鉄条網で分かれている情けない現状からしてそう思えまする。両方の統治者達は統一を口にしながら、ややもすれば、隣から攻めてくるから団結しようと、お隣さんをネズミ捕りでもするように扱いまする。国内でなにやら事変が起こり、己の政権が少しでも危うくなれば、隣が攻めてくるからと騒ぎたて、分断自体を政権維持のマジックステッキに利用してきたので、悲しきかな分断状態はかえって深刻化の一途をたどってきたのでございまする。統一、統一と口ではやす声とは裏腹に、内心では手を握り合いお互い緊密に依存関係を維持し、己の政権を固守してきたのでございまする。こういう関係は事実、一つの体制で五十余年間も繰り返されたのでございまする。結論的に申しまするに、死ぬほど苦しめられるのは両方の国民でございまする。

閻魔大王　ほほーっ。稀に見る珍しい国じゃなあ。

裁判官　ではございまするが、この東方民国の今日の現状を、古の西方民国のまさにこの時点で比較してみまするに、この東方民国はまんざらそうでもなさそうな前兆を見せております。糸の様に細い細い前兆ではございまするが、それが一つや二つではござりませぬ。東方民国の国民も昔から圧制者にペコペコへつらって生きてきましたが、この頃はこれではダメだと悟り、色々な分野で市民が団体を作って手を握り、声を上げ始めました。それがかなりの数になりまする。これが一番の違いでございまする。朴《パク》キソさんのように己の恥を恥としてみる者が現れはじめたということが何よりもはっきりした前兆でございまする。また、経済を立て直した驚くべき底力をみてもそうでございまする。民主化闘争をみても目が覚めて自発的に行動に出た、恐ろしい力を出す人々で、このような根拠をみても、西方民国とは少し違う展望を持てる可能性があると言えそうでございまする。

閻魔大王　展望があるならばそれでよかろうに、言葉尻はまた、どうしてブタの尻尾みたいにぐるぐる巻きなんじゃ？

裁判官　この国は地域感情が西方民国よりひどくて、甚《はなは》だ自信が伴わぬからでございまする。

閻魔大王　そういうことはあるが、恥じらいは人間性の根本であるぞ。それらが程々に回復すれば地域感情のようなものも少しずつ変わるものよ。よーく休んだ。ではこれで帰るとしよう。元気でなあ。ほほーっ。そちたちの聡明な姿に明るい前兆を感じて帰るので、白凡《ペクポム》にはよい土産話ができたわい。歴史は決して虚しく流れておらず、何よりも白凡《ペクポム》の死が無駄ではなかったのお！　まもなく朴《パク》キソという者を監獄に入れて、ほほほっ。歴史の造化は誠に素晴らしいのお。ハハハ。

朴昊東《パクホドン》　歴史の造化がどう素晴らしいとおっしゃるのですか？

裁判官　これこれ、何と無作法な言葉を口走るのじゃ。

姜三哲《カンサムチョル》・朴昊東《パクホドン》　お許しください。どうぞお気をつけなすって。

朴昊東《パクホドン》　歴史の造化が素晴らしいって？　どう素晴らしいんかなあ？

姜三哲《カンサムチョル》　そうよ。「朴《パク》キソという者を監獄に入れて、歴史の造化は誠に素晴らしい」何が何だか全くわからん。参禅でもやってみなきゃ解けんな。

朴昊東《パクホドン》　皆さん、ありがとうございました。しょっぱなからちょっとおどけた拍子に、このお祓いの演題を告げ忘れました。このお祓いの題は〈白凡《ペクポム》の微笑〉で、続編は閻魔大王のお言葉を破った次にいたします。お楽しみください。今日はこれでカチカチカチと、幕を引くことにいたします。ありがとうございました。

4 共同墓地で

「しかと観賞いたしました。ほんに、大王様、私めも罪深い者でございまする。ご指導のほど、よろしくお願いいいたしまする」

私は彼らの手を握りながら、おどけて見せた。焼肉パーティーが続けられ、酒盛りが始まり、歓談が続いた。程よく酔い始めたころ、ポツポツ雨が降り出した。一同は宿に向かった。崔曙弘《チェソホン》が明日のスケジュールに響くといけないから、みな早く床につくようにと言った。私は崔《チェ》と同室になった。

「やはり、君たち流だね。あの催涙弾は考えれば考えるほど、本当に凄いよ」

「姜三哲《カンサムチョル》君の作品ですよ。特殊部隊出身ですがね、大胆で頭の回転も電光石火ですよ。僕は彼とあの世の入口辺りを行ったり来たりしながら、参禅する気持ちで心身共に鍛えていますよ」

崔《チェ》は笑いながら言った。ただの発言ではないようだったが、マダン劇の余韻が残っていてか、ぼーっとした気分で聞いていた。が、

「あの世の入口辺りだって?」

「ええ、真夜中の共同墓地とか、智異山《チリサン》の深い谷間のような所ですよ」

「何だって？　共同墓地！」

一瞬、背筋がぞーっとした。

「果たして、どれくらい鍛錬されるのかは分かりませんが、あんな所を、夜ごとさまようと、精神力が鍛えられて、どんなことでもできるという自信がつくんですよ」

私は彼を見つめ、彼は笑ってうなずいた。

「実を言うとだよ、僕だって内面ではあの劇のストーリーのようにだよ、激しくやり合ってるんだよ。ところでだ、最近僕の周りで妙なことが起こってるんだ。さっき、僕をつけてる者がいるかも知れないって言っただろう？」

私は金重萬《キムジュンマン》が初めて電話を掛けてきたことから、安智春《アンジチュン》刑事が付きまとっていることまで、すべて曝け出した。

「あの刑事は職業意識が強くて、かなりしつこい人物みたいですよ。彼の監視から逃れる道は、時間以外ないようですね」

「僕もそう思うよ。君たちがやってるその鍛錬とやらやってみたいんだが、刑事のせいで君たちに会うのも、ままならんしなあ。要領でもいいから伝授してくれないか？」

「要領なんてありませんよ。夜中に共同墓地のような所で、耐え抜くだけですよ。刑事の目を盗むのが難しいようでしたら、出ていらしたついでに、今晩やってみますか？　ここからそれほど遠くない所に、共同墓地があります。天候もうってつけですね」

彼はさっと立ち上がり窓を開けた。私も窓の外を見上げた。雨は止んでいたが、漆黒の夜空だった。鳥肌が立つ。

「一丁やってみるか」

私はギュッと拳に力を入れた。十一時だった。

「こういうことは、考え込んだらできませんよ」

崔《チェ》は自分のナップサックから、小さいナップを取り出し、雨合羽を入れた。私はかばんから登山服と登山シューズを取り出し、服を着替えてシューズを履いた。ああいう所では、タバコが唯一の頼りだ。笑いながら二箱入れた。

「銃です。これがあれば心丈夫ですよ」

彼は腰から拳銃を抜き、銃身をつかんで私に差し出した。ギクッとした。私は怯えた眼で銃と彼を交互に見すえた。銃ケースが私にうなじを垂れている。どう猛なイヌが尾っぽを下げてうな垂れている格好だ。私は猛犬の紐を手渡されたように用心し、銃を受け取った。ずっしり重みがある。

「実弾も入ってます」

引き金に指を入れた私は、またもやギクッとした。彼は再び銃を取り上げた。弾倉を取り出して壁を狙った。銃口で壁に印を付けて、射撃要領を説明した。

「やってみて下さい」

私が銃を受け取ると、射撃姿勢を整えてくれた。

「実際撃つ時は、意外と反動が大きいから、反動を予想して引き金を引かなければダメです」

心臓がおどっている。銃に対する恐怖より訓練所での記憶がよみがえり、自分はまともに撃てるのかと胸が締めつけられた。引き金に掛けた指を動かしてみた。まともに動く。訓練所でも弾窓を覗かないときは動いたんだ。だが、あれから何年になる？　大丈夫だ。私は銃を構え壁に向かって引き金を引いた。カチッ、金属の断絶音が逞《たくま》しい。私は繰り返し、狙いを定めては引き金を引いた。カチッ、カチッ、カチッ、私の人生がこの銃に凝縮されるようだ。そうして凝縮された私の人生の実体がずっしりと重みを持って実感されるようだった。引き金を引けば、大きな音を出し実弾が飛び出すということ、その恐ろしい威力で実弾が標的を貫通するということ、それは単純に弾が飛び出るという事実だけで終わらない。塞がっていた私の人生が開けられるということだ。訓練所で銃を撃てなかった時、私は目前に迫りくる降級より私の人生が永遠に塞がってしまうような絶望感を感じた。ずっしりとした銃の重みと、カチッ、カチッ、となる撃発音が過去に味わえなかった信頼感となって迫ってきた。こうして実弾が飛び出す時、私はもがきにもがいた世界から解き放され他の世界へ入れるのだ。銃声が心地よく耳に響き感動が電流のように体の中を駆け巡った。もう死など問題ではなかった。

「こうして差して下さい」

私は銃を腰に差し込み登山服のチャックを上げた。銃の重みと嵩《かさ》の違和感が並みでなかった。玄関に出ると体がこわばった。顔もつってるはずだ。今の私の動きは水からでたアヒルの体たらくだ。だが、今まさに、この世の境界線を一つ越えているのだ。

車に乗りながら崔曙弘《チェソホン》を見た瞬間、ガンと頭を打たれた。私の何を信じて銃まで差し出したのかという疑問が解けたのだ。容燦《ヨンチャン》が関わっているようだ。崔《チェ》が私の会社を訪ねたこと自体、偶然でないのだ。

「ああいう所で一晩過ごすと、そのこと自体よりもっと大変なことにぶつかります。再び人間世界に戻ることです。夜中なり夜明けの薄暗い時に、共同墓地から出てくるような人物といえば、幽霊でなければスパイでしょう。普通の人間が夜中に共同墓地に行くなんてことはありませんからね。おまけに腰には拳銃でしょう。夜中にそこで何をしていたのかと詰問されたらどう答えます?」

ほー。声にはならず息だけ飛び出た。

「今向かってる共同墓地は、僕が二回夜を明かした所です。二回目の時に、ちょっと慣れて根性が座ったんでしょうね。明け方につい居眠りしてしまったんです。朝になって目を覚ますと、完全に夜が明けてました。びっくり仰天ですよ。誰かに見つかっていたら間違いなく申告されてますよ。居眠ったのは余裕というよりも自慢だったと思います。多少自信がでると、それは自慢につながるんですよ」

私はうなずいた。

「でも、銃を持たずに、耐え抜くのは至難のわざです。幽霊が現れたら撃つしかないでしょう。恐怖におののく時、頼りになるのは銃以外ありません」

車は大通りをしばらく走って、狭い道に入りフォグランプをつけた。

「村は先ほど通り越したところが最後で、あそこに見えるのが墓地管理所です。あの中は墓地以外何もありません」

カーブを曲ると、ヘッドライトに照らされて広い共同墓地が現れた。斜面一体が墓地だ。崔《チェ》はしっかり見ておくようにと言って、墓の区域線を照らし駐車場に入った。墓と墓の区域は大きく分けられており、車道が縦横に走っていた。

「明け方の四時ごろ迎えに来ます。あの下の方のカーブを曲った所で、前のライトが点滅したら私だと思ってください。お気をつけて」

彼は子憎たらしい人間を降ろして逃げるように、あっという間に駐車場を抜けた。車がカーブを曲ってしまった後の墓地は、真っ暗闇と化した。私は銃を構え、しばらく墓地に向かって突っ立っていた。何も見えない。空には雲の合間に星が二、三個輝いているぐらいで、山に遮られた辺りは漆喰でも塗られたように真っ暗だった。背筋に悪寒がぞくっと走った。少しずつ暗やみに目が慣れてきた。駐車場から墓地内を走る車道を検討して山なみに目標点を定めた。私は安全装置を確認して、銃を持ち換えた。冷たい風がヒューと首筋をかすっていった。

私は下腹に力を入れ大きく息を吸った。銃を構え足を運んだ。悪寒が背筋の上から下へぞくっぞくっと波打つように走った。喉が渇き胸が締めつけられるようだ。煙草をくわえライターを取り出した。幽霊は火を怖がるという。だが、分量には制限がある。私はガスのレバーをひねり、噴射量を調節した。風をさえぎるためジャンパーで顔を隠そうとした。そしてあたりを見渡した。顔を隠せば幽霊に襟首をつかまれそうだ。もう一度あたりを見渡した。ジャンパーの中に小さな世界が一つ照らされた。炎は小さく揺れ動いてぶるぶる震えている。時計を見た。十一時二十分。タバコに火を点けた。ふーっ。煙を吐いた。気持ちが静まるようだ。手で風をさえぎりもう一度深く吸った。軍隊で夜間戦闘訓練時にいく度となく経験したあの手つきだ。タバコの火は二キロ先でも分かると言った。

再び歩き出した。先ほど見た真新しい墓石が頭にひっかかる。あらかじめ墓を準備してつい先ほど名を書き入れたように思われる墓だ。このままそちらへ行こうか？　そうしよう。他の方へ行くと、幽霊がそちらへついて来るように思われた。銃をいつでも撃てる角度に構えて峰に向かって歩き出した。足元の感触が芝ではなく、土のようなところをみると、外れていないようだ。タバコが燃え尽きた。二本目に火を点けた。

足の先に石ころが当った。当った時の音がとてつもなく大きい。思わずあたりを見渡した。何もないようだ。後ろを振り向いた。後ろも山なみだ。そちらの方にも目標点を定めておく必要がある。先ほど定めた目標点と今立っている位置が一直線になるように、真ん前の山なみの一点を探した。これで前後の基準点がはっきりしたことになる。もう道に迷うことはないだろう。ゆっくりと足を運んだ。真新しい墓からはだいぶ上がってきたようだ。

——ひゃあー。

体ごと溝の窪みに転がり落ちた。幽霊に足をすくわれたみたいだ。銃も手から跳んでいった。大分離れた所にタバコの火が見える。がばっと立ち上がった。ゆっくりとあたりを見渡した。何の気配もない。タバコの火だけが赤くはっきりと見える。銃は肘が地面に当たった弾みで跳んでいったようだ。深呼吸して銃が跳びそうな方角を探ってみた。おおよその見当がついた。ゆっくりしゃがんだ。首筋がぞくぞくする。溝の底を探ろうとしてやめた。手を出せば、幽霊がそっと手を握るようだった。タバコの火だけがはっきりと見える。注意しながらおりてゆきタバコの火を踏み消した。上の方を向いて、ジャンパーで風をさえぎり、ライターをつけた。ちょっと離れた所に銃口を上に向けた銃が見えた。良かった。銃をつかんで道に上がった。滑ったところは、芝がひかれていないところだった。

肘がひりひりする。かなりひどく擦りむいたようだ。タバコに火をつけ時計に目をやった。十一時四十分。

二十分しか経っていない。呼吸を整えて足を動かした。新しい墓まではさほど離れていないようだ。アルミホイルのような物がピカッと光った。靴底の感触は土だ。やっと上がってきたようだ。その墓は道から右側に二つ目ほど入った所にあった。銃を構えて墓の中に入った。芝がふんわりと柔らかい。この辺に座れば真ん前があの新しい墓になる。

「おお！」

首を上げた瞬間、我知れず歓声がもれた。前の山の削られた中腹の向こうに微かに光が輝いていた。赤と青がからみ合ってピカピカと不規則な光を発している。キャバレーかラブホテルだろう。光は息もたえだえにチカチカと光っている。私は恍惚とした気分に浸ってネオンを眺めた。貧弱に見えていたネオンがあまりにも美しく嬉しかった。地獄で人間社会を見るとしたら、このような感じなのだろうか？

後ろを確認して慎重に尻をつけた。空はあいかわらず墨汁のように真っ暗だ。雨粒が落ちてきた。リュックから合羽を取り出した。頭から被るようにできている軍隊のマント形だ。前を合わせてボタンを押した。山なみ向こうにもネオンがあり、いっそう賑やかに光っていた。また、タバコに火をつけた。昔話を思い出した。

飲み屋の宿泊部屋で酔客らが幽霊がいるとか、いないとか言い合って、とんでもない賭けをおっぱじめた。「幽霊がおらんというもんは、誰でもいいぜ、ずーっと向こうの山腹に今日石碑に名が書き込まれたという、娘さんの墓の横に杭を刺して来いや。そしたらここの酒代は俺が全部払う。刺してこれんかったら、酒代を払うのは、言うまでもあるまい」話し終わるや否や、一人の若造が豪快に笑って立ち上がった。酒代を準備しておきなと、ゴクン、ゴクン、酒をあおって勇ましく出て行った。一同は息を殺して待った。

だが、戻るはずの時間になっても戻って来なかった。いくら待っても戻って来ない。トラブったに違いないと、松明を焚き、皆して山に向かった。どういうわけか？　杭は打つには打ってあったが、若造がその横にひっくり返っていた。馬鹿げたことをして命を落とさせてしまったと、後悔しいしい若造を起こそうとしてびっくりした。いくら引っぱっても引っ張り出せない。どうなってるんだ？　山が若造のトゥルマギ〔韓服で一番上に着込む丈の長いコートのようなもの〕を引っ張っているじゃないか！　じゃじゃーん。杭は、トゥルマギの上から打ってあったのだ。

Ⅳ　死んだ者と生き残った者

1　法廷の殺気

車寛浩《チャグァノ》の裁判日。

管轄法院は光州《クァンジュ》地裁へナム地方裁判所。開廷時間は十時。柳容燦《ユウヨンチャン》の車で出かけた。姜智妍《カンジヨン》も一緒に行った。三人とも傍聴する理由がある。私は検察側の証人を受諾した朴《パク》社長の代わりに裁判の進行過程を見に行き、柳《ユウ》は弁護人側の証人を受諾しており、姜智妍《カンジヨン》は光州《クァンジュ》抗争研究者として裁判自体が調査対象で興味があった。彼女は、抗争の加害者である攻守団員に会えなくて地団太踏んでいたところ、加害者間でこのように劇的な事件が起こり、かなり興奮していた。私は中立といえば中立で、どの側からしても証人としては使い物にならないらしく、幸いにも証人席に座るという憂き目には合わずに済んだ。

安智春《アンジチュン》はそれ以降、私を呼び出すこともなく、私の前に現れることもなかった。だが、匂いを嗅ぎつけた猟犬のように、いまだに光州《クァンジュ》をうろつき回っていた。数日前には五・一八研究所に寄り資料を見ようとして、恥をかいて出て行ったという。研究以外にはどんなことにも協力できないと、後輩の研究員に冷たくあしらわれたということだ。

最近私は、どこへ行くにも銃を持ち歩いたが、今日は携帯しなかった。入廷時に、身体検査を受けるからだ。共同墓地で一晩過ごした後、私は銃を任されたのだ。

「これ、僕にくれよ。代金ははずむよ」

崔曙弘《チェソホン》はためらいなく了解した。

「仮に銃が見つかっても、一般の人の前だったら慌てる必要ありませんよ。刑事とか公安の要員だと思いますからね。警察にばれたとしても落ち着いて対処してください。武器不法所持で立件されることだけ覚悟すれば済みますよ。私はそんな時のことを考えて、方法を考えてあります。自分を狙ってる奴がいる。いつも尾行されアパートの回りにもうろついている。奴に無残にやられる手はないでしょう？　今まではぶるぶる震えて暮らしてきたが、今は安心している。と、こんな風に突っ張るつもりです。軽ければ精神鑑定程度で収まり、重くても罰金程度でしょ」

彼は笑ってから続けた。

「銃をどこで手に入れたのかと聞けば、私の名を出してください。うちの会社の製品を試験的に使ってもらう条件だったと言いますよ。私はそれくらいの備えはしています。それから銃を携帯されるんなら、どんな所にも持って行ってください。そうすると銃に対する恐怖感や違和感がやわらぎます。大事にしまっておいて、急に携帯するとそのつど、銃に対する恐怖が新たに芽生え、ほかのことにも支障をきたします。銃を携帯すると、日常生活でも緊張が持続するという利点があります。私が好きな酒を口にしないのもそのためです」

銃を携帯しだしてから悪夢を見る回数が減ったように思う。在宅時は、暇を見て射撃練習をした。腰から引き抜き、標的を狙って引き金を引く動作を朝夕二百回ずつ行なった。

柳《ユウ》がラジオのスイッチを入れた。九時のニュースが流れた。彼は今も相変わらずニュースに聞き入っている。数日前、崔《チェ》が新しい部品を納品に来た時のことだ。

「これ、この前の品物のお代だ」

「いいじゃないですか。こういうことはその立場によって、それぞれの持分ってのがあるんですよ。次の機会にでも話しますよ」

それぞれの持分という言葉で柳容燦《ユウヨンチャン》が浮かび、それ以上聞かなかった。私は彼らの組織の近くにいるようだったが、そうといってそれをはっきりさせる段階ではなかった。柳《ユウ》に対する疑問は形を変え膨れ上がっていたが、彼の心の底は廃坑された坑道のようにいまだ真っ暗闇だ。だが、最近はそんな態度がかえって頼もしくさえ感じる。

法廷の庭には傍聴者がそれぞれ十名あまり二手に分かれて詰め寄っていた。双方の傍聴者は外見からして白人と黒人のそれであった。車寛浩《チャグァノ》側の傍聴者は、真っ黒に日焼けした顔に着がえた服とて他人のを着用したみたいに着こなしがぎこちなかった。金成輔《キムソンボ》側の傍聴者の中で七十近く見える女性は、彼の母親のようだ。上品な顔つきだった。

「オメオメ〔まあまあの意、全羅道《チョルラド》方言の特徴で言葉の始めに発する〕よう来てやっとんね!」

車寛浩《チャグァノ》のオモニと何人かが喜んでこちらの方へやって来た。以前うちの社を訪れた、見慣れた面々だ。

「あら、どうして?」

後ろからついて来た姜智妍《カンジヨン》が、金成輔《キムソンボ》側の傍聴者の中の同年輩かと思える女性と、親しく握手を交わした。その時、ソウルナンバーをつけた大型乗用車が構内に入ってきた。中年の男が四、五人降りて金成輔《キムソンボ》の家族の方へ歩み寄った。彼の母親と思える女性に、小学生のように深々と頭を下げて挨拶した。

「ありがとう。忙しいのにここまで来てくれたのね」

「徹底的に真相をはっきりさせますから心配なさらないで下さい。あちこち手を尽くしましたから」

「検察がちゃんとやってくれるでしょ」

金成輔《キムソンボ》のオモニは言葉遣いも落ち着いていた。また、乗用車が二台立て続けに入ってきた。ナンバーは全南《チョンナム》〔全羅南道〕だった。若者が続いて下りた。みな、真っ黒に日焼けした顔だ。以前、朴《パク》社長の急患時に、船着場から診療所まで搬送してくれた若者もいた。

「心配せんでよか。罪がなけりゃ黙ちょっても皿は皿だし、引っくり返しても茶わんは茶わんばい。心配なんてクソくらえぞな」

　一人があちらの連中に聞けと言わんばかりの大声で、車《チャ》のオモニに喋った。声がとてつもなく大きかった。

「裁判起こすとなら、全斗煥《チョンドゥファン》一味をしっかり裁けっちゅうんじゃ。人を助けようと必死になった人間をとっつかまえて裁判にかけるとは何事な？」

「全斗煥《チョンドゥファン》の下っぱどもが、やたら人間に喰らいついて、罪をかぶせちゃろうと古井戸の幽霊がごつ悪さしちょるように見えるとよ、ふざけるにしてもな、場所をわきまえてふざけろちゅんたい。莞島《ワンド》の潮水の味はな、光州《クァンジュ》とは違うとるとよ」

　若い衆は、大声で喚き散らした。金成輔《キムソンボ》側の男達がこちらを見た。目尻に力がこもっていた。

「しょうもないこと、もう言うな」

　歳かさの入った男があちらの方にちらっと目をやりたしなめた。

「何してしょうもないちうんか？　死んだ人間は死んだ人間ばってん、自分勝手に酔っぱろうて溺れて死んだじゃなかとな、罪のなか人間ば引っぱってぶち込むために躍起になっとるっちゅうのに、合羽かぶっておとなしゅうしとれちゅんか〔ワンドの慣用句で、海難にあった船を助けに出ずに手をこまねいてじっとしているの意〕?」

「有罪になってみんしゃい。おまんの腹にナイフ突っ込んじゃるとよ」

こちらを睨んでいた男がつかつかと近づいてきた。

「恐喝ですかな?」

「今、なんちゅうたと? 恐喝? きさん、恐喝愛好者か、誰が誰を恐喝しちょっとゆうとんか?」

丸太りの男がさっと歩み寄り、首をかしげ下から上へ舐めるように見た。

「恐喝でなくて何だこれは?」

「おいどんは全斗煥《チョンドゥファン》の下っぱ共に言っとんじゃ。どおりで、おまんも光州《クァンジュ》で見たようながんつきばい。

ここで一丁やるとな? そんならやってみんかあ」

若いのが腹を突き出した。男はぞくっとした表情だ。

向こうの一行がやって来て男を引っぱった。男は呆れた表情で造り笑いを浮かべ、背を向けた。怒りが収まらず顔は真っ青だ。

「ついとらんとよ。朝からこげな調子じゃ、なんやらことが起こりそうな気配がするばい。世の中が変わったちゅうんに、いまだにばあちゃんがソバ粉で占いをしちょった時〔昔を意味する慣用句〕と同じように思うとるとか。さんざんのさばりよって、引き際を考えてやれっちゅうとよ」

「今日もそうじゃ、来るんなら銃持ってこいちゅんよ。何で手ぶらで来よったとな? 毎日バンバン撃っとったろうが。おなごの服脱がせて、道ばたに転がしとった気違い沙汰が目に焼きついとるとよ！　クソッたれ！　今日はなしてな？　ネクタイまで締めて、キチガイがまともなふりするっちゅんか？」

若い衆がケラケラ笑った。その時、金成輔《キムソンボ》のオモニがこちらに来た男に厳しい表情で何やら叱っているようだった。

「中学校の同級生に会ったわ」

ひょんなところで会うものねと姜智妍《カンジヨン》が笑った。金成輔《キムソンボ》の母方の従兄弟だといった。

法廷の門が開いた。車寛浩《チャグァノ》の家族がわっと押し入った。金成輔《キムソンボ》の家族も後に続いた。車《チャ》の友だちは動かずにいた。金成輔《キムソンボ》側の男達がこちらを一瞥してゆっくりと入っていった。彼らが入った後、車《チャ》の友だちが続いた。

「人生半ばで、こげな所へ入ってみるたあ思わんかったばい！」

車《チャ》の友だちは一番後ろの席を選び、座りながら皮肉った。その時、法廷横のドアが開いて、手錠を掛けられた車寛浩《チャグァノ》が入ってきた。顔面蒼白だ。

「こりゃたまげた、寛浩《クァノ》、格好がよか！　全斗煥《チョンドゥファン》や盧泰愚《ノテウ》と全く同じユニフォームじゃなかか！」

「俺は全斗煥《チョンドゥファン》が出てきたと思うてびっくりしたばってん、よう見たらおまんじゃなかか」

莞島《ワンド》の若者たちがクスクス笑った。

「こらえついでにもうちびっと辛抱しちゃれや。罪のない人間の腹は切れんたい。全斗煥《チョンドゥファン》の下っぱ共が昔みたいに切って刺した手つきで、今も見境なしにかかってくるようじゃが、なんぼかかってきても昔みたいに生きとる人間は殺せん。安心ばしちょれ！」

「静かにして下さい」

廷吏が注意した。弁護士が入り、検事が入ってきた。判事が入ると、廷吏の号令で傍聴者は起立し、そして座った。

認定尋問に続いて、検事の事実審理に入った。攻守団入隊経緯とその部隊に配属された経緯などを聞いた。姜智妍《カンジヨン》は熱心に筆記している。

「被告は一九八〇年五月、光州《クァンジュ》民主化運動当時、鎮圧軍として光州《クァンジュ》に出動し、その時、金成輔《キムソンボ》は大尉として、被告の直属上官である、中隊長でしたね?」

「そうです」

「当時被告は、デモを鎮圧して極烈示威者は連行せよという上官の命令を受け、デモの鎮圧に出動しましたね?」

「そうです」

「五月十九日、デモを鎮圧して帰るとき、中隊長金成輔《キムソンボ》大尉に俗称の〈気合〉、即ち体罰を受けたことがありますね?」

「あります」

「なぜ〈気合〉を受けましたか?」

「連行していた人を逃がしたからです」

「どのような形の〈気合〉を受けましたか?」

「〈ジョイント蹴り〉を受けました」

「ジョイントを蹴るとは、軍靴でスネを蹴ることだと言われているが、ジョイントを何回蹴りましたか？」

「四、五回蹴りました」

「事実どおり答えなさい。当時の攻守団の雰囲気からして、あのように重大な違反を犯したのに、ジョイント四、五回で済んだというのですか？」

「でも事実です」

「金成輔《キムソンボ》が今年に入って、釣りをしに二回来たと言いましたが、二回とも被告が招待したのですか？」

「最初は私がお呼びして、二回目は金《キム》理事の方から来るとおっしゃいました」

「金成輔《キムソンボ》がしょっちゅう釣りにくるようになると、彼が光州《クァンジュ》の民主化運動の時に、被告の直属上官だったという事実がうわさになって、周辺の人たちに後ろ指を指されるようになり、そのために金成輔《キムソンボ》が度々来るのをはばかったようですね？」

「除隊したあと、金《キム》理事は私を色々と助けてくれたので、いつもありがたく思っていました」

「釣りに来るのをはばかったのか？　そうでなかったのかだけ答えなさい」

「いやではなかったです」

「初めて釣りをしたとき、光州《クァンジュ》の人たちが帰ったあと、金成輔《キムソンボ》が泊まっている旅館で、酒を交わしながら争ったことがありますね？」

「争ったのではなく、金《キム》理事が酒をかなり飲まれたので、声が大きくなっただけです」

「なぜ声が大きくなりましたか？」

「その日、釣りをしていると、莞島《ワンド》の町の青年達が五・一八の歌を歌いながらこちらの船の側を通り過ぎたことがあったんですが、そのことを話していてそうなりました」

「何を話したのか簡単に述べなさい」

「五・一八の鎮圧責任者がこの前の裁判の時に五・一八についてきれいさっぱりと謝罪をしていたならば、こんなことも起こらなかったろうにと言ったら、金《キム》理事が何を言うかと怒られたのです」

「なんと言って怒りましたか?」

「光州《クァンジュ》事態は証拠を挙げられなかっただけで、固定スパイ〔北のスパイ〕と不順分子〔政府に対して不平不満を抱いている派〕の衝突が原因で起こった事件だとはっきりしているのに、どうして謝罪せねばならんとおっしゃられ、私はそうではないと言うとお前に何が分かるかと、声を張り上げられたんです」

「北のスパイちゅうたら何でも通用すると思うちょるとな。犬めが」

莞島《ワンド》の若い衆がざわめいた。

「それで被告はその言葉を承服しましたか?」

「それ以上は逆らいませんでした」

「金成輔《キムソンボ》はそれ以外にどんな話をしましたか?」

「光州《クァンジュ》の人たちは無知でそんな輩の策略に素直に従ったから、光州《クァンジュ》の人たちが悔しがるのは事実だといいました」

「畜生、腹が煮え繰り返るばい」

莞島《ワンド》の若い衆がまたざわめいた。裁判長がこちらを見た。

「被告は北のスパイの行為だという言葉に承服したのではないのですね?」

「承服したわけではありませんが、その問題に対してはそれ以上話しませんでした」

金成輔《キムソンボ》が莞島《ワンド》へ釣りに来だしたのはいつからなのか？　一年に何回ほど来たのか？　釣り船に使う船のエンジンは平均寿命がだいたいどれくらいで、被告の船のエンジンは何年ぐらい経っているのか？　そのエンジンは修理したことがあるのか？　以前にも今回と同じように止まったことがあるのか？　と、検事が聞いた。

金《キム》理事は三年前に私がお呼びして初めておいでになり、その時から一年に三、四回いらっしゃり、こういうときに使う小さな船のエンジンはほとんどが車の中古エンジンで、寿命はさほど長くなく、特に海では潮の影響でかなり短くなり、私の船のエンジンは十万キロほど走った中古車のエンジンを取り付けて二年ほど使い、ベルトの交換など細かい部品の交換はしたけれど、大きな修理はしたことがなく、今まで、今回のように急にエンジンが止まることもなかったと車寛浩《チャグァノ》は答えた。

「事件が起こったとき、被告は船の後部で舵を取って船を進めており、金成輔《キムソンボ》は被告の横に座っていたが、二人の間の距離はどれくらいありましたか？」

「一メーターほどでした」

「金成輔《キムソンボ》はどうして海に落ちたのですか？」

「酒をかなり飲んでまして、小便をしようとして落ちたようです」

「その時、被告は何をしていましたか？」

「竿を下げる場所を探そうと海を見渡していました」

「船が進むときに、ひどく揺れませんでしたか？」

「多少波はありましたが、横揺れはほとんどなく、後ろが少し揺れました」

「金成輔《キムソンボ》が酒を沢山飲んだと言ったが、乗客の安全に責任をとる船長として充分な注意をはらいましたか？」

「呑み過ぎてましたので私なりに神経は使いましたが、釣り場を探そうとほかのところに目がいってる間に事が起こってしまいました」

「金成輔《キムソンボ》が海に落ちると、どうしましたか？」

「船を回そうとしましたが、海苔篊《ひび》にぶつかってエンジンが止まってしまいました」

「エンジンの止まった理由はなんですか？」

「海苔篊《ひび》にぶつかってエンジンに無理が生じたからです」

「幼い頃から船を漕いでいた者が、方向を変えるときにそこに当たるということぐらい考えられなかったというのですか？」

「ちょっと無理はあると思いましたが、回せるようなのでそのままやりました」

「エンジンが止まると、どんな措置を取りましたか？」

「始動をかけましたがかかりませんでした」

「始動がかからなかったわけは何ですか？」

「バッテリーが弱くてかからなかったのだと思います」

「バッテリーが弱いということはどうして分かりましたか？」

「使用表示灯が真っ白でした」

「出発するときに調べなかったのですか？」

「そのときも白でしたが、それでもかなり長い時間使えますので、大丈夫だと思いました」

「バッテリーの性能が弱くて、エンジンが掛からなくなる場合もあるということを考えましたね？」

「そうですが当分は大丈夫だと思いましたし、あの時もポイントを変える度に始動をかけましたが、ちゃんとかかりました」

「その時はかからなかった始動が、莞島《ワンド》港に回航しようとした時は、かかったでしょ？」

車寛浩《チャグァノ》はそうだと蚊のような声で答えた。

「直前までは他の人がしてもかからなかった始動が、その時にはかかった訳は何ですか？」

分からないとやはり蚊のように消え入る声で答えた。

「被告が海に飛び込んだとき、金成輔《キムソンボ》との距離はどの程度でしたか？」

「百メートルをちょっと越えていたようです」

「被告の水泳実力はどの程度ですか？」

「幼いころから海辺で育ちましたので、ゆっくり泳ぐのなら、休まずに三、四キロはいけます」

「金成輔《キムソンボ》は泳げないようでしたか？」

「脚にこむら返りが起こっても、その時までもったことを考えますと、かなり泳げるようです」

「被告が金成輔《キムソンボ》に近づいた時、金成輔《キムソンボ》はどのような状態でしたか？」

「アップアップしながら、脚がこむら返ったと言いました」

「こむら返った際の措置を取りましたか？」

「いいえ、私にしがみつきましたから、体を外そうと水の中に引っぱって入りました」

「どうして手ではがさずに、水の中に引っぱって入りましたか？」

「水に溺れた人は、すごい力でしがみつきますから、手で放すことは無理で、水の中に連れて入るしかありません。軍隊で水中救助の訓練を受けたときにそう学びました」

私は容燦《ヨンチャン》にふり向いた。

「水に入れば放すのなら、相手方の頭だけ水の中に抑え入れるということもできますね？」

「腕と髪をつかまれたので無理でした」

「水中救助訓練を受けたのなら、こむら返りの時の措置も学んだはずですが？」

「こむら返ったところの血を抜けば良いと教わりました」

「ならば即、脚を噛むなりの措置を取らなかった訳は何ですか？」

「金《キム》理事が急にしがみついてきたので、そんな余裕はありませんでした。むやみにつかまるとは思わなかったからです」

「水の中に連れ込む前に被告は充分に息を吸いましたね？」

「つかまれたまま入りました」

「金成輔《キムソンボ》は気力が尽き果て、極度に慌てた状態だから、水の中にちょっと入っただけでも息が詰まって手を放すはずなのに、そうしなかった訳は何ですか？」

「最初放しませんでしたが、後で放しました」

「船から見ていた人の話によると、水の中に入った後、しばらくしても上がってこないので、みな、顔を見合わせたと言います。疲れ果てた者が息が詰まっているにもかかわらず、そんなにも永くつかんだまま入っていたということですか？」

「とても強くつかんでいたため、私はありったけの力で水の中に入りましたが、金《キム》理事はさっと放してくれませんでした」

「その時間は、まともな人でも息絶える時間だとは思いませんか？」

「私も水の中に入りながら、しぶといお人だと思いました」

「被告は溺れた人を助けたことがありますか？」

「あります。村で船遊びをしていて、水にはまった観光客を救助したことがありますし、軍隊での救助訓練の時は、二人一組になって実習しますが、息が切れたふりをした相棒を百メートル程、休まずに引き上げました」

「金成輔《キムソンボ》を船に引き上げたとき、心臓は止まっていましたか？」

「息を入れるのに気を取られ、確認する余裕はありませんでした」

「助かる見込みはないと思いつつ、助けるふりをして人工呼吸をほどこして騒いだんでしょう？」

「違います。そうすれば止まった心臓でも、また、動き出すのではと思ったからです」

「被告は全羅道《チョルラド》の人間です。光州《クァンジュ》民主化運動に対する恨みと、個人的な私情を抱いて、金成輔《キムソンボ》を闇に殺そうと機会を狙っていて、その日に実行におよんだのでしょう？」

「そうではありません」

「水中救助訓練知識を利用して、溺死を仮装した殺害計画を緻密に立てて機会を狙い、その日、あらゆる条件が揃ったので計画通りに実行に移したのですね？」

「絶対にそんなことはありません。金《キム》理事は私によくしてくれました」

「そうして機会を狙っているときちょうど、他の一行が貨物船を眺めていた。その間に金成輔《キムソンボ》を海に押して、舟を回しわざと海苔篊《ひび》に当たるように仕向けて、エンジンを切ったのではありませんか？」

「ちがいます。そんなことしていません」

「海苔篊《ひび》に当たった瞬間、計画通りバッテリーのコードを抜くなり、他の方法を使って、エンジンを切ったあと、始動をかけるふりをして、時間を稼いだのではありませんか？」

「そんなことは決してしていません」

「金成輔《キムソンボ》がこむら返ったと言ったにもかかわらず、それに対する措置は取らず、計画通り救助するふりをして、水の中に深く引っ張ってゆき、息が絶えるまでつかんでいたのでしょ？」

「ちがいます。そんなこと絶対にしていません」

「金成輔《キムソンボ》を船にすくいあげた時、助かる見込みがないと分かっていながら、助けるふりをしたが、蘇生が不可能だということが確実になるとエンジン操作を解除して、始動をかけたのでしょ？」

車寛浩《チャグァノ》はそうではないと断言し、検事は「以上」と言って尋問を終えた。

「おかしかごつある。あいつこそ生身の人間を殺そうとしとるばい」

莞島《ワンド》の若い衆がざわめいた。

弁護士の反対尋問がはじまった。

「光州《クァンジュ》の民主運動当時、ソウルから初めて出動する際、上官たちは光州《クァンジュ》事件がどんな事件だと言いましたか？」

「固定スパイやアカなど、不順分子〔政府に対する不平不満派を指す〕の蠢《しゅん》動で起こった事件だと言いました」

「その言葉を信じましたか？」

「最初は、そうかなあ？と思っていましたが、戦争時でも最も危険な地域に飛行機で突入する特殊部隊が攻守隊ですから、戦警と一般軍部隊をさしおいて、攻守団を出動させたことやら、指揮官達の緊張ぶりからして事実なんだと信じました」

「ならば被告は、どうして鎮圧に消極的で、捕まえたデモ者を帰したりしましたか？」

「スローガンを聞いたり、市民の態度を見ていると、スパイとかアカの仕業だとは思えなかったし、私が返した二人のうち女性は、こん棒で叩かれた傷があまりにひどくて、早く治療する必要がありました。もう一人の青年は親友の弟でしたから」

「そのために金成輔《キムソンボ》氏に〈気合〉を入れられたと言いますが、その恨みが今まで残っていたのですか？」

「当時の雰囲気ではそれしきの〈気合〉ぐらいは何でもありませんでしたし、中隊長が怒られるぐらいの規則違反を事実やってしまいましたから、そのことはまもなく忘れました」

「金成輔《キムソンボ》氏が退役した後、二人の間に何度か手紙のやり取りがあって、金成輔《キムソンボ》氏が個人的に援助してくれたんですね？」

「そうだ」と答えると、弁護士は三枚の封筒を差し上げて、これが金成輔《キムソンボ》氏が送った手紙に相違ないかと訊き、中身を一通取りだして、読んでもよいかと確認した。そして車寛浩《チャグァノ》と裁判官の許可を得て読みはじめた。

「これは金成輔《キムソンボ》氏が一九八四年四月、自分ももう退役したといって送ったものです。『君は軍人としても誠実な軍人だったから、社会に出ても誠実に暮らしていると信じている。光州《クァンジュ》作戦の時は、郷里であのようなことが起こって、精神的な苦痛は大きく、そのせいで今も郷里で大変な目に合っていると思う。だが、透徹した国家観を持って、真っ当に生きてゆけば、それなりの見返りはあるはずだ。日常生活や事業の上で困ったことがあれば、私に言いなさい。力のおよぶ限り協力しよう。どんなことでも良い。遠慮せずに連絡くれたまえ』」

弁護士は内容に間違いはないかと訊き、車寛浩《チャグァノ》はその通りだと答えた。

「二通目の手紙は、私は輸出会社に就職したという消息を伝えながら、ここでも大変なことがあれば、どんなことでも協力するから、忌憚なく連絡するようにとありますが、相違ないですね？」

「そうだ」と答えると、「金成輔《キムソンボ》に助けを求めたことはあるのか？　あるなら全て明かすように」と言った。

「何度かあります。養魚場許可と融資を受けるときにお願いしたところ、力をかしてくれましたし、甥ごの就職をお願いした時も協力してくれて、就職先が決まりました。叔父が勤めていた工場を退職するに当たって、退職金が貰えなかったときも、ちゃんととってくれました」

「そのような許可や融資や就職は簡単にはゆかないものですか？」

「そうです」

「そのようなことを手伝ってくれた時、現金で謝礼をしましたか？」

「お金で謝礼をしようとしたら、叱られまして、海苔やら、塩辛、干し魚のような特産物を謝礼にしました」

「金成輔《キムソンボ》氏がその間、何度も釣りに訪れたと言いますが、そのつど、謝礼金を受け取りましたか？」

「謝礼金は頂いたことはなく、有名な会社の洋服とか靴の商品券を謝礼金より沢山送ってくれました」

「先ほど、始動がかからなかった時に、バッテリーの使用表示ランプが白だったと言いましたが、白は寿命の終わりを意味する、要するに交換をうながす予告表示で、燃料の警告ランプと同じですね？　寿命がいつなくなるかを意味するものではありませんね？」

「そうです」

「先ほど、海では潮のために、エンジン寿命が短くて、その船のエンジンは十万キロほど走った中古車の中古エンジンを二年ほど使ったと言いましたから、廃棄する程古いエンジンですね？」

「それでも大きな故障がなくて、そのまま使っていました」

「事故の直後には始動が掛からなくて、しばらく後で、掛かりましたがエンジンがそれほど古いのなら昔の古いラジオをトントンと叩いたところ声が出ることがあるように、そのように古いエンジンでもある部位の接触が悪かったり、油の穴が塞がってたり、原因不明の故障が起きて、自然と治るケースもありますね」

「そのような場合もあるようです」

「金成輔《キムソンボ》氏はその時、酒をかなり飲んでいたということですが、どれぐらい飲みましたか？」

「洋酒一瓶ほとんど一人でたいらげたほどで、小さなビンでも二杯ほど飲みました。ここに来る前日もソウルで一気飲みをかなりされたらしくて、昼食の時に、ご飯を勧めましたが、三、四口ほどしか召上りませんでした」

「軍隊で水中救助教育を受けるとき、一番強調されたのは何ですか？　詳しく語ってください」

「一番目に、英雄心は自殺行為だと言われました。海の場合、波や潮の流れや被救助者との距離をよく見て、自分の能力が救助活動に充分値するのかどうか、冷静に判断してかかるべきで、むやみに飛び込むのは自殺行為だと教わりました。次に、水に溺れた人に接近する時は、絶対につかまれないようにすることで、もし、つかまれたときは、とにかく水の中に潜るように言われ、救助に向かった場合でも無理だと判断したら、断固諦めろといわれました」

「つかまれた時、とにかく水の中に潜れということは、水にはまった者は水で救うしか方法はないということですね?」

「教官もそのようにおっしゃってました。溺れた人はありったけの力をふりしぼってまとわり付くから放す方法はそれしかないと言いました」

「被告は金成輔《キムソンボ》氏を充分救助できると思いましたか?」

「思いました」

「被告が金成輔《キムソンボ》氏に近づいた時、彼がおっかぶってきましたね。その時に寄るなと言いながら引き下がったと言いますが、どうしてそんなにも簡単につかまったのですか?」

「金《キム》理事は士兵よりもそのような訓練をより徹底して受けているはずですから、あんなにむやみにつかまるとは思わず、そのまま近づいてつかまってしまいました」

「金成輔《キムソンボ》氏がそのようにつかまった理由は何だと思いますか?」

「こむら返りがひどくて慌てたからだと思います」

「脚にこむら返りが現れたと言いますが、脚にこむら返りが現れると、一人で措置できないものなのですか?」

「かなりきつく現れて、足を曲げることができなかったようです」

「金成輔《キムソンボ》氏が被告につかまり引っぱられて水の中に潜ってから、水の上にあがってくるまで時間がかなりかかったようですが、それはどうしてですか?」

「水の中に深く潜って、しばらくして手を放したのですが、すでにその時は、意識を失っていたようで、意識を失った状態でそのまま上がってきたので、時間がかったと思います」

「意識を失う前に、手を放していたならば、もがきながら上がってきたはずですが、意識を失ってじっとした状態で浮いてきたから時間がかかったということですか?」

「そうです」

「観光客を救助したことがあると言いましたが、その人も被告にしがみつきましたか?」

「いいえ。私が近づくまでアップアップやっていましたから、近寄らずに周りを回りながら意識を失うのを待って、引っぱってきました」

「溺れた人を引いてくる時は、意識を失うのを待って引っぱってくるのですか?」

「そうです。そうしなければつかまるので引っぱって来れません。泳ぎの上手な人が自分の実力だけを信じて、むやみに飛び込んで共に犠牲になるのは、ほとんどがつかまれて死ぬのです。後ろから首でもつかまれたらお終いです」

弁護士はうなずいて判事を向いた。

「ですから金成輔《キムソンボ》氏が意識を失くしたことは、救助過程において被救助者を引っ張り出すための正常な段階に入ったということになりますね？」

「そうです。あの観光客も引っ張り出してから、水を吐かせると息を吸いはじめました」

「救助教育を受けたとき、意識を失った人はどれくらい後まで、助けられると教わりましたか？」

「十分経過した人でも助けられると教わりました」

「金成輔《キムソンボ》氏を引っぱってくる時、船まで引っぱって行きさえすれば、助けられると思いましたか？」

「最初はそう思いましたが、流れが速い上に船とは反対方向に流れていましたから、時間がかかりすぎました。もう少し早ければ助けられたはずです」

「船で、水を吐かせた後、昼食時に食べた、キムチやら、なにやらの汚物が汚らしく出てきても、躊躇せず口に口を当てて、息を吹き込み人工呼吸をし、最善を尽くしましたね？」

「光州《クァンジュ》からいらした方達と最善を尽くしました」

弁護士が尋問を終えた。再び検事が立った。

「金成輔《キムソンボ》が被告をいろいろと助けたのはなぜですか？」

「特別な理由はありません。元来、部下にはきめ細かな方でした」

「光州《クァンジュ》の民主化運動の時、攻守団は残酷な作戦を取って、死体を闇に葬るなど、いまだに明らかにされていない真相が多いと噂がでています。金成輔《キムソンボ》が被告を助けてくれるのはそのような秘密が暴露されるのではと懸念して、当時、直属上官として特別官吏という次元で被告を見てくれていたのではありませんか？」

「我々の部隊ではそのように秘密に伏せるようなことはありませんでした」

「そのような秘密が多かったはずですが。今まで加害者である攻守団隊員の証言では何一つ出てこなかったと聞いています。それは金成輔《キムソンボ》が被告を監督したように組織的に管理するからではありませんか？」

「そういうことは知りません」

検事の補充尋問が終わると、裁判長は証人を申請するように言った。緊張が緩んで静かだった傍聴席がざわつきだした。その時、ふと後ろをふり向いた私は驚いた。いつ来たのやら安智春《アンジチュン》が後ろドアから出て行ったのだ。他の人達はこの前に来た光州《クァンジュ》の刑事のようだ。莞島《ワンド》警察で会って以来だ。

検察は三人を申請した。朴《パク》社長と所安《ソアンド》島の旅館の主人と莞島《ワンド》町の船舶修理所の社長だ。弁護士は柳容燦《ユウヨンチャン》と赤十字社水中救助専門家を申請した。すべて採択された。

法廷を出ると姜智妍《カンジヨン》が中学校の同窓生と話を交わしていた。金成輔《キムソンボ》側の傍聴者たちはそそくさと車に乗り、姜智妍《カンジヨン》も友だちと別れた。

「どうなってるのよ？　検事の話を聞いていると映画にでもありそうな完全犯罪みたいだし、弁護士の話を聞いていると全く反対なんだから」

「姜智妍《カンジヨン》さんはどう思います？」

「全く分からないわ。お二人さんは現場にいらしたんだから、見当つくんじゃないの？」

「そうですね。始動がかからなかったのも故意だ、こむら返りの措置を取らなかったのも故意だ、核心はこれじゃないですか？　水の深さはそれが千里あっても測れて人の心はいくら浅くても測れないと言いますがね、千里の水深も測れないし、それよりもうんと浅い人の心はもっと測れませんよ」

「映画見てるみたいよ。次の証人尋問は柳《ユウ》社長と朴《パク》社長の登場ね。興味ありますね」

「ほほっ。映画の登場人物になったな。登場したとしてもやっとこさ、エキストラじゃなあ」

「でも、次は証人達の舞台じゃない。格好よく一丁引っくり返してよ。船に引き上げた時、心臓が止まっているると分かっていたのに、助けるショウをやったって言うけれど、証人達の証言がクライマックスになるんじゃない？」

「クライマックスもいいがねえ、下手するとどうころんでもやられるだけだよ。莞島《ワンド》の若い衆のあの勢い見ただろう？」

「本当、岩壁の凄さだものね。もし有罪になったら、何か起こりそうな感じですね」

それから数日後、スーパー金奉植《キムボンシク》から電話が入った。

「この前のあの金重萬《キムジュンマン》先輩、今日光州《クァンジュ》に来て、帰ったとよ。裁判で執行猶予になったらしかたい」

「良かったじゃないか。光州《クァンジュ》には何しに？」

「今回も墓参りにきちゃったとたい。出所してすぐ来たらしかばってん、一杯やりましょうちゅうても切符を切ってあるからちゅうて、断わりんしゃった。じゃがそのまま帰すちゅうのもあんまりじゃけん、今すぐ行くちゅうたのに、車を待たせてあるからちゅうて、電話切られてしまったとよ」

「銃の話は聞かなかったのか？」

「なして銃ば買ったとかって聞いたら、そげなこともあったばいと、笑いんしゃったとばい。銃を買うたちゅうことが、ちびっとひっかかっちょったとよ。そんでも誘うて酒の一杯でもおごらんと。懲役喰ろうて出てきちょって、電話をくれんしゃった人たい、そんまま帰してしもうたちゅんは、胸が苦しかたい」

金奉植《キムボンシク》の声は落ち着いていた。

法廷室を脱け出た安智春《アンジチュン》が浮かんで、私はそれ以上質問するのを控えた。テレビ画面に映し出された金重萬《キムジュンマン》の表情が浮かんだ。彼が出てきたから、安智春《アンジチュン》の目はよりいっそう鋭くなるだろう。以前警察署で自分はただ者ではないと豪語したあのふてぶてしい表情がちらちらした。

私は家に戻るなりこの前のビデオを映した。長い銃と拳銃などが映り、頭から服を被った人の横に悠然とした表情で突っ立っている金重萬《キムジュンマン》の姿が現れた。画面を停止した。虚空に目をやる彼の表情をじっくり見た。懲役などを恐れる表情でもなく、家族を案じるそんな表情でもなかった。彼の目先にはただっ広い世界が広がっているようだった。金奉植《キムボンシク》の言葉が浮かんだ。「攻守団が発砲する時、青年らが太極旗を持ってバンザイを叫びに出て銃に倒れたら、次の者が出て、また倒れたら、その次の者がまた出て、その時、びっこを引いた足で二回も出て行って、銃に当たった青年を負ぶって戻ってきたとよ」やはり彼には銃がお似合いだ。奴らを制圧しておいて、あれこれ問い質して、そんなじれったい言葉なんか彼には似合わないようだった。私はしばらく彼の顔を見ていたが、ビデオを切り本棚のブックケースから銃を取り出した。壁に向かって目標を定め、引き金を引いた。ターン、ターン、ターン。

大統領選挙が終わると、五十年ぶりの政権交代という言葉が実感できるほど、国中が沸きに沸いた。国際通貨基金の管理体制に組み込まれた経済は、六・二五以来最大の転換と混乱に陥ったという言葉にも真実味が出はじめた。人々は政権交代に踊り、その隙に全斗煥《チョンドゥファン》一味はクリスマス特赦で釈放された。予想通りである。彼らが矯導所〔刑務所〕から出て来る姿は、独立闘士の出獄時さながらで、堂々と余裕に満ち溢れていた。これは誰もが抱いた感じらしく、新聞記事もそれらしい表現を使った。彼らの赦免に対して当然、批判の声が上がったが、政権交代の興奮の最中に埋もれてしまった。

経済狂乱の嵐は、下請け業界を真っ先に襲った。電子製品の輸出が行き詰まり、下請けが減ると朴《バク》社長は追いやられたサッカーのキーパーよろしく、ソウルを始めあちこち走り回った。だが、全般的な景気が底なしに落ちてゆく中で、会社の空気はもうすでに真っ黒な雲に覆われていた。みな、覚悟は決めたようで、ソウルに上京する口実を探していた私は、いち早く会社を辞める準備に取り掛かった。朴《バク》社長はとうとう事務職からリストラを実施する方針を出し、予想通り家族のいない私は、真っ先に候補に挙がった。社員らは足の甲に火が落ちる〔日本の諺では、尻に火がつく〕や、浅い水溜りのカワムツよろしくその日の糧から心配しなければならないが、私なんかは泣きたければ頬を叩いてやる〔願ったり叶ったりの意〕という諺そのものになった。

私はソウルのある大学の大学院に入学願書を提出しておいた。最近は大学院でも新入生誘致競争が激しく、二次、三次まで募集する大学があり、選抜方法も学部成績と面接だけで合否を決めるという、特別選考型があった。そういう大学院に願書を出したので、合格はもう決まったようなものだった。

2　すくい上げた霊魂

二月の末で退職だったが、会社には出勤する必要がなく私は引越しを急いだ。姜智妍《カンジヨン》は生活を心配したが他になす術もなく、彼女らしくはいはいと引越しを手伝ってくれた。ひと部屋に台所とトイレが付いている〈ワンルーム〉という独特な住まいだった。光州《クァンジュ》のアパートはチョンセ〔専貰、一定の金額を家主に預けて、その利子で家なり部屋を借りて使うこと。出る時には預けた全額を返して貰う〕の払い戻しがあるので、それに退職金を合わせれば、利子だけでも暮らしてゆけそうだった。要するにお膳立てができていて、私をソウルに追いやってくれた形だ。

荷解きし収めるところに収め、本を整理していると朴《パク》社長から電話が入った。

「頼みがあるんだ。あさって、車寛浩《チャグァノ》の判決公判だろう？　金《キム》理事のオモニがいらっしゃるんだって。ところが、判決よりも事故現場に行きたいとおっしゃってるんだ。現場を知ってるのは我々三人だけだろう。容燦《ヨンチャン》は行けないし、大変だが君しか……」

朴《パク》社長は心苦しげに言った。私はしばらくためらったが、そうしましょうと返事した。ありがたいと礼を言う社長の声は、私が側にいたならば、抱き上げるぐらいのものがあった。船は莞島《ワンド》で一番上等な遊覧船を契約しておいたという。

私が躊躇《ちゅうちょ》したのは、あのおぞましい現場に再び行くのが辛かったし、安智春《アンジチュン》に出会うのも不愉快だったからだ。金重萬《キムジュンマン》が出てきてから、彼の目がよりいっそう鋭くなったように感じる。かかって来る電話の頻度がふえ、申し訳ないと謝りの一言もなく無言で切ってしまうことも二、三回ではなかった。ソウルに来てからすでに二回もそんな電話を受けた。だが、金成輔《キムソンボ》の事件現場を案内する者は私以外いなかった。柳《ユウ》は裁判の時、成輔《ソンボ》側に刺激的な発言を連発させた。特に莞島《ワンド》の若者たちが五・一八の歌を歌いあれ程気勢を上げたのに、またしても釣りに行った金《キム》理事の態度を非難するくだりでは、裁判長の注意を受けるほど声を高めた。

私は金成輔《キムソンボ》のオモニと一緒にヘナムのテトゥン寺の下にある旅館で、裁判の知らせを待っていた。法廷には金成輔《キムソンボ》の従妹の兪《ユ》ソニと姜智姸《カンジヨン》だけ行かせた。金成輔《キムソンボ》のオモニの朴《パク》女史は以前から現場に一度行きたがっていたが、一審裁判だけでも終えてから行くほうが良いのではと、周りが止めたという。

金成輔《キムソンボ》の裁判は熾烈な攻防戦が展開された。車寛浩《チャグァノ》がエンジン操作をしたという点は、検事の立証は成り立たなかったが、車《チャ》が水の中に引っ張っていったという部分は、攻防が激しかった。検事は車寛浩《チャグァノ》が金成輔《キムソンボ》をつかんで、故意的に入って行かないかぎり、疲れきっている人を意識がなくなるまでつかんで引っ張っていったということは、話にならないと言い、車寛浩《チャグァノ》はそれでも金成輔《キムソンボ》が放さずにしがみついてきたという主張だった。この点で、弁護士側はおされたが、車寛浩《チャグァノ》が金成輔《キムソンボ》を殺す理由については、弁護士は今までの二人の人間関係を細かく具体的に挙げながら、集中的に論じると、検事は反論を展開できなかった。

裁判結果は車寛浩《チャグァノ》に有利に出るようだった。朴《パク》女史が判事に嘆願書を提出したのだ。無実の罪をかぶることのないように、公正に判断されることを願うという内容だった。裁判を欠かさず傍聴して事件の経緯を自分なりに判断したオモニは、特に弁護士が二人の人間関係を一つ一つ例を挙げながら多少感傷的にのべた弁論に大きく影響されたようだった。「被告が金成輔《キムソンボ》を殺さなければならない、何らかの訳があったなら、どうして甥の就職ごときを依頼したりするのですか？　仮に恨みを持ったとしても、二十年という長い歳月も過ぎており、特にこの三年間は十数回に及んで、青い空の下、オモニの懐のような広い海で向かいあって食事し、酒を酌み交わし、大きい魚が引っかかれば二人して喜び……」と論じたところでは、声をあげて泣いたという。そのような決断を下す過程には、兪《ユ》ソニと姜智姸《カンジヨン》も少なからず影響を及ぼした。

ある日、二人を呼んでしばらく意見を聞いた後、嘆願書を出さねばならないから、文案を作ってくるように頼んだとのことだ。

旅館の裏山では椿が蕾を開き、シジュウガラとマメジロが木々の間をチッチッチッとさえずり歩いていた。鳥を見ていた私の目が遠い空の向こうに移って止まった。昨夜も悪夢にうなされたのだ。誰かに追われ引っ越した先の路地を、一心不乱に逃げ回った。長銃を持った若者達と見知らぬ山の中をさ迷い歩いた。若者たちはずっと大声で笑いながら先頭を行き、私は銃と催涙弾を両手にギュッと握り、後に続いた。そして深い林の中を止めどもなく進んで行った。

「こんなにお天気がいいから、海も穏やかですよね？」

オモニがカバンを提げ旅館を出ながら空を見上げた。

「今日はいいらしいですね。先ほど天気予報で、明日までは穏やかだと言ってました」

その時、携帯電話がなった。姜智妍《カンジヨン》だ。開廷時間十分ほど前だった。

「美善《ミソン》さんのこと、聞きました？　たった今、所安島《ソアンド》の人から聞いたんだけど、美善《ミソン》さんのお姉さん、彼女にね、何かあったみたいなの。所安島《ソアンド》でね」

姜智妍《カンジヨン》らしくなく、一言一言気づかいながら喋った。朴《パク》女史が目を見開いて私の側に近づいてきた。私は手で合図をし、その場からちょっと離れた。

「自殺らしいの。昔住んでいた村の近くの岩から飛び降りたんだって。傍聴者の入廷だわ。切るわね」

私はその場に立ち尽くした。英善《ヨンソン》の一生がこうして幕を閉じてしまったんだ。あの時、彼女らの家から眺めた海辺の岩が目の前に迫ってきた。「あそこに家を建てて暮らしたら素晴らしいと思わない？」と、少女のように語った岩だ。あのそばで釣りをした時、私の目は絶えずあの岩を眺めて放さなかった。彼女は以前にも所安島《ソアンド》に帰って自殺未遂をし、騒動を起こしたことがあった。あの時は、精神状態が正常だとみなが安心していた矢先に起こったというが、村に住む親戚が追いかけて未然に防いだ。今回は、美善《ミソン》自身顔が暗かっただろうし、急な引越しやら、住んでいたマンションの専貰金が返還されずやらで、家の中が落ち着かなかったことが原因しているかもしれない。私はしばらく空を眺めていた。どこからかホトトギスの鳴き声が聞こえてくるようだった。あの事件があった夜、美善《ミソン》の伯父が住む町内の路地に潜伏していた時に聞いたホトトギスの鳴き声だ。この世の人間どもしっかり聞けと言わんばかりに、ソック　チョック　タ、ソック　チョック　タ、と声を一つずつはっきり区切って夜空に鳴り響いていたあの鳴き声が、遠くから響いてきた。

　私は114をダイアルして所安島《ソアンド》派出所の電話番号を聞き、ダイアルした。

「そちらで溺死事件があったようですが、遺体はあがりましたか？　その女性の知人ですが」

「十日も経っておりますが……溺死は溺死ですが、靴をきちんと揃えて、遺書まで残していますから、自殺でしょ。遺体をシラミ潰しに捜したのですが、探せそうにもありませんね。そのためにこちらといたしましても頭を痛めています。遺族の方も半ば諦められたようで……」

　身を投げたところは想像通りだった。遺書まで残すということは正常な精神状態で夢に描いた懐かしい所へ旅立ったということだ。この世で履きなれた靴を揃えてぬぎ、部屋から敷居をまたいで外へ出るように、苦しみもせずあの世へ逝ったのだ。海に聳え立つ絶壁の上に綿雲が広がり、絶壁の下には青い波が打ち寄せては砕けていた海。彼女はこうして逝ってしまったのだ。

電話が鳴った。

「車寛浩《チャグァノ》さん、無罪です」

オモニもあちらで電話を受けている。

「家族の皆さん方の喜ぶ姿を見ていると私までが嬉しくて……無罪になればすぐに釈放されると思ったのに、求刑が十年以上の場合は、高等法院、大法院まで待たなきゃならないんですって」

「よかった。自分の命が大事なように、人様の命も大事だって分からなきゃだめです」

朴《パク》女史は淡々と言っていたが、その声には哀調がこもっていた。私は姜智妍《カンジヨン》に法院の前で待つように言って、直ぐに車を走らせた。

「叔母さんの村の人たちから、叔母さんの法事をするようにと、しかと言われてきたわ。お供えものを持って行くからって、それはそれは大変だったわ」

兪《ユ》ソニの言葉に朴《パク》女史は淋しく笑った。

「課長さん、これでやっと解放されましたね」

「いいえ、嘆願書を出された時、すでに解放されてましたよ。本当に、大きな決断をなさいましたね。検察が追及したときは、この状態で追及されたら間違いなくはめられると思って、気が遠くなりましたよ。検察としてはそうして追及するのが当然でしょうけれど、現場ではっきりと見ていた者にしてみれば、法というものはこういうものなんだなあと暗澹となりました」

金成輔《キムソンボ》のオモニの心に疑惑のかけらが少したりとも残ってはいけないと思い、断言してつけ足した。

「船足がスムーズですね」

埠頭を素早く脱け出た船は静かな海をすべるように進んだ。莞島《ワンド》に着くと早めの朝食を済ませ、すぐ出発した。酒に、簡単な供え物や弔花は姜智妍《カンジヨン》が準備した。朴《パク》女史は静かに落ち着いた表情でじっと海を見つめていた。私は改めて彼女の顔を覗いた。息子を亡くした母の耳には、相手の落ち度だけがこびりつくだろうに、相手が有利になるようにと嘆願書を出した、彼女の物静かで端麗な姿が母親の鑑のように映った。

内港を脱け出ると彼方に所安島《ソアンド》が見え、白く広がる海苔篊《ひび》の向こうに美善《ミソン》の村の切り立った絶壁が姿を現した。海は息を呑んだように静かだった。その昔、美善《ミソン》の肩越しに限りなく美しかったこの海が、今は、私の側から二人の命を呑みこんだ死の現場と化したのだ。

もうこの海にくることはなかろう。全羅道《チョルラド》を離れる最後になるやも知れぬ私のこの第一歩が、奇しくも、金英善《キムヨンソン》が死に、金成輔《キムソンボ》が死んだ現場から始まろうとしている。美善《ミソン》と彼女の祖母、金成輔《キムソンボ》と彼のオモニの痛恨の淵から第一歩を踏み出さんとしているのだ。船はすべるように、早く走った。私は水しぶきが太陽の光を刃みたいに切り裂く海に目を漂わせ、引きさかれる光を見つめていた。

「釣りに行くときは、夜明け前に出発されるのですか?」

兪《ユ》ソニが静かに沈黙を破った。

「明け方五時ぐらいに出発します。この前も二回とも、町のトゥルモリホテルで泊まって、先ほどこの船の横にあったようなあんな小さな船で出たんですよ」

「あの船は島を行きききする連絡船でしょう?」

「そうです。最近の沿岸連絡船は自動車が大事な顧客だから、ほとんどがあのような鉄船ですよ。第二次大戦の時の上陸船をまねたものです。あのような鉄船にタンク、装甲車、兵士などを積んで母船から降ろし、敵の砲弾の中をかいくぐって、上陸させるのです」

「なんであんな形をしているのかしらと思ったら、そうだったのね。映画でも見たわ。あそこ、あれが海苔篊《ひび》なの？」

裁判でも海苔篊《ひび》という言葉が、再三出てきた。兪《ユ》ソニは沈黙が苦手なのかしきりと言葉をかけてきた。

「そうです。海苔とか、ワカメを育てる海苔棚とかワカメ棚が水底に沈まないように、支える装置ですよ。海苔とかワカメの養殖を農村に喩えるなら、島の稲作みたいなものですね。あのような発砲スチロールの海苔篊《ひび》が開発されてからは、この作業にも改革が起こりましたね。釣人たちは、あそこに船をつないでおいて、やるんですよ」

「金《キム》理事も田舎が統営《トンヨン》の近くの固城《コソン》の海辺でした」

「ええ、聞きましたよ。ほら、あの所安島《ソアンド》の左の方の島が、青山島《チョンサンド》、右側が甫吉島《ポギルト》と蘆花島《ノファド》、真っ直ぐ前に見える小さい島が茅島《モド》なんだけど、金《キム》理事はあのモドの近くでも釣りをされたようです……冬なのに、天候が良いから釣り船が結構出てますね」

釣り竿を垂らした船が、三、四隻浮いていた。春のように穏やかな天候で釣り船の姿はひときわのんびりと映った。金成輔《キムソンボ》のオモニの目は、はるか彼方海の果てを見つめているようだった。所安島《ソアンド》が近づくにつれ、木々や岩が姿を現し始め、島と島の間を結んでいる送電塔もその鉄骨を現わし始めた。

英善《ヨンソン》の村が現れ、絶壁がはっきりと見え出した。私は船長に手で合図した。船は海苔篊《ひび》が白く広がった海苔棚の辺りを右にゆっくり走った。

「この辺りでも釣りましたし、事故が起こったのは、あそこに長い杭が見えるでしょ？　あの辺りです。金《キム》理事は何度も釣りにいらっしゃったっていうから、この島の近くならどこでも釣ってらしたと思います」

オモニの顔がこわばった。現場に近づくと私は、速度を落とすように手で合図し、事故地点を指した。皆、腰を上げた。兪《ユ》ソニがオモニを支え、姜智妍《カンジヨン》が菊の花束を抱えた。船が泊まった。

「現場はあそこです。あそこで船がぐるっと回って、あの海苔篊《ひび》に頭をぶつけたんです。あの島の端っこに移動しようと、方向転換をしている時でした」

オモニは事故が起こった場所をぼーっと眺めていた。船がゆっくりとそちらの方へ移動した。青黒い海は太い船跡をざわめかせていた。モスグリーンの海が息をし、うごめいた。

「親不孝ものが！　母親一人残して、先にゆくなんて」

しばらくじっと海を見つめていたオモニが、むせび泣きはじめた。船は押し寄せる波に逆らうようにその場にじっとたたずんだ。

「九天に行っても、一人さまようんだろうね」

結婚せずに一人身でいたことを指しているようだった。オモニのむせび泣く声が大きくなった。兪《ユ》ソニの目から涙が流れ出た。姜智妍《カンジヨン》がそっと菊の花を差し出した。菊を受け取ったオモニは、そのままじっと海を眺めていた。

「この世のことは皆忘れて、極楽往生するんだよ。みんな忘れて行くんだよ。みんな忘れて行かなきゃダメだよ。心残りなことがあっても、きれいさっぱり流して、翼でもつけたように軽い気持ちで飛ぶようにゆきなさい。すべて忘れて行くんだよ」

オモニは溢れる涙と菊の花を投げた。

「お兄さん、私よ、ソニよ。さよなら。どうぞ極楽往生なさってね」

兪《ユ》ソニも哀切を込めて祈り、花を投げた。姜智妍《カンジヨン》は私にも花を手渡し、船長にも渡した。彼女の目にも涙がにじんでいた。私も黙念し菊を投げた。船長も私にならって菊を投げた。波は金成輔《キムソンボ》の霊魂がまるで生きて動いているように、ひらひらとざわめき、菊の花を舞い上げては沈め、沈めては舞い上げた。姜智《カンジ》妍《ヨン》が私に焼酎のビンを差し出した。私はビンと盃《さかずき》を受けとりオモニに渡して、焼酎を注いだ。

「成仏するんだよ。成仏おしよ。今日の判決は人を助けたよ。無実の罪をかぶらずに済むように下された。この世のことは皆忘れて成仏するんだよ」

オモニは酒をまきまき、何度も何度もハンカチで涙をぬぐった。兪《ユ》ソニにも盃《さかずき》を渡した。彼女も祈りを捧げ酒をまいた。姜智妍《カンジヨン》もまいた。私は船長にも酒を注ぎ手酌で自分の盃《さかずき》にもなみなみとついだ。

「成仏して下さい。私も金《キム》理事の立場を理解しています。あなたも光州《クァンジュ》の誰にも劣らぬ被害者でした。成仏して下さい。光州《クァンジュ》抗争の真実も必ず明るみになって、犠牲者すべての無念も晴れる時が必ず来ます。必ず来ますから、どうぞ黄土で見守ってください」

私は腰に差した拳銃の重みを感じながらはっきりと言った。海に酒をまいて残った分を一気に呑み干した。焼酎の冷気が喉を通った。波はクジラの背のように力強く大きく弧を描き、遠く向こうに見える白い波は、日の光を細々に切り裂き刃のように突き上げていた。みな、しばらく黙って海だけを眺めていた。

「どうしましょうか?」

兪《ユ》ソニが私に訊ねた。私は船長に振り向いた。このままこうしているのも辛かった。

「どげんするかって？　せっかくここまでおいでんしゃったんじゃ。このまんまお帰りになるのも寂しかなかな。所安島《ソアンド》をぐるっと一回りして、ここまで戻って帰られたらどうかな？」

船長がこともなげに答えた。オモニがうなずいた。船は進んできた方角に沿うて島を右手に速力をあげた。私は船長に酒をつぎ、船長も私に酒をついだ。私はもう一度海に酒をまき、残った酒を飲んだ。船は飛ぶように走った。かなり大きな島だったが、スピードをあげて走ったので三十分もすれば出発地点が目に入ってきた。

「あそこで何しているのかしら？」

姜智妍《カンジヨン》が美善《ミソン》の村の方を指差して私に聞いた。私もちょうど見ているところだった。村の前の砂浜に人々が集まっていた。竿には旗がなびき、銅鑼の音が風に乗ってかすかに聞こえてきた。

「誰かが海に沈んだようじゃ。魂をすくい上げてるんじゃろ」

船長が言った。私はびくりとした。姜智妍《カンジヨン》も驚いて私に振り向いた。

「亡くなった人の魂をすくい上げるんですか？」

金成輔《キムソンボ》のオモニが目を見開いて立ち上がった。銅鑼の音がよりいっそうはっきりと聞こえてきた。オモニが船をそちら へ着けるよう指示した。船は速度を落とし船首を回した。かなり近づいた。女のタンゴル〔巫女〕が銅鑼を鳴らしながら、海に向かって呪文を唱え、村の女達が群がって海を見ていた。船は巫女の儀式の妨げにならぬよう、遠回りに旋回し、入り江のほうに着けた。

儀式の場には魂をすくい上げる長い竿がそびえ、一方には五色の旗がたばねられ、色とりどりになびいていた。紙の三角帽を被った巫女が海に向かって銅鑼を叩きながら口寄せをやり、男のタンゴル〔男の巫女で韓国では男性の職業でもある。以下タンゴルで表わす〕はチャンゴ〔長鼓――韓国の民族楽器〕を叩いている。見物している女達の後ろには小さな葬儀車〔霊柩車〕が待機していた。

魂を呼ぶ長い竿を持っているのは美善《ミソン》だった。その横には高校生くらいの男の子が老女を支えていた。白い喪服をまとった三人を私は魂が抜けたように眺めていた。巫女は早口で呪文を唱えていた。真っ青な竹の葉がついている魂竿のてっぺんには白のさらしを裁ってつくった魂紐が釣り糸のようにぶらりぶらりと海に垂れ下がり、竿の先から海に垂れ下がったもう一本のさらしには大きな文字が書かれ風になびいていた。美善《ミソン》の家族と見物人たちは紐が海に垂れ下がった方を、釣り人たちが浮きを見るように見守っていた。紐の少し手前にはわらに包まれた何かが、ぷかぷかと浮かんでいた。アヒルのようだ。いけにえ〔罪を身代わりになって受けるという〕らしい。竿から垂れ下がったさらしが、風になびきながら文字を表わしていた。

――南無全羅南道莞島《ワンド》郡所安面榧子里金英善《キムヨンソン》坤命旗

白の喪服を着た美善《ミソン》の顔は青白く、祖母の老いた顔には碁石ぐらいのしみが黒ずんでいた。山村の灯火のように明るく情深かった祖母が、ビルの谷間に置き去りにされた廃屋のように脱け殻になってしまった。息子の名は金俊一《キンチュニル》だと言っていた。母親の姓をとって戸籍に載せたのだ。年に比べると体が大きくひきしまった顔に鼻筋が通っていた。私が彼を見るのはこれが初めてだった。彼を見たその瞬間から、大きな氷の塊が私の胸の中を引っ掻き回した。

銅鑼の音と口寄せの声が、止めどもなく波に乗って響きわたっていた。竿を握る美善《ミソン》とハルモニや俊一《チュニル》の姿は人間とは思えず、棒のように突っ立ってじっと海に目をやる見物人もまたこの世の人間とは思えなかった。その昔、街路樹の下で泥にまみれ立っていた英善《ヨンソン》の姿が目にせまった。痴漢の荒れくれた欲情はか細い女の腰を折り、処女を奪われる女の胸をかきむしり、刃となって子宮に入れるものを注ぎ込んだ。それは子宮の中で己の場を得て育ち、オモニをつわりで苦しめ、月日が経つにつれては目をしばたき、口をもぐもぐさせ勝手に育った。そしてこの世に出てくる時には、己の祖母になる人や隣人の羞恥、嫌悪が天を突き、怨恨と溜息が地をうがってもわれ関せず、あらん限り産声をあげ元気に生まれ、この世のどの子となんら変わりなくすくすく育ってしまった。その子が今は母親の喪主になり、祖母をいたわり支え、死んだ母の魂が帰ってくるのを待っている。

「もう手応えがあってもええはずじゃなかな？　なんしてなんじゃ？　なんも起こらんとな？」

「そうじゃわなあ、なんして、まじないがきかんのじゃ？」

女衆がぶつぶつ言いだした。その時、美善《ミソン》のハルモニが手に生地のような物を持って竿に近づき、美善《ミソン》がつかんでいる竿を自分もつかんだ。

「英善《ヨンソン》、早う出てこんな。早うな。ハルモニがおまんを連れにきたんじゃ」

ハルモニは手に持った生地を辛うじて振りながら、切々と叫んだ。銅鑼とチャンゴの音が静かに響いた。

「英善《ヨンソン》、英善《ヨンソン》、可哀想な英善《ヨンソン》や、はよう出てきて、この服着てご飯食べんと」

ハルモニが振っている生地は女物のパンティーのようで、家から持ってきたのだろう。ハルモニはパンティーを虚空で振り続け、力の限り叫んだ。姜智妍《カンジヨン》は数歩さがった所でシャッターを切った。

「たまらんね、仏様みたいなばあちゃんじゃに」

「英善《ヨンソン》、英善《ヨンソン》や、早うでてこんな。早うでてきてこの服着て帰ろう」

ハルモニはひっきりなしにパンティーを振り、苦しそうに叫んだ。

「早う出てこんな。ハルモニがおまんを連れにここまで来たんたい。そげな所で、何ば恨めしゅうて出てこんとな？　ほんにおまんは可哀想な子たい。はよう出てこんな。出てこんな」

ハルモニは悲しみに沈んだ声で、幼子をなだめるようにくりかえした。

「あのばあちゃん、なんば悪かことでもしたっとな？　ひどかばい」

「ほんなこつ、仏様ごつあるばあちゃんやとに」

女たちは鼻を詰まらせ泣きだした。むせび泣きは低くなる銅鑼の響きの中で、波のように広がっていった。彼女らの溜息からにじみ出る情感が電流となり私の胸に流れ込んだ。

チンチンチン。銅鑼の音が早くなった。

「おお、でてきたみたいじゃ」

女衆が目を見開いて竿の頭を見つめた。先が震えているようだ。巫女が銅鑼を置き、龍王に捧げるご飯を投げ、呪文をあびせかけた。タンゴルがよりいっそう激しくチャンゴを叩いた。竿がわなわな震え紐が激しく揺れ動いた。タンゴルが紐を引っつかんだ。

「おお、出てきたんたい」

ハルモニが嬉しそうに巫女の横に近づいた。巫女は紐をゆっくりとつかみ引き上げた。おかみ連中も近寄った。紐の先に何やら丸まった物が包まれ、砂の上に引きずられ出てきた。巫女が布をほどいた。ふたをした白い洋銀の茶わんがでてきた。巫女は茶わんをアルミのバケツに入れた。バケツの中には水がいれてある。巫女は再び銅鑼を鳴らし、海に向かってゆるやかな調子で呪文を唱えた。魂をくれた龍王に感謝を捧げているようだ。

「なかなかでてこんかったから、ばちゃんが可哀想で、どげんなることやらとドキドキハラハラ気をもんだばってん、ばあちゃんが呼んだからでてきたんじゃとね」

「でてきたにしても、あげな苦労してでてくるところをみちょると、やはり攻守隊の奴が引っぱっていったって話が、まんざらでもなさそうじゃ」

「そうたい。間違いなしにあいつが引っぱっていったとばい。この頃は病気も治って、家のことも普通にできるようになったちゅうのに。いくら場所がないからちゅうて、光州《クァンジュ》からここは遠かとばい。バスに乗って、船に揺られんとこられんとよ。一生懸命ここまで走ってきて、よりによって、攻守隊の奴が溺れた場所がはっきり見える所を選ぶたあ……」

兪《ユ》ソニが金成輔《キムソンボ》のオモニの肩を抱いた。

「その通りたい。攻守隊の奴ら、何の罪もない者をあれだけ殺せば充分じゃなかか。一度、敵になったからっていつまで敵にするとよ。死んでも人を敵にして殺すとか?」

「さあ、急いで。霊を慰める儀式をやるんなら急がねば」

タンゴルが舞具を片付けながらせかした。巫女はバケツを頭に載せ葬儀車に向かい、美善《ミソン》と俊一《チュニル》は祖母をささえて後に続いた。

「死んだ女の人、五・一八の犠牲者なの?」

金成輔《キムソンボ》のオモニがきいた。

「あの時、こん棒で頭を叩かれて精神異常になった女性なんですって。最近は良くなったって聞いていたのに、こんなことになってしまったのね」

姜智妍《カンジヨン》がカメラのフィルムを巻きながら答えた。

「先ほど、霊慰めの儀式をするって言っていたね?」

「今夜、望月洞《マンウォルトン》の五・一八墓地でやって、明日、お葬式らしいです。遺体がみつからなかったら、あのように魂を引き上げて葬儀をおこなうんですって」

見物人から聞いたようだ。一行が船まで戻ろうとした時、

「もしもーし!」

後ろから声が飛んできた。三人の男女が声をかけかけ走ってくる。息せき切って走ってくるところを見ると、ただごとではなさそうだ。

「ちょっと待っちゃれや」

「オメオメ〔まあまあの意、全羅道《チョルラド》方言の特徴〕、やはりそうたい。こげな所へ、どげんされたと?」

車寛浩《チャグァノ》のオモニが嬉しそうに近づいてきた。

「仏様のようなお方が、こげなところへ、何の用があってお越しになられたとな? そのままお帰りになられるとな?」

車《チャ》のオモニは興奮気味だ。

「わしらも今、莞島《ワンド》から着いたとたい。魂を引き上げるって聞いたばってん、あの可哀想なばあさんの顔でも見て帰ろうとおもうたとよ。走ってきたばってん、前に一緒に傍聴に行った人が教えてくれんじゃった……」

一緒に走ってきた女性を指さして車寛浩《チャグァノ》のオモニは一息ついた。

「なんか用ができたとな？　いやいや、そんなこつどげでもよか。わしの家にきちゃれ。ここばどげなとこば思ちょると？　ここまで来ちゃしてそのまま帰られては納得できんとよ。そうでのうても、あれこれ包んでソウルにお礼にゆかなければというちょったところですとよ。さあ、はようゆかんと」

車寛浩《チャグァノ》のオモニは、有無を言わさず朴《パク》女史の腕をつかんだ。車寛浩《チャグァノ》の家ではお祝いの酒宴で盛り上がっているということだった。無罪判決が出るや、村の食肉店の豚肉を全部買い上げて、蒸すように電話をしたということだ。朴《パク》女史は寂しげに笑みを浮かべ、ちょっと寄ってゆこうと言った。彼女は車寛浩《チャグァノ》がどんな暮らしをしているのか知りたくもあったのだ。

「こりゃまあ、鄭《チョン》課長もいっしょな。はようゆかんな」

車寛浩《チャグァノ》のオモニは、やっと、私に気がついたようだ。ひと昔前まで村は、美善《ミソン》の村と離れはしていたが、お互い向かい合っていた。二つの島は、今にも切れそうでヒヤヒヤするほど細い道でつながれ、向かい合っていたのだ。石壁だらけの路地を曲ると、やはり石壁に囲まれた庭に村の人たちが大勢集まっていた。すでに金成輔《キムソンボ》のオモニが来ているとのうわさが伝わっていたのだろう、おかみ衆が「オメオメ」と駆け寄ってきた。庭には日よけ用の衝立が張りめぐらされ、濡れ縁や居間にまで人があふれていた。男衆もみな、立ち上がり挨拶をかわそうと、大袈裟なぐらい丁重に振舞った。

「あのお方を見ちゃると、仏様ってほかにおらっしゃるんじゃなかちゅうことがよう分かるとよ。仏様ちゅうのは、人を助ける人のことをゆうんたい」

「おまんのいうとおりたい。寺であぐらをかいて、じっと座っとんが仏様じゃなか」

男衆の口からは仏の話が飛び出し、女衆はやれ濡れ縁に上がられよ、いや、部屋にお通ししろと口々に忙しくしゃべくり、朴《パク》女史はここが良いと庭のむしろに腰を下した。

「せっかくいらっしゃったとたい。ここはわしの出番たい。あのお方に申し上げちゃるたい」

ほんのりと赤く色づいた男が、空の盃《さかずき》を手に女史の前に進み出た。

「わしゃこの村の金允達《キムユンダル》という者ですたい。あんた様が判事になんちゅうとな？ 嘆願書ちうのを出されたちゅうことを、町に行って真っ先に聞いてきた者たい。村に戻ってそればこと報告しちゃったら、皆が仏様が現れたちゅうてそりゃ、大変じゃった。お陰さまで寛浩《クァノ》が無罪になったから、言葉だけの仏とちごうて、本当の仏様たい。ほんによう来ちゃったと。隣村でちょっと不幸があったばってん、巫女達が銅鑼などたたいちょるが、西天にお経を取りにゆく者は行って、村の長者の家に嫁をお迎えする者は迎えに行けというとよ。この場はまたこの場で、私めが村の衆を代表して、旨か酒じゃなかがおしゃくいたしますばい」

よくぞそこまで喋れるもんだと、庭じゅうに笑い声があがった。朴《パク》女史はありがたいと盃《さかずき》を受け取った。私らの膳には、豚肉のおかずにやはり豚肉の汁物がそれぞれ出された。女史の膳には、男衆たちが自分の盃《さかずき》も受け取って下されと持ってきた紙コップが一列に並んだ。

「尊いお方をお招きして、召上れない酒をお勧めして、豚肉だけを千枚万枚と積み上げて、これだけじゃダメたい。めでたい席にはやはり歌がつきもんばい。允達《ユンダル》が村の代表に進み出たからにゃ、そのまんま歌も一丁やってしまわんと。わしゃもう太鼓を準備して、ほれ、横においちょるとよ」

タン、タタン。向こうのほうでここぞとばかり名乗り出て、タンタンと太鼓をたたいた。

「わしも先ほどから考えておったとよ。おまん、そげな泣きたかとなら、一丁ほっぺでもたたいてあげちゃるからまっとれや。奥さん、この所安島《ソアンド》にはよ、伯東旦那《ペクトン》という、名歌手がおらっして、そんじゃそこらの歌い手なんぞ、恥ずかしゅうて名刺なんぞだされんばってん、まあ、それでも所安島《ソアンド》谷間の歌芸人でこの金允達《キムユンダル》の歌を知らん者以外、皆知っちょるから。こんな辺鄙《へんぴ》な島の奥深くへ尊いお方がおらしたとよ、披露するもんは何もなかですから、下手な歌ばってん一曲歌ってご覧にいれますたい。金允達《キムユンダル》調で、〈愛の歌〉をやりますたい」

「はあー」

——タタン、タンタン。

——オハ　トゥウンドゥウン　私の愛する女よ、オハ　トゥウンドゥウン　愛する私の女よ。私の前を歩いてたもれ、後姿を眺めよう。もっと近づいてたもれ、前姿を眺めよう。もっとゆっくり歩いてたもれ、歩く姿を眺めよう。ニッコリ笑うてたもれ、美しい歯並びを眺めよう……

——はあー——はやし詞があふれでた。金允達《キムユンダル》は割り箸を扇代わりにふりふり喉を鳴らした。味わい深い声だ。一斉に拍手が起こり、続けろとアンコールの催促だ。金允達《キムユンダル》は〈ふくべの歌〉一節を興趣たっぷりに歌った。

「ちょっとまった」

向こうの席で誰かが立ちあがった。

「今しがた〈愛の歌〉を聞いてふと思ったばってん、なんちゅうか、今日、魂をすくいあげたちゅう、ピジャ里の娘さんのことばってん、あの娘子が子どもを産んだことは生んだとやが、結婚ばしてないちゅうならばな、処女じゃなかな？　聞いちょるところによると、こちらの息子さんも未婚だったちゅうじゃなかな。これがよ、阿吽《あうん》みたいにぴったり合うじゃなか？　去年ノファ島でやった、何ちゅうたか、死んだ未婚の男女をいっしょにさす、天国挙式とやら、あれどげんじゃろ？」

男はとんでもないことを言い放って目を細め、会席者を見渡した。みなは憑かれた表情で互いに顔を見合わせた。

「聞いちょると、考えられんような話ばってん、まんざら聞き逃す話でもなかたい」

允達《ユンダル》が真顔で答えた。

「あの娘さん、攻守団にやられたちゅうが、こちらの息子さんじゃなかばってん、どうじゃ？　一夜を共にしたからとてそれで万事とは言えんばい、夜が明けて別れたからとてそれで仇になる訳がないちゅうじゃなかかな。二十年近くなるとたい、歳月は流れるだけ流れよった。ましてやこちらのお方の仏様のような心を見ちょると、口から出た話だけでは済まされんたい」

允達《ユンダル》も言い終えて一同を見渡した。言い出しっぺが続けた。

「喧嘩ば止めて、交渉ば成就させろって言うとうとやろ。わしらが買って出たらどげんな？　未婚の男女の霊を慰める方法はこれしかなかっていうじゃなかな？　人間ちゅうのは、生きてる者でも、死んだ者でも、結婚できんことが、一番の悔いじゃていうとたい。この憾《うら》みは相当なもんじゃなかな？　聞いちょるところによると、二人の年も同じぐらいちゅうから。娘さんも大学まで卒業しちょるし、おまけに、二人とも海で亡くなっちょるし、不思議なくらいたい。その場所も呼べば聞こえる距離しか離れておらんじゃなかな。これも縁じゃて。娘が以前は心の病に掛かっちょったちゅうが、この頃は治っちょったって聞いとっとばい。ほんじゃに傷にはならんたい。相性がピッタリあうじゃなかな。これはまさに〈餅相性〈相性が非常によく合う時に使う慣用句〉〉たい」

男は言い終えて、また周りをぐるりと見渡した。

「あんさんは、ほんに四隅きっちり揃えて上手に話すとね！ こげな結婚は、やりとうてやりとうて地団太踏んでも、相手がなくて成りたたんちゅうのに、こげんなうまくいく話はちょっとやそっとでは探されんとやなかかね？」

みな、朴《バク》女史を振り向いた。彼女は唖然としている。

「これはこれは、〈トラがうわさを嗅ぎつけてやって来た〈噂をすれば影〉〉ちゅうことたい。ちょうどよいところへお出でじゃ。この広い所安島《ソアンド》の海という海をかき回して、巫女儀式までやって、この何日間あんさんの苦労は一通りじゃなかったろうが？ 葬儀車は無事にいっちゃったかな？ さあ、酒でも一杯どげんな」

手持ち無沙汰な面持ちで入ってきた男に、允達《ユンダル》は盃《さかずき》を差し出した。

「今ちょうどわしらが話しとったちゅうのが、あそこに座ってらゃっしゃる、今回の車寛浩《チャグァノ》の裁判で……」

允達《ユンダル》は朴《バク》女史を指して仏様がどうのこうのとしゃべくった。男は盃《さかずき》をちょっと口に運んだだけで、オモニを見つめた。鋭い目だ。

「それで、今ちょうど出た話したい。天国挙式の話たい。結婚せずに死んだチョンガ鬼神や処女で死んだ乙女鬼神は、何ちゅうても未婚で死ぬのが一番の憾《うら》みっていうじゃなかかな？ わしら小さい頃から聞いてきた話ばってん、そげな鬼神をそのままにしちょれば、生きとる人間に悪さするってことなんたい。家族親族だけじゃのうて、だれかれなしに悪さするって聞いて、わしらぶるぶる震えとったとちがうとな？　そげんで、両家の祝いごとをわしらが買って出よちゅうことで、こうして意見を交わしておるところたい。そこへあんさんが手っ取り早くこうして進んでやって来たってわけたい。お宅の家門では何と言うても金《キム》泰善《テソン》が代表格とみちょるばい？　ほかに誰がおるな？　どげんな？　おまはんの考えは？　良いに決まっとるじゃなかかな？」

向こうのほうで接客をしている女衆も手を止め、金泰善《キムテソン》に集中している。

「何ちゅうこっちゃ。法螺吹きは法螺ばかり吹いちょるが、それでも一朝で版閣〔仏教の経版を積んで置く殿閣〕の石段を三段は積むちゅうに。允達《ユンダル》さんよ、あんさん、いくら名前が本月じゃのうて継け足しの閏月〔ユンダルという名が韓国語の閏月と同音〕だちゅうても、なしてまた、ユンダル〔閏月〕みたいな中途半端な話ばかりするとな？」

男は允達《ユンダル》をきっとにらみつけた。

「いくら天国挙式だちゅうても、その挙式もやはり、四柱単子《たんし》〔婚姻後、新郎側から新婦側に伝えられる新郎の四柱を記した文書〕を持って行って、日取りも決めなきゃならん一大祝事じゃなかかな。こまごましたことはみんなカットして、大事なことだけを取り上げてやっちゃるとしても、履きくたびれた靴を何とか合わせてみちゃって、合わなかったから、ほったらかすって訳にゃいかんじゃろが？」

男は允達《ユンダル》を容赦なくにらみつけ、皆の目は泰善《テソン》と允達《ユンダル》の目を代わる代わる追った。

「話が出たついでだからいうばってん、いくら子を産んだ娘の天国挙式だちゅうても、相手が光州《クァンジュ》に出動した攻守団将校ならば、墓に眠っとるあの子の曾祖父や高祖父まで這い上がってくるばい。伯東旦那《ペクトン》にしてもそうたい、こりゃ目出度い目出度い言うと思うとな?」

男は土鍋のふたで犬をたたきのめした〔物事をぶち壊す事の喩え〕。家人が引っ越し、開け放たれたままの大門〔統率する者がいないの意〕よろしく、もろてを上げて歓迎していた村人らは冷や水を浴びせられた形になった。

「お互いに良いと思っていってることだけたい。今あんさんの言っちょることはちょっと語弊があるとよ。出たついでじゃけ言うばってん、わしの言うちょることは、炊き上がった飯を一人で食らってわしゃ知らん〔己が満足すれば万事良しの意〕と言うとるんじゃなか。お二人さんが亡くなった場所がどちらも村の衆が毎日、海苔やらワカメを育てるために船で通う場所たい。わしらとて気分がすっきりせんで言うとるとよ。生きとる人間が苦しまんで済むようにすることに、墓で眠ってらっしゃる曾祖父や高祖父までかつぎ出してきちゃ、生きとる人間は何を頼りに生きるんと? はっきり言うが、伯東《ペクトン》旦那にしても、ご自分の暮らしでさえ人ごとのように構われないお方じゃなかな。一年中外遊されてるのに、このようなことに対してああじゃこうじゃとおっしゃらないんじゃなかかな?」

允達《ユンダル》もなかなかの反撃手だ。

「サザエがウンチをしに殻から出るとタニシが割り込んでくるちゅうが、家が滅びると、こげなことまで言われなならんかな! これ、允達《ユンダル》さん、おまはんが立派だってことは村中知れ渡ったことよばってん。カニの背中に塩をかぶせるような話はそれかぐらいにして、人の慶事に呼ばれたんやから酒でも飲んでよ。あんさんを相手にしたばっかりに、かえってあちらのお方に申し訳ないことしてしまったじゃなかかな」

泰善《テソン》は成輔《ソンボ》のオモニを指しそちらの方へ歩み寄った。

「分もわきまえずにべらべら喋くったみたいですが、口は歪んでいても楽器はしっかり吹けというように、言うことは言わないといかんですよ。裁判で判事達に寛浩《クァノ》に有利にしてくれるようにしてくださったことは、私も聞いております。それはありがたいことじゃが、あのこととこのことは、番地が違ってもとんでもない違いで、あの連中が人の一大事を、糸が切れたワカメと絎《ひび》をつなげるみたいに言うもんじゃから、一言きつく言ってしまいましたが、奥さんには申し訳ないことになってしまって。奥さんには何の憾《うら》みもありませんから、聞き流してくだされ」

泰善《テソン》は丁重に頭を下げた。

「そのような言葉は、百回でも聞く覚悟ができていますよ」

オモニは落ち着いた穏やかな言葉づかいで受け答えた。

「何ちゅうこっちゃ。大事なお客様を迎えたちゅうのに、風が山から吹くわ、谷間から吹くわで、おかしな風になってしもうたとよ。魂をすくい上げる儀式に、裁判所の判決に、オファ　トゥンドゥン　歌が出て、そこへもって嫁入りに婿取りの慶事だ、こりゃもう、晩秋の冷たい風に帆柱一つの小さい船が前へ後ろへふーらふらと、こりゃ大変なことになっちょるばい。ややこしくした者が元に戻さないかんたい。允達《ユンダル》や、責任とって歌一曲披露しちゃれ」

タン、タン、タン。太鼓方がたっぷりと洒落を飛ばしながら、タンタンと太鼓をたたいた。

「そうじゃそうじゃ、せっかくでてきた歌じゃ、もっと盛り上げてくれ。一曲やれやれ」

この時、朴《パク》女史が立ち上がった。

「私どもは、先を急ぎますのでこれでおいとまいたします。こちらに来るときから、どんな言葉でも飲み込もうと覚悟してきました。みなさん、どうぞ、気になさらずに楽しんでください」

と、一言さわやかに言い残してその場を離れた。

「オメオメ、せっかくここまできちゃったのに、何のおかまいもできましぇんで」

寛浩《クァノ》のオモニが「オメオメ」を連発させ、後に続いた。村の衆も口々に挨拶をし、萩の柴戸まで見送った。朴《バク》女史は何度も頭を下げて別れを告げ、車寛浩《チャグァノ》のオモニとアボジはその後について出た。アボジの腰にはいつの間に準備したのやら肥料袋に包んだ分厚い紙袋があった。船長は近くまで来て船を横付けて待っていた。

「なんにもない島じゃけ、差し上げるものものおて、タコやらミルやらたいしたもんじゃなかばってん、包めるだけ包んできたとよ」

車寛浩《チャグァノ》のオモニは紙袋を渡しながら、ひっきりなしに「オメオメ」を連発させた。夫婦は船が見えなくなるまで、あたかも合掌した女性が祈りを捧げるように、何度も何度も腰を曲げた。

光州《クァンジュ》につくと朴《バク》女史は、夕方に行われる英善《ヨンソン》の霊慰めのお祓いを見にゆくと言い、姜智妍《カンジヨン》も一緒に残ると言った。私は朴《バク》社長に接待を任せてソウルに向かった。

夜半十二時を回って家に着いた。管理人が椅子に頭をもたげて居眠りしていた。私は部屋の前にたたずんであたりを見回し、用心深くドアを開けた。昨日家を出る時、玄関手前の部屋の床に広げておいた紙切れを調べた。そのままのようだ。部屋に入ってしゃがんで見た。詳しく調べたら二枚が動いていた。ちらっと見た目には、紙を折って何やら作ろうとやりかけて、後始末せずに外出したように散らばって見えるが、紙切れごと一方を床の図柄に一ミリのズレもなく、正確に合わせておいたのだ。そのうちの二枚がずれており、一枚はひっくり返っていた。誰かが踏んで入ったに違いない。本の表紙を折ってあるから、すき間風に飛ばされることはありえない。泥棒なら入って出る間にもっとばらけているはずだ。こんな細かいところにも神経を使うような人物が侵入したのだ。これを踏んで、「しまった！」と、もとの場所に置いたに違いない。おそらく安智春《アンジチュン》の仕業だ。彼のような人物でもこんな原始的な方法に引っ掛かるものなのだ。私は思わずそら笑いした。

どうやら盗聴器を取り付けたようだ。私は服を着替え、くまなく部屋の中を調べた。本棚、引き出し、流し台を隅々まで調べた。何ら形跡がない。姜智妍《カンジヨン》が頻繁に出入りしていることを知っているから、発信機を設置したならベッドの近くのはずだ。電話機も開け、細かいところまで調べたが、何の形跡もない。ベッドは作りが単調だから隠しにくいはずだ。マットレスの縫い目も調べてみたが何ら変わりはなかった。隠せるような所は見逃さずすべて探したが痕跡はなかった。だが、盗聴器のことだ。巧みに取り付けたにちがいない。姜智妍《カンジヨン》に話すときが来たようだ。彼女も事情を知ったほうが臨機応変に応対できるだろう。だが待てよ。彼女に話すのも問題はある。盗聴内容は一言一言丹念に分析するので、急に言葉に気をつけだすとかえって怪しまれる。ここはワンクッション置いて考えるべきだ。

3　天国挙式

プッ。銃から飛び出た火花が闇をついた。長い消音装置から出た火花は槍の先のように鋭かった。崔曙《チェソ》弘《ホン》と私は姜三哲《カンサムチョル》の射撃を見守っていた。消音装置は、口の中に頬張った食べ物を無理矢理飲みこむように音を呑みこんだ。そして呑みこんで残った音をプッと、詰まった食べ物を吐きだすように出す。卓球ボールくらいの丸が記されたA４用紙のターゲット横にはろうそくの炎が揺れていた。プッ、プッ、音がでるたびに私は訓練所のターゲットを思い出し、銃の引き金に掛けた人さし指を、無意識に動かしていた。ちゃんと動いている。

　太白《テベク》市近郊の廃坑の中だ。待ちこがれた機会だった。崔《チェ》から急に連絡が入り、誰にも悟られぬようこっそり脱け出てきた。崔《チェ》と私は隠密に連絡する方法を決めていた。電話が三回鳴り止まる。それを二回くり返すと、彼が私に電話を掛けるようにとの信号になる。その信号が出ると、外出してかなり離れた公衆電話から電話をかける。その時の電話番号もいつものとは違う。崔《チェ》の携帯は番号が二通りだ。

　銃口が火を吐くたびにターゲットの後ろで土が砕けてちらばり、ろうそくの火が揺らめいた。火薬の匂いがつんときた。火薬の発する匂いが煙のようにおおいかぶさった。消音装置は、歯を食いしばった銃が声を殺したがもれたみたいにプップッと情けない音をだし、強烈な火薬の匂いのみが実弾の威力をさとらせた。私は今まで火薬の匂いがでるという事実を完全に忘れていた。化学製品特有のツンとくる乾燥した匂いは、飛んでいった実弾が目標対象にあたって起こす一種の調和を物語っていた。

姜《カン》が五発全部撃つと、崔《チェ》がターゲットを持ってきた。ほとんど命中に近かった。次は崔《チェ》の番だ。崔《チェ》は姜に比べると姿勢からしてぎこちなかった。だが、彼もそこそこだ。私の番だ。

「体の向きはこの程度でいいです。足はこれくらい広げて」

姜《カン》が私の姿勢をなおしてくれた。彼らが撃つ時の姿勢をしっかり見ておいたので、私は姿勢より指に神経を使った。

「撃って下さい」

私は銃を構えた。胸がおどる。目標に目をやり意識的に解けた髪を思い出しゆっくりと銃口を当てた。ターゲットには何も現れなかった。私は正鵠《せいこく》を狙ったまま、しばらくターゲットを見つめた。やはり髪の毛は現れなかった。私は再び銃口を上げた。やはり解けた髪を思い出し目標に当てた。何も現れなかった。引き金を引いた。プッ、弾が出た。私は銃を構えた手を下ろし軽く息を吐き、吸った。また構えた。やはり何も現れなかった。引き金を引いた。プッ、プッ、プッ。

「私よりいい成績ですね」

ターゲットをはずしてきた崔《チェ》の口元が緩んでいる。彼が撃ったターゲットと比較して感歎していた。彼の成績とそこそこだった。私はターゲットを受け取り弾が射抜いた痕跡を見た。弾が飛び出すたび、自分の胸にスースーと穴が開いたような感じを与えたあの実弾の穴が、ターゲットにそのまま開いていた。もう私はもとの自分に戻ったのだ。これで初めて拳銃が私の体の一部になったようだ。

再び姜《カン》の番だ。彼は銃を抜く動作からして敏捷で自然体だった。目標を狙って銃口を上から下へとあてるとき、瞳孔の奥底から放たれる眼光は刃そのものだ。長身の体が二本の足をほどよく広げ、後ろに伸ばした左腕を腰より上におき、拳銃を的に向ける姿勢には寸分の隙もなかった。私らは約三十発ずつ撃ち練習を終えた。

「お二人とも、生まれつき素質があるようですね」

姜《カン》がコーヒーをつぎながら笑った。

「銃の素質？」

崔《チェ》が虚しく笑った。

「だが、銃弾も結局は人の手からでるもので、問題は危機的な状況にぶつかった時、いかに落ち着き敏捷に対処できるかですよ」

姜《カン》がコーヒーカップを渡しながら続けた。

「私は幼いころ、田舎でネズミやらアマガエルやらを見て育ちました。家はネズミだらけである時なんかは、塀の下を歩いているネズミめがけて棒切れを投げたんです。ネズミには当たらずに棒切れだけが塀に当たって弾けましたが、ネズミはそんな緊急時でも、やたら逃げまどいませんでした。棒が弾ける方向を見極めてから、逃げたんですよ。瞬間だったけれど、状況を確実に判断して、逃げたわけです。驚く瞬発力でした」

見逃さずすべて観察したのかと崔《チェ》が笑った。

「ネズミはいつだってそんな危険な中で生きているから、訓錬というか、まあ、そのように鍛錬されたんでしょう。トラに十二回くわえられたとしても気持ちさえしっかり持っていれば助かるということわざ通りですよ。こんなネズミでも猫の前ではこれもまた諺どおり、猫ににらまれたネズミでしかありませんがね。ネズミが穴の中に隠れてしまったら、猫にはなす術がありませんが、猫にはほかの武器があるんですよ。粘り強さです。穴の前に隠れて粘り強く待ちます。ネズミはせっかちなものですからこのしつこさには勝てません」

私はうなずき笑った。

「忍耐を競うならアマガエルは猫より数倍上ですよ。こいつは適当な場所に目だけギョロつかせ、何もかもかなぐりすてて、石のようにぼーっと待つんです。そうして構えていると昆虫とかミミズやムカデのような餌が安心しきって辺りをうろつくんです。それでもしばらくじっとしていて、獲物が安心して一定の距離内に入ってきたら、舌の先で稲妻みたいに釣り上げるんです。獲物を釣り上げるアマガエルの舌は見えません。私はその舌を見ようとアマガエルみたいに粘り強く見守りましたが、ゲロッと動いた口以外舌は見えませんでした。ゲロッと動いた瞬間に獲物はなくなっていたんですよ。生存競争においては、何ら使い物にならないずんぐりした体とのっそりした動きですが、その中に稲妻みたいな舌が隠されてるというわけです」

「そうだそうだ。這う者の上に飛ぶ者がいる〔上には上がいる〕って言うけど、這う者が飛ぶ者に勝つというのがまさにこれだ」

崔《チェ》が笑いながら一言いった。

「力が弱い者は、粘り強さで勝負しなければなりません。山を登る場合も、戦闘時のそれと登山のそれとでは、方法が違います。戦闘は時間を競いますが、登山は安全が第一です。安全と時間は比例します。

私らには時間がありますから、絶対に有利です」

姜《カン》は言葉も理路整然としており、一挙一動にも隙がなかった。こういう人物に不可能はないように思えた。

「先輩もこれを持つ時がきたようです。この前、感心された物ですよ」

崔《チェ》が何やら革制の財布を差し出した。ずっしりしている。チャックを開けた。この前のあの手榴弾だ。

「おお、これは！」

私は口を空けたまま二人を交互に見た。

「出来ばえを見て下さい。針金をあんだ跡、手榴弾を固めたやり方、すべて機械で作ったように見えませんか？」

「凄いねえ！　ひょっとしてこういうものを造る研究所出身者がつくったんじゃないのか？」

私は笑っている姜《カン》に手をさしだした。彼の手は大きくて力強く温かかった。

「私たちは釣りを話頭〔仏教で、禅する者が道を悟るために端緒とする言葉、転じて話の糸口〕に参禅するんですよ。アマガエルは石のごとく静止した動作の中で、目玉を戦場のレーダーみたいに光らせるけれど、私たちにはレーダーはほかにありますから、目を閉じて参禅していれば良いのです。もう会う必要はないでしょう。話頭が同じならば到達点も同じはずですから」

崔《チェ》が私のコップにコーヒーを注ぎながら言った。私がソウルに引っ越してから、彼らに会ったのはこれが初めてだった。

「次のマダン劇は古事で幕を切ります。告天文〔婚礼式や迷信で執り行う儀式の際に、天の神に告げる言葉〕は、私が考えておきました。――維歳次〔祭文の頭に使う言葉〕某年、某月、某日、東方民国の鄭《チョン》何某、崔《チェ》何某、姜《カン》何某は、太陽の光が明るく夜空の月光がやさしいように、人として生まれ、ひたすら、人として生を全うすることを願いこの場を創りましたゆえ、天地神明におかれましては、歆饗《きんきょう》〔神明が祭物を受け取り食べる事〕なされ、どうぞ見守ってくださらんことを敢、所、告、于〔祭文の最後に告げる言葉で、敢えてこのようにお告げ申し上げるの意〕」

姜《カン》はリズミカルに弾ませおどけてみせた。三人は笑い転げた。

私たちはしばらく話を続けてから、廃坑を出てテントに戻った。安智春《アンジチュン》刑事の動向を聞くと崔《チェ》は、先輩さえじっとしていれば彼だってなす術がないでしょうと、私の手を握った。私も彼の手をぎゅっと握り返した。

久々にゆったりした気分で読書を楽しんでいるところへ、朴《パク》社長から電話が入った。

「この前、所安島《ソアンド》に行った時、天国挙式の話が出たろ？　君も一緒に聞いたと言うんだが、あれ、どう思う？　俺らも小さい頃にはそんな話よう聞いたもんだ。金《キム》理事のお袋さんがその話に耳が傾いたらしいんだ」

「私はそういうことには興味ありませんよ」

言下に断った。

「俺は賛成なんだ。五・一八だって問題は発砲命令を下した奴だろう。軍人だって命令に従って死んだんじゃないか。生き残った軍人だって将校にしろ兵卒にしろ何の罪がある？　彼らだって犠牲者だという言葉に、俺だって全的に同感してるぜ。ましてや金《キム》理事は車寛浩《チャグァノ》を目一杯助けたじゃないか。俺だって、彼が俺の会社を助けてくれたことを思うとその恩は、忘れられないぜ。君もちょっと前向きに考えてくれよ」

「私はそういうことには、まったくもって関与したくありませんよ」

私は断固として拒否した。朴《パク》社長の口から出てきた元凶とか、被害者とかということ自体が、笛から出てくるラッパ音みたいで、耳慣れなかった。

実弾射撃をしてからというもの、心がどっしりと居座っていた。見知らぬ土地を旅する者が、準備を終えて出発日のみ待機している気分だった。私は週に二日、講義があって大学にでる以外は、ほとんど家で過ごした。ワンルームで家庭生活が完結されるそんな単純な空間の中で、冬を過ごすアナグマよろしく閉じこもった。訪れる者は姜智妍《カンジヨン》だけだ。引越しの時は、ソウルに住む姉が手伝ってくれたが、彼女も教職に就いてからは暇がなかった。

安智春《アンジチュン》の影は、この前の紙切れ事件以来ずっとまとわりついていた。間違い電話の頻度は相変わらずで、彼のそんな動きがかえって私に、成すべきことは何かをそのつど悟らせた。彼に対処する方法はアマガエルのように静止して、家を空ける時は痕跡を残さない。これが最上の策だった。手榴弾は拳銃のように訓練を要するものではなかった。数日間、服に釣り糸をかける練習をして、その後は見えない所に隠した。口が長い安物の花瓶を買って、口の部分を割り、その中に手榴弾を入れて、ボンドでくっつけた。口の部分がきれいに割れず、花瓶を二つもダメにした。余分に二、三個買いおきしておいた。銃は家にいる時や近くに出歩く時は、本棚の後ろに隠した。本棚の後ろと壁との空間に釣り糸を利用して安全に隠したのだ。本棚の後ろの一番奥にがらくたが紙をかぶっている形になっていて、懐中電灯で照らしても見えなかった。以前、本のケースに隠した時は、ノックの音がするだけで反射的にそちらに目がゆき不安でならなかったが、もう安心だった。

姜智妍《カンジヨン》が光州《クァンジュ》に行ってきたので、家にくると電話してきた。彼女は最近、英善《ヨンソン》の縁談にのめり込み、論文もほったらかしで兪《ユ》ソニとつるんで、何かにつけて光州《クァンジュ》を行ったり来たりしていた。始めは彼女も受け付けなかったようだが、結果はどうであれ、そのようなことが進行中だということ自体にかなりの興味を持っているようだった。彼女はことの発端から現場で詳細に見、聞き、記録に留めているのでその資料は、資料としてはかなりの価値があった。

車寛浩《チャグァノ》のオモニが先頭に立ち、朴《バク》社長が後ろで支える形を取った。車寛浩《チャグァノ》のオモニは光州《クァンジュ》と所安島《ソアンド》を三、四日間隔で往復し、多忙をきわめた。朴《バク》社長は経費を引き受け、オモニが来る度に進行過程の報告を受けた。

私はそのようなことが行われていること自体、気に入らなかったが、姜智妍《カンジヨン》がしゃしゃり出ることの方が、気が気でならなかった。美善《ミソン》にとって彼女の存在は深い心の傷をえぐるようなものだ。心痛に耐えないだろう。私はまた、彼女がそうして通う間に、私と美善《ミソン》との過去が表面化するのではと、終始ひやひやした。

「車寛浩《チャグァノ》さんのオモニの話聞いてみます?」

姜智妍《カンジヨン》はケラケラ笑いながら浮き足だってカセットを出した。

「光州《クァンジュ》に住んでらっしゃる美善《ミソン》さんの親族の方に送る話よ。この前、所安島《ソアンド》に名歌手がいるって聞いたでしょう? 後で分かったんだけれど、あの方美善《ミソン》さんの伯父さんだったのよ。伯東《ベクトン》旦那さんという名歌手の息子さんのお嫁さんに聞かせる話よ」

その昔、英善《ヨンソン》のあの忌まわしい悲劇が起こった日、美善《ミソン》姉妹が山の手に住む伯父の家に法事に行った、あの伯父の嫁に会ったようだ。

——生きとる者も、死んだ者も憾《うら》みは残してはならんと。未婚で死んだチョンガ鬼神や乙女鬼神は、怨鬼になるちゅうが、怨鬼でも一番醜い怨鬼になるちゅうばい。なしてそげな酷い鬼神になりよんなると？　嫁に行けず、婿になれなかったから憾《うら》みが残るとやが、一番の憾《うら》みは後の法事をやってくれる子どもがなかちゅうことよ。鬼神たちには一年に一度の法事が、生きている人間の日に三度の食事に値するんたい。チョンガ鬼神、処女鬼神は独り者の侘しい身に法事もしてもらえず、天国の道で物貰いをしてあの路地、この路地とさ迷い歩き、人様の家で法事があれば、柴戸の外に投げ捨てられたおこぼれを拾い食いして飢えをしのぐ。いくら鬼神の身とはいえ、目には涙が溜まるとよ。生きとる人間でも常識に乏しく、人間性に欠けた者は、己の立場が窮すれば罪もない人間に悪さばしよる。縛られることなく自由気ままな雑鬼なんぞ、悪さすると決めれば親兄弟だから、老人だから、いや子どもだからと手加減すると思うちょるんか？」

「青山流水〔言葉を詰まらずに流暢に話すと言う意味〕でしょう？」

——生きちょる人間でも子どもがおらんかったら、真っ当な人間として扱われんばってん、死んでも子どもがあらんかったら、法事をやってもらえず、死んだらもっと淋しいと言いますたい。私しゃいつも法事をする時は、餅と、ご飯と、おかずを準備して祭壇だけちゃんとしておけば、これで立派な法事になると思うとったばってん、主人のいない法事は執り行えないゆうて、法事をするにしても法事を執り行う主がいて初めて法事になるちゅうとたい。主のいない法事は膳の脚が折れるほど、お供えものを沢山作っても、そんな法事は法事でないと言うとよ。主は子どもがなるものたい、子ども以外に誰がなる？　ところが嫁を迎えず死んだチョンガ鬼神は、養子を立てて法事をするとしても、結婚していないから養子を立てることもできんと言われるんとよ――

「あちらの世界でも、こういう法度はとても厳しいようよ」

――その様な鬼神には乙女鬼神を探して結婚させてこそ、養子をたてることができ、その養子が法事をやってこそ、法事のお供えものを食べることができるってことですたい。そげな鬼神たちに相手を探して結婚させてあげれば、嫁は嫁で嬉しいことなんよ。どちらもその憾《うら》みがまず晴らされ、養子を立てて法事を執り行っちゃれば、夫婦で仲むつまじく供え物も食べられ、その時から穏やかに安遁するというとよ。ほんなこつそうなんかどうか、わしとて見たことがなかばってん分からんが、鬼神に良くしてあげて間違いはないということたい。歳も似ておるし、お互い海で死んだのもそうたい、ましてその位置もお互いに声を掛ければ答えられる近さたい、縁といえばこれ以上の縁はなかろうが。

彼女は私を見上げて笑った。

――こういう事は、むやみに言うことじゃなかばってん、亡くなった場所がよりによって村の衆が毎日船に乗って出る、海苔棚、ワカメ棚で、村の衆がそこに仕事に出て、万が一、事が起こったらその憾《うら》みはどこへもって行くとな?

姜智妍《カンジヨン》は笑いながらスイッチを切った。

「あの伯母さんも始めは気乗りしない表情だったけれど、車《チャ》さんのオモニの独演に目を見開きだしたのよ」

彼女はしばらく笑った。

「金成輔《キムソンボ》さんのオモニも郷里が海辺だから、風習も同じようで、車寛浩《チャグァノ》さんのオモニとは始めから阿吽《あうん》で通じたようよ。ところで、金成輔《キムソンボ》さんのオモニの事情を聞いてみると、ご自身の法事からして大変なのよ。親族の中で養子を立てるような人がいなくて、この婚事が成立すれば英善《ヨンソン》さんの息子さんがそのまま養子になるから、どう考えても打ってつけの話なの」

「あの子が、金成輔《キムソンボ》の養子になるってことか？」

「そこまでは誰も口にしてないんだけれど、婚事が成立すれば当然じゃない。金成輔《キムソンボ》さんのオモニは財産も相当持ってるし、心根だって素晴らしいし、あの子のこれからのことを考えてもいいんじゃない……」

彼女らしくなくこの件では私の目を覗き、言葉尻をにごした。私はハルモニを支えていた金俊一《キムチュニル》の姿を思い浮かべて、つかれたような気分になった。

「ハルモニや美善《ミソン》さんが聞き入れるか？」

「美善《ミソン》さんはどうか知らないけれど、ハルモニは満更でもないようなの。所安島《ソアンド》の親戚の人が尋ねて、話のついでみたいにそれとなく言ったら、さっと目が輝いたんだってよ。昔はそうして婚事をやりたくても、相手がいなくてできなかったとおっしゃったんだって。昔の人だから、こういうことに関する考えは、今の人たちとは全然違うようね。そんな方だから、車寛浩《チャグァノ》さんのオモニの独演で訴えれば、相手が攻守団出身だってことぐらい、容易くねじ込めそうなの。周りの人たちの攻略からして並みではないわ。みんな才腕家よ」

智妍《チヨン》はしばらく一人笑いした。幼い頃、その様な話をしてくれた祖母の姿が思い出された。処女が死ぬと人通りの多い道ばたに埋めねばならず、埋める時は、穴が沢山開いた薄いざるを頭に被せると言った。

ざるを被せて埋めるのは、処女の魂が世の中に出て行けないようにするためで、魂はそのぎっしり空いたざるの穴を一つずつ数えて、みな数え終わったら、出て行けるのだが、それを数えている間に、人が通り過ぎるとびっくりして、もう一度最初から数え直す。が、人が通り過ぎるとまたびっくりして忘れる。だからちょっとやそっとでその魂は外に出てこれないということだった。祖母はそのように信じていたようで、怯えた顔で話をしてくれた。

二人の件はわざわざ取り繕ったように、何もかもがピタリと合っていた。私は美善《ミソン》の肩の荷が下りて幸いだと思いつつも、あの子が金成輔《キムソンボ》の養子になるということには閉口した。

二、三カ月が過ぎた。

「婚談は成立したようよ。今日、兪《ユ》ソニと金成輔《キムソンボ》さんのオモニをお連れして美善《ミソン》さんのハルモニにお会いして来たの。車寛浩《チャグァノ》さんのオモニが事の進行をジェット機並みに準備しておいたので、縁談の話というよりも、サドン〔あいやめ〕の顔合わせだったわ。老人お二人が会って、婚約を決めた形よ。お昼まででしょ？散歩がてら出てらっしゃいよ」

彼女が誘った場所は街の端にある中華料理店だった。店内に客はまばらで、彼女は静かな部屋を予約していた。

「美善《ミソン》さんの態度は？」

「美善《ミソン》さんは、ハルモニの意に従うってことなんだけれど、彼女はあのような鬼神が誰にでも悪さするということで、悩んだらしいの。以前にも車寛浩《チャグァノ》さんのオモニが仰ったように、あそこは海苔棚やワカメ棚で、村の人達の生活が掛かっているでしょ。あそこで何か事が起これば、すべてかぶることになるじゃない」

うなずける節がある。美善《ミソン》のアボジも海苔棚に出て、災難に遭ったのだ。

「あの子は分からないわ。美善《ミソン》さんよりもあの子の態度がもっと大事でしょ。あの子のことはそっちのけなところを見ると、ハルモニの意見に従うんじゃないかなと思うのよ。養子の話は誰の口からも出てないようだけど、後ほどあの子がいやだと言ったら、その話はそれでお終いね」

「挙式はどうするんだ？」

「巫女達が女の墓で両方の魂を呼んで、執り行うんだって。それを天国婚事儀式って言うんですって。格式通りするとしたら、凄いんですってよ。十二の儀式があって、演劇に喩えるなら、十二幕ぐらいになるんでしょ。きちんとするんなら丸一日かかるんですって。ところが婚事の日取りは空に浮いている雲にかかってるんですってよ」

何のことなのか、姜智姸《カンジヨン》はしばらく一人で笑って、

「伯東旦那《ペクトン》さん、美善《ミソン》さんの曾祖父さんいらっしゃるでしょ？　本当に格好良いお方らしいの。あのお方が、一族の長老なんだって。それで最終的に彼の許可が必要なんだけれど、雲のように放浪されていて、いつ現れるか分からないんですって」

彼女はまたもやケラケラ笑った。家のことなど鼻から他人事で、何につけても「そうかいそうかい」と答える御人で、聞かなくとも許可を得たようなものらしいが、真似ごとだけでも一応許可を得る必要があるということなのだ。

「美善《ミソン》さんのハルモニの話も聞いてみてよ」

彼女は笑いおさまってからカセットのスイッチを入れた。ハルモニは自身の過去、美善《ミソン》の苦労話、俊一《チュニル》を育ててきた話を切々と語った。

——とても苦しい歳月を、私しゃ胸が、がらがらとこわれる音を聞きながら暮らしてきたとよ。今ひとつ望みちゅうたら、孫は立派に一人前に育てたので、後は、あの子の叔母に相手が見つかって結ばれるのを見てこの目をつむることたい。出来栄えも悪いし、頭も人より悪いならなーんものぞみゃせんとよ。わが家で、何もかも備わっているのはあの娘だけたい。働いて家計をまかない、姉の病気の看護をし、どん底の中で二十年間も耐え、もう四十を迎える歳になってしもうた。昔なら孫を見る歳じゃなかとね？

四十に近いという声が真新しい響きで私の胸を打った。ハルモニは干からびた木の葉を握りつぶしたような乾いた声で辛そうに続けた。悲しみも恨みもすべて燃焼させてしまった声だった。

「日帝時代から光州《クァンジュ》抗争まで、あのハルモニが経てこられた生涯自体が、私らの近代史ね。そこにもってこの度は経済恐慌という、歴史的な試練のオマケつきでしょ。凄いわ」

食事後、お茶は食堂の前のジュリアードホテルで飲もうと言った。町の端なので、小さなホテルだがコーヒーショップになっているホールは広かった。コーヒーを混ぜながら婚事の話を続けていた姜智妍《カンジヨン》の顔が急に固まった。

「見てられないわ、本当に」

彼女の目尻が吊り上った。河致鎬《ハチホ》だ。彼は連れの二人と中側の席に向かっていた。ホール内の客の視線が彼らを追い、あちこちでひそひそと話す声が起こった。冷水ポットを手にウェイトレスが喫煙席の札と灰皿を彼らの前に置いた。そこは禁煙席だったが、常連の特別扱いを受けているようだ。

「あんな奴らが大手を振ってるなんて！　許せないわ。五・一八記念塔は何のために建てたの？　ただの石の塊に過ぎないね。コーヒーがまずくなるわ。行きましょ」

姜智妍《カンジヨン》はコーヒーカップを音を立てて置いた。

「研究者が何たる態度だ。画家の目には火災現場が絵に見えるって言うじゃないか？」

私は憎まれ口をたたきタバコに火をつけた。

「あいつらがなんでここに来たのか？　人の目をどう意識してるのか？　そこんところをしっかり観察しろ」

河致鎬《ハチホ》は私たちの目標ではなかったが、誰かが彼を相手にここで事を起こすという場合を想定して、私は彼を睨みつけた。彼は一見、平静を装っているようだったが、座っている位置や方向は、決して偶然でないことを語っていた。彼が座った壁の下は出入口とホールの中が一目で見渡せる場所だ。いつも死を前後にぶら下げて行動するうち骨っ節が太く育った者だけに、警戒体勢も体に染み付いていた。喫煙者が禁煙席に強引に座ること自体がそうだった。

私は入口に目をやった。河致鎬《ハチホ》といっしょに入ってきた若者に目を移した。彼は入口の少し後ろの方にレジに向かって座っていた。中側に空席が多いにもかかわらず、そこに一人で座ってコーヒーをすすっている。そういう目で見るからなのか、目つきもかなり鋭かった。河致鎬《ハチホ》がガードマンを連れてくるとしたら彼に違いない。

ガラガラガラ。ウェイトレスが名前の書いたボードを掲げて回った。河致鎬《ハチホ》一行の中の一人が立ち上がった。姜智妍《カンジヨン》はこれ以上見ていられないという表情をあらわにしたが、私が動きそうにもないので渋々座っていた。

「お久しぶりです。数日前に戻りました。はい、日本での生活はこことはかなり違いました。日本経済はビクともしませんよ。はい、当分の間、こちらにいます」

私は河致鎬《ハチホ》を注意深く観察した。実物を見るのはこれが初めてだ。一行はゆっくりとコーヒーを飲んで立ち上がった。客の目が再び彼らを追った。入口に座っている若者も立ち上がった。

光州《クァンジュ》五・一八墓苑。金英善《キムヨンソン》と金成輔《キムソンボ》の天国婚礼式場に人々が押しよせた。墓地の中ではなく、正面の前の駐車場だ。歌手の伯東旦那《ペクトン》がちょっと前に現れて、許可したという。彼の許可といっても、食べ終えた食膳を下げに入った裏部屋〔妾に妻の座を奪われて追いやられる母屋の裏手の小さい部屋〕のばあさんに「膳を下げるんかい?」と交わす言葉みたいに、社交辞令的な挨拶程度のものではあるが。婚事自体が格式以外の何物でもない虚婚ゆえ、そんな挨拶だけでもきちんと行ったようだ。こういう祭事に罰点がつくとしたら、まさにこういうところに付くものだ。

儀式が執り行われる場所は広く整えられ、サラシで周りをぐるりと取り囲み、その中に日よけ用衝立で二カ所が区切られていた。衝立の下には祭壇が設けてあり、巫女と女衆が忙しそうに動き回っていた。衝立の回りには人々があちこち群がっていた。

「今着いたの?」

友だちと話していた姉が声をかけてきた。

「まあ、鄭燦宇《チョンチャヌ》。久しぶりじゃない? あんたももう中年ね。握手でもしよう!」

姉の友だちがはしゃぎ手を差し出した。みな、娘時代の面影がそのまま残っており、ハグン洞《ドン》の家で集まっては騒いでいた当時のおしゃべりもそのままだった。あの時、わが家には大人がおらずいつでも人が集まっては気の済むまで騒ぎ、笑い転げ、それこそ学生たちの天国だった。私は彼女たちの顔から英善《ヨンソン》の姿を思いめぐらしていた。彼女らは今まで何度かお金をカンパしたり、旧正月や盆には時々、ハルモニを訪ねたりした。姉はそのつど、光州《クァンジュ》に戻った。私は彼女らのおしゃべりにしばらく囲まれてから儀式場へ移った。

美善《ミソン》が衝立の下に立っていた。片側にはハルモニと成輔《ソンボ》のオモニが並んで座り客を迎えていた。

「いらしたの?」

美善《ミソン》の顔は虚ろだった。目は力が抜けて生気がなく、喪服の中の肩は垂れ下がっていた。「苦労してるんだね」と何言か付け足さなければと思ったが、言葉にならなかった。どんな文句もこの場には合わないようだった。朴《パク》社長はすでに来て帰られたと言って、ハルモニを指した。ハルモニの干乾びた顔には、老いたシミがよりいっそう黒ずんで見えた。私は懺悔する気持ちで深々と礼をした。

「昔、所安島《ソアンド》に行った時に、お目にかかりました」

「そうかい、そうかい」

美善《ミソン》が説明すると、ハルモニは昔の記憶をたどって私の手を握った。乾いた手が枯葉のようにかさかさしていた。昔、美善《ミソン》が抱きしめ撫でた姿を思い出し、私もハルモニの手を両手で握った。彼女はずっと感動し、私は乾ききったハルモニの顔を色褪せた写真を見るように見上げ、申し訳ありませんと何度も心の中で繰り返した。やっとハルモニの手を離して、金成輔《キムソンボ》のオモニに黙礼した。どこから来たのか俊一《チュニル》が美《ミ》善《ソン》の横に立っていた。

「ソウルの小母さんいらっしゃるでしょ？　小母さんの弟さんよ」

「はじめまして」

よく響く声で頭を下げた。喪服の中の体が運動選手のようにがっしりしていた。私は俊一《チュニル》の背を撫でてあげた。姉の友達がこわばった顔で私たちを見つめていた。その目は私が美善《ミソン》に会い、ハルモニに礼をするのをじっと見ていたようだ。その目は〝お前と姜智妍《カンジヨン》の関係知ってるんだから〟と告げており、〝美善《ミソン》がソウルに引っ越そうとした訳だって知らないとでも思ってるの？〟と語っていた。

「これはこれは、課長さん」

車寛浩《チャグァノ》のオモニが近づいてきた。彼女の振舞いは誰よりも目立った。裁判時には、廃屋の壁紙みたいに土色にういていた顔が、今日は雨上がりの日差しのように明るかった。車寛浩《チャグァノ》のアボジも歌い手の金允達《キンユンダル》も懐かしそうに手を差し出した。金允達《キンユンダル》もこの婚事には一枚加わったようだ。

私は儀式場の前に出た。衝立の下では新郎新婦の人形が屏風の前に座り、豪勢に盛り付けられた膳を受けていた。人形は六、七歳の子どもの大きさだった。心を込めて作られたようだ。目鼻立ちがくっきりしており、婚礼服もアイロンをかけられ光沢があった。深緑のチョゴリに藍色のチマを着た新婦は、目とナンジャ髪〔三つ網をした髪を頭に上げて束ねたヘアースタイル〕が真っ黒で、両頬と額に書かれた真っ赤な紅が大きな目をよりいっそう鮮明にした。新郎は褐色のチョゴリと藍色のズボンに黒ビロードの中折帽子をきちんとかぶり、彼もやはり勇ましい目が真っ黒に光っていた。顔色は二人とも原色の白で、ぞくっとするくらい冷たかったが、黒い目と赤い紅でかえって生き生きと見えた。あの世の冷気とこの世の生気が巧みに調和されていた。

祭壇も真心が込もっていた。素焼きの陶器のようなブタの頭に、紅東白西〔供え物の位置を示す言葉で、赤の果物は東、白の物は西〕、魚東肉西、左脯右醯《さほうけい》〔左に燻製肉右に甘酒〕、あらゆる供え物が木器の上に盛り付けられて、棗《なつめ》、梨のような果物も品定めされており、生栗一つ取ってみても適当に選んだ物ではなかった。メインの祭壇の右横には小さな祭壇が四つも置かれていた。新郎の膳と直角に折れて並べ置かれた祭壇の後ろの幕には、膳ごとに紙に書かれた神位〔位牌にあたる物で紙に書く〕が一枚ずつ貼ってあった。新郎の先祖までみな呼ぶようだ。私はしばらく新郎新婦の人形を見ていた。この婚事の話が出た時から、拒否感は否めなかった。が、新郎新婦が並んで座っている姿を見ると、こんなこともあり得るんだと思えてきた。

中年の男が六、七人、金成輔《キムソンボ》のオモニの手をとり慇懃に座らせ礼をした。公判の時に見た顔もあった。彼らは美善《ミソン》のハルモニにも礼をして何度も腰を曲げた。その後の方では白のトゥルマギ〔秋から春にかけて、パジチョゴリの上にはおる、着丈の長い服〕姿の老人が車寛浩《チャグァノ》のアボジと金允達《キンユンダル》や所安島《ソアンド》の人たちに囲まれていた。伯東《ペクトン》旦那だと直感した。老人は若い衆の言葉に余裕綽々の笑顔で答え、ひっきりなしにかぶりを縦に振っていた。歳のわりには、かくしゃくとしており歌手らしい風采を備えすらっとして格好良かった。

儀式の準備はほとんど整ったようだ。巫女は前に魂を掬《すく》い上げた時の男女二人に老練な女の巫女が一人増えていた。祭壇を見回した巫女達は、紙銭〔巫女達がお祓いなどの儀式に使う大きめの紙幣〕の束と舞具を手に取り、楽士たちもそれぞれ場所を占めた。アジェン〔牙箏、七弦でできた弦楽器の一つ〕、コムンゴ〔カヤグムの元と言われている弦楽器、五弦琴と七弦琴がある〕、ピリチョッテ〔民族楽器の一つで、縦笛〕などの楽士たちは先祖の膳の向かい側に座を占め、タンゴルはチャングをもって彼らの前に座った。美善《ミソン》のハルモニや金成《キムソン》輔《ボ》のオモニら家族は楽士の後ろに座り、伯東《ペクトン》老人は彼らの後ろに立った。白のチマチョゴリに障子紙で程字冠〔馬のたてがみで作った、書生達が被る冠〕の形に折った三角帽子を被った年配の巫女が銅鑼をたたきながら呪文を唱えはじめた。

「八万四千代々祖王様に申し上げまする。千思〔ありとあらゆる考え〕不浄に財貨不浄、金科〔貴重な法則〕不浄に玉科〔約束事〕不浄、四海六陸不浄、津々浦々の三神帝王〔子どもを占うという三つの神霊〕不浄を洗い流し……代々祖王様の前で童貞〔男女が一度も性的関係を結ばなかっ純潔〕で結ばれる時……東方の天皇お呼びいたす所に動土神〔土、野、木などに触れ地の神を怒らせ災いを被った神〕南無南方の天皇をお呼びいたす所に動土神……童貞で結ばれれば一点のかげりなく快く願いを収めてくださると聞きまするに……」

老いた巫女は間断なく口寄せの呪文をとなえ、若い巫女は楽士の前に座って太鼓をたたいている。人々が集まった。観光客までが見物にどっと押し寄せた。五・一八墓苑は公園として造成したゆえ、観光客が途切れることはなかった。

「お出でませ、お出でませ。天皇祭席、日月祭席、観音菩薩がお出でになるとき、あの僧の飾りを見ませ。顔は冠玉〔男子の顔の美称〕風采は頭目なり。凰の目をした眼像は初霜が降りた流れのごとく、霜のような二つの眉は顔を見下ろし、白草布の長衫〔ねずみ色がかった墨染めの僧衣〕に真紅の帯を巻き、屈巾〔頭巾の上に被る帽子〕を額に合わせて被り、真鍮白鞘に半長刀を収め……念珠は首に掛け短珠は腕に掛け、ひらひらと降りてきた」

「いらしたのね」

姜智妍《カンジヨン》が息を詰まらせ、私の横っ腹をつついた。兪《ユ》ソニも私に頭を下げて、金成輔《キムソンボ》のオモニの横に行った。次に巫女は銅鑼をおいて、小さな丼型の真鍮の楽器を鹿の角でたたいて先祖の神の祭壇に行った。

「お父上をお招きします。お父上をお招きします。お越しくだされ。お越しくだされ。金《キム》家のお父上お越しくだされ。金《キム》家のお父上がおこしになられる際、旧善霊任前に立ち、新善霊任後ろに立ち……金《キム》家家門の祠守りの常男子孫の貴男子と金《キム》家門中の貴い女子息が先祖の前で結ばれ……この誠を捧げ結ばれた後には……情誠の徳を与え、宿願の徳を与え下さらんことをここに誠心誠意お願い申しまする……」

しばらく口寄せが続いた。呪文の言葉はほとんど理解できなかったが、みな、それらしく納得して見ていた。

次は老いた巫女が呪文を唱え儀式用紙幣の束を持って振りかざしながら踊り、若い巫女が銅鑼をたたいた。

「この幕は、招請した客の儀式で、鬼神の中でも一番厄介で意地悪な王妃神を招いて、婚礼の事実をお告げして、降臨を請うのさ。どこの世でも王妃神は問題が多くて厄介な存在だからこの儀式は特に誠意を込めてするのさ」

若い男が仲間と思われる若者に説明した。この分野に専門的な知識を持っているようだ。

「鬼神たちの世界でも意地悪な者が優待されるのね」

メモを取っていた姜智妍《カンジヨン》が割り込んで低音《こごえ》で笑った。巫女は休みなく呪文をとなえ続け、チャングをたたいていたタンゴルはチャングのバチを持って立ち上がった。

「参加されてる新郎新婦の友人の方々は出てきて、新郎新婦に会ってください。この幕が新郎新婦が皆さんと会う儀式です。友人の皆さん、出てきなされ」

タンゴルが大声で知らせた。楽士の後ろに固まって立っていた新婦の友人が驚き顔を見合せた。

「あの世でも新郎新婦の友だちは意地悪な王妃神と同類のようね」

姜智妍《カンジヨン》の一言で若者達がクックックックと笑った。

「早く出てらっしゃい。お祝いの言葉も一言いって、あの世を出入りする旅費を渡す人は渡してくだされ。はよう前へ」

タンゴルがくり返すと女友達が顔を見合わせながら、儀式場に進み出た。

「新郎の友人も来てるでしょう？　どこですか？　早く出てらっしゃい。この幕でしか会えませんぞ」

タンゴルが見物人を見渡して、声を高めた。新郎の友人という言葉に見物人は目を開き、辺りを見渡した。その時、向こう側の人垣が割れた。新郎の友だちが気負い顔で入ってきた。儀式場に入ろうとした新婦の友人は、顔がこわばりその場に立ち尽くしてしまった。新郎の友人も彼女らを見て一瞬立ち止まろうとしたが、そのまま入っていった。女友達は冷たくとぎ澄ました目で、新郎の友人をにらんだ。新郎の友人は新郎新婦の祭壇の前に一列に立った。七名だ。見物人はみな息を殺した。一斉に深々と礼をした。二回繰り返して立ち上がり頭を下げた。真ん中の男が、前に出た。車寛浩《チャグァノ》の一回目の公判時、自分たちを揶《や》揄《ゆ》して野次った所安島《ソアンド》の青年にやり返そうとした若者だ。

「成輔《ソンボ》、みな、来たぜ」

ピリチョッテとチャングの音が低く流れ、巫女の呪文も、銅鑼の音と一緒に静かにサラシの上に響いた。

「新婦様にも祝賀の辞を申し述べます。私は五・一八時の攻守団将校の一人でございます。新婦様には心の底からお詫びを申し上げます。そしてどうぞお許し下さい。私たちはしばらく後になって事の真相を知りました。特に新郎は計り知れぬほど悩みに悩みぬきました。そちらの世界は争うこともなく、罪なきひとを陥れることもない世界。この世のことはすべて忘れ幸せに暮らしてください。重ねて謝罪申し上げ、お赦し頂きますよう切に祈るばかりでございます。成輔《ソンボ》、このような婚事でも執り行えて、母上の憾《うら》みを晴らすことになって良かった。この世のことは皆忘れて幸せに暮らしてくれ。幸せにな」

新婦はまん丸い目をいっそう真ん丸く見ひらき、新郎はかぶりを振ってうなずいたようだった。

「あいつら、やっと一人前になったようじゃな」

群衆の中から耳慣れない声が漏れ、張りつめた緊張を突き破った。

「誰だ? 何ぬかす。ちょっとここへ出て来い!」

見物人の中から五十代くらいの男が儀式場の方へ一歩あゆみ出て声の鳴った方を睨んだ。鞘当《さやあて》をしたような鋭い声に儀式場は一瞬にして凍りついた。

「しょうもないこと言うのはやめろ」

男はドスの利いただみ声で威嚇した。向こうの方では何ら反応がなかった。

「新婦の友人もはよう、出てきなさらんか。何をもたもたしておる。ほれ、見なされ。新婦は友だちに会いたくて会いたくていても立ってもいられないのよ。はよう出てきなされ。さあ、はよう」

タンゴルがチャンゴのバチを握った手をふりふり冗談を飛ばした。女達がこわばった顔で前に出た。この時、新郎新婦に挨拶した男が前に進み出た。

「新婦のお友だちですね。僕らは、新郎の親友です。ここにきた新郎の友人の中で、軍隊仲間は私ともう一人。ここに出動してきた者として、新婦さんにお許しを願いましたが、友だちの皆様にも心の底から謝り、お許しを請い願う次第でございます。新郎はずっとずっと本当に悩み抜きました。新郎に代わって謝罪と感謝の挨拶をさせて下さい。本当にありがとうございました」

朗々と伝え丁重にお辞儀した。観衆の間からは息さえ漏れてこなかった。話した青年は財布から紙幣を引き抜き、祭壇の前に進み出た。他の仲間たちも急いで紙幣を出し、ブタの頭の前に置き、引き下がった。

「次は新婦の友だちの番ですよ」

タンゴルが促すと、彼女らも前に進み出て祭壇の前に並んで立った。

「英善《ヨンソン》、みんないっしょに来たよ」

姉は一言いってすすり泣いた。そしてそれ以上続けられず肩を震わせ泣いた。ほかの友だちもハンカチに顔を埋め泣いた。むせび泣きは慟哭に変わりオンオン声を張り上げて泣いた。ハルモニたちの顔にも涙がしたたり落ち、美善《ミソン》もハンカチで顔をおおった。新郎の友だちもハンカチで目を押さえた。観衆の中からも泣き声が流れた。悲しみを運ぶ楽器の音と巫女の呪文の声に乗ってむせび泣きは波のようにうねった。新郎と新婦は真ん丸い目をよりいっそう真ん丸に見開いて座っていた。まもなくしてやっと女たちの嗚咽がおさまった。姉がハンカチで涙を拭き、ハンドバッグからお金を取り出すと、他の友だちもバッグを開けた。皆、涙を拭いて下がると、銅鑼の音が大きく鳴り呪文の声も響きだした。他の楽器も音を取り戻し、儀式は再び元の形に戻った。

「来賓を招請します。大神を招請します。空が唸って天動大神、地がうなって地動大神、九中大神を招請します……村の衆を招請しまするが、参席されない来賓たちは、道中天、道途中で楽しく喜ばしく自手歆饗《きんきょう》〔自ら神明に供え物を差し上げる〕され、速去千里〔鬼神を追い払う時に言う言葉〕で運気出城〔凶が自らでて行く〕

時、金《キム》家の家門に灯を明々と点してくだされ」

儀式は魂を天に連れ行く場面から天に供え物を運ぶ場面に移り、それが終わると巫女の呪文が終わり、楽器の音も止まった。今まで消えることのなかった楽器の調べが途絶えると、辺りは水を打ったように静かになった。その時、群衆の目が家族席の後ろの方に集まった。膳一脚が儀式場に持ち込まれた。膳の上にはお供え物が少しと鶏が二羽供えられていた。醮礼床《しょうれいしょう》〔日本では献杯の礼〕だ。新郎新婦の人形を抱えて前に出た。新郎はタンゴルが抱き、新婦は手伝いの女性が抱いて進み、膳に向かい合って座らせ支えた。手伝いの女性たちはてきぱきとしていた。お供え物を作り、儀式を進行させるプロのようだった。

タンゴルがチャンゴを置き、手に紙を持って前に進み出た。

「新郎新婦、興〔起立〕！」

タンゴルが大声で、ホルギ〔笏記——婚礼や祭礼の儀式時にその式順を記した文〕を読み上げた。若いタンゴルが新郎を立たせ礼をさせた。

「いいぞ！　新郎、立派だ」

見物人の誰かが声を上げた。みな、クスクス笑った。ホルギに従って新郎新婦が礼をし、合歡酒〔日本では三三九度〕を飲む真似をした。

「新婦は酒を全部飲まないと男の子生めないぞ」

見物人の誰かがまた、声を上げた。群衆は笑った。美善《ミソン》のハルモニと金成輔《キムソンボ》のオモニも寂しげに笑った。婚礼式はすぐさま終わり、付き人が新郎新婦を抱えて退場した。元の席に戻るのではなく、ハルモニとオモニの脇を通り過ぎ、とんでもない所へ入っていった。あちらに衝立で囲った四角い部屋が作られてあり、そこに立ててある屏風の中に入っていった。ほかの手伝いが布団を抱えて後に続いた。

「あれまあ、忙しいですな。バタバタと」

見物人が声を上げた。どっと笑いが上がり、みな、屏風に集中した。後に続いた手伝いがなかなか出てこない。

「早く出て来いよ。人の寝室に忍び込んで、何してる？　気が利かないねえ。遠慮しろって」

向こう側で大きな声がした。また、どっと笑いが上がった。入っていった女達がやっと出てきた。顔をそらしてクックと笑っている。爆笑が起こった。美善《ミソン》のハルモニも成輔《ソンボ》のオモニもニッコリ笑い、女友達も笑っていた。再び、銅鑼とチャンゴの音がけたたましく鳴り、次の場面に移った。

「弁当をどうぞ。見守ってくださって、ありがとうございます。みなさんどうぞ、どうぞ」

手伝いの女達が弁当を抱えてきて、手渡した。

「酒もありますだ。寝室までこしらえたんだ。当然酒だって準備できてますだ」

あちらの衝立の奥には、弁当に、ビール、焼酎が山と積んであった。スタッフは道行く人たちにも声をかけ、弁当とお酒を配った。腰をすえて酒盛りするグループもあった。

儀式はそのまま進行し、締めくくりの場面から天国への道を作る場面へと移った。その時、屏風の中から新郎新婦が抱かれて出てきた。サラシ布を広げて両端をつかみその上に二人を向かい合わせに座らせた。音楽の長短リズムに合わせてサラシのすべり台を上がったり、すべったりさせた。

「この世の道は、鉄の鍬で作りまするが、天国の道は、念仏で造り、暗い道を明るく照らし、狭い道を大きく広げ、かわいそうな今日亡者が極楽往生できますように……」

新郎新婦は早く軽快なリズムに合わせて、サラシの上を行ったり来たりしていた。チャングを抱えた若いタンゴルが、早めのリズムで調子を出すと、楽士達のほかの楽器もひと際軽快なテンポでならい、紙幣の束を振り回す老いた巫女の踊りが場を圧倒しだした。その踊りっぷりは狂ったかと見まちがえるほど凄まじかった。紙幣の束が上にぱっと上がったかと思ったら、さっと下がり、横に反れた。憑かれたようなその踊りには、魂がこの世とあの世を行き来きする幻想的な雰囲気が漂っていた。観衆はその乱れ狂った踊りにしばし魂を奪われ見入っていた。老いた巫女の踊りはかくも絢爛だった。世間の賎待と蔑視の中であの歳まで舞業を営んできた人だけが到達しえる達人の域というものだろう。観衆は口を開けたまま呆然と見入っていた。伯東《ペクトン》老人も後ろの方で、なかば心酔したように見守っている。

儀式は亡者の踊りに移り、老いた巫女は紙幣の代わり、ヨンドン〔上質の風呂敷〕に包んだチョゴリ〔上着〕とパジ〔ズボン〕を両手に前後左右振り回し、音楽は最も早いテンポへと移った。

「いいぞ！　チョーッタ〔拍子を合わせたり興に入ったりする時に発する掛け声〕」

所安島《ソアンド》の金允達《キムユンダル》や見物人たちが興趣に浸ったあまり肩を踊らせ、踊りの場に跳んで入った。ほんのりと酔いが回った人たちは我こそはと音楽に合わせ踊る。彼らは見ている人たちの手を引っぱり、踊りの輪に引きずり込んだ。あっという間に二十人を越える数になった。音楽もいっそう軽やかな楽しいリズムに変わり、儀式の場は興に入った。なかには両腕を棒のように上げたままあたかも踊り上手だと言わんばかり触れ回る連中もいる。音楽はクライマックスに達し、挙式場は一瞬にして乱舞場と化した。

しばらく場を盛り上げ踊りに夢中になっていた人たちが一人二人、ハアハア息を切りながら後ろにさがると音楽のリズムが変わった。踊り手たちは汗を拭き拭き後ずさりした。儀式は五方場面に移った。老いた巫女は銅鑼を鳴らし、若いタンゴルはチャンゴをたたいて、儀式場の外に出た。幕が張られた所を覗き見、呪文を唱えた。もうこれで儀式は終わるので、先祖の神様もお帰りくださり、青帝、白帝、赤帝、黒帝、黄帝の五カ所の神々にも帰られる様に伝える儀式だと、先ほど解説していた若者が言った。タンゴル達が幕をぐるりと回って、元の場に戻ろうとした時だ。

「何てことな。一体、何ばしっちょっとな?」

遠くの方で、誰かがわめいた。みな、びっくりしてそちらの方を振り向いた。

「久しぶりに来たら、一体何ばやっとんね? いくら霊魂同士の婚事ちゅうても、嫁にやるところがのうて、何が悲しゅうて、よりによって攻守団の奴に嫁がせるとね?」

男は怒り心頭に発して悪態をついた。かなり酔っているようだ。若い衆が向かった。

「どちらさんな?」

「何だ? お前らは。全斗煥《チョンドゥファン》の手下な? 俺はなぁ、あいつらのナイフで背中を刺されたとよ。この腰抜けの不届きもんが」

男は声高に悪態を飛ばし、若い衆は必死になだめているようだった。

「我慢せえじゃと? 何を我慢するとね? この腰抜け野郎が、嫁に出そうが、嫁を娶ろうが、そげなことすんなら、お前らの家の隅っこで好きにやりやがれちゅうとよ。ここをどこだと思っとんね? 場所わきまえろちゅうんたい。攻守団のクソ野郎どもまで引っぱってきやがって、銅鑼鳴らしてチャンゴ叩いて、墓の中で眠っとる霊魂の安らぎまで踏みにじるんかってこったい。俺の言ってること間違っちょるか? おいこら、放せっちゅんじゃ」

男は留まることを知らず悪態をつき続け、若い衆はなだめすかし引っぱって行った。

「政治家は皆、殺人犯を全部釈放しちゃるし、一方では攻守団の奴に嫁入りさすし、ようやりよる。たいしたもんたい」

男は悪態つきつき引っぱって行かれた。

「あいつらはお金だけでも何千億もかっぱらいよった、強盗でも超極悪どもたい。こいつら、放せったら、放しやがれ」

悪態が途切れ途切れて声が遠ざかっていった。

「ほほっ。先祖を招く場面に鬼神の登場場面、新郎新婦の初夜の場面にお祝いの場面、おまけに今度は、悪態の登場場面で、これでありとあらゆる場面が出揃たってわけですな」

見物人の中から豪快な笑い声が弾けた。泣き出しそうになっていた人たちがクスクス笑い出した。儀式は最後の場面に移り、酒盛りはあちこちで引き続き盛り上がった。私も酒を勧められたが、飲料水だけ受け取った。銃を携帯しだしてからは、酒を口にしなかった。誰かが私を呼んだ。いつ来たのか、柳容燦《ユウヨンチャン》が姉の友達と握手を交わし、楽しそうに話していた。

「変わったことなかったろう？　用があって遅くなってしまった」

柳《ユウ》が嬉しそうに手を差し出した。彼に会わなくなってもうどれくらい経つだろうか？　覚えていない。私も久しぶりだと手を出したが、喧嘩別れして以来はじめて会ったような感じがして落ち着かなかった。拳銃の代金を遠慮して受け取らず笑っていた崔曙弘《チェソホン》の顔が浮かび、私は演技者が演出家の前に出た時のように気を引きしめた。

「世の中って本当に面白いじゃないか。ここにいる人たちがお膳立てして、金成輔《キムソンボ》を結婚させるなんて、誰が考えられた？　本当に、こうしてそれぞれ行くべきところに行くようになってるようだ。ほかの連中もこうして行くべきところに行かせてあげんとな」

容燦《ヨンチャン》は手に力をこめてふり、私も力強くかぶりをふった。

「夕食一緒に食おう。せっかく姉さん達に会ったんだから、俺がおごるよ」

「いいや、僕はもう行く」

「何を急いでるんだ？」

「ウン、ちょっとな。急ぐ用なんだ」

私は時計を見た。五時だった。私は姉と姉の友だちに別れを告げた。みな、寂しがった。私とて同じだ。残念だ。だが、彼女らの目を意識しながら食事をとるなんて、考えるだけでも背筋が冷たくなる。申し訳ないと何度も頭をさげて、衝立の下にいる美善《ミソン》のところへ行った。

「もう行かなきゃ」

「あら、もう行っちゃうの？」

干からびた美善《ミソン》の唇が力なく動いた。ハルモニと金成輔《キムソンボ》のオモニにも挨拶をして振り返ると、美善《ミソン》の力のない目が待っていた。姉の友だちの目も、一時停止のビデオ画面のように私と美善《ミソン》を見つめていた。

「ゴメン」

胸を引き裂くような痛みがはしる。私は美善《ミソン》に頭をちょっと下げ背を向けた。そのとき、姜智妍《カンジヨン》が近づいて来た。

「もう行かれるの？　私は明日、帰ります」

そうしろと言って、いそいそと背を向けた。姜智妍《カンジヨン》はタクシーが通る大通りまで私を見送った。姉の友だちの鋭い視線と非難をこめた唇を背で受け止め、冷ややかな感情に縛られて、私は姜智妍《カンジヨン》とタクシーを待った。タクシーはすぐにはこなかった。

むこうの方で伯東《ペクトン》老人が後ろ手を組み、無等山《ムドゥンサン》を眺めていた。白いトゥルマギを羽織った老いた歌客の姿に、私はしばし目をとめた。雲の流れとともにさすらい、ある峠の頂にいたって遥か遠い空を眺めている、そんな姿だった。その昔、村人達が縛られて連行され、懲役に駆り立てられ、生き残るか死んでいくそんな渦中に、この世のすべてを捨て去り、家を出ていった人。人生をひたすら歌うことに埋め、高い声で天に向かい、低い声で地にひれ伏し、一生を定まるところなく彷徨う人。今日は血縁の糸に引かれて、しばしここに足をとめたが、ふたたび、白サギのようにふいと飛び立つそんな姿勢で佇んでいた。

タクシーがきた。急いで乗った。老人の姿がそのまま私について来た。白サギのような悠々たる老人の姿が、今まで思い描いてきた姿と全く違う別の姿で迫ってきた。人生を運に任せ自由奔放に放浪していると思っていたが、その姿には意外にも、ひと昔前の所安島《ソアンド》の人々の覇気と溜息がそのまま染み込んでいるように思えた。白サギのようにキルクキルクとこの世を渡り歩き、〈赤壁歌〉を歌うときは、曹操をあざ笑う山鳥たちの歌声が、日本人を嘲笑する所安島《ソアンド》の人たちの声になって天に昇り、〈執杖歌《しつしょうか》〉〔朝鮮王朝時代のソウル地方で歌われた十二雑歌の一つで〈春香伝〉の主人公、春香が地方官職である府使の命に従わず、鞭打ちの刑を受ける場面を歌曲化したもの〕がのどを鳴らし天に昇る時は、その痛みが拷問される所安島《ソアンド》の人たちの悲鳴となってとどろいたことだろう。彼が決心をかため、家族の絆を切り捨て家を出た時に、所安島《ソアンド》の渦潮をふり返り胸に突き刺した哀切な思いは、何年かたって反日闘争に身をおいた弟が家を出たとき、家族に一言も告げず、何も残さず去った、あの時のあの引き裂かれる思いと何ら変わらないはずだ。

4 実弾を装填した銃

私は翌日も、婚事儀式の余韻にヒリヒリと浸っていた。新郎新婦の人形と、美善《ミソン》の憔悴した姿がまぶたから離れず、容燦《ヨンチャン》の姿がひと際ずっしりと迫ってきた。「世の中って面白いじゃないか……ほかの連中も、それぞれ己の行くべきところに行かせてあげんとな」容燦《ヨンチャン》は今までもそうであったように、斜線を引く塗装車の格好で熊のように己の道だけを転がり、これからも動揺することなく転がって行くだろう。

姜智妍《カンジヨン》がソウルに上京したので行きますと電話をかけてきた。電話を切るや、チャイムがなった。管理人さんだ。老人は伝えることがあると、私の目の色をうかがいながら部屋に入って来た。

「ひょっとして、警察に用事でもあるのかい?」

老人は慎重に訊いた。なぜか?と尋ねると、しばらくもじもじして、言い難そうに口を開いた。

「ここの警察に以前からいる刑事が、鄭《チョン》さんが出かけるところや、鄭《チョン》さんを訪ねてくる人がいたら、漏らさずに報告してくれと言うんじゃ。管轄の刑事で、前に一度お世話になったことがあるので何回か報告したんだが、心苦しうて耐えられんのよ」

老人はとても辛そうな表情をした。

「ありがとうございます。どうしてでしょうかね?」

私は余裕を持ってそう聞いた。

「大事なことだから、鄭《チョン》さんには絶対に言わずに、協力だけしてくれと言うんだよ。前はそうじゃなかったのに、二、三日前からは頻繁に聞くんだよ。今日も電話がきてな」

「僕はご存知のように院生ですよ。その人が僕の背後をにらむのには一つ訳がありますけれど、別に問題になることじゃありませんから、先方が要求するように、何でも伝えてあげて下さい。僕の家を訪れる人といえば、女性が一人と、この近所に住む大学院の同級生以外いませんからね。管理人さんの立場、よーく分かりますよ。安心して報告して下さい」

私は毅然と答えた。部屋に来た者は、引越しの時に手伝ってくれた姉が一回と、姜智妍《カンジヨン》以外はこの近くの院生が、学校に行く時に私の車に便乗する際、何回か来ただけだ。

「聴いてほっとしたよ。ずっと間借り人生してきたがね、この歳になるまで、後ろめたいことなんかしたことないのに、告げ口するようで夕べは眠れなくってね」

老人は皺がれた顔をほころばせ、苦笑いした。

「ほかのことは訊いていませんでした?」

「ほかに訊ねたことはないね。鄭《チョン》君が出入りする時間と、どんな人が出入りするのかを知らせて欲しいとのことなんだ。それから今日の午前は、この近所の路地を見張ってる人が一人いたが、その人も刑事のように見えるなあ」

安智春《アンジチュン》がこちらの警察の協力を得るのは、もっともなことだが、二、三日前から警戒を強めたということは、解せなかった。崔曙弘《チェソホン》に何かあったのか？　だが、こんな時に簡単に電話はできない。金重萬《キムジュンマン》が何かやらかしたのでは？　だが彼の考えはいまだもって全くつかめていない。

　老人の表情を思い起こしてみた。警察が協力を要求する時は、口外するなと口止めするはずで、彼が私に告白したのもただごととは思えなかった。だが、老人の表情に偽りは感じられなかった。最初引っ越してきたとき、タバコを一カートン渡すととても感謝してくれた。そのときの表情が思い出された。私は苦笑いしタバコをくわえた。チャイムが鳴った。姜智妍《カンジヨン》だ。

「結婚式は大成功でしたね。ハルモニたちの喜ばれる姿を見てると、私もつられてつっかえが取れたみたいよ」

　彼女は電話で食堂に出前を注文した。焼酎も一本持ってくるように言った。

「お歳を召された巫女さん、いらしたでしょ？　あの方、ソウルに住んでおられるんですって。身分を隠してね。息子さんの家族と暮らしてて、大きな儀式があるときだけ、誰にも言わずにそっと家を出て踊るんですって。今回の儀式は久しぶりに格式どおりやるってことで、とても喜んでらしたんだって。金成《キムソン》輔《ボ》さんのオモニが謝礼を弾んだらしいよ」

　私はうわの空で聞いていた。

「光州《クァンジュ》に行って、全く別の世界を経験したみたい。歴史創造の現場で歴史を作る人たちを見たっていうか。壬辰倭乱（豊臣秀吉の朝鮮征伐に立ち向かった戦い）、東学農民戦争（全琫準《チョンボンジュン》が支配階級に抗して起こした反乱）、三・一運動（日本帝国の朝鮮植民地政策に抗して起こした反日闘争）、本でだけ読んできた事件とは違って、歴史の現場で、一人、一人が命を賭けてそれぞれの命の分だけ戦い、死に、傷を負い、そんな苦痛を抱いてそれぞれの生をまっとうする姿を見たのよ。人間的なことと非人間的なこと、聖なるものと醜いもの、そう、聖なるものだったの。平凡な人たちにこの世で一番神聖な姿を見たわ。本当に幸運だったわ。人に対する信頼と不信、愛と憎悪、あそこで痛切に感じたわ。他人のことで、身の毛がよだつほど人を憎んだのもはじめて。公憤っていうか、いいえ、違うわ。あそこで身に染みて感じたのは憎悪だった」

彼女はしばらく、数々の思いを整理するように言った。私は彼女のコップにビールをついだ。自分は飲料水で代酌した。

「今日ね、私が言いにきたのはこんな暇つぶしの話じゃないの。カッコウって鳥いるじゃない？　よその巣にそっと卵を産んで、その巣の主人に育ててもらう、あの破廉恥な鳥。こんなこと考えると、この世の造物主は悪戯好きなんだなって思ってしまうわ。美善《ミソン》姉さんの甥もカッコウみたいに思えて笑ってしまった」

彼女は静かに笑った。

「私ね、今回、初めて美善《ミソン》さんのこと知ったの。先輩との関係もよ。知ってみると、私だって人の巣に潜り込んで、浮かれふざけていたもの。カッコウの赤ちゃんと同じよね」

心臓がドンと音を立てた。昨日、私を見つめた姉の友だちの目が迫ってきた。

「美善《ミソン》姉さんにすべて話したわ。どこかの常識のない女が、ちょっとだけ、他人の巣で、ふざけていたって思って下さいって」

彼女は私をまっすぐ見て笑った。歪んだ笑みだった。今まで見たこともない自嘲が深くこもっていた。

「何が言いたいんだ？」

一言、言い放したが、その声は干乾びて耳に響いた。

「これは恨みでも、何かをはっきりさせるとかそういう類のものでもないのよ。私は今までずっと先輩の側にいたけれど、居間とか、ベランダのような端っこにいただけなのよ。先輩の心がどこか大きく空いているようで、私がその隙間を埋めて上げられたらと思ってきたけれど、分かってみると私が埋められるすき間じゃなかったの」

彼女は私をまっすぐ見つめ話した。私の顔に何らかの表情を探ってみようとする、そんな顔ではなく、すでに決めてきた文句を、彼女らしく正直にぶちあけているのだ。

「もう誰もがそれぞれ元の位置に戻るのよ。亡くなられた美善《ミソン》さんのお姉さんも、どんな形であれ自分の場所を見つけたし、八十歳を越したハルモニだって、自らおっしゃったようにひとの分まで二十歳も余分に生きられたから、もう先は決まっているし、甥ごさんもあの歳なら、自分の道は決められるし、私も間違って紛れこんだ道から自分の道を探すし、美善《ミソン》姉さんこそ身動きできぬほど縛っていた鎖が取れたんだから、やっと自分の場所に戻るのよ。みな、こうして自分の場所を探して行くのよ。光州《クァンジュ》抗争の視点で考えるとしたら、これは歪んだある部分を元に戻すことなの。故障した機械を再び動かすように元の状態に戻すってことなのよ」

彼女は整然と独りごち、静かに笑った。私は顔をそらし、ほかのところを眺めていた。思いっきり酒でもあおりたかったが、我慢した。

「ちょっと前から二人の関係、ひょっとしてと思っていたけれど、昨日になってはじめて詳しく聞いたの。実はかなりのダメージを受けたのよ。けれどね、今までの美善《ミソン》姉さんの立場になって考えてみたら、体が震えたわ。先輩だってそうよね。私はね、お二人の凄絶な苦痛の前にひざまずくだけよ。これが正直な私の気持ち」

彼女はすでにきれいさっぱり整理して、判事が準備しておいた判決文を朗読するように準備された文句を言った。ばさっと切って終わらせること。何事にも白黒をはっきりさせる彼女の性格そのものだ。だがその笑みの中には大小様々な感情の塊が、台風の後の波のように鋭くうごめいていた。

「機械じゃあるまいし、すとんと切って捨てられるか？　人間なんだぜ」

私は寂しげに笑い、一言いった。本棚の裏に隠してある銃を見せて、私が今何をやろうとしているのかを打ち明けたならば、かたくなな表情の中に、ギュッギュッと押さえ込んだ悲痛な感情を慰め、優しくさすってあげられるだろうに。

「故障の原因がはっきりしたらすぐになおさなきゃ。機械も人間も同じじゃない。ほかの道はないわ。美善《ミソン》さんにもはっきり言ったわ。事実を知った私がよ、どうして黙っていられる？　私が事実を知ってしまったのよ。鄭《チョン》先輩が決める問題じゃないでしょう？　って、私の決心をはっきり言ったのよ。美善《ミソン》さんも最初はどういうことなのって、表情をしていたけれど、事実がはっきり事実として存在するし、私の態度が固まっていると判断してからは、表情が変わりだしたわ。先輩に会って話すから、って言葉を残して上京したのよ」

彼女は笑って、グイッと酒を飲んだ。ねじれ歪みゆく表情に堪えながら、自分を責めるようにいっそう強い口調ではっきり続けた。

「私のことは心配しないで。こういうことは、きれいさっぱりするに越したことないわ。早いほどいいしね。美善《ミソン》さんって普通の人じゃないでしょ？　明日、光州《クァンジュ》に飛んで行って、美善《ミソン》さんの心をさすってあげて。昨日、憔悴しきった顔見たでしょう？　永い歳月だったよね。おまけに私みたいなお転婆が、傷ついた胸を踏みにじっていたんだもの。私、こうして考えると鳥肌が立つわ。無意識に殺人を犯した人の心理ってこんな感じでしょうね？　明日行くでしょう？」

赤く上気した顔に目尻が垂れ下がっていた。酒が切れると、冷蔵庫から飲みさしの焼酎を取りだしてきた。二人の女性に事実を話す時が来たようだ。私は酒をついであげた。

「明日行くでしょう？」

彼女は焦点が定まらぬ目に力を入れて、念を押した。こんな時にも私は酒を一緒に飲んであげられない。連れない奴と責めながらもグッと我慢した。彼女は「行くんでしょ？」と何度もくり返し念を押した。

「分かったよ、だがな、僕にだって考える余裕をくれなきゃ？」

「何を考えるのよ？　ほかの道なんかないでしょ？　私のことなんか心配しないで」

彼女は強がりを見せ酒を干した。何杯もお代りをし、何度も決心を固めた。だが、布団に入るや泣き伏し、一度泣き始めると留まることを知らず泣き崩れた。私は黙って背中を撫でてあげた。私の思惑をありのままはっきり話さねばと思っていた矢先の出来事だ。喪服をまとったやつれた美善《ミソン》の顔が浮かび、私を見つめた虚ろな瞳が迫った。その瞬間、ちらっと頭をかすめるものがあった。私が今までそのことを姜智《カンジ》妍《ヨン》に話さなかった訳だ。そのことを打ち明けるには、まず美善《ミソン》に話さねばならないから。このことが今まで自分の口を塞いでいたのだ。私は姜智妍《カンジヨン》に対してあまりにも無責任だった。自責が胸をたたきのめす。

彼女と過ごした日々が目の前をよぎった。彼女は自由奔放で、真っ正直で、私は彼女が醸し出すそんな雰囲気に包まれてきた。彼女は私と資料を調査し、討論し、光州《クァンジュ》抗争の実情に接近するたびに、彼女らしく興奮し、感激し、私は自分の武勇談を並べたて、彼女の興奮と感激の中に入りこみ、私も適当に興奮し、嘆き、憤慨した。己の戦いを第三者に語ったのは彼女が初めてだ。彼女はそんな私にいっそう感動し、いまだ影を引きずっている私の姿に憐憫さえおぼえ、弾倉に実弾が装填されたように私の生活の中にストンとおさまったのだ。私は彼女の浮かれた気分に便乗し、彼女が出入りするままに任せておいた。

朝、目覚めてみると彼女の姿はそこにはなく、紙切れ一枚が動かぬように置いてあった。約束があり、早く発ちますという内容だった。夕べ、咽び泣いていた声が、再び胸をかきむしった。早く美善《ミソン》に全てを打ち明け、彼女にも話さなければならない。だが、美善《ミソン》の姿が目の前で次々とからまるだけで、足が動かない。初恋する少女のように胸を震わせ、私を迎える美善《ミソン》の前で、私の口は簡単に開くようには思えなかった。デパートの華麗なショーケースの横で、三十五歳になるまで、他人の家庭のことと割り切り、ひたすら、眺めるだけしてきた過去の日々を、やっとはじめて自分自身の生活として描き、夢み、洋服コーナーの婦人服が実際の色を帯びて見え、子供服や玩具が新鮮に見えだした彼女に、私の口から飛び出す言葉は、あまりにも残酷だ。

美善《ミソン》は電話のベルが鳴るたびに、ドキドキしながら受話器を取るだろう。「何を考えてるのよ？ ほかの道ってないでしょう？ 私のことは心配しないで」強がりぶった姜智妍《カンジヨン》の声と、布団の中での抑えきれない嗚咽が、胸をかきむしる。美善《ミソン》であれ、姜智妍《カンジヨン》であれ、はっきり切って別れなければならない自分だから、断絶の思いで冷静に対処すればなし得ると覚悟は決めていても、それはたやすいことではなかった。それはあまりにも残酷すぎる。離別を宣告し別れてから永い歳月が流れ、永い歳月の営みが心の傷を癒し、もとの鞘に戻ろうとした時には、姜智妍《カンジヨン》にさえぎられた美善《ミソン》だ。その彼女が新しい姿で迫り来る。私は耐えられそうになかった。

　一日中、ベッドの上で天井を眺め、立ち上がってはまたベッドに潜り込み、つくねんと時間を送った。眠れぬ夜を明かしても、なお、足は動かなかった。美善《ミソン》も姜智妍《カンジヨン》も私の話に涙し、身を震わせるそんな柔な女ではない。だが、二十年近く美善《ミソン》が耐え抜いた生はあまりにも悲しく、電話の音に身を躍らせ今か今かと待ちわびる姿を想うと、胸がえぐられる。姜智妍《カンジヨン》から電話はなかった。いつもなら三、四回はかかってくる。だからとて、私からかけられない。行こう。私にも道は一つしかない。

　がばっと起き上がり時計を見た。十時だ。だが体が重い。昨夜は寝つかれずで、睡眠不足の体はだるく、頭がぼーっとしている。遠出をするには睡眠が不可欠だ。また、ベッドに横たわった。

〝赤壁の川面に火の光が明々と、数万の前線はいずこへ消えたのやら、赤壁川のみ波立ち火の光は昼間のごとく。哀れな百万の軍兵。息絶え気力も絶え、弓に当たり、槍に刺され、座ったまま死に、立ったまま死に、泣きながら死に、笑いながら死に、踏まれて死に、当たって死に、防御太鼓の音のみドンドンドン〟伯東《ペクトン》老人は扇をふりふり、長短の早いテンポに合わせ、力強く一気に声を上げてゆく。山の斜面の下の広い原っぱだった。あちこちでキューンキューンと砲弾が飛び交い、おびただしい兵士がアリの群のように逃げ惑い、絶叫し、伯東《ペクトン》老人は扇を開いたり閉じたりした。私は朽ちた首里城へ気もふれんばかり逃げた。老人は野戦軍の司令官のごとく、ひっきりなしにわめいた。私はただ、呆然と眺めていた。〝黄凱が炎の中を喚声を上げ追いかける。赤の紅袍を着ている奴が曹操だ。曹操待て。逃げるとは卑怯な、いさぎよく死ぬがよい。先鋒隊長の黄凱だ。ドンドンドン……おのれ、曹操、曹操め〟急に老人が扇で私を突き刺し、声を上げた。〝おのれ、曹操、曹操め〟老人は扇を振りかざし近づいて来た。〝ドンドンドン〟逃げようと後ずさるところで、びっくりして飛び上がった。

リリーン、リリーン。電話が鳴っていた。私は茫然と電話を眺めた。音がやんだ。再び鳴り出した。崔《チェ》曙《ソ》弘《ホン》か？ ぱっと目が覚めた。先ほどの音が何回鳴ったのかは分からないが、今のが三回で止まったら曙《ソ》弘《ホン》だ。三回鳴って消え、また、掛かってきては三回鳴って消えたら曙弘《ソホン》の信号だ。秘密の携帯に電話しろとの合図だ。電話は四回、五回と鳴り続けていた。安智春《アンジチュン》か？ しばらく眺め気を引き締めて受話器を取った。「もしもし鄭《チョン》ですが」「すみません、間違いました。すみません」私は受話器を置き、どうしたものかとしばしたたずんだ。扇を振りかざし近づいて来た伯東《ベクトン》老人の顔が、脳裏に鮮明に焼きついている。胸が躍った。

十二時半だ。冷蔵庫を覗いたが食べ物は何もなかった。外に出ると管理人さんが電話をしていた。前のスーパーへ行って来ますと合図して出た。店で肉まんやラーメンをいくらか買った。

「鄭《チョン》さん、ちょっとお待ち」

管理人さんが緊張のあまりこわばった表情で、辺りを見渡しながら外に出てきた。

「今日は警察からたった今、二回も電話がきたよ。さっきは鄭《チョン》さん外出していないかどうかって聞いたので出ていないと答えたし、たった今のは、誰か訪問客がいないかどうかって聞くんだ」

「どうしてでしょうかね？」

「あわてているところをみると、何かあったような感じがするんだが」

老人は、今にも誰かが襲いかかって来るような表情で辺りをさぐった。

「どちらにせよ、私は何もしていませんから心配しないで下さい」

私は余裕で笑ってみせ、ジュース一本さし出して部屋に向かった。たった今、二回も電話をかけてくるなんて、何かあったに違いない。曙弘《ソホン》が実行に移ったのか？　そうだとすれば、自分に連絡ないはずがない。いや、突如そういう情況になってしまったのかもしれない。だが、警察が目に見えて私を監視しだしたのが、数日前ということは、辻褄が合わない。仮にそれが、安智春《アンジチュン》であっても崔曙弘《チェソホン》と自分との関係まで、そんなに容易に嗅ぎつけるとは思われない。ソウルに来てから彼らと会ったのは実弾射撃の時の一回だけで、それもさっと会ってさっと別れた。とすれば、金重萬《キムジュンマン》か？　いいや、彼は徹底的に監視されている身だ。ひょっとして監視網を脱け出したのか？　警察が数日前から張り込みだしたことを考えればそうかもしれない。胸が高鳴り躍った。こうなれば、光州《クァンジュ》に向かうのは良くない。こんな時はじっとしているにこしたことはない。

私はラーメンを沸かし、部屋の中を一度見回した。本棚の上には手榴弾を腹に詰め込んだ花瓶がそ知らぬ顔で立っており、拳銃は本棚の後ろに深く隠れ紙くずをかぶっている。本棚を動かさない限り、懐中電灯で照らしてみても見えはしない。また、電話が鳴った。私は気を引きしめ受話器をにぎった。

「よかった。いましたね。今日も弟の奴に車を先取りされちゃいました」

大学院の同級生だ。ということは、今日は講義がある日だったんだ。

「そうか？　ふーん。ちょっと待って。じゃ、ここに来る？」

私は盗聴を意識して、普通に喋った。今日は大学に行かないと言おうとしたが、かえって不自然なように思われた。

「今から行きます」

「そう。じゃ、待ってるよ。今ちょうど、昼食中だ」

私は受話器を置くと、管理人室のインターホンを押した。

「管理人さんですか？　もう少ししたら、大学院の同級生が来ます。以前にお話したあの学生です。僕の車で一緒に大学に行くので来ます。このこともあらかじめ報告しておいてください」

「大学の同級生ですか？」

「そうです。家がこの近くで、こちらに来ます」

ラーメンを食べ終わるや、尹《ユン》がやって来た。私はコーヒーを入れた。

「いつ見てもいいですね、この部屋は。羨ましいです。これって小さな王国じゃないですか？」

「そうだね。確かに一人で暮らすには使い勝手がいい。尹《ユン》君はソウル生まれって言ってたね？」

「ええ、そうです。そのお歳で大学院に入られるから、最初はびっくりしましたけれど、環境からして整っていたんですね」

「することがないから、真似ごとやってるだけだよ」

「とんでもないですよ。この前の、義賊と匪賊を区別されて展開された論理は、本当に新鮮でしたよ」

そのときだった。廊下であわただしい靴の音がした。これはと、思ったらドアを手荒く叩いた。私は〝落ち着け〟と言い聞かせドアを開けた。警官が銃を突きつけさっと入ってきた。私服が一人、二人は制服だ。

「一体何ですか？」

私は怒鳴った。

「申し訳ありません。凶悪犯がこの建物に入ってきたという情報が入りました。どちらがここの主人ですか？」

私だというと、尹《ユン》に身分証を見せるようにいった。私服が身分証を確認する間、制服の二人は、洗面所やベッドの下を覗いて、ガラス窓の格子も調べた。

「尹《ユン》さんの住まいはこの近所ですか？」

私服が尹《ユン》の身分証を見ながら訊いた。

「あそこに見える事務所の横ですよ。僕の車を弟が乗って行っちゃったので、先輩の車に便乗して大学に行こうと思ってきました」

「午前中にどちらか出掛けませんでしたか？」

「ない」と答えると、私服は尹《ユン》の電話番号を聞いてちょっと待つようにと言い残し、外へ出た。その間、制服の一人が入口をふさぎ、一人はタンスも開け、服も上げて見、流しに置いた食器まで調べた。廊下と建物の外にも警官が見張っているようだった。私服が戻ってきた。

「申し訳ありません。私の任務が任務でして、止むをえず、このように無茶をする場合があります。了承してください」

彼らは返答も聞かず、出て行った。

「一体全体、どうなってるんです？　僕が何か、凶悪犯で先輩の部屋に嵐でも運んできたみたいですね？」

尹《ユン》は呆れ返った表情で笑った。私も一緒に笑ったが胸中は尋常ではなかった。

「嵐もすごい嵐だ。行こう」

私は外に出ながら尹《ユン》に車のキーを渡して、部屋に戻った。安智春《アンジチュン》が入ってきそうに思えた。本棚の裏の拳銃を確認して、本棚の下に垂れ下がらせ板と板の間に挟んである釣り糸を見た。簡単に見つかりそうにない。端をしっかり結わえた釣り糸の粟粒ほどの結び目が可愛らしく踏ん張っていた。

私は外に出た。尹《ユン》が車を出してきた。管理人はキツネにつままれたような表情で見ていた。車は大道路に出た。ラジオは音楽を流している。

「凶悪犯ってことは、かなりの事件みたいですね？　この辺りで、何か起こったんでしょうかね？」

「そうらしいな」

私の心臓は凍りつき返事は上の空だ。音楽が止まった。

――ジュリアードホテルでの河致鎬《ハチホ》さん殺害事件の速報です。今日午前十一時、ジュリアードホテルで起こった河致鎬《ハチホ》さん殺害の速報です。

「河致鎬《ハチホ》殺害事件ですって？　河致鎬《ハチホ》といえば？」

尹《ユン》は驚いて私を見つめた。ジュリアードホテルといえば、あの時、姜智妍《カンジヨン》とコーヒーを飲んでいて河致《ハチ》鎬《ホ》が現れたあのホテルだ。

――ジュリアードホテルで鉄パイプで後頭部を打たれた河致鎬《ハチホ》さんは、病院に輸送されましたが、病院に着いた時にはすでに息絶えていました。現場で死んだ殺人犯は、永登浦《ヨンドゥンポ》食品店〈〇〇食料〉従業員、金重萬《キムジュンマン》だと言われています。警察は殺人犯、金重萬《キムジュンマン》の共犯の有無を調査中です。今までに確認されている事件の全貌をもう一度、お伝えいたします。今日の午前十一時頃、河致鎬《ハチホ》さんがジュリアードホテルの喫茶室でコーヒーを飲んでいたところ、金重萬《キムジュンマン》が現れて、鉄パイプで被害者の後頭部を強打し、金重萬《キムジュンマン》が再び鉄パイプを振りかざした瞬間、河致鎬《ハチホ》さんのガードマンに腹部を撃たれ現場で即死しました。金《キム》重萬《ジュンマン》が被害者の頭を打った鉄パイプは、警察官が携帯するこん棒よりは長く、太いパイプで、喫茶室の従業員の話によると、金重萬《キムジュンマン》は鉄パイプにケント紙を強力接着剤で貼り付け、絵を丸めたように仮装して抱えてきたと言います。金重萬《キムジュンマン》が被害者を殺害した動機は調査中です。繰り返します。

ニュースを繰り返し、現場を目撃したレジ係りのインタビューを流すと言った。

――私は何にも分かりません。ネクタイを締め正装したお客様が片手に丸めた紙を持って入ってこられたので、絵をそのように丸めていらっしゃったとばかり思いました。その時私は電話を受けていましたけれど、あちらで銃声が鳴ったので、銃口が向いているところを見ましたら、河致鎬《ハチホ》さんがテーブルに頭を埋めておられ、そのお客様は紙に巻いた鉄パイプを落として前にずんのめっていました。後で見ましたら、その鉄パイプには絵を描く紙がぐるぐる巻いてあってはがれないように貼り付けてありました。

「殺人犯は金重萬《キムジュンマン》だと言ってましたね？　河致鎬《ハチホ》を殺害したなんて。一体金重萬《キムジュンマン》っていう人は何者でしょうかね？」

尹《ユン》は私に振り向いて口早に訊いた。

「そうだね？」

思った通りだった、金重萬《キムジュンマン》は数日前に監視の目を抜け潜っていたが、とうとう実行におよんだようだ。

「あいつら、空の高さ〔大衆の力の強さの意〕を無視して好き勝手やりやがって。まいた種は刈られる時がくるんだよ」

尹《ユン》は笑い飛ばした。私は後ろを見やった。奴らが尾行しているかもしれない。呼吸を整えた。

「金重萬《キムジュンマン》って人、食品店の従業員って言ってましたね？　ああいうことはやっぱり、あんな人たちがちゃんとやるんですよ。僕らみたいなアマちゃんは、口ばかり達者で、何にもできない。何てざまです？　だけど、あの人、頭を使うべきですよ。死ぬなんてもったいないですよ。銃なんて持ったことのない凡人だから、銃には未熟なんですね」

尹《ユン》は一人喋くった。車は川辺の道路に入った。川幅の広い漢江《ハンガン》が目の前に広がった。川は広く水面は透きとおっていた。銃を撃つ金重萬《キムジュンマン》の姿が川面の上に揺れ動き、強打され倒れる河致鎬《ハチホ》の姿が川面に舞った。その昔、太極旗を掲げ、クムナム路に走り出た若者達の姿が迫ってきた。ダダダダダ。倒れたら、後ろの列が前に出、倒れたら、そのまた後ろの列が前に出た。装甲車のハッチに上半身を出し、太極旗を振りかざして走った若者の喚声が、かすかに聞こえてきた。バンザイ、バンザイ、バンザイ。

川は悠々と流れていた。江原道《カンウォンド》と忠清道《チュンチョンド》の谷間からうねりくねり流れくる川は、最後にソウルの路地裏から流れ出る日常の汚水をすべて掃き集めながら海へ流れる。青い空には綿雲が手持ち無沙汰に浮かび、茫茫たる大海原を目指し音もなく静かに動いている。水面に踊る水のうろこはまばゆい日の光をかき分けたかとおもうと、まにまに刃のような光線を射つつ、探照灯の閃光のごとく空を突き刺し悠長に流れていた。

後記

バス運転手の朴《パク》キソさんが白凡《ペクポム》（独立闘士、金九《キムグ》）の殺害犯、安斗熙《アンドゥヒ》を処断した際、殺害動機をインタビューした記者に、あのような人物が未だに生きているということが恥ずかしかったからだと答えた。あのような者が、五十年近くも生きているという事実に堪えられなかったということだ。この事件は、時を見計らったように光州抗争の加害者（全斗煥《チョンドゥファン》、盧泰愚《ノテウ》など）たちが裁かれている最中に起こったのだが、一審裁判の時から政界では、一派の赦免を云々する声が出始め、大統領選挙の期間中においては、当選可能な大統領候補は皆が皆、口を揃え赦免を公約に掲げた。

その昔、李承晩《イスンマン》大統領が密かに安斗熙《アンドゥヒ》を赦免した時とは違って、彼らの赦免は政界全体がほとんど満場一致で合意し、選挙戦の終盤においては、我こそ先にと彼らを釈放すると競い、選挙後は公約どおり大統領の最初の仕事として、彼らの釈放から実行した。

朴《パク》キソさんは獄中に閉じ込められ、大衆の記憶からは消え去り、一派の釈放を報じた新聞はみな、彼らは独立闘士さながら堂々と矯導所（刑務所）を出所したと書いた。

光州抗争が足枷となり、これにいつまでも縛られていた私は、抗争をテーマに小説でも書けば解き放たれるかも知れないと思い、ちょうど、朴《パク》キソさんの事件をきっかけに小説を構想していたのだが、現実は私よりも先に小説を作り上げていたわけだ。『五月の微笑』（本書の原題）はこのような現実の裏側で、激しく首を横に振る人たちの話である。

この度、日本語版が藤原書店から出版されることになった。日本の皆さんにとって、韓国光州は馴染みの浅い土地であり、光州民主化抗争も聞きなれない出来事であろうと思われる。だが、これを契機に今日の民主国家韓国の礎には、本書に書かれた人々の尊い血が沁みこんでいるという事実を、しかと認識していただければ本望である。

二〇〇八年四月

宋基淑

〈附録・インタビュー〉なぜ「光州」を書くのか
――宋基淑氏に聞く――

――光州抗争当時、市民収拾委員として活動し、抗争の真っ只中に立った作家、宋基淑さんが長編小説『五月の微笑』〔本書の原題〕を上梓した。抗争以降、二十余年が過ぎ去った今でも、〈光州の傷跡と呪縛から解き放たれなかった宋教授が、被った借りを清算する思いで執筆した作品だ。被害者たちに対する補償も一段落つき、あの悪夢の痕跡も色あせだした今になって、教授が再び光州を論ずる意味は何なのか？　宋教授は、被害者達の無念さが政治的に歪曲されてしまった現実を生々しく描き、「光州」は未だ終わっていないという事実を、この作品を通して雄弁に物語ったのだ。この小説は加害者と被害者に対する歪められた世間の目を正している。抗争当時、浪人の身分で銃を持ち市民軍に合流した主人公は、取引会社の金理事と海釣りに出かける。そこで金理事が抗争当時は攻守団の将校だったということを知る。釣りの途中、金理事は他殺か暴飲による不注意かで海に落ち溺死する。一方、主人公の恋人の姉が、抗争当時攻守団に強姦され心の病にかかり、やがて子を産み、挙句の果てには海に身を投げ自ら命を絶ってしまう。作家はこの二人を五・一八の犠牲者が眠る墓地の横で、霊魂結婚させる。一見、加害者と被害者の結合のように思え、訝る向きもあるが、彼らはまったく同じ被害者に過ぎないと見る作家の視角が確固として示される設定になっている。問題は本当の加害者なのだ……。小説のもう一方の軸は抗争当時、酷烈な抗争派であった金重萬《キムジュンマン》という男が、加害者の一人を棒で殴り殺し、自身もガードマンの銃で死ぬという状況を通して、歪められた光州民主化抗争の処理問題を鮮明に表している。

（『世界日報』編集部）

——再び光州を語るわけは何ですか？

光州の問題は未だ終わっていません。攻守団も光州人も皆同じ被害者です。被害者同士和解は成就したけれど、五・一八を引き起こした上層部の問題は政治的に曖昧にされたままです。依然解決されなければならない歴史の宿題として残っています。

——この作品を書くことになった具体的な動機は何ですか？

バス運転手の朴《パク》キソさんが白凡《ペクポム》殺害犯の安斗熙《アンドゥヒ》を処罰した時、動機を問うた記者に「あのような人物が未だ生きているということが、恥ずかしかったからです」と言いましたね。あたかも時を見計らったように、光州抗争加害者たちの裁判が進行している最中に起こったじゃないですか。政界では一審裁判から赦免云々をかかげて、大統領選挙が終わるや彼らから赦免したでしょう。ちょうど、朴《パク》キソさんの事件をきっかけに小説を構成しているところだったんですよ。この小説はこのような現実の裏側で激しく首を横に振る人たちの話なのです。

——五・一八当時、戒厳軍法会議で有罪判決を受けた宋教授は、一九九八年になって再審宣告公判で無罪判決を受けた。市民収拾委員という立場を利用して抗争を煽ったというのが、当時の罪名だった。宋教授は八七年には〈現代史資料研究所〉を作り、抗争に参与した七〇〇名あまりと会い、口述を整理する厖大な作業を展開した。この小説に描写される抗争当時の凄絶で生々しい場面はこのような作業が実を結んだものだ。

――この小説で、光州の呪縛から解き放たれた気分になれましたか？

実は『大河小説　ノクトゥ将軍』以後、このような重いテーマのものは書くまいと思っていました。だが私にとって光州は、借金を背負っているように何時までも残っていて、とてもそのまま過ぎ去るわけにはゆかなかったのです。ですからやらねばならぬことをやり終えた気分です。

――最近は総選挙市民連帯の共同代表を務め、活発な活動を展開していらっしゃるが、一九八七年の六月市民抗争と最近の落選運動〔社会的、道義的に問題が多い候補者を落選させるための市民運動〕との違いは何ですか？

この頃になって、やっとひとりの市民になれた気分です。実を申しますと、六・二九以後、二度と現実社会の運動とは関わるまいと思って、閑静な寺院に執筆室まで設けたんですよ。ですが結局、また足首を掴まれてしまった格好になりました。でもね、今我々が展開している運動は、必ず成就されなきゃならん真の市民革命なのですよ。

――これからどのような作品を計画されているのですか？

民族のもう少し深い内面を覗き見ようと説話に関心を傾けてきました。説話を基本に民族の原型を探して、この民族が向かう道を探求する、そんな作品を構想中です。この八月には解職と復職を繰り返してきた全南大学を定年退官します。もうこれで、心置きなく作品の中にのめり込めますよ。

（金松伊訳）

（『世界日報』二〇〇〇年二月九日付より）

〈附録・インタビュー〉光州事件とは何だったのか
——金明仁氏に聞く——

（聞き手）藤原書店編集部

事件の記念と忘却

——一九八〇年五月一八日に起きた光州《クァンジュ》事件。隣国で起きた事件であるのに、日本人には今ひとつ理解できていないところがあります。本日は、韓国の気鋭の批評家である金明仁《キムミョンイン》先生に、事件についてご教示いただきたいと思います。まず事件で、何人ぐらいの方がお亡くなりになったのでしょうか。

公式には六〇〇名と言われていますが、まだ正確には明らかにされていません。実はまだ仲間の中にも行方不明者が多く、それよりはもっと多いと想像しています。ただ私も正確にはわかりません。しかし本質的には、そういう数の問題ではありません。仮に六〇〇名だとしても、こんなことはあり得ない、軍人が市民六〇〇人を殺したということは……。

——光州事件とは何だったのかと、事件の問い直しはなされているのでしょうか。

セミナー、学術会議、シンポジウム……どれももう本当にたくさんなされてきました。そしていまや国家からも受け入れられて、広大な記念墓地公園がつくられ、また国家自らがわれわれのような者に「光州民主化有功者」として証明書を発行し、電車の無料パスを配布したり、補償金を与えたりしています。しかし問題は、そういうふうになることで、「現在としての光州」ではなく、もはや「過去の光州」として、その時の記憶が失われつつあることです。

——「記念する」ことが「忘却する」ことになってしまっている……。

ええ、そういうふうに、事件があたかも過去に埋葬されてしまうことが問題です。顕在化されるのではなく、過去のものにされつつある。ここに、一九八七年以降の「民主化」の問題が現れているように私は思うのですが、詳しい説明は後にいたします。

事件の本質とアメリカの存在

そもそもこの事件はどういう事件だったか。一九八〇年五月一八日に起きたこの事件に対して、現在では「光州民主化運動」という公式の名前があります。それに対し、民主化運動に参加した光州の人々は、これを「光州民衆抗争」と呼んでいます。あるいは、いろいろな立場があって難しいからということで、単に「五・一八」と言ったりもします。「九・一一」や日本の「二・二六」のようにです。

しかし私の考えでは、これは「光州虐殺」、ジェノサイドだと思います。「民主化運動」や「民衆抗争」でも意味は通じますが、本来の核心、ポイントを突いてはいない。ポイントは、虐殺であって、ですから私は「光州虐殺事件」だと言いたいのです。

「民主化運動」と国家は言うけれども、民主化運動そのものは、光州事件だけでなく、一九七〇年代から一九八〇年末までずっと続いていました。また「抗争」という言葉も、これは本来、「何々かに対して対抗する」という意味のはずです。しかし、何に対して闘ったのか。闘った相手は、もともと意図していた相手ではなかったのです。思いもしなかった虐殺が突然、眼前で繰り広げられ、そして結果として新軍部独裁体制に対して闘ったということ、そこがポイントです。では新軍部勢力は、どうしてそうした虐殺を行ったのか。そこでアメリカが問題になります。軍の指揮権は、当時アメリカが握っていたからです。そのアメリカが虐殺を容認したのか。そこに問題の本質があると思います。

アメリカに対し新軍部が強権さを誇示

一九七九年一〇月二六日、朴正熙《パクチョンヒ》大統領が暗殺されました。その後、民主化運動が活発になり、それでわれわれは「民主化の春」だと言っていたのです。そのような状況下で、五月一八日に、光州で虐殺事件が発生します。

アメリカが行ってきた「保守介入政策」が、韓国では朴正熙《パクチョンヒ》政権の崩壊をもたらしました。そして朴正熙の暗殺後、朝鮮半島の南、韓国をどう扱うか、アメリカは次の選択を悩みました。当時、金大中《キムデジュン》や金泳三《キムヨンサム》という伝統的な野党指導者、民主化指導者が、権力獲得に向けてアプローチしたり、他方、朴正熙を支えてきた勢力、特に新軍部勢力のエリートたちが、そういう人々に対抗するといった状況にありました。

アメリカとしては、朴正熙を追い出すことに成功していた。しかし金大中や金泳三によって急激に民主化が進むことになれば、アメリカにとって都合が悪い。アメリカは、誰かを積極的に支えたことはない。しかしはっきりしているのは、少なくとも民主化に対しては留保したということです。強権的な人物が強大な権力を握るのであれば、それが左翼でないかぎりアメリカとしては容認する。これはアメリカの弱小国に対する政策の一つです。その典型として、韓国では新軍部勢力が権力を握ることになる。彼らはそうしたアメリカの政策を知っていたのです。それを実行に移したのが、光州虐殺事件だと思います。この事件で彼らは「我々は強い」ということをアメリカに示そうとしたのです。

なぜ光州か

ですから光州は、そうした権力者が選んだスケープゴートです。朴正熙暗殺後、一二月一二日に全斗煥《チョンドゥファン》が権力を握りますが、この間、光州だけでなく、ソウルや釜山を始め、あらゆる都市で、人々はみな抵抗し、闘い続けていました。その時、全斗煥《チョンドゥファン》は、まだその権力の半分ぐらいしか見せていませんでした。

そして彼らは自らの権力を示すために光州を選んだ。ソウルや釜山は、そうした虐殺をするには危険なところだからです。どんな結果をもたらすか予想できない。そして大邱《テグ》は、全斗煥を始め、新軍部勢力の出身地ですから大邱《テグ》も選択しない。他方、昔から全羅道《チョルラド》に対しては、地方差別、偏見が存在する。そこは金大中の故郷でもあり、戦略的に見ても孤立させやすい地域だった。そこで軍部は、ソウルでもなく、釜山でもなく、大邱でもなく、光州を選びました。そして彼らは、無防備な市民に対し、恐怖を煽るように、最精鋭の特殊部隊、アメリカのグリーンベレーのような空挺部隊を投入したのです。

新軍部が衝突を意図的に誘発

虐殺が起きた前日、五月一七日、戒厳令が全国に拡大されましたが、すでに済州島《チェジュド》を除き、光州も含めて朝鮮半島の南部全域に戒厳令が敷かれていました。その上でこの日、済州島にも戒厳令を宣言したわけです。戒厳令拡大の規模としては小さいように思われるかもしれませんが、それまで全国で戒厳令に対する抗議がずっとなされていて、ここで新軍部は、戒厳令の撤廃どころか逆にこれを拡大したのです。そして抗議を抑えるために、全国の各大学に軍を投入し、民主化活動家を次々に逮捕し、拷問を加えました。つまり、これは、計画性をもった意図的な挑発だったのです。

実は、光州では、戒厳令反対運動は、他の都市と比べて少し遅れて始まりました。しかし不思議なことに、戒厳令が全国に拡大されたとき、最も強く抗議したのが、光州の人々でした。こうして市民と軍が衝突することになりますが、衝突を意図的に誘発したのは、新軍部勢力だったのです。例えば、金大中を大統領にする目的で市民が暴動を起こした、と見えるようにです。一七日に全斗煥が金大中を逮捕します。しかしこれには恨み以外のいかなる理由もありません。光州は、新軍部にとって、そうしたスケープゴートに最も仕立てやすいところだったわけです。そして一度、発砲が始まれば、その後は軍人の特性で、……。

洗脳された虐殺ロボット

――韓国人が同じ韓国人を虐殺したことになるわけですが、そのとき虐殺する側に回った軍人には、どんな人たちが多かったのですか。

初めは、光州地域出身の軍人、郷土軍人が配置されていましたが、彼らは、市民に対して銃を向けることを拒みました。自分と同じ郷里の人々、知っている人々だったからです。そこで、元々、韓国で最も暴力的な空挺部隊の司令官だった全斗煥──我々は彼を「大統領」とは呼びません──は、自分の部隊を投入しました。全斗煥は、彼らに一カ月間、厳しい訓練を課し、そこで「共産主義者を殺せ！　アカを殺せ！」と来る日も来る日も洗脳したのです。彼らは、もはや人間ではなく、ロボット、虐殺ロボットでした。

──それも、アメリカの指令によるものだったのでしょうか。

部隊の選択までは、アメリカは介入しなかったと思います。しかし、指揮権はアメリカにあったのです。そうしたなかで市民を殺すために特殊部隊が投入されることになってもアメリカは何の介入もしなかった。少なくともそこには明らかに問題がある。

抵抗する美しい光州コミューン

しかし光州事件は、初めの意味は「虐殺」ですが、その後の意味がとても重要だと思います。本当に偉大だと思いますけれども、事件は、虐殺直後から、涙が出そうな「抗争」の段階に入ります。韓国には権力に対しての抵抗の歴史がありますが、そうした歴史のなかでも、かつてないほどの本当に美しい抵抗でした。当時、光州は武力によって封鎖され、孤立させられました。光州の外では、「抗争はアカが仕組んだものだ」と繰り返されたり、情報操作によって、光州以外の人々は実際に何が起きているのか全く知らなかったのです。そうした完全な孤立状況の中で、美しい共同体が生み出されたのです。人々は、そのときの光州をパリコミューンのように「光州コミューン」と言っています。食べ物もみんなで分かち合いました。その間、犯罪などひとつも起こりませんでした。みんなが隣人で、みんなが同志でした。

——そうした状況はどれほど続いたのですか。

二十六日までで、一七日から始まると考えれば、一〇日間です。ですから「一〇日抗争」だと言われています。二七日の早暁、全南道庁での最後の抗争で、抗争指導部が全滅しました。深夜二時頃、いきなり特殊空挺部隊が入ってきて、当時の抗争指導部の人々は皆殺しにされました。日本でも、戦争のときに「玉砕」ということがよく言われましたが、まさにあの玉砕のようにです。そのように、新軍部の非道さと、抵抗の正当さを、自分の死を以て示しました。英雄たちです。現在光州には、彼らの記念館があります。

アメリカ帝国主義の本質

そこから韓国の民主化運動は新たな段階に入りました。それまで民主化運動は、アメリカに対して友好的な考え方を持っていましたが、ここでアメリカ帝国主義の本質を徹底的に思い知ることになったのです。「一〇日抗争」の間、アメリカの航空母艦が釜山に碇泊し続けました。当初、韓国の人々は、民主化を助け、新軍部勢力を始末するためにやって来てくれたと考えていたのですが、アメリカは、この機に乗じて北朝鮮が侵攻してくるのを防ぐために、航空母艦を派遣したのです。そして光州での虐殺を、少なくとも黙認していることがはっきりし、もはやアメリカは信じられなくなりました。

――鄭敬謨《チョンギョンモ》さんもアメリカの本質を理解する上で、光州事件とその直前のイラン革命（一九七九年）を結びつけるべきだとおっしゃっています（「世界帝国アメリカの徳性を問う」『環』第二四号所収）。韓国で、親米独裁政権が消滅したイランの二の舞となるのは絶対に避けたかった。逆に言えば、イランや韓国は、アメリカから民主主義を与えられたのではなく、むしろそのアメリカに抗して民主主義を勝ち取ったということですね。

その通りです。そのアメリカは、その後、レーガン政権となり、社会主義の没落を通して、現在に至る新自由主義の戦略をさらに本格的に展開していくわけですが、韓国は光州事件の時点で、アメリカの本質を把握し、アメリカに対して幻滅したということです。

民主化運動の主体と霧林事件

その後の民主化運動の展開において重要なのは、ここで運動の主体が変わったことです。以前は在野の知識人や学生が主導者でしたが、光州事件の過程で銃を持って闘い、死んでしまった大部分の人々は、ふつうの民衆でした。それ以降、そうした民衆が主体でなければならないということが強く意識されるようになりました。

私も関係した「霧林事件」という事件があります。光州事件から半年後、一二月一一日、光州で実際に何が起きていたのか、徐々にわかってきたわれわれは、ソウル大学構内でビラを撒きました。「光州虐殺」の衝撃の嵐が過ぎ去った一九八〇年六月以後、伝統的な民主化勢力は新軍部の抑圧の下、息を殺していました。また、大学周辺でもこの悲惨と恐怖をどのようにして乗り越えなければならないか、水面下では多くの議論が繰り返されていました。新軍部の抑圧に対抗する犠牲的で果敢な闘争を通じて再び民主化運動に火をつけようという立場と、もう一方では、それまでに損失した闘争戦力を見直してさらに組織化し、翌年の一九八一年春頃を起点として新軍部政権と総力的な戦争を試みようという立場が、学生運動指導部内で対立していました。いわゆる「霧林事件」と呼ばれる一九八〇年一二月一一日の、ソウル大学での印刷物撒布と学生デモ事件は、このような闘争路線の葛藤を乗り越えて、その後の民衆中心の革命的デモクラシー運動を準備し予告する、言うなれば宣言的闘争だったんです。

当時、私は大学四年生であり、その時撒布されたビラであった「反ファシズム学友闘争宣言」を起草しました。その宣言文の原文は、今では捜すことができないのですが、部分的に残った資料と記憶によれば、その宣言文の核心テーゼは次のとおりでした。

「私たちの敵は誰で、彼らの本質は何か。……国内買弁独占資本と買弁官僚集団、買弁軍部などがまさに彼らだ。また買弁ファシズム政権を支持するアメリカやその代理人である日本は私たちの永遠の友邦になることはできない。」

「私たちの運動の究極的な課題は民衆が主体になる統一民族国家の樹立であり、それは具体的に収奪体制によって基本的な生存権さえ歪曲されている労動者、農民など勤労大衆と進歩的な知識人勢力が自らを組織化して外勢と国内買弁支配勢力をこの地から完全に追い出して、いっさいの分断条件を粉砕して究極的に民族の統一を成就する偉大な民衆闘争の勝利を意味する。」

そして、このような革命的民衆闘争の本格的展開を早めるために学生運動が闘争においてリーダー的な役目をしなければならないというのが、この宣言文の提示した短期的な闘争戦略でした。

資料が残っていますが、このとき、新聞は根拠なく、「この宣言文の作成者は金日成《キムイルソン》が派遣した先生によって訓練された者か、共産革命理論に詳しい者、あるいは北傀（北朝鮮）の対南放送を聴取した者である」と書きました。もちろん私は金日成が派遣した先生に会ったこともないし、あるいは「北傀」の対南放送を聴取したこともありません。ただ、「共産」まではなかったけれども、「革命論」を勉強したことは確かだから、彼らの言う「自生的な社会主義者」であったことは確かです。

一二月一六日、私は逮捕され、スパイと関係を持っているのではないかと拷問を受けました。李根安《イグナン》という有名な刑事がいます。拷問の名手、「拷問技術者」です。多くの人が彼の拷問を受けています。民主化の後、顔面整形をして逃亡を企てましたが、結局、捕まって、今は牢屋にいます。この人物が私の担当刑事で、「金明仁の友達は皆、共産主義者だ、組織は霧のようにつかめない」と、彼が素晴らしい「才気」をもって「霧林事件」という名前を考えました。

結局、このとき、ソウル大学の学生数十名が逮捕されました。光州事件以降、学生運動はこうして徹底的に弾圧されたのですが、それを足場に、運動は逆に急速にラディカルに展開されていき、その「反ファシズム学友闘争宣言」が予言して期待していたとおり広範な民衆連合的な反ファシズム闘争が展開されました。一九八〇年代後半、六月の民主化抗争と七、八月の労働者大闘争という韓国民主主義に一線を画す大事件が起こったのです。

一九八七年以来一貫している対米従属

――その後の韓国はどうなっていったのでしょうか。

ひとつの大きな区切りとなるのは、一九八七年六月です。「六月民主抗争」があり、ここで新軍部体制に対し、民主化勢力がようやく勝利を収め、ついに「六・二九民主化宣言」（大統領直接選挙制と金大中の赦免・復権）が出されました。もちろん光州虐殺に責任のある盧泰愚《ノテウ》が大統領になったことは残念だったのですが、少なくともこれ以上、以前のような軍部独裁体制を続けることはできなくなった。

しかし盧泰愚《ノテウ》に始まる一九八七年以降の体制の中で、忘れられていったものがあります。それは何かと言うと、民主的なヘゲモニーです。軍部独裁の廃止、言論・出版・集会など表現の自由の獲得、選挙による政権交代、こういったことをわれわれは民主化運動で要求してきたわけですが、それらがすべて実現したところで、本当はそれ以上にもっと重要な問題、階級問題、貧しい人々の暮らしの問題、帝国主義との葛藤や闘争の問題、そうした問題がすべて溶解してしまい、問題にされなくなりました。「これからはわれわれも、もう生きていってもいいじゃないか」という気分の中で、光州民主化運動を通して発揮されてきた民衆の力、歴史的希望、そういうものが一九八七年のシステムが始まってから、ほとんどすべて消滅してしまいました。

盧泰愚政権の後は、金泳三《キムヨンサム》政権、金大中《キムデジュン》政権、盧武鉉《ノムヒョン》政権と続き、形式的にはさらなる民主化が達成されていったように見えますが、アメリカへの従属は以前と全く変わっていません。新自由主義的なグローバリゼーションという巨大な流れに飲み込まれ、韓国はこれに全面的に従属しています。

今日さらに深まっている危機

——それが現在まで続いているわけですね。そしてそれは先生がおっしゃる「文学の危機」……。

そうです、文学の危機にもつながっています。

韓国内で民衆の生活はどんどん悪化しています。一九八〇年代に三〇〇万人ぐらいだった極貧層が、二〇〇四年には八〇〇万人にまで増えています。外から見れば、韓国は世界で一〇位くらいの世界の貿易国で、豊かな国になったと言われてきましたが、中身を見ると実は逆だということです。

こうした根源的な問題は、階級問題とつながっていますが、最近は進歩的と言われる勢力もこうした中心的な問題を考えなくなりました。「民主化運動の中心だった金大中や盧武鉉が政権に就いているわけだから、もう今からは大丈夫だ」という雰囲気の中で進歩勢力もそうした問題を考えなくなった。その間に、状況はどんどん悪化していったのです。

分断克服、南北統一、南北社会の和解に関して言えば、一見、今は画期的な時代に入ったように見えます。しかし現在の推移をよく見ると、韓半島の統一と平和は、当初、多くの人々が考え、願っていたように、世界史や世界体制についての新しい希望へとつながるものとして実現するのではなく、統一と言っても、まるで韓半島全体が、もう一度アメリカのシステムに従属させられるような危険もあるように思われます。

光州論を独占する国家

――そうした意味でも、二〇〇五年、光州事件からちょうど二五周年を迎えたわけですが、この事件の本当の意味を、いま改めて考えることがとても重要なのですね。

そうです。しかし金大中政権のときに、先ほど言ったとおり、大規模な記念公園をつくったり、記念事業を行ったりして、光州論を国家自身が議論するようになり、国家と異なる考えを話すのは、本当に意味のないことになりました。国家が光州論を独占しているような状況です。記念式も、いつも大きく見せます。虐殺側と同じ陣営だったハンナラ（ひとつの国）党の人々も参加しています。こうなってしまえば、もはやコメディです。

民主化時代なのに民主主義がない時代

――民主化といっても、やはり大事なのは、その民主化の主体は誰なのかということで、それは一人一人の自分たちだという意識が持続しないかぎり、国は変わらないし、地域も変わらない……

絶対的に共感します。

現在は、民主化時代なのに民主主義がない時代です。韓国の著名な政治学者である崔長集《チェチャンチプ》教授（高麗大）が『民主化以後のデモクラシー』（二〇〇二年）という本で、民主化成立後の韓国社会でいかにデモクラシーが後退しているかを痛烈に批判しました。

韓国の知識人社会においてもますます一般化しているようですが、アメリカが主導する新自由主義の世界秩序とそれを基盤とするグローバリゼーションのイデオロギーの中で、デモクラシーは、多国籍または超国家的な資本が自由に移動しながら利潤を獲得する野蛮な市場自由主義と同一視されています。そうしたことにより、人類が階級的・民族的・人種的な抑圧および差別と経済的搾取、そして疎外から解放されて、本当に自分の生と運命の主人になる本当のデモクラシーの夢は、韓国社会でますます実現しにくくなっていっているように見えます。

「世界十大貿易国家」という華麗な修飾の裏には、全人口の二〇％にのぼる八〇〇万人の絶対貧困層が存在します。「二〇％の人間がこの世の資本の八〇％を持っている」とされている社会が、さらに「一〇％の人間がこの世の資本の九〇％を持つ」ような社会になっていくような急激な両極化が、現在、進行しており、失業者・非正社員は言うまでもなく、正社員たちまでもが、仕事をしながらも貧困を再生産するしかない状況です。

このように、生きていく上でのデモクラシーが踏みにじられるような社会で、大統領選挙によって、多少の言論の自由を享受し、権威主義から脱しただけのという形式的で手続き的なものにすぎないデモクラシーを獲得したことに、果してどれほどの意味があるのかを考える必要があります。

一九八七年以後の韓国社会にあっては、もはや一つのイデオロギーにすぎなくなってしまった「民主化時代」という言葉を捨て、アメリカ中心の一極的な世界体制が強要する野蛮な市場自由主義に対抗して、人間の尊厳と希望を復活させるような第二の民主化運動をこそ始めなければならないだろうと思います。

――金明仁さんのお話から光州事件の重みを感じることができました。同時に、一九八〇年五月一八日、一体、自分は何をしていたのかと痛切に考えさせられました。「戦後民主主義」と言いますが戦後日本に本当に民主主義は存在してきたのか。今日のお話は、自分自身も含めて、アメリカに従属しながら「平和」と「繁栄」を享受してきただけの戦後の日本人が知ろうとしてこなかった問題ではないかと思います。本日は本当にありがとうございました。

(金應教訳)

(二〇〇六年一月一九日／初出、『環』第二五号)

●**金明仁**(キム・ミョンイン／Kim Myoung-in) 一九五八年生。韓国の気鋭の文芸批評家、季刊『黄海文化』編集主幹。評論「民族文学と農民文学」で文壇デビューし、八七年、評論「知識人文学の危機と新しい民族文学の構想」発表し、話題となる。著書に『希望の文学』『眠ることができない希望』『趙演鉉研究』『火を捜して』『金洙暎、近代に向けた冒険』『自明なこととの訣別』。邦訳『金明仁評論集』(仮題、渡辺直紀訳)を藤原書店より近刊の予定。

訳者解説

一九八〇年五月、韓国全羅南道《チョルラナムド》の光州《クァンジュ》で国民を守るための軍隊が国民を虐殺したという、にわかに信じがたいニュースが在日の間を閃光のように走った。当時、民族学校で教鞭を取っていた私は、新聞やテレビなどマスメディアを食い入るように見ては、わずかな情報でも得ようと必死になった。だが情報はなかなか入ってこなかった。折しも光州に滞在していた日本人が持ち帰った写真が新聞紙面に登場し、私たちは真実のほんの一部だが目にすることができた。紙面に載った写真の何百倍にも及ぶ悲劇が展開したのだろう。仲間が集まっては光州の現実を語り合い泣いた。

時が流れるにつれ、真実が少しずつ伝わってきた。軍人が自国の民を牛や豚を屠殺するように殺した、女学生の服まで脱がして棍棒で殴打した、妊婦の腹を切り裂き胎児を放り投げた……話が伝わるたび、体は震え、涙は止め処もなく頬を伝わり落ちた。

あり得るはずもないこと、あってはならないことが祖国で起こった。長い間、軍事独裁が政治を牛耳ってきたとはいえ、これほどまでも非人間的な行為がまかり通る国なのか。全斗煥《チョンドゥファン》や盧泰愚《ノテウ》が私利私欲に目が眩んだ輩とはいえ、これほどまで酷いことができるのか、軍人だって人間ではないか、同胞ではないか、どうして自国民に銃を向け、撃ち、棍棒で滅多打ちして殺すことができるのか、私は何度も何度も自問した。

月日が経つにつれ、事実に人々の考えが加わり飛び交った。発砲を指示したのは間違いなく全斗煥と盧泰愚だ。軍人は戦争時にされるようにヒロポンを打たれ正気を逸した状態で銃を撃ったのだ。全斗煥と盧泰愚は、北朝鮮のスパイが扇動して暴動を起こしたから、スパイとその扇動に乗った学生や労働者を処罰するために鎮圧するのだと、軍人たちに嗾《けしか》けたらしい。いいや元凶はアメリカだ、アメリカの半植民地化した韓国は、アメリカの許可なしに何一つ実行できない国だから、アメリカに決まっている。民主化のために戦うとこのような目に合うということの見せしめだ……。

朝鮮半島が解放された当時から、この日に及ぶまでのアメリカの行為を考え、私もこのように思った。日本より強固な軍事基地を韓国に置いているアメリカは、歴代大統領をして己の忠僕にし、韓国を恣《ほしいまま》に扱ってきた。韓国が民主化すると、アメリカは居心地が悪くなる。いかなる手段を講じても押さえ込まなければならない。全羅道《チョルラド》は貧しく抑圧に抗して戦ってきた歴史を持つ土地で、この際、虐殺の見本にするのは幸いだと思ったのではないか、と考えたのだ。

私は個人的に光州が大好きだ。近代の歴史の中で抑圧され虐げられた人々の生きるための戦いはほとんどと言って過言でないくらい、全羅道《チョルラド》から起こった。全琫準《チョンボンジュン》が指揮した〝東学農民戦争〟も全羅道《チョルラド》から始まったし、全国的な抗日闘争へと拡大していった〝光州学生事件〟も全羅道《チョルラド》の中心地光州で起こった。いわゆる光州は、まさに戦いの歴史を生きてきた土地である。その光州が軍靴と銃で踏みにじられた。

親兄弟、親族、友人、幼子、妊婦、新婚夫婦たちを虐殺された肉親の無念さや苦しみを考えると、私はいたたまれなかった。だが、その感情を表す術は持ちえず、ただ悶々と日々を送り歳を重ねていった。

二〇〇〇年一月、私が初めて韓国の地を踏んだのは、両親の故郷である済州島《チェジュド》で、そのあと光州に入った。事件以来二〇年が経った光州で私は出会う人々に、ことごとく訊いた。あの虐殺について自分の見解を質したかったのだ。そして得た回答に、私は、自分の見解がさほど的からはずれていなかったと確信した。

二月の訪問時には、望月洞《マンウォルトン》の五・一八墓地で墓碑に刻まれた詩文を読み、墓に向かって合掌し、博物館で当時の生々しい写真を見、解説を読んだ。犠牲者やその家族の心情に直接触れることはできないが、少しでも近づけたように思った。五月一八日、望月洞《マンウォルトン》での抗争二〇周年を記念する文化行事に参加した。そこで光州抗争をテーマにしたマダン劇、『立ち上がる人々』を観た。劇は抗争当時の光州人の心をマダン劇という手法で訴えた。終始涙が止まらず心の中では「いつか在日同胞にも見せてあげたい」と思った。その晩、道庁を舞台に当時の戦いを再現する記念行事が行われた。仮設舞台では拡声器を手に戦い続けることを訴えた全《チョン》オクチュが、当時歌った歌を拳を握り締め歌い続けた。三方の道から松明行列が道庁に向かって行進してきた。バスやタクシーの行列も加わった。私は震えながらシャッターを切っては見、見ては切った。

宋基淑《ソンギスク》氏に初めてお会いしたのは、五・一八抗争二〇周年の数日前だった。全琫準《チョンボンジュン》を主人公にした長編『緑豆将軍（全一二巻）』の感想を先生に送ったのがきっかけで、お会いすることができたのだ。先生は記念にと『光州の五月（原題『五月の微笑』）』を下さった。当時、『はだしのゲン』の韓国語版を翻訳出版していた私に先生は笑いながら、「ゲンの翻訳を終えたら、この本も訳したいと言うんじゃないの?」と仰った。私は心中「恐れ多くもそんなこと……でも叶ったら嬉しいですよ!」と思いながら、口では要領を得ない声色でただ「はい」とだけ答えた。帰阪後、一気に本を読み終えた私は「同胞や日本の皆さんに是非とも読んでもらいたい」願望に駆られた。一九八〇年五月に光州で何が起こったのか、軍による虐殺から光州の人々は日常をいかに取り戻したのか、虐殺行為に加わった軍人たちはその後の人生をいかに生きたのか、市民に向け銃を発砲させた全斗煥と盧泰愚を光州の人たちは許したのか、なぜ彼らは裁かれないのだろうか、そこまで光州人は骨なしなのか、と疑問に思った事柄に小説は見事に回答を出してくれたからだ。私は心底思った。在日同胞は知らなすぎる。祖国の分断が続く中で、知らぬことは重大な過ちになる。いいや在日だけではない。在日と共生している日本人、アメリカの軍事基地がある日本に住む人たちにとっても……。憲法第九条改悪の動きが表面化しだした時だっただけに、私は切実にそう思った。

『光州の五月』は、当時の光州と、虐殺事件後二〇年が経過した大統領選挙戦まっただ中の光州を行き交いながら、大学受験に失敗した高卒の主人公を軸に展開する。受験勉強に雁字搦《がんじがら》めに縛られた浪人の主人公は、大学生が民主化を叫びデモする姿を第三者的に傍観していた。ところが、デモとは無縁だった彼が、銃を持ち市民軍となって空挺部隊の軍人と戦いだす。抗争のなかで逮捕され、仮設の留置所で拷問に耐え抜き、釈放された主人公は事件後、虐殺を指示した加害者が裁かれることなく、のうのうと暮らしている現実を受け入れられず、加害者たちを処罰する目的で再び銃を握る過程が、誇張なくリアルに描かれている。自国民を守るはずの軍隊が、自国民に銃を向け殺害する狂気の姿。事件後、正気に返った軍人たちの苦悩する姿も描かれ、彼らもまた被害者であることが語られている。著者は市民軍は肉体的被害者で、軍人は精神的被害者であることを示し、ある意味で後者の被害が肉体的被害より深刻であるとした。そして事件の真の加害者を確然と示した。

著者の宋基淑氏は当時、全南《チョンナム》大学の教授を務めながら、韓国社会の民主化闘争に身を挺した韓国を代表する教育者の一人であり作家であった。前年の朴正熙《パクチョンヒ》暗殺事件以後、新軍部は各地で起こった民主化の戦いを是が非でも鎮圧しなければならず、その対象となったのが宋基淑氏の住む全羅道《チョルラド》で、氏の教え子たちがいる大学であった。当時の大統領全斗煥や新軍部を指揮する盧泰愚からすれば、民主化を掲げる憎き政敵の金大中も、これまた全羅道《チョルラド》の木浦出身だ。見せしめにするにはこれ以上の土地はなかったろう。

全南大学は当地で民主化の先頭に立っていた。当然、宋氏も学生たちと意を共にしていた。韓国の政治、教育、文化生活全般にわたって民主化を勝ち取るための戦いに、氏は事実、多大な影響を与えたであろう。だが、銃を取り軍部と戦うことを指示したわけではない。続出する学生や市民の犠牲を食い止めるべく事態を収拾するために働いたのだ。その氏に、全斗煥は金大中の右腕となって内乱を起こした主謀者だという濡れ衣を着せ、逮捕状を出した。全南大学の四人の教授と共に指名手配されている事実を知り、宋氏らはソウルの知人宅に身を隠した。だが、指名手配者用ビラに記されていた文、彼らを匿った者たちも同罰で処分されるという内容を知り、宋氏らは〝自首〟を申し出た。それからは言わずもがなである。拷問に日が暮れ、日が明けた。当時の拷問の後遺症は、宋氏を現在に至るまで苦しめ続けている。

起訴事実が立証されず一年間の服役を経て釈放された宋氏は、現代史歴史資料研究所（五・一八研究所）を設立し、七〇〇余名に及ぶ抗争参加者と会い、五〇〇余名の口述を取り、整理するという厖大な作業を行い、資料集を世に出した。だが、光州の人たちの無念は依然晴れぬまま、政治に翻弄される日常がしこりとして残った。宋氏は未だ清算されていない虐殺事件の真相を自分なりに問い糺すため、小説という手段を取ったのである。

小説の中に、加害者たちを断罪するため地下に潜って準備を進める若者たちが登場する。射撃の腕を磨きながら、表向きには韓国を代表する文化の一つ、マダン劇を演じる集団だ。マダン劇は風刺を込めた諧謔の形式をとる劇で、彼らが準備する新しい劇のテーマに著者は韓国社会の矛盾とこれに対する自らの廉恥の心を込め、ここでも自身の見解を明確に表した。小説はまた、結婚することなく死んだ者同士を結ぶ、霊魂結婚の意味と儀式の全容を描き、韓国特有の文化、なかでも全羅道《チョルラド》のそれをユーモアたっぷりに見せてくれる。『光州の五月』は、八〇年五月に光州で起きた虐殺事件は未だ終わっておらず、韓国民主化闘争の歴史の中で、責任の所在の確定と謝罪が必ずや成就されねばならぬ事件として、存在することを雄弁に語った書である。

なお原書では、章の区切りを一～四の数字で表しているにすぎないが、邦訳書では、読みやすさを考慮して、章にタイトルを付し、あらたに小見出しも加えたことを記しておく。

この翻訳書を出すと決心した時、出版社は藤原書店だと勝手に決めた。読者層を考えれば、それ以外の道はなかった。そして訳文原稿と原書を抱えて早稲田鶴巻町の事務所を訪ねた。藤原良雄社長は、ご多忙にもかかわらず、本書の重要性を訴える私の話に耳を傾けて下さり、その場で版権を買うと即断して下さった。その時、私の体は嬉しさのあまり小刻みに震えた。今、刊行を前にして、当時の感慨がそのまま蘇ってくる。この場を借りて藤原良雄社長に心から御礼申し上げたい。

二〇〇八年四月二八日

金松伊

著者紹介

宋基淑（Song Ki-Suk ／ソン・ギスク）

1935年7月4日、韓国全羅南道長興郡生。現在、和順（ファスン）に居住。1962年に文学評論で文壇デビュー。1965年-2000年、全南大学、木浦大学にて教授を務め、小説論を講義。1978年、全南大学10名の教授と朴正熙軍事独裁を批判し、懲役4年を求刑、1年間服役。1980年、光州民衆抗争の首謀者として逮捕され、内乱罪で懲役5年を求刑、1年間服役。1984年から7年かけ長編小説『緑豆将軍』（全12巻）を執筆する傍ら、独裁政治を糾弾する講演に奔走する。1987年、〈民主化の為の全国教授協議会〉の設立を主導し、初代共同議長。2000年、全南大学を定年退官。2004-6年、〈光州文化中心都市造成委員会〉委員長（国務総理級）就任。詩人の高銀、申庚林、評論家の白楽晴氏らと交友を深め、3人と共に韓国作家会議（旧、民族文学作家会議）理事長を務めながら、今日の作家会議の礎を築き上げた。

主な著書に〔中短編集〕『白衣民族』（蛍雪出版社）『トケビの挙式』（百済出版社）『ついてない錦衣還都』（詩人社）『犬はなぜ吠えるのか』（韓進出版社）、『テロリスト』（ハンギョレ出版社）〔長編小説〕『チャラ谷の悲歌』（創作と批評社）『岩泰島』（創作と批評社）『ウネ谷紀行』（創作と批評社）『緑豆将軍』（全12巻）（創作と批評社）などがある。

訳者紹介

金松伊（Kim Song-I／キム・ソンイ）

1946年8月20日，大阪市東成区生。中学校までは日本の教育，高校から民族教育を受ける。1969年，朝鮮大学校文学部を卒業。1996年まで大阪朝鮮高級学校にて教鞭を取る。現在，近畿大学，関西学院にて非常勤講師を務める傍ら，宝塚にて韓国語翻訳『ムグンファの会』を主宰。韓国ポリ出版社企画委員，韓国クルスギ教育研究会会員，在日本朝鮮文学芸術同盟盟員。著書に〔朝鮮語中編小説〕『班長さん』（朝鮮総合文化社），〔韓国語児童小説〕『夏ちゃんが行く』『夏ちゃんはできるよ』（ポリ出版社）。訳書に〔韓国語訳〕『はだしのゲン』(全10巻，アルムドゥリ社）〔日本語訳〕『ジュニア版チャングムの誓い』(全4巻，汐文社）『問題児』『知るもんか』『ソヨニの手』『秘密の島』（汐文社）などがある。

光州《こうしゅう》の五月《ごがつ》

2008年5月30日　初版第1刷発行 ©

訳　者　金　松　伊

発行者　藤　原　良　雄

発行所　藤　原　書　店

〒162-0041　東京都新宿区早稲田鶴巻町523

電　話　03（5272）0301

FAX　03（5272）0450

振　替　00160 - 4 - 17013

info@fujiwara-shoten.co.jp

印刷・製本　図書印刷

落丁本・乱丁本はお取替えいたします

定価はカバーに表示してあります

Printed in Japan

ISBN978-4-89434-628-4

半島と列島をつなぐ「言葉の架け橋」

「アジア」の渚で
（日韓詩人の対話）

高銀・吉増剛造
［序］姜尚中

民主化と統一に生涯を懸け、半島の運命を全身に背負う「韓国最高の詩人」、高銀。日本語の臨界で、現代における詩の運命を孤高に背負う「詩人の中の詩人」、吉増剛造。「海の広場」に描かれる「東北アジア」の未来。

四六変上製　二四八頁　二二〇〇円
（二〇〇五年五月刊）
◇978-4-89434-452-5

韓国が生んだ大詩人

高銀詩選集
いま、君に詩が来たのか

高　銀
金應教編　青柳優子・金應教・佐川亜紀訳

自殺未遂、出家と還俗、虚無、放蕩、耽美。投獄・拷問を受けながら、民主化・統一に生涯をかけ、朝鮮民族の運命を全身に背負うに至った詩人。やがて仏教精神の静寂を、革命を、民衆の暮らしを、民族の歴史を、宇宙を歌い、遂にひとつの詩それ自体となった、その生涯。

［解説］崔元植　［跋］辻井喬

A５上製　二六四頁　三六〇〇円
（二〇〇七年三月刊）
◇978-4-89434-563-8

「人々は銘々自分の詩を生きている」

金時鐘詩集選
境《きょう》界《がい》の詩
（猪飼野詩集／光州詩片）

［解説対談］鶴見俊輔＋金時鐘

七三年二月を期して消滅した大阪の在日朝鮮人集落「猪飼野」をめぐる連作詩『猪飼野詩集』、八〇年五月の光州事件を悼む激情の詩集『光州詩片』の二冊を集成。「詩は人間を描きだすもの」（金時鐘）

〈補〉「鏡としての金時鐘」（辻井喬）

A５上製　三九二頁　四六〇〇円
（二〇〇五年八月刊）
◇978-4-89434-468-6

本音で語り尽くす

朝鮮母像

岡部伊都子

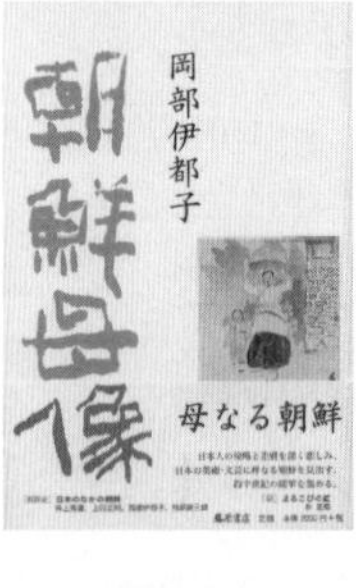

日本人の侵略と差別を深く悲しみ、日本の美術・文芸に母なる朝鮮を見出す、約半世紀の随筆を集める。

［座談会］井上秀雄・上田正昭・岡部伊都子・林屋辰三郎
［題字］岡本光平
［カバー画］赤松麟作
［扉画］玄順恵
［跋］朴菖熙

四六上製　二四〇頁　二〇〇〇円
（二〇〇四年五月刊）
◇978-4-89434-390-0